蜘蛛男孩

ANANSI BOYS

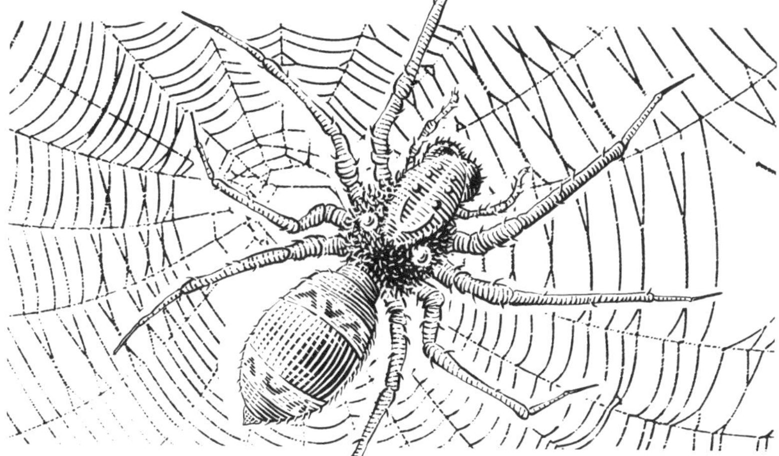

尼爾 蓋曼

林嘉倫 譯

Neil Gaiman

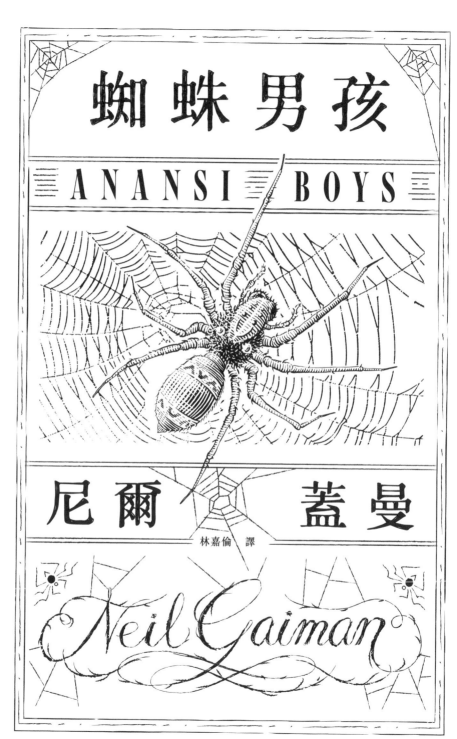

你知道那是怎麼回事。你拿起一本書，翻到獻辭，結果發現作者又把書獻給別人，反正不是你就對了。

這次可不同。

因為，儘管我們還沒見過面／只打過照面／只是互相瘋狂仰慕／已經好久不見了／只是有點沾親帶故／永遠也不會見面，但我相信，每當我們想到對方時，內心一定充滿溫柔的感覺……

這本書獻給你。

你知道我要致上什麼，八成也知道為什麼。

〔注〕作者想趁此機會，向佐拉．尼爾．赫斯頓（Zora Neale Hurston）、索恩．史密斯（Thorne Smith）、伍德豪斯（P. G. Wodehouse）和佛德列克．泰克斯．艾佛利（Frederick "Tex" Avery）的幽靈舉帽致敬。

蜘蛛男孩

目錄

第一章

主要是名字與家庭關係

起初，始自一首歌，萬物泰半如此。

畢竟太初有言，言輔以韻，世界由此成形，渾沌由此開闢，大地、星辰、夢、諸小神、動物，眾生萬物莫不由此降世。

萬物始自歌唱。

歌者先唱出行星和山丘，唱出樹木、海洋和小動物，然後再唱出巨獸，唱出圍住萬物的懸崖，還有獵場，還有黑暗。

歌曲流傳下來，綿延萬世。唱對了歌，就可以讓君王淪為笑柄，可以改朝換代。歌曲中斯人斯事歸於塵土、化為夢境良久之後，歌曲依然能傳唱不絕，那就是歌曲的力量。

你還可以用歌曲來做別的事，歌曲不只能創造世界、創造萬物。就拿胖查理．南西的父親為例，他只是利用歌曲來確保良宵不虛度。

在胖查理的父親抵達酒吧前，酒保認為那天晚上的卡拉ＯＫ之夜無聊透頂，不過當胖查理的父親大搖大擺走進酒吧後，他就改觀了。這個小老頭經過幾位金髮美女圍坐的一張桌子旁，她們皮膚才剛曬傷，臉上掛著觀光客的笑容，坐在傍著臨時小舞臺一角的桌子前。他頭戴一頂乾乾淨淨的綠色軟呢帽，手戴檸檬黃的手套，他脫帽向她們打招呼，然後走到她們桌子旁。她們吃吃地笑。

「女士們，玩得開心嗎？」他問。

她們繼續吃吃笑，告訴他她們玩得很開心，謝謝，她們是到這裡度假的。他跟她們說，妳們會玩得更開心，等著瞧。

他年紀比她們大，大很多，但他全身散發魅力，就像逝去年代裡的古人，在那種年代，溫文儒雅的舉止態度還值點錢。酒保放下了心，只要酒吧裡有這種人，就表示那晚會過得不錯。

有人唱卡拉ＯＫ，有人跳舞。老先生起身到臨時舞臺上唱歌，唱了一次還不夠，又唱了第二次。他歌喉優美，笑容燦爛，舞步靈活。他第一次上臺時，唱了〈風流紳士〉❶；第二次上臺，就毀了胖查理的一生。

胖查理其實胖沒幾年，也就是從他快滿十歲到十四歲那陣子罷了。他快滿十歲時，母親昭告天下，她對她那老色鬼老公已經忍無可忍，她要一刀兩斷（若那位先生有意見，他大可把意見塞到他屁眼裡），她當年根本就是昏了頭才會嫁他。她隔天一早就要離家出走到很遠很遠的地方，他最好別跟來。胖查理十四歲時已經長高了點，運動量也多了點。胖查理不胖，坦白說，他的身材連圓滾滾都稱不上，只是線條看起來稍稍圓潤罷了，不過胖查理這綽號就這麼黏上他了，就像口香糖黏上網球鞋跟。他自我介紹時會說自己叫查爾斯，在他二十出頭時會自稱查斯，筆名則是C．南西，但這都沒用，胖查理這名字就是會慢慢浮現，滲透他生活的新環節，像蟑螂入侵縫隙和新廚房冰箱後的世界，不管喜不喜歡（他不喜歡），他就是會再度成為胖查理。

他知道這聽來荒謬，但一切都怪他父親給他取了這綽號。只要他父親一替東西命名，那名字就甩不掉了。

在佛羅里達州胖查理長大的那條街上，對門人家養了一條狗，是隻栗色拳師狗，有長長的腿和尖尖的耳朵，狗臉看起來像小時候曾迎面撞上牆一樣。牠趾高氣昂，一團小尾巴豎得老高。那隻狗絕對是犬中貴族，曾參加狗狗選秀賽，擁有最佳犬種獎和同類最佳獎的玫瑰獎牌，甚至還有一面全場總冠軍的玫瑰獎牌。這隻狗名叫坎貝爾．麥辛洛瑞．亞布諾七世，牠一聽到這名字就會欣喜若狂，而狗主人則暱稱牠為阿凱。好景不長，有一天，胖查理的父親坐在他們家的破爛門廊鞦韆上喝啤酒，注意到那隻狗在鄰居院子裡悠閒地走來走去，狗鏈從棕櫚樹一路延伸到籬笆欄杆。

「真他媽的小笨狗，」胖查理的父親說，「就像唐老鴨的朋友，你好，小笨笨。」❷

然後，原本是全場總冠軍的狗，忽然滑了跤、變了樣。對胖查理而言，那就好似他透過父親的眼睛看到那隻狗，而且仔細想想，牠還**真是**隻他媽的漂亮笨狗，簡直呆頭呆腦。

那綽號很快就在街坊鄰居間傳了開來，雖然坎貝爾．麥辛洛瑞．亞布諾七世的主人奮力抵抗這綽號，但這簡直就像跟颶風吵架一樣不自量力。素不相識的陌生人會拍拍那隻一度意氣風發的拳師狗的腦袋，跟牠說：「你好，小笨笨，日子過得怎樣？」不久之後，狗主人就不再帶牠參加選秀賽了，他們沒那個心情。「一臉蠢樣的狗。」評審說。

胖查理父親取的名字，甩都甩不掉，就是這麼回事。

那還不是他父親最糟的地方。

在胖查理成長的歲月中，他父親有許多行為都可以列入「最糟」榜單：他眼睛骨碌碌，手指不安分，至少街坊的年輕小姐都這麼說，她們會向胖查理的母親抱怨，然後麻煩就來了；他抽一種他稱之

---

❶〈What's New Pussycat?〉，同名電影《What's New Pussycat?》（1965）的主題曲，演唱者為湯姆．瓊斯（Tom Jones）。

❷唐老鴨的朋友即高飛狗（Goofy Dog），goofy也有愚蠢、笨蛋之意。

為方頭雪茄的黑色小雪茄，這種雪茄的味道會附在任何他摸過的東西上；他喜愛一種舞步怪異的踢踏舞，胖查理懷疑這種踢踏舞只在二〇年代的哈林區流行過半小時；他無可救藥地完全忽視國際時事，而且他非常相信，半小時的情境喜劇能讓人洞悉真實的人生與奮鬥。胖查理認為，這些問題個別看來，都不是胖查理的父親最糟的地方，不過總和起來就促成了所謂的「最糟」。

胖查理的父親最糟的地方就是：他很會讓人難堪。

當然，大家的父母都讓人難堪，所有的父母都是這樣，父母的本質就是僅憑其存在就能讓人難堪；相對來說，子女的本質就是到了一定年紀後，只要父母在街上跟他們說話，他們自然而然就會羞愧難當、無地自容。

胖查理的父親當然把這種現象提升到一種藝術境界，而且還樂此不疲，就像他樂於惡作劇一樣，從最簡單的惡作劇（胖查理絕對忘不了他第一次爬上蘋果派做成的床），到複雜得不可思議的都有。

「比如說？」胖查理的未婚妻蘿西有天晚上問。平常不會談論父親的胖查理，當時支支吾吾地想解釋，為什麼他認為邀請他父親來參加他們即將舉辦的婚禮，是個可怕的餿主意。他們那時在南倫敦的一間小葡萄酒吧，胖查理一直認為，四千哩的距離和大西洋，都是隔開他們父子的好東西。

「這個嘛……」胖查理說，他想起一連串糗事，每件事都讓他腳趾不由自主地扭動，他挑定其中一件。「這個嘛，我小時候轉學時，我爸爸煞有介事地告訴我，他小時候有多期待總統節❸，因為法律規定在總統節這天，小孩子扮成他們最喜歡的總統去上學，就會得到一大袋糖果。」

「喔，真是條不錯的法律。」蘿西說，「真希望我們英格蘭也有。」除了「十八—三十」旅行社❹舉辦的小島假期之外，蘿西從來沒離開過英國，卻很確定她去的那座島嶼位在地中海。她有一對溫暖的棕色眼睛，還有一副好心腸，可惜地理卻不怎麼靈光。

「**哪裡**是不錯的法律，」胖查理說，「壓根兒就沒那條法律，是他唬爛的。大多數的州在總統節這天根本不用上課，即使是要上課的州，也沒有打扮成最喜歡的總統去上學的傳統。國會才不會立法讓打扮成總統的小孩得到一大袋糖果，而接下來在中學那幾年裡，你受不受歡迎，也跟你打扮成哪位總統扯不上任何關係——一般小孩會扮成最好認的總統，例如林肯、華盛頓、傑佛遜，不過那些後來變得受歡迎的小孩，都扮成約翰·昆西·亞當斯，或沃倫·加瑪利爾·哈定之類的總統，而且不可以在總統節之前跟人談論這件事，否則會招來霉運。當然根本沒這回事，但他就是這麼說。」

「男生女生**都**扮成總統？」

「當然，男生女生都是，所以我在總統節前的那個禮拜，閱讀《世界圖書百科全書》裡所有關於總統的內容，試著找最適合的。」

「難道你沒懷疑他在騙你？」

胖查理搖搖頭。「我爸爸在惡作劇時，你根本不會想到他在騙人，他是難得一見的厲害騙子，很有說服力。」

蘿西啜了一小口夏多娜葡萄酒，「那你後來扮成哪位總統到學校？」

「塔夫特，美國第二十七任總統，我穿了一套爸爸找來的棕色西裝，褲管都捲了起來，肚子前塞了顆枕頭，臉上還畫了兩撇翹翹的八字鬍。我爸爸那天親自帶我上學，我得意洋洋地走進學校，其他小孩放聲大笑，對我指指點點，我把自己關在男廁隔間裡哭，他們不讓我回家換衣服，我只好忍著那身打扮過一整天，簡直就是地獄。」

「你應該編個理由。」蘿西說，「說你放學要去參加化裝舞會什麼的，不然就直接告訴他們真相。」

---

❸ 美國為了紀念總統，訂定每年二月二十日為總統節（Presidents' Day）。

❹ Club 18-30，英國旅行社，主要顧客群為單身或無子女的年輕人。

胖查理一邊回憶往事，一邊意味深長且陰鬱地說：「對啊。」

「回家後，你爸怎麼說？」

「喔，他狂笑不止，咯咯笑，哈哈笑，笑個不停，然後告訴我，或許他們已經不搞總統節這玩意了。好吧，那我們現在一起去海灘找找美人魚，好不好？」

「找……美人魚？」

「我們會到海邊去，沿著沙灘走，然後他就像地球表面有史以來最令人難堪的人類，開始唱起歌來，還會在沙灘上跳起一種踢踢踏踏的沙舞，還邊跳邊跟人搭訕，也不管別人跟他素不相識、見都沒見過，我很討厭他這樣，可是他跟我說大西洋裡有美人魚，還說我只要眼神夠快、夠銳利就能看到。

「『在那裡！』他會這麼說，『看到沒？她好高好大，一頭大紅髮，還有條綠尾巴。』我看了又看，看了再看，就是什麼也沒看到。」

胖查理搖搖頭，從桌上的碗裡抓起一把綜合堅果，丟進嘴巴，喀啦喀啦咀嚼，好似每顆果仁都是二十年來無法抹滅的屈辱。

「嗯，」蘿西歡愉地說，「我覺得他聽起來是很可愛，很風趣的傢伙！一定要請他參加我們婚禮，他絕對會是婚宴上的焦點。」

胖查理被巴西豆噎了一下，喘過氣後，他開始解釋這主意大大不妥，畢竟誰會想讓父親成為你婚宴的焦點？他說他父親依舊是普天下最令人難堪的人，這點毋庸置疑；他還說他非常高興有好幾年見不著那老色鬼。他母親做過最棒的事，就是離開他父親，搬到英格蘭跟她亞蘭娜阿姨住。為了強調這一點，他還直截了當地說，他要是邀請他父親，就會遭天打雷劈——雙倍天打雷劈，甚至三倍天打雷劈。胖查理最後總結，其實結婚最**棒**的事，就是**不必**邀請他父親來參加婚禮。

然後胖查理看到蘿西的表情，她平常友善的眼神閃過一絲寒光，於是他立刻修正自己的話，向她解釋那是第二棒的事，可惜已經太遲了。

「你必須習慣這種想法，」蘿西說，「畢竟婚禮是修復隔閡、建立溝通管道的美好時機。你要抓住這機會，向他表示你已經不怪他了。」

「可是那股怨氣還在啊，」胖查理說，「而且還很多。」

「你有沒有他的住址？」蘿西問，「電話號碼？你大概得打電話給他。獨生子結婚，居然還得寄喜帖給父親，有點太不近人情了……你是他的獨生子，對吧？他有沒有電子郵件信箱？」

「對，我是他的獨子，我不知道他有沒有電郵信箱，大概沒有吧。」胖查理說。他認為喜帖是件好東西，但首先，喜帖有可能寄丟。

「那你一定有他的住址或電話號碼吧？」

「我沒有。」胖查理坦白說，或許他父親早就搬家了，他有可能已經離開佛羅里達州，搬到某個沒電話，甚至連地址也沒有的地方。

「這樣的話，」蘿西質問道，「誰有？」

「希格勒太太。」胖查理說，他已失去反駁的動力。

蘿西甜美地微笑，問道：「希格勒太太是誰？」

「我家世交，」胖查理說，「我小時候，她住我家隔壁。」

他幾年前曾跟希格勒太太通過電話，當時他母親病危。他遵從母命，打電話給希格勒太太，請她轉告他父親跟他聯絡。幾天後胖查理的答錄機多了通留言，是在他上班時留的，那聲音儘管蒼老了些，也帶了點醉意，但毫無疑問絕對是他父親。

他父親說時機不巧，他事業繁忙，離不開美國，然後又說，不管怎樣，胖查理的母親都是最美麗的女人。幾天後，一只插了各色花朵的花瓶被送進病房，胖查理的母親在讀花上的卡片時，一臉不屑。

「他以為這樣就能打發我？」她說，「那他可就大錯特錯了，我敢跟你保證。」不過她還是請護士把花擺在床邊最重要的位置，而且從那時候起，還問了胖查理好幾次有沒有他父親的消息，他會不會來見自己最後一面。

胖查理說他沒聽見任何消息。他越來越痛恨這問題，痛恨自己的回答，也痛恨自己說「沒有，父親沒說要來」時，母親臉上的表情。

對胖查理來說，最糟的那天，就是板著臉孔的矮小醫生把查理拉到一旁，跟他說他母親的身體惡化得很快，時日不多了，現在最重要的事，就是讓她舒舒服服地活到最後一刻。

胖查理點點頭，走到他母親身旁，她抓住他的手，問他記不記得替她繳瓦斯費，就在這時，走廊外傳來一陣噪音，撞擊聲、啪啪聲、跺腳聲、嘎嘎聲、銅管樂器、低音樂器、打鼓似的噪音，那種聲音通常不會在醫院聽到，因為樓梯間的標誌要求肅靜，醫護人員冰冷的眼神更讓人噤聲。

那噪音越來越吵。

胖查理有那麼一瞬間以為是恐怖分子，不過他母親聽到那陣雜音後，卻露出虛弱的微笑，「黃鳥。」她輕聲說。

「什麼？」胖查理說，他害怕她開始胡言亂語。

「〈黃鳥〉，」她更大聲、更有力地說，「那是他們演奏的曲子。」

胖查理走到門邊，向外看。

醫院走廊上走來一群人，看起來像支超小型的紐奧良爵士樂隊，他們不理會護士的制止，也不理會身穿睡衣的病人及病患家屬的白眼。樂隊裡有薩克斯風、低音喇叭和小號，有個身形高大的男人，脖子上夾著的似乎是低音提琴，還有人敲著大鼓。領隊身穿俐落的格子西裝，戴著軟呢帽和檸檬黃的手套，正是胖查理的父親。他沒演奏樂器，卻沿著醫院地板上的拋光油地毯，跳著軟鞋踢踏舞，逐一向每位醫護人員脫帽致意，還跟任何上前跟他說話或抱怨的人握手。

胖查理咬住嘴脣，向所有聽得到他聲音的神明禱告，希望地面會開個洞，把他吞進去，不然大發慈悲，讓他瞬間心臟病發暴斃也行。但他沒這麼好運，他還是活得好好的，眼睜睜看著那群銅管樂隊繼續走來，他父親也繼續跳舞、握手、微笑。

若世上真有天理，胖查理心想，我父親會繼續沿著走廊走來，他會直接經過我們身旁，往生殖泌尿科走去。不過，由於世上毫無天理，所以他父親走到腫瘤科病房門前便停了下來。

「胖查理。」他說，他聲音之大，使全病房的人……整個樓層的人……全醫院的人都曉得他認識胖查理。「胖查理，別擋在那裡，你老子來了。」

胖查理側身讓道。

那支樂隊就由胖查理的父親帶隊，左彎右繞地穿過病房，走到胖查理母親的床邊。她抬頭看著他們靠近，微微一笑。

「〈黃鳥〉。」她病懨懨地說，「我最喜愛的曲子。」

「我是什麼人？怎麼可能忘記？」胖查理的父親說。

她緩緩搖頭，伸出手，用力握住他戴著檸檬黃手套的手。

「不好意思，」有位拿著筆記板的矮小白種女士說，「這些人是跟你一起來的嗎？」

「不是，」胖查理臉頰熱了起來，「他們不是，不能算是。」

「可是那位**是**你母親，對吧？」那位女士說，露出翼蜥般的眼神❺。「我必須請你讓這些人立刻離開病房，不准再引起更多騷動。」

---

❺ 翼蜥（basilisk）為西洋傳說中的蛇類之王，眼神能致人於死。

胖查理低聲咕噥。

「你說什麼？」

「我說，我非常確定我叫不動他們。」胖查理說。正當他安慰自己情況不可能再糟時，他父親卻從鼓手那裡接過一只塑膠手提袋，從袋子裡拿出一罐罐麥芽啤酒，發給樂隊隊員，發給醫護人員，發給病人，然後他點了根方頭雪茄。

拿筆記板的女士一看到那陣煙，說了聲「抱歉」後，就像激射而出的飛毛腿飛彈，穿過病房朝胖查理的父親衝去。

胖查理趁機開溜，走為上策。

他那天晚上坐在家裡，等著電話響起或有人敲門，那種感受就像跪在斷頭臺上，等著大刀落頸。然而，門鈴響都沒響。

他沒怎麼睡，隔天下午偷偷溜回醫院，做好最糟糕的心理準備。

他躺在病床上的母親看起來比前幾個月都快樂、都舒服。「他回去了。」當胖查理進來時，她跟他說，「他沒法留下。查理，我得說，我真希望你當時沒那樣溜掉，我們最後在這裡開了舞會，重溫過去的美好時光。」

胖查理實在想不出，還有什麼事會比到癌症病房參加他父親和爵士樂隊搞出來的舞會還糟。他什麼都沒說。

「他不是壞人。」胖查理的母親說，眼睛閃過一絲光芒，然後又皺起眉頭，「嗯，那樣說也不盡然，他絕對不是好人，但昨晚他對我非常好。」然後她微笑了起來，那是真正的微笑，有那麼一瞬間，她看起來又變年輕了。

拿筆記板的女士站在門口，朝他勾了勾手指。胖查理連忙穿過病房跑到她跟前，在她根本還聽不到的距離就開始道歉。他越靠越近時，才發現她不再是胃絞痛的翼蜥，反倒像隻溫馴的貓咪。「你父親……」她說。

「真抱歉。」胖查理說。在他成長期間，每當有人提及他父親，他都會這麼說。

「不、不、不。」前．翼蜥小姐說，「沒什麼好抱歉的，我只是想說，你父親啊……萬一我們需要聯絡他，檔案裡卻根本沒有他的電話號碼或住址，我昨晚應該問他的，但我就是沒想到。」

「我認為他沒有電話號碼。」胖查理說，「要找他的話，最好還是到佛羅里達州，開車沿著Ａ１Ａ號高速公路走，那是條濱海公路，穿過大半個佛羅里達東部。下午時，可能會看到他在橋上釣魚，晚上他會待在酒吧。」

「他真迷人。」她戀戀不捨地說，「他做什麼工作？」

「唔，他說那是麵包和魚的奇蹟。」❻

她茫然看著他，他覺得自己很蠢。當他父親這麼說時，別人都會笑。「嗯，就是聖經上說的啊，麵包和魚的奇蹟，我爸以前老說他整天不是遊手好閒就是釣魚，卻還能賺到錢，真是奇蹟。這是笑話。」❼

她表情困惑。「沒錯，他的笑話是最好笑的。」她嘖了一聲，開始談起正事。「好啦，請你五點半時再來。」

「來幹麼？」

「來接你母親啊，順便帶走她的隨身物品。強森醫師沒告訴你我們要送她出院嗎？」

---

❻新約聖經中，耶穌用幾片麵包和幾條魚餵飽五千人。

❼此為雙關。英文的麵包（loaf）亦有遊手好閒之意。

「你們要送她回家？」

「對，南西先生。」

「那……那癌症怎麼辦？」

「似乎只是虛驚一場。」

胖查理不明白這種事怎麼可能只是虛驚一場，上個禮拜他們還在討論要送她到安寧病房，醫生還說「頂多再活幾個禮拜，撐不了幾個月」及「在我們等待她走到人生終點時，要盡量讓她覺得舒適」。

儘管如此，胖查理還是在五點半回來接他母親，而她聽說自己身體已經沒事時，似乎也不怎麼驚訝。在回家的途中，她告訴胖查理她要用畢生積蓄去環遊世界。

「醫生之前說我只剩三個月好活。」她說，「我記得當時就在想，要是能離開這張病床，我要去看看巴黎、羅馬那種地方，我要回巴貝多❽，還要到聖安德魯斯，我可能會去非洲，還有中國，我喜歡中國菜。」

胖查理不明白這是怎麼回事，但不管怎樣，他都認定是父親的錯。他帶著母親和一只沉甸甸的行李箱到希斯洛機場，在國際線出境門前跟她揮手道別。她手裡緊緊捏著護照和機票，穿過出境門時，臉上還掛著大大的微笑，看起來比他印象中這幾年都年輕。

她從巴黎、羅馬、雅典、拉哥斯、開普敦寄明信片給他。她從南京寄來的明信片上說，她一點都不喜歡中國這裡的冒牌中國菜，她等不及回倫敦享用**正統的**中國菜。

她旅遊到加勒比海的聖安德魯斯島時，住在威廉斯城的一間飯店，在睡夢中溘然長逝。

葬禮在南倫敦的火葬場舉行，胖查理做好父親隨時會現身的心理準備：或許他老子闖進會場時，會領著一支爵士樂隊，或是後面跟著一群小丑班子，或是六隻騎著三輪車、抽著雪茄的黑猩猩。甚至在告別式時，胖查理仍不停轉頭瞧瞧身後的教堂大門，不過胖查理的父親沒出現，出席者只有他母親的朋友和遠房親戚，大都是戴黑帽的胖女人，她們頻頻擤鼻涕、擦眼淚、搖搖頭。

最後一首聖歌響起，有人按下按鈕，把胖查理的母親轉到傳送帶上，將她送進人生的最終關卡，這時胖查理注意到有位跟他年紀相仿的男子站在教堂後方，那人顯然不是他父親，是個陌生人。他就站在教堂後面的陰暗處，要不是胖查理不停尋找父親的身影，根本不會注意到那個人……那位陌生人穿著優雅的黑色西裝，目光低垂，雙手交疊。

胖查理的眼光在陌生人身上停留得過久，引得他看了胖查理一眼，還露出令人不悅的微笑，也就是那種暗示他倆同舟共濟的笑容，那不是你會在陌生人身上看到的表情，不過胖查理就是想不出那男人是誰。他回過頭面向教堂前方。他們唱著〈甜蜜馬車搖啊搖〉❾，胖查理非常確定母親從不喜歡這首歌，然後萊特牧師邀請他們到胖查理的亞蘭娜姨婆家吃點東西。

亞蘭娜姨婆家的人都是他早就認識的。母親去世後的這些年來，他不時會想起那位陌生人，納悶著他到底是誰，他為什麼會在那裡，有時胖查理覺得那只不過是他的幻想……

「那麼……」蘿西說，她把夏多娜一飲而盡，「你就打電話給那位希格勒太太，給她我的手機號碼，告訴她婚禮日期……說到這個，你認為我們該不該邀請她？」

「想邀就邀吧，」胖查理說，「可是我覺得她不會來，她是我家世交，從遠古時代就認識我爸了。」

「那就問問她的意思吧，看看要不要寄邀請函給她。」

蘿西有副好心腸，她內心帶了那麼點聖方濟、羅賓漢、佛祖、好女巫葛琳達❿的精神：她認為即

---

❽ 巴貝多（Barbados）為中南美洲小國。

❾〈Swing Low, Sweet Chariot〉，美國黑人靈歌。

❿《綠野仙蹤》裡的善良女巫。

將要促使她的真愛和他疏遠的父親團圓，會替她即將舉辦的婚禮帶來額外意義，那已經不只是場婚禮，簡直是場家庭倫理大任務。胖查理認識蘿西很久了，他明白，當未婚妻想做善事，最好別攔著她。

「我明天會打電話給希格勒太太。」他說。

「我說啊，」蘿西說，鼻子惹人憐愛地扭了扭，「不如今晚就打給她吧，畢竟現在美國時間還不晚。」

胖查理點點頭，他們一起走出葡萄酒吧，蘿西步伐雀躍，胖查理就像要上斷頭臺的人。他告訴自己別傻了，畢竟希格勒太太或許早就搬家了，或許她家電話早就斷線，都有可能，一切都有可能。

他們爬上樓梯到胖查理家，那是麥斯威爾花園路一間小房子的上半部，就在布瑞斯通路旁。

「佛羅里達現在幾點了？」蘿西問。

「快傍晚了。」胖查理說。

「那就去打電話啊。」

「或許我們應該再等一下，搞不好她出門還沒回家。」

「或許我們應該現在打，趁她還沒出去吃晚餐。」

胖查理找到他那本陳舊的通訊錄，在字母H下面有塊信封碎片，上面是他母親的字跡，寫了支電話號碼，號碼下面則寫著**卡麗安．希格勒**。

電話響了又響。

「她不在。」他跟蘿西說，但就在那瞬間，電話那端有人接了起來，一個女人的聲音說：「喂？你是誰？」

「嗯，是希格勒太太嗎？」

「你是誰？」希格勒太太說，「如果你是該死的電話推銷員，把我從你們的名單刪除，否則我就告你們，我可不會放棄權利。」

「不是，是我啦，查理．南西，我以前住在妳家隔壁。」

「胖查理嗎？真是太巧了，我整個早上都在找你的電話，還把這地方翻過來找，你知道我根本沒可能找到對吧！我猜我八成是把電話記在舊帳本裡了。我把這地方整個翻過來後，對自己說：卡麗安，這時妳只能禱告了，希望天主能聽到妳的請求，保佑妳解決難題。我跪地……嗯……我膝蓋已經不中用了，所以只有合掌禱告啦，但總之，我還是找不到你的號碼，不過你看看，你就正好打電話給我，而且就某方面而言，這樣反而更好，尤其我家又不開銀行，就算出了這種事，我也打不起國際電話。不過別擔心，我本來還是打算要打電話給你的，畢竟茲事——」

然後她忽然停下來，可能是為了喘口氣，也可能是為了從她隨時隨地端在左手的超大馬克杯喝一口滾燙的咖啡，就在那陣短暫寂靜中，胖查理說：「我想請我爸爸來參加我的婚禮，我要結婚了。」電話線另一端靜悄悄的，「不過時間是在年底。」他說。對方依舊沉寂無聲，「喔，新娘叫蘿西，」他補充道，希望能有所幫助。他開始納悶電話是不是斷了線，正常來說，跟希格勒太太對話時，差不多都只有一方在說話，她通常會把你該說的份也代勞；可是這次她卻讓他說了整整三句，完全沒有打岔，他決定說第四句。「妳想來也行。」他說。

「老天、老天、老天，」希格勒太太說，「沒人告訴你嗎？」

「告訴我什麼？」

於是她把事情告訴他，還說得鉅細靡遺，而他則站在那裡，一語不發。當她說完後，他說：「謝謝妳，希格勒太太。」他在一張紙片上寫了幾個字，然後又說：「謝謝，不用，真的不用，謝謝妳。」最後放下電話。

「怎樣？」蘿西問，「有沒有要到他的電話？」

胖查理說：「我爸爸不會來參加婚禮了。」然後他說：「我得去佛羅里達一趟。」他的聲音很平淡，不帶任何情感，根本像在說：「我得訂購新支票簿。」

「什麼時候？」

「明天。」

「為什麼？」

「參加我爸的葬禮，他過世了。」

「噢，我真為你難過，我真的很難過。」她用雙手環住他，摟著他，而她懷抱裡的他就像商店櫥窗的模特兒假人。「怎麼……那是怎麼回……他原本就生病了嗎？」

胖查理搖搖頭，「我不想談這件事。」

蘿西緊緊抱住他，然後憐憫地點點頭，放開了他。她認為他悲慟到無法談論這件事。

他不悲慟，才不呢，他是因為太難堪了。

體面的死法一定有十萬種，舉例來說，從橋上跳到河裡去拯救快溺斃的小孩；單槍匹馬勇闖歹徒巢穴，死在槍林彈雨下。這些都是體面至極的死法。

說實在的，甚至還有些死法雖然不怎麼體面，但也不會這麼令人難堪，例如人體自燃，儘管毫無醫學根據，科學上也說不通，但還是有人會好端端突然就燒成灰燼，只剩下一隻焦黑的手，手裡還拿著沒抽完的香菸。胖查理曾在雜誌裡讀過這種報導，如果他父親是以這種方式身亡，他倒也不介意；哪怕是因為沿街追打偷了他啤酒錢的小毛賊，結果心臟病發掛掉也行。

胖查理的父親是這麼死的：

他那天很早就到酒吧，以一首〈風流紳士〉揭開了當天卡拉ＯＫ之夜的序幕，根據當時不在現場的希格勒太太的說法，他飆歌的方式，會讓湯姆．瓊斯身上掛滿女人丟過來的內衣褲。這也讓胖查理的父親喝到免費啤酒，是幾位來自密西根的金髮美女觀光客請的，她們認為他可能是她們見過最可愛的傢伙。

「都是她們的錯。」希格勒太太在電話裡忿然說道，「她們根本就是在**鼓勵**他嘛！」她們都穿著窄小的無肩帶小可愛，皮膚還曬得通紅，年紀都可以做他女兒了。

過不久他就坐到她們那桌，一邊抽著方頭雪茄，一邊強烈暗示他戰時是在軍情局工作，不過他很小心，沒說出是哪場戰爭，還吹噓可以用十幾種方式赤手空拳殺死人，連滴汗都不會流。

然後他就跟胸部最大、頭髮最金的觀光客，繞著臨時湊合的舞池迅速跳了幾圈，而她的一個朋友則上臺唱〈午夜的陌生人〉⓫。他看起來很快樂，不過那位觀光客比他高，他闔不攏嘴的笑臉正好與她胸部同高。

他跳完舞後，宣布又輪到他唱歌了。如果硬要說胖查理的父親有什麼值得一提的事，就是他非常確定自己愛的是女人，所以他向全場觀眾演唱了〈我就是我〉⓬，不過特別唱給坐在舞臺下方桌子旁，頭髮最金的那位觀光客女孩聽。他竭盡全力唱歌，激動到彷彿在向全場聽眾說明，他認為若不能告訴大家他就是他，他這輩子就白活了。就在這時，他露出古怪的表情，一手壓住胸口，一手向前伸出去，從臨時舞臺上摔了下來，倒在那位頭髮最金的觀光客身上，然後又從她身上跌到地上，沒人能摔得這麼緩慢、這麼優雅。

⓫〈Strangers in the Night〉，演唱者為法蘭克・辛納屈（Frank Sinatra）。

⓬〈I Am What I Am〉，最早出現在以一對男同志伴侶為主角的百老匯音樂劇《一籠傻鳥》（La Cage aux Folles），詞曲作者傑瑞・赫曼（Jerry Herman）為公開的男同志。這首歌後來又被同志偶像暨迪斯可天后葛洛莉雅・蓋娜（Gloria Gaynor）重新演唱。

「那是他一直以來想要的死法。」希格勒太太嘆口氣道。

她告訴胖查理，他父親在摔落時的最後一個動作，就是伸出手去抓住一樣東西——那位金髮觀光客的無肩帶小可愛，起初有人認為他之所以會從舞臺上跳下來，純粹是因為色欲薰心想扒開她衣服看她胸部，加上她又站在那裡尖叫，裸露的乳房瞪著全場觀眾。同時〈我就是我〉的音樂繼續播放，只不過已經沒人在唱歌了。

當旁觀者明白究竟是怎麼回事後，他們安靜了兩分鐘，接著胖查理的父親被抬出去，送上救護車，那位金髮觀光客則躲在化妝室裡大哭大鬧。

胖查理腦子裡揮之不去的是那對乳房，在他心坎裡，那對乳房就像圖畫裡的眼睛，帶著控訴的眼神，如影隨形盯著他。他一直想對那一屋子的陌生人說聲抱歉。一想到他父親一定會覺得這種場面有趣至極，更讓胖查理羞愧無比，讓情況更雪上加霜的是，雖然你根本沒親眼見到那件難堪事，但你心裡卻會不斷對那些事加油添醋，不斷回想，不斷思考，還從各種角度檢討，嗯，或許你不會，但胖查理絕對會。

遇上難堪事，通常胖查理的牙齒會先有反應，然後才是心窩，如果電視螢幕上即將出現可能讓他難堪的畫面，他會跳起來把電視關掉。如果他沒辦法關掉電視（好比說當時有別人在），他就會找藉口離開房間，等到難堪時刻過去才回來。

胖查理住在南倫敦，他十歲搬到這裡時，還帶著一口美國口音，別人毫不留情地嘲笑他，所以他非常努力地改邪歸正，最後終於連根拔除他最後幾個輕子音及圓滑的R音，同時還學會了「瞭嗎？」這個詞彙的正確用法和擺放位置⓭。他到十六歲時，終於徹底擺脫了美國口音，就在那時，他同校朋友卻驀然發覺當務之急便是學得一口美國街頭混混腔。於是不久後，除了胖查理，大家說起話來彷彿都在竭力模仿胖查理初抵英格蘭時的口音，只不過從前每當他在公共場所蹦出那種詞彙時，總會惹得母親把他耳朵狠狠一擰。

聲音就是一切。

一旦對父親的死法難堪之情開始退去，胖查理只感到空虛。

「我沒有親人了。」他對蘿西說，口氣幾乎有點乖戾。

「你有我啊。」她說，這句話讓胖查理微笑。「你還有我媽。」她補充道，他的笑容頓時僵在臉上。她吻了他的臉頰。

「妳今晚可以留下，」他建議，「好好安慰我什麼的。」

「我是可以，」她同意道，「但我不會。」

蘿西要等婚後才肯跟胖查理睡，她說那是她的決定，她在十五歲時就做了這個決定。並不是說她那時就認識胖查理了，只不過她是在那時下定決心。於是她又摟住他，摟了很長一段時間。她說：「你知道，你得跟你爸爸言歸於好。」然後她就回家了。

他那天晚上睡不好，有時睡著了，卻又醒來，腦子裡想東想西，然後又睡著了。

他日出時就起床。當別人在上班途中時，他會打電話給旅行社，詢問他們到佛羅里達州有沒有奔喪優惠價，然後還會打電話給葛拉漢．科茲事務所，告訴他們由於家裡有人過世，他必須請幾天假，沒錯，他知道這會從他的病假或年假裡扣，不過此時此刻他很高興世界一片平靜。

他沿著走廊走到屋尾的小客房，探頭看看下方的花園。早晨的合唱團已經開始歌唱，他看到幾隻黑鶇，籬笆上跳躍的小麻雀，附近樹幹上還突然冒出一隻胸前有斑紋的鶇鳥。胖查理認為，鳥兒在早晨唱歌的世界是正常的世界，是理性的世界，是他願意存在的世界。

⓭英國口語經常在句末出現innit，表示「不是嗎？」之類的意思。

不久，當鳥兒變成了駭人的東西後，胖查理依然記得這天早上的平和，這天早上的美好，但他也會記得這是一切的開端，接下來世界就布滿瘋狂與恐懼。

第二章
主要是葬禮後的事

胖查理穿越安息紀念花園，一路喘著大氣，佛羅里達州的陽光刺得他瞇起雙眼，西裝上的汗漬暈開，從腋下擴散到胸部，他跑步時臉龐開始汗如雨下。

安息紀念花園看起來確實像花園，可惜是座怪異的花園，裡頭所有花都是假的，從地面金屬板上的金屬花瓶裡長出來。胖查理從一塊招牌邊跑過，上面寫著：「光榮退伍軍人免費墓地！」他跑步穿過兒童區。那裡的佛羅里達草皮上，除了假花，還有五顏六色的風車和溼答答的藍色及粉紅色泰迪熊。有隻腐爛的小熊維尼慘澹地仰望著藍天。

胖查理這時看到了葬禮，於是他改變行進方向，找到一條能讓他直奔葬禮現場的小徑。那裡約有三十人圍著墳墓，或許還更多。女人都穿著黑色洋裝，戴著滾了黑色蕾絲的大黑帽，像美麗的花朵；男人穿著沒有汗漬的西裝；連小孩子都神色儼然。胖查理放慢速度，讓步伐顯得恭敬些，一面卻還是試著快走，同時還得顧及不能快到讓人發現他在趕路。等他抵達了那群哀悼者後，他試圖神不知鬼不覺地悄悄擠到前排去，不過由於他這時已經喘得要死，活像剛爬完階梯的海象，全身大汗淋漓，穿過人群時還踩到好幾隻腳，所以還是引起了注意。

有人怒目瞪著他，胖查理假裝沒看見。大家合唱著一首胖查理沒聽過的歌，於是他及時配合旋律搖頭晃腦，讓動作看起來像在唱歌。他動唇的方式像是隨著眾人輕聲唱歌，像壓低嗓子念禱詞，也像隨意動動嘴唇而已。他藉機往下看看棺材，棺蓋已經蓋上，讓他覺得很高興。

那口棺材真壯觀，材質像重型強化鋼板，顏色是炮銅灰。胖查理心想，當加百列吹響巨大號角，死者光榮復活，從棺材起身❶時，他父親會被困在墓裡，不管怎麼敲打棺材蓋都沒用，那時他會希望陪葬品有根鐵撬，或許還要加上一支氫乙炔焰噴槍。

最後那首旋律優雅深沉的哈雷路亞樂聲逐漸消逝，在接下來的靜寂中，胖查理聽到紀念花園另一端（靠近他走進花園的地方）有人大叫。

牧師說：「好，有沒有人想說些紀念逝者的話？」

從最靠近墳墓那些人臉上的表情可以看出，有幾個人顯然打算說些話，不過胖查理知道如果他此時不做，以後就沒機會了。你知道，你得跟你爸爸言歸於好。沒錯。

他深吸一口氣，向前踏出一步，站到墓穴邊緣，然後說：「嗯，不好意思，沒錯，我想我有話要說。」

遠方的叫喊越來越大聲，好幾位哀悼者轉頭看聲音是從哪兒傳來的，其他人則乾瞪著胖查理。

「我從來不是那種你們所謂跟父親很親的人。」胖查理說，「我猜我們其實不知道要怎麼做。我們有二十年的時間在彼此生命裡缺席，雖然有很多事難以釋懷，但卻有這麼一天，你一回首，世上已經沒有任何親人了。」他用一隻手擦擦額頭，「我想我這一生從沒說過『爸爸，我愛你』，你們大家大概比我還了解他，有些人可能愛著他，你們是他生命的一部分，但我不是，所以讓你們聽到我說這句話，我並不羞愧，這是我至少二十年來第一次開口。」他低頭看著那堅不可摧的金屬棺蓋，說：「我愛你，我絕不會忘記你。」

那陣叫喊變得更大聲，已經大到可以聽得清清楚楚。在胖查理致完詞的靜寂中，每個人都聽得出紀念花園彼端傳來的一字一句：「胖查理！你別再煩那些人了，立刻給我滾過來！」

胖查理瞪著一張張陌生的臉，他們的表情活像悶煮什錦湯，混雜著震驚、困惑、憤怒、厭惡。胖查理這才恍然大悟，他耳朵燙了起來。

「呃，抱歉，跑錯葬禮了。」他說。

有位耳朵大大、笑容燦爛的小男孩得意地說：「那是我奶奶。」

胖查理從那一小群喪家中退出，嘴裡嘟囔著顛三倒四的致歉語，他希望這時是世界末日。他知道這不是他父親的錯，但也知道他父親一定會覺得這件事超級好笑。

小徑上站著一位體型碩大的女人，雙手插腰，頭髮斑白，滿臉寒霜。胖查理朝她走去，感覺就像穿越地雷區。他又好像回到九歲，而且才剛闖了禍。

「你沒聽到我叫你嗎？」她問。「你就這麼從我身邊經過，還把自己搞得這麼難堪！」她把「難堪」說得像「爛堪」。「往這邊走，」她說，「你錯過了葬禮等等儀式，不過還有一鏟土等著你呢。」

希格勒太太在這二十年間幾乎沒什麼變，只是胖了點，頭髮灰了點而已，她雙脣緊閉，領著胖查理踏上紀念花園眾多小徑中的一條。胖查理猜測自己給人的第一印象八成不怎麼樣。她在前帶路，胖查理則羞愧難當地跟在後面。

一隻蜥蜴猛地竄上紀念花園邊界的金屬籬笆支柱，靜靜停在一根尖柱頂端，品嘗佛羅里達州的黏稠空氣。太陽已經被雲遮住，不過，真要說有什麼不同，那就是下午變得更熱了。蜥蜴鼓起脖子，像顆鮮豔的橘色汽球。

他原本以為是草坪裝飾的兩隻長腳鶴，在他經過時抬頭看看他，其中一隻忽然迅速低下頭又抬

❶加百列為司職復活的天使，會在最後審判來臨時吹奏號角，以示亡魂復活。

起，烏喙已經叼了一隻大青蛙，於是那隻鶴開始了一連串狼吞虎嚥的動作，試圖把那隻在空中掙扎不已的青蛙吞下肚。

「快點。」希格勒太太說，「不要浪費時間，錯過你父親的葬禮已經夠糟了。」

儘管胖查理有股衝動，想跟她說他那天已經旅行了四千哩，而且租車從奧蘭多開車到這裡，而且還下錯交流道，而且不知道是誰居然會把墓園設在小鎮最邊緣的沃瑪超市後面？但他還是忍氣吞聲。他們繼續走，經過一座聞起來像甲醛的大型水泥建築，最後抵達墓園最遙遠那區的一座墓穴。再過去就只有高高的籬笆，籬笆再過去則是一片野林、棕櫚樹和綠地。墓穴裡有口尺寸不大不小的木棺，上面已經蓋了幾撮泥土，墓旁有堆土和一支鏟子。

希格勒太太拿起鏟子，交給胖查理。

「葬禮很美，」她說，「你爸的一些老酒友來了，我們整條街的女士也都出動了。即使他搬到街尾，我們還是繼續保持聯絡。他會喜歡這場葬禮的，當然，如果你也在場，他會更喜歡。」她搖搖頭，「現在，鏟土吧，」她說，「如果你有什麼告別的話想說的，可以一邊鏟一邊說。」

「我以為只要鏟個一、二鏟就行了，」他說，「聊表心意就好。」

「我給了鏟土工三十元，打發他走。」希格勒太太說，「我告訴他死者的兒子要從印格蘭搭飛機過來，他會想為父親盡盡本分，盡本分可不只是**聊表心意**。」

「沒錯，」胖查理說，「千真萬確，我明白。」他脫下西裝外套，掛在籬笆上，並鬆開領帶，從頭上拉起來，放到外套口袋。他把黑土鏟進墓穴，佛羅里達州的空氣就像黏稠的湯汁。

過一陣子，下起了似雨非雨的雨，也就是說，這種雨永遠讓人無法判定到底有沒有在下雨；在這種天氣開車，你也無法確定該不該啟動雨刷；站在這種天氣中、在這種天氣中鏟土，只會流更多汗，變得更溼、更不舒服。胖查理繼續鏟土，希格勒太太則站在那裡，雙手交抱在她巨大的胸部前，似雨非雨的雨沾溼了她的黑色洋裝和別了黑色絲質玫瑰的草帽，她看著胖查理把墓穴填滿。土壤變得泥濘，變得越來越沉重。

過了似乎是一輩子的時間，而且還是相當不舒服的一輩子，胖查理終於把最後一鏟土拍到墓穴裡。

希格勒太太走到他身邊，把外套從籬笆上拿下來還給他。

「雖然你全身溼透，還渾身泥土和汗水，不過你長大了。歡迎回家，胖查理。」她微微笑，還把他往自己巨大的乳房上摟。

「我沒哭。」胖查理說。

「現在別說話。」希格勒太太說。

「我臉上的是雨水。」胖查理說。

希格勒太太什麼都沒說，只是摟著他前後輕搖，一會兒後，胖查理說：「好了，我現在好多了。」

「我家裡有些吃的，」希格勒太太說，「你吃點東西吧。」

他在停車場把鞋子上的泥濘抹掉，然後坐進他的灰色出租車，跟在希格勒太太的褐紅色休旅車後，行駛在二十年前不存在的道路上。希格勒太太開車的風格，就像一位剛發現一大杯夢寐以求的咖啡的女人，而她最主要的任務，就是喝越多咖啡越好，同時還要把車子開得越快越好。後頭的胖查理為了盡可能跟上，只好闖過一個又一個紅燈，同時還想稍微弄清楚他們在哪裡。

然後他們轉進一條街，他越來越焦慮，他知道他認得這地方，這是他小時候住過的街道，甚至連房子都還依稀保持著原樣，只不過大多數房子都已經在前院周圍架了壯觀的鐵絲柵欄。

希格勒太太家門前已經停了好幾輛車，胖查理把車子停在一輛灰色老福特後。希格勒太太走到前門，用鑰匙把門打開。

胖查理低頭看看，只見自己渾身泥巴汗水。「我不能這樣子進去。」他說。

「我見過比你還糟的。」希格勒太太說，然後她輕蔑地說，「我教教你吧。你進去後，直接走到浴室，把手和臉洗一洗，把全身上下弄乾淨，等你忙完，我們會在廚房等你。」

他走到滿是茉莉味的浴室，脫下沾滿泥巴的襯衫，用茉莉香皂在小小的洗臉盆上洗了洗臉和手，他拿條毛巾擦了擦胸口，用力搓揉西裝褲上最大的爛泥塊。他看看那件襯衫，早上穿的時候還是白色，這時已經成了骯髒的土黃色，於是他決定不再穿回去，租用車後座上的行李箱裡還有別件襯衫，他會從後門溜出去，換上乾淨襯衫後再跟屋子裡的人見面。

他打開浴室門鎖，推開門。

四位老太太站在走廊上瞪著他。他認識她們，全都認識。

「你現在又在搞什麼鬼？」希格勒太太問。

「換襯衫。」胖查理說，「襯衫在車上，嗯，去去就來。」

他高高揚起下巴，大步踏過走廊，從前門出去。

「他說的是哪國語言？」矮小的敦維帝太太在他身後大聲詢問。

「這可不是每天都能見到的景象。」布斯塔蒙太太說。這裡是佛羅里達的寶藏海岸，每天都可以見到沒穿上衣的男人，只不過通常不會搭配著沾滿泥巴的西裝褲。

胖查理在車子旁換好襯衫後回到屋裡，四位老太太都在廚房，勤奮地把原本看起來像滿漢全席的食物，塞入幾個特百惠盒子裡。

希格勒太太比布斯塔蒙太太年長，她們倆都比諾絲小姐老，但大家都比不上敦維帝太太。敦維帝太太年紀老，外表看起來也老，有些地質年代可能還比她年輕。

胖查理小時候曾想像敦維帝太太活在赤道非洲，透過她厚厚的眼鏡，以責難的眼神凝視著剛學會站立的人類始祖。「滾出我家前院，」她會向最近剛進化、相當神經質的巧人❷說，「否則我搞不好會甩你耳光。」敦維帝太太聞起來渾身紫羅蘭香水味，但在那重重紫羅蘭香氣下，她聞起來的確像個老之又老的女人。她身材嬌小，憤怒的眼神卻比大雷雨還可怕，胖查理在二十幾年前，曾經因為走到她家院子尋找遺失的網球，不慎弄壞她的草坪裝飾，他到現在還餘悸猶存。

敦維帝太太正用手指從一只小特百惠碗裡抓羊肉咖哩出來吃。「浪費了還真可惜。」她把幾塊羊骨頭扔到瓷碟上。

「胖查理，不吃點東西嗎？」諾絲小姐問。

「我不餓，」胖查理說，「我說真的。」

四對責難的眼神透過四副眼鏡瞪著他。「傷心得餓壞肚子也不是辦法。」敦維帝太太邊說邊舔指尖，然後又挑出另一塊肥大的棕色羊肉。

「不是那樣，我真的不餓，就這樣而已。」

「悲傷會讓你消瘦，瘦到只剩皮包骨。」諾絲小姐有些陰鬱地說。

「我想不會發生那種事。」

「我會在那邊桌上幫你準備一盤吃的。」希格勒太太說，「你到那邊坐下，我不想再聽到你說話。每樣菜都準備很多，不用擔心不夠。」

胖查理坐在她指定的地方，不出幾秒鐘，他前面桌上就擺了一盤疊得高高的食物，有燜豆和米飯、甘薯布丁、豬肉乾、咖哩羊肉、咖哩雞肉、炸香蕉、醃牛腳。胖查理感到胃開始灼熱，他根本還沒把東西放進嘴裡呢。

「別人都上哪兒去了？」他說。

---

❷ 巧人（*Homo Habilis*）為一支已滅絕的人種，據說是最早製造工具的人種，生存於兩百五十萬至一百六十萬年前。

「你爸的酒友喝酒去了，他們要到一座橋上舉辦紀念釣魚之旅，好悼念他。」希格勒太太把她那只水桶尺寸的旅行用馬克杯裡剩下的咖啡倒入水槽，再從咖啡壺倒入剛煮好、熱氣騰騰的咖啡。

敦維帝太太用她紫色的小舌頭把手指舔乾淨，然後拖著腳步走到胖查理的座位前，他的食物連碰都還沒碰。他小時候深信敦維帝太太是個巫婆，不是善良的那種，而是小孩子得把她推入烤箱才能擺脫她魔掌的那種。這是他二十年來第一次見到她，而他還是得勉強壓下那股想慘叫一聲、躲進桌下的衝動。

「我這輩子看過許多人過世，」敦維帝太太說，「等你夠老，你也會看到。誰都難逃一死，只是遲早問題。」她停頓一下，「儘管如此，我從來沒想過你爸會走到這一天。」她搖搖頭。

「他是怎樣的人？」胖查理問，「他年輕時候？」

敦維帝太太透過厚到不行的眼鏡看著他，噘起嘴唇，搖了搖頭。「那是上輩子的事。」她只這麼說，「快把牛腳吃了。」

胖查理嘆口氣，開始吃東西。

到了傍晚，屋子裡只剩下他和希格勒太太兩人。

「你今晚要睡哪兒？」希格勒太太問。

「找間汽車旅館吧。」胖查理說。

「你在這裡可是有間漂亮臥房呢。就在街尾那間漂亮屋子裡，你連看都還沒看過，如果問我，我會說你父親絕對會希望你住那裡。」

「我寧願自己找地方住，我覺得睡在我爸家裡不怎麼妥當。」

「隨你便，花錢的可不是我，」希格勒太太說，「你還是得決定怎麼處置你爸的房子和全副家當。」

「我才不管。」胖查理說，「我們可以辦二手貨拍賣、放到eBay上賣、載到垃圾場丟都可以。」

「你看你，那是什麼態度？」她在廚房的抽屜裡東翻西找，然後拿出一把貼了標籤的前門鑰匙。「他搬家時給了我一把備用鑰匙，」她說，「免得他弄丟鑰匙或把鑰匙鎖在家裡什麼的。他以前常說，還好他腦袋接在脖子上，否則他連腦袋也會忘記帶。他把隔壁房子賣掉時，跟我說，卡麗安，不要擔心，我不會走遠的。自從我有印象以來，他都一直住在那間房子，但後來他覺得那間房子太大，不得不搬家……」她一邊說話，一邊帶他走上人行道邊緣，用她的褐紅色休旅車載著他，越過好幾條街口，直到抵達一間一層樓的木屋。

她打開前門鎖，他們進入屋子。

味道相當熟悉：淡淡的甜味，好似上次有人使用廚房時，烘烤了巧克力碎片餅乾，不過那是好久以前的事了。屋子裡太熱，希格勒太太領他走進一間小客廳，她打開窗型冷氣機，冷氣機喀喀作響，搖搖晃晃，聞起來像溼答答的牧羊犬，把熱空氣吹過來吹過去。

有張破舊沙發，胖查理記得他小時候就在了，它旁邊堆了好幾疊書，還有幾張裝框的相片，有張黑白照是年輕時的胖查理媽媽，她烏黑閃亮的頭髮全盤在頭頂，穿著耀眼的洋裝。旁邊則是胖查理自己的相片，年齡大概五、六歲，站在一扇裝了鏡子的門邊，所以乍看之下，活像兩位小小胖查理並肩站在一起，一本正經地從相片裡看著你。

胖查理從書堆裡拿起最上面那本，那是一本談義大利建築的書。

「他對建築有興趣？」

「是啊，沉迷得很。」

「我根本不知道。」

希格勒太太聳聳肩，啜了口咖啡。

胖查理打開書，看到第一頁上整齊地寫著他父親的名字，他闔起書。

「我從不了解他，」胖查理說，「至少稱不上真正了解。」

「他可不是個容易了解的男人，」希格勒太太說，「我認識他多久……快六十年了吧？還不是不了解？」

「你一定在他小時候就認識他了。」

希格勒太太遲疑了一下，似乎在回想著什麼，然後非常小聲地說：「我在我小時候就認識他了。」

胖查理覺得應該換個話題，於是他指指母親的相片，「他這裡擺著媽媽的相片。」

希格勒太太咕嚕一聲喝了口咖啡。「他們在船上拍的，」她說，「是你出生前的事了。那種船啊，乘客可以在上頭吃晚餐，吃完後就航行三哩，進入公海，開始賭博，賭夠了再回來。我不知道現在還有沒有這種船。你媽說那是她第一次吃牛排。」

胖查理試著想像父母在他出生前的模樣。

「他一直都是個帥哥，」希格勒太太若有所思，好似她會讀心術。「到死都是，他的微笑能讓女孩坐立難安，他永遠都打扮得那麼時髦，沒有女人不愛他。」

「那妳……？」胖查理還沒問就知道答案了。

「怎麼可以問名譽清白的寡婦這種問題？」她啜了口咖啡，胖查理等著她回答。她說：「我吻過他，那是很久很久以前的事了，在他遇見你媽前。他是個非常厲害的接吻高手。我當時希望他會打電話來，再帶我去跳舞，可是他卻不見了，消失了多久？有一、兩年吧？等他回來，我已經嫁給希格勒先生，他也帶回了你母親，他是在島上遇見她的。」

「妳那時很生氣嗎？」

「我當時已經結婚了。」她又喝了口咖啡。「你無法恨他，連認真生他的氣都無法。他注視她的眼神……真該死，如果他曾那樣看我，我就死而無憾了。你知道嗎？他們結婚時，我是你母親的已婚伴娘。」

「我不知道。」

冷氣機開始轟隆隆吐出冷空氣，不過聞起來還是像溼答答的牧羊犬。

他問：「你認為他們幸福嗎？」

「剛開始……」她舉起那只大大的保溫杯，像是要喝口咖啡，卻又打消主意，「剛開始很幸福，不過就連她也沒辦法占據他的心神太久，他有太多事要做，你爸爸是個大忙人。」

胖查理試著搞清楚希格勒太太是不是在開玩笑，他分辨不出來，不過她並沒有笑。

「太多事要做？什麼事？在橋上釣魚？在陽臺上玩骨牌？等待有人終於發明了卡拉ＯＫ？他根本不忙，在我認識他的那段時間裡，他壓根兒沒幹過一天正經事。」

「你不該那樣說你爸！」

「那又怎樣？我只是實話實說。他是個大爛人，是個爛老公兼爛老爸。」

「他當然是！」希格勒太太怒沖沖地說，「但你不能用凡人的標準評斷他。胖查理，你要知道，你爸爸是神。」

「凡人中的神？」

「不，就是神。」她沒加重語氣，若無其事得像在說「他有糖尿病」或「他是黑人」。

胖查理想開玩笑，但一看到希格勒太太的眼神，他忽然想不出任何俏皮話，於是他輕聲說：「他不是神，神明都與眾不同，都是神話，祂們會創造奇蹟什麼的。」

「沒錯。」希格勒太太說，「如果他還活著，我們就不會告訴你，不過現在他已經走了，跟你說說也無妨。」

「他不是神，他是我爸。」

「也可以兩者皆是，」她說，「又不是沒發生過這種事。」

胖查理覺得這女人真是不可理喻，他知道自己應該閉嘴，但嘴巴卻停不下，這時他的嘴巴正在說：「好，如果我爸是神，他總該有神力吧？」

「他確實有。告訴你，他平常用的還只是一小部分呢，話說回來，他也老了。言歸正傳，你以為他為什麼沒工作還能過活？每當他需要錢時就會去買樂透，或到哈倫戴去賭狗或賭馬，他贏的錢從沒多到引人注意，只要生活過得去就行了。」

胖查理這輩子從沒賭贏過什麼，什麼都沒有。在他參加過的五花八門賭局中，他只知道他賭的馬從來跑不出起跑柵欄，他下注的隊伍老是被發配到雞不生蛋鳥不拉屎的賽區。這還有天理嗎？

「我先聲明，不管怎樣我絕不會承認我爸是神。但如果他真的是神，那**我**為什麼不是神？我是說，妳不是說我是神的兒子嗎？」

「顯然如此。」

「那為什麼我猜不到贏錢的馬？也不能施展法術啦神蹟啦什麼的？」

她哼了一聲說：「那些本事全都被你弟弟繼承了。」

胖查理發現她在微笑，他鬆了口氣，兜了一大圈原來還是在開玩笑啊。

「啊，希格勒太太，妳是知道的，我根本沒弟弟。」

「當然有，相片上就是你和他。」

雖然胖查理知道相片上有什麼，但他還是瞄了一眼。她果真瘋了，像瘋狗一樣亂吠。「希格勒太太，」他盡量輕聲地說，「那是**我**，是我小時候，旁邊是裝了鏡子的門，我就站在門旁邊，那是我和我的鏡子映像。」

「那是你，也是你弟弟。」

「我從來沒有弟弟。」

「你當然有，我並不想念他。我說啊，你永遠都是乖的那個，他在這裡時淨是製造麻煩。」沒等胖查理來得及插口，她又補充道：「他在你還很小的時候就跑走了。」

胖查理傾身過去，把他的大手輕按在希格勒太太骨瘦如柴的手上——也就是沒拿咖啡杯的那隻手。「這不是真的。」他說。

「是盧薇拉．敦維帝逼他走的，」她說，「他很怕她，但偶爾還是會回來。只要他有心，也可以表現得魅力十足。」她喝完了咖啡。

「我一直想要個兄弟，」胖查理說，「有個玩伴多棒啊。」

希格勒太太站起來。「這地方可不會自己變乾淨，」她說，「我車上有垃圾袋，我想我們會需要很多個。」

「沒錯。」胖查理說。

他那天晚上住在汽車旅館，隔天早上和希格勒太太到他父親家碰面，然後一起把垃圾裝進一只只黑色大塑膠袋。他們收集了好幾袋雜物要捐給善念機構❸，也用一只箱子裝滿胖查理想留作紀念的東西，大多是他小時候和出生前的相片。

有一口海盜小寶藏盒似的老舊行李箱，裡頭裝滿文件和舊報紙，胖查理坐在地上一張張翻看。希格勒太太從臥室走進來，拖著一只裝滿蟲蛀衣物的黑色塑膠袋。

---

❸善念機構（Goodwill International）為世界著名的慈善機構，在美加及世界各地均有分支。

希格勒太太突然說：「那行李箱是你弟弟給他的。」那是她今天第一次提到她前夜的妄想。

「但願我真有個弟弟。」胖查理說，他不知道自己把這句話說出口了，直到希格勒太太說：「我說過，你確實有個弟弟。」

「那麼，」他說，「我要上哪兒才能找到這位神祕的兄弟？」後來他納悶自己為何問她這個問題，是想遷就她？捉弄她？還是只是想說點話好填補那股靜謐？反正不管為什麼，他就是說了。她咬咬下唇，然後點了點頭。

「你總得知道。這是你的遺產，也是你的血脈。」她走到他身邊，勾勾手指，於是胖查理彎下身子。老太太貼著他的耳朵，悄悄說：「……**想找他……告訴**……」

「什麼？」

「我是說，」她用正常的音量說，「如果你想找他，就隨便告訴一隻蜘蛛。他會飛奔而來。」

「告訴一隻蜘蛛？」

「我是那麼說沒錯，你以為我是為了身體健康才說話的？是在鍛鍊肺部嗎？難道你沒聽說過跟蜜蜂說話這回事？我小時候還沒舉家搬到美國前，住在聖安德魯斯，那裡的人都會把大大小小的好消息統統告訴蜜蜂。嗯，跟蜘蛛說話也是這個道理。以前你爸爸消失無蹤時，我就是這樣傳話給他的。」

「……沒錯。」

「不要那樣子說『沒錯』。」

「哪樣子？」

「好像我是瘋老太婆，吃菜不知菜價，你別以為我分不清前後左右了。」

「呃，我很確定妳分得清楚，真的。」

這句話更是火上澆油。希格勒太太從桌上拿起咖啡杯，沒好氣地捧著。胖查理激怒了她，而她也下定決心要讓他明白這點。

「老實說，我不想這麼做。」她說，「我不想幫你。我之所以這麼做，是為了你父親，他很特別；也是為了你母親，她人很好。我要告訴你一件大事，一件天大的事，你得洗耳恭聽，也得相信我。」

「我當然相信你。」胖查理盡量讓語氣有點說服力。

「你只是在哄老太婆高興。」

「不是。」他說謊，「沒有，我真的沒有在哄妳。」他的話聽起來多麼坦率、真誠、老實，他離家數千哩，身在先父故居，旁邊還有個瘋老太婆瀕臨抓狂邊緣。只要能安撫她，他不僅願意告訴她月亮只是種稀有的熱帶水果，還會盡量說得跟真的一樣。

她嗤之以鼻。

「你們年輕人老改不了這毛病，」她說，「才活多久啊？就以為自己什麼都知道了。我這輩子忘掉的事比你知道的事還要多。你根本不了解你父親、不了解你的家族。我跟你說你父親是神，你連他是哪個神都沒問。」

胖查理試著回想一些神祇的名字，「是宙斯嗎？」他猜測。

希格勒太太叫了一聲，就像水壺試圖壓抑沸騰的聲音。胖查理非常確定宙斯是錯誤答案。「邱比特嗎？」

她又發出別的聲音，剛開始像是噴口水，最後變為咯咯笑。「我可以想像你爸渾身光溜溜，只包著那種蓬鬆的尿布，手裡還拿著一把大弓和箭。」她又咯咯笑了一陣，灌下幾口咖啡。

「他還是神時，」她告訴他，「大家都叫他阿南西。」

或許你已經知道一些阿南西的故事，或許普天之下，每個人多多少少都知道一點阿南西的故事。

當渾沌初開，所有故事都是第一次被訴說時，阿南西是隻蜘蛛，他常惹上麻煩，也常擺脫麻煩。你知不知道柏油娃娃的故事？也就是兔子大哥的故事？❹那原本是阿南西的故事。有些人以為他是兔子，他們錯了，他不是兔子，而是蜘蛛。

阿南西的故事可以追溯到人類開始互相說故事時，追溯到萬物之始的非洲，追溯到人類開始在石壁上畫穴獅❺和熊之前，早在那時他們就會說故事了，他們會說猴子、獅子、水牛的故事，會說偉大夢想的故事。人類永遠都有這種癖好，那就是他們理解自己世界的方式，各種會跑、會爬、會盪、會蛇行的東西，都會出現在那些故事裡，不同部落的人會崇敬不同生物。

早在那時，獅子就是萬獸之王了，而瞪羚是腳步最敏捷的，猴子是最愚蠢的，老虎是最可怕的，不過人類想聽的並不是這些動物的故事。

阿南西為故事取上自己的名字，每個故事都是阿南西的。在故事變成阿南西的所有物前，曾經全部屬於老虎（島嶼居民都這麼稱呼這種大貓），而這些故事既黑暗又邪惡，充滿痛苦，沒有一則是快樂收場，但那是好久以前的事了，現在這些故事都是阿南西的。

既然我們剛才談到葬禮，就讓我告訴你另一則阿南西的故事吧，發生在他奶奶去世的時候（別擔心，她當時已經非常老了，她在睡眠中壽終正寢，這種事在所難免），由於她死時離家很遠，所以阿南西推著手推車橫跨整座島嶼，拿回奶奶的屍體後，就把屍體放上手推車，他打算把屍體推回家，埋在小屋後的榕樹下。

他推奶奶的屍體推了一個早上，經過鎮上時，心想我要喝威士忌。鎮上有家商店什麼都賣，老闆是個急性子。阿南西到這家店喝了點威士忌，他喝著喝著，然後心想，我應該整整這傢伙，於是就跟老闆說，拿點威士忌到外頭給我睡在手推車上的奶奶喝，你可能得叫醒她，她睡得很沉。

於是店老闆拿著一瓶酒，走到手推車旁，向手推車上的老太太說：「喂，這是妳的威士忌，」但老太太什麼話都沒說。老闆越來越生氣，因為他是個急性子，他說：快點起來，老太婆，起來喝妳的威士忌，但老太太什麼話都沒說。然後她做了死者有時在大熱天時會做的事：放了個響屁。而老闆呢？因為老太太對他放屁，惹得他非常生氣，就動手打了她，打了又打，打了又打，她就這麼從手推車滾到地上。

阿南西跑出來，開始呼天搶地，不斷嚷著，我的奶奶，她死了，看你做了什麼好事！殺人凶手！壞人！這時店老闆跟阿南西說，你別跟人說是我幹的。他給了阿南西整整五瓶威士忌、一袋黃金、一麻袋的香蕉、鳳梨和芒果，要他別再嚷嚷了，趕緊走吧。

（你瞧，他以為他殺了阿南西的奶奶。）

於是阿南西把手推車推回家，把奶奶埋在榕樹下。

隔天老虎經過阿南西家，聞到好香的味道，於是他就大搖大擺進了屋子，只見阿南西正在享用大餐。阿南西別無他法，只能請老虎坐下一起吃。

老虎說，阿南西兄弟，你這些好吃的東西是從哪兒弄來的？你最好別騙我。你這幾瓶威士忌是從哪兒弄來的？還有那一大袋黃金呢？你敢騙我，我就撕了你的喉嚨。

於是阿南西說，老虎兄弟，我怎麼會騙你呢？我用手推車載我過世的奶奶到鎮上，才弄到這些東西的。店老闆就是因為我帶了死奶奶給他，才給了我這些東西。

老虎的奶奶早就死了，但他老婆的母親倒還在，於是他回家，叫岳母出來見他，他說，奶奶，妳

---

❹出自J.C. Harris根據黑人傳說所著的故事《雷默斯叔叔》（*Uncle Remus*），柏油娃娃由柏油和松脂做成，用來捕捉兔子大哥，兔子大哥越是掙扎，就會黏得越牢。

❺獅子的祖先，在更新世時滅絕。

出來，我得跟妳談談。於是她走出來，四處瞧了瞧，說什麼事？即使老虎的老婆非常愛她母親，老虎還是殺了她，還把她的屍體放到一臺手推車上。

然後他推著手推車，載著死岳母到鎮上。他大聲嚷著，誰要屍體？誰要死奶奶？但大家都奚落他、嘲弄他、取笑他。當他們發現他是認真的，而且還一直賴在那裡時，就拿爛水果丟他，丟到他逃之夭夭。

這不是老虎第一次被阿南西捉弄，也不會是最後一次，老虎的老婆從不讓他忘記他是怎麼殺死她母親的。有時候，老虎真希望自己沒來到這世上。

那是阿南西的故事。

當然，所有故事都是阿南西的故事，甚至這故事也是。

在遠古時代，所有動物都想用自己的名字為故事命名。在那個年代，唱出這個世界的歌，歌聲依然未絕，那時，他們依然唱著天空、彩虹和海洋，那時，動物既是人也是動物，而阿南西則捉弄了他們大家，特別是老虎，因為老虎希望所有故事都以他的名字命名。

故事就像蜘蛛，有長長的腳；故事也像蜘蛛網，讓人纏繞在其中，但當你在樹葉背面的晨露下看到它們優雅地縱橫交錯、網網交織時，卻美麗極了。

什麼？你想知道阿南西看起來像不像蜘蛛？當然像啊，不過當他看起來像人時則例外。

不，他從不改變身形，差別只在於你說故事的方式，如此而已。

第三章 一家團圓

胖查理搭飛機回英格蘭的家——反正他也找不出哪裡比那兒更像家了。

他帶著一只小行李箱和一只用膠帶封起來的大硬紙箱，走出海關大廳時，蘿西正等在外頭，她給了他一個大大的擁抱。「情況怎樣？」她問。

他聳聳肩。「還不算太糟。」

「那麼……」她說，「至少你不用擔心他會來參加婚禮，讓你難堪了。」

「那倒是。」

「我媽說我們應該把婚禮延幾個月以示哀悼。」

「你媽滿腦子希望我們婚禮無限期延下去，最好畫個句點。」

「胡說八道，她覺得你是東床快婿。」

「連布萊德．彼特、比爾．蓋茲、威廉王子的綜合體，妳媽都不會形容他是『東床快婿』，天底下根本沒人配當她女婿。」

「她喜歡你。」蘿西說得很盡職，也很沒說服力。

蘿西的母親討厭胖查理，這事眾所周知。她母親神經兮兮，帶著幾乎無可救藥的偏見、憂愁、仇恨，她住在溫波街的一間豪華公寓，她那龐大的冰箱裡，除了添加維他命的水和黑麥餅乾外，什麼都沒有。古董餐具櫃上的碗裡放著蠟製水果，她每週撣兩次灰塵。

胖查理第一次到蘿西的母親家時，曾咬了一口蠟蘋果。他那時非常非常緊張，所以才會拿起一顆蘋果（他辯稱那顆蘋果逼真到不能再逼真）咬了一口，沒注意到蘿西在一旁頻頻使眼色。胖查理吐了一團蠟到手中，正想著要不要假裝喜歡蠟製水果，或假裝他早知道那是蠟做的，只是開個玩笑時，蘿西的母親已經眉頭一豎，走上前來，從他手中拿走咬剩的蘋果，略微向他說明蠟製水果有多貴、有多難買，說完就把蘋果丟到垃圾桶裡。他整個下午坐在沙發上，滿嘴都是蠟燭味，而蘿西的母親則不斷瞪著他，確保他不會再咬一口她珍貴的蠟製水果，或是啃一啃齊本德式❶椅子的椅腳。

蘿西母親公寓裡的餐具櫃上放了幾張鑲銀框的彩色大相片：蘿西小時候的相片及蘿西雙親的相片，胖查理專心看著這些相片，想尋找任何能理解神祕蘿西的線索。蘿西的父親在她十五歲時就死了，他是個超級大塊頭，歷任廚師、主廚，然後成了餐廳老闆。他在每張相片裡都派頭十足，好似每次拍照前，都有服裝部門的人幫他打扮過，他矮矮胖胖，笑容滿面，手臂永遠都彎起來，好讓蘿西的母親挽住。

「他是個很厲害的廚師。」蘿西說。相片中，蘿西的母親曲線優美，面帶微笑；十二年後的今天，她活像骨瘦如柴的爾莎．凱特❷，胖查理從沒見過她露出笑容。

「妳媽有沒有煮過菜？」胖查理在那次拜訪後問蘿西。

「不知道，我從來沒看過她煮東西。」

「那她吃什麼？我是說，她總不能只靠餅乾和水過日子。」

蘿西說：「叫外賣吧。」

胖查理覺得蘿西的母親很可能會在晚上變成蝙蝠，到外面吸吮熟睡中無辜民眾的血液。他曾向蘿西提出這套理論，可惜她不覺得好笑。

蘿西的母親曾告訴蘿西，胖查理跟她結婚一定是為了錢。

「什麼錢？」蘿西問。

她母親朝公寓揮了揮手，那手勢涵蓋了蠟製水果、古董家具、牆上的畫，然後她噘起嘴脣。

「可是這些都是妳的啊。」蘿西說。蘿西在倫敦一間慈善機構工作，薪水微薄僅夠糊口，為了貼補家用，她早已動用了父親留給她的錢。她用那筆錢買了一輛二手福斯VW Golf，還跟歷任澳洲和紐西蘭寓友合租一間小公寓。

「我不會長生不死。」她母親不屑地說，語氣卻好像她已經打定主意要長生不死，而且還要把身體修煉得越來越硬，越來越瘦，越來越像顆石頭，吃得越來越少，最後只需要靠空氣、蠟製水果和怨恨就能過活。

蘿西開車載胖查理從希斯洛機場回家時，覺得應該要換個話題，所以她說：「我公寓漏水，漏得整棟大樓都是水。」

「怎麼會這樣？」

「樓下的克林格太太說有東西在漏水。」

「八成就是她搞的。」

「**查理**，所以我想說……我今晚可不可以去你家洗澡？」

「要不要我幫妳抹香皂？」

---

❶ 齊本德（Thomas Chippendale）為十八世紀英國家具設計師，風格細緻華麗。

❷ 爾莎・凱特（Eartha Kitt）為美國演員暨歌手，最出名的角色為六〇年代電視影集「蝙蝠俠」中的貓女。

「**查理**。」

「當然，沒問題。」

蘿西注視著前頭汽車的車尾，從排檔桿上抬起手，伸過去握住胖查理的大手。「我們很快就會結婚。」她說。

「我知道。」胖查理說。

「唔，我是說，」她說，「要結婚有的是時間，對吧？」

「多得很。」胖查理說。

「你知道我媽說過什麼嗎？」蘿西說。

「呃……是不是要恢復絞刑什麼的？」

「**不是**。她說如果夫婦在新婚第一年裡，每做一次愛就往玻璃罐裡丟一枚硬幣，然後從第二年開始，每做一次愛就從罐子裡拿出一枚，玻璃罐永遠不會空掉。」

「所以說……？」

「嗯，」她說，「這很有趣，對不對？我八點會帶橡膠鴨子過去，你有沒有毛巾？」

「呃……」

「我會自備毛巾。」

胖查理認為，在他們步入禮堂、切下結婚蛋糕前，偶爾丟幾枚硬幣到玻璃罐裡，也不會引發世界末日，但蘿西堅持己見，毫不讓步，所以玻璃罐一直都空空如也。

胖查理結束這趟短暫旅程回到倫敦。他一回到家就發現問題：如果你一大早就回到家，那麼剩下大半天就只能無所事事。

胖查理喜歡工作，他認為躺在沙發上看「倒數計時」❸，會讓自己想起那段失業的日子。於是他判定，最合理的做法就是提早一天回去上班。葛拉漢．科茲事務所位在奧德維其街的辦公大樓頂樓六樓，在那裡胖查理會覺得自己屬於潮流的一分子，他會在茶水間跟同事愉快地聊天，人生宏圖會在他面前徐徐展開，璀璨似錦，生機蓬勃。大家都很高興見到他。

「你不是明天才回來嗎？」胖查理走進事務所時，接待員安妮說道：「有人打電話過來時，我都跟他們說你明天才回來。」她不怎麼高興。

「我就是沒辦法待在家裡。」胖查理說。

「顯然如此。」她哼了一聲。「你得回電給瑪芙．李文斯頓，她每天都打來找你。」

「她不是葛拉漢．科茲的客戶嗎？」

「是啊，不過他要你跟她談，你等一下。」她接起電話。

提到葛拉漢．科茲必須用全名，不可以說科茲先生，更不可以只說葛拉漢。這裡是他的事務所，專司代理業務，並從中抽成。

胖查理回到他的辦公室，他的辦公室小小的，擠了許多檔案櫃。他電腦螢幕上貼了一張黃色便利貼，上面寫著「過來見我。科茲留」，於是他穿過走廊，走到葛拉漢．科茲的巨大辦公室。辦公室門關著，他敲了敲門，卻不確定裡頭有沒有傳出回應，所以他打開門，探頭進去。

房間裡空無一人。「嗯，有人嗎？」胖查理說，他聲音不大，沒有人回應，不過房間有點混亂，書櫃以怪異的角度從牆上突出，他聽到書櫃後頭傳來敲擊似的砰砰聲響。

他盡可能小聲地把門關上，回到自己座位。

---

❸「倒數計時」（Countdown）為益智遊戲節目，首播於一九八二年英國第四頻道。

電話響了起來，他接起電話。

「我是葛拉漢·科茲，過來見我。」

這一次葛拉漢·科茲坐在他桌子後，書櫃也平整地靠著牆壁。他沒請胖查理坐下，他是個中年白人，有著一頭逐漸稀疏的亮麗金髮。如果你見到葛拉漢·科茲時，突然覺得他活像隻穿了昂貴西裝的白化症雪貂，你絕不是第一個這麼想的。

「看來你回來了。」葛拉漢·科茲說，「那可好啊。」

「是。」胖查理說，然後因為葛拉漢·科茲似乎對他提前銷假上班不太高興，所以他又說：「抱歉。」

葛拉漢·科茲緊閉雙脣，低頭看桌上的一份報告，然後又抬起頭。「其實，據我所知，你明天才該回來。早了點，對吧？」

「我們……我是說……我今早就從佛羅里達回來了，我想還是應該來上班，反正有很多事情要做，也表現一下工作意願，沒問題吧？」

「肯然。」葛拉漢·科茲說。這個字眼是「肯定」和「當然」撞擊後的生成物，總是讓胖查理忐忑不安。「反正麻煩的是你。」

「其實是我父親的葬禮。」❹

雪貂似的脖子扭了一下。「你還是用掉一天病假。」

「是。」

「瑪芙·李文斯頓，她是莫利斯的遺孀，需要我們的保證，需要動人的言語和美麗的承諾。羅馬不是一天造成的，我們還是要繼續整理莫利斯·李文斯頓的遺產，提供她源源不絕的收入。她幾乎每天都打電話來才能安心，現在我把這項任務交給你。」

「好的，」胖查理，「啊，這可不是……惡人必不得平安❺？」

「多做一天，多賺一元。」葛拉漢．科茲搖搖手指。

「孜孜矻矻？」胖查理說。

「勤奮不懈。」葛拉漢．科茲說，「好了，很高興跟你聊天，但是我們倆都有很多事要忙。」

每次待在葛拉漢．科茲附近，都會讓胖查理（一）滿嘴八股，（二）開始幻想有巨型黑色直升機先在空中開火，然後再投擲一堆燃燒汽油彈到葛拉漢．科茲事務所。在那些白日夢裡，胖查理都不會待在事務所，他會坐在奧德維其街對側小咖啡店外的露天座上，飲用充滿泡沫的咖啡，偶爾為汽油彈正中目標而歡呼。

你也許會就此推斷，胖查理的工作沒什麼值得一提的，總之他不喜歡就對了，大致上你猜得沒錯。胖查理一方面對數字很有概念，所以總能混口飯吃，但一方面又笨拙懦弱，總是無法好好表現自己究竟做了什麼、做了多少，所以只能眼睜睜看著周圍的人扶搖直上，升到他們無法勝任的高位，而他卻繼續待在基層，做著真正重要的工作，直到某天又重新加入失業大軍的行列，又開始看日間電視節目。雖然胖查理每次失業都不會持續太久，但因為過去十年來他已經丟過太多次工作，足以讓他在任何職位都惴惴不安。不過，他認為這也是人之常情。

他打電話給莫利斯．李文斯頓的遺孀瑪芙．李文斯頓。莫利斯．李文斯頓曾是英國最知名的約克郡喜劇小品演員，也是葛拉漢．科茲事務所的長期客戶。「妳好，」他說，「我是葛拉漢．科茲事務所會計部的查爾斯．南西。」

---

❹ 此為雙關，英文的「葬禮」（funeral）在口語中也指「倒楣事」。

❺ 出自舊約聖經以賽亞書。

「喔，」電話另一端傳來女人的聲音，「我還以為葛拉漢會親自打電話給我。」

「他有點忙，所以他……呃……把事情……」胖查理說，「……委派給我，請問有什麼需要效勞的嗎？」

「我也不太清楚。我很想知道……嗯……銀行經理很想知道，莫利斯遺產剩餘的錢什麼時候會匯過來？葛拉漢．科茲上次跟我說……嗯……我想是上次我們說話時沒錯……那筆錢被拿去投資，我是說，我了解這種事需要時間，他說不然我可能會損失一大筆錢——」

「嗯，」胖查理說，「我知道他正在處理，但這種事需要時間。」

「沒錯，」她說，「我想也是。我打電話給BBC，他們說自從莫利斯死後，他們已經付了好幾次錢了。你知道嗎？他們已經出了《你是莫利斯．李文斯頓吧》❻的全套DVD影集，聖誕節時還要推出《蓋頭小子》的兩套系列影集。」

「我不知道，」胖查理坦承道，「不過葛拉漢．科茲一定知道，他總是對那種事一清二楚。」

「我還得自掏腰包買DVD，」她惆悵地說，「儘管如此，一切歷歷如昨啊，演員繽紛的化妝油彩，BBC俱樂部的味道，老實說，真讓我想念鎂光燈的日子。我就是在那兒遇上莫利斯的，我當時是名舞者，我有自己的事業。」

胖查理告訴她，他會讓葛拉漢．科茲知道她的銀行經理有點擔心，然後掛上電話。

他不明白怎麼可能有人會想念鎂光燈的日子。

胖查理最可怕的噩夢，就是站在寬廣的舞臺上，鎂光燈從黑暗的天空打下，看不見的人影強迫他站在鎂光燈下唱歌，不管他跑得再遠、跑得再快、躲得再好，他們還是會揪出他，把他拖回舞臺，要他站在十幾位滿心期盼的面孔前，他總是會在必須真正唱出聲的前一刻醒過來，渾身冷汗，顫抖不已，胸口怦怦作響的心跳比砲擊還厲害。

一天的工作過去了。胖查理已經在那裡工作將近兩年，除了葛拉漢·科茲本人，沒人待得比他久，那裡員工流動率相當高，儘管如此，還是沒人喜歡看到他。

胖查理有時會坐在位置上，凝視窗外，看著無情的灰雨打在玻璃上，他會想像自己身處熱帶海灘，海浪從藍到不能再藍的海洋，打在金到不能再金的沙灘上。胖查理會納悶，他幻想中的海灘上的人，在欣賞白色浪花往海濱捲來時，在傾聽棕櫚樹上的熱帶鳥兒鳴囀時，會不會想像自己在英國、在雨中，在六樓的事務所，在碗櫥大小的房間裡，距離沉悶的黃金沙灘和無聊透頂的好天氣十萬八千里，即使來杯萊姆酒加得稍稍多了點的濃郁調酒，杯上還插著柄小紅紙傘，也無法撫平遺憾。這種想法讓他略感安慰。

他回家途中順便到酒類外售店❼買了瓶德國白酒，又到隔壁小超市買了廣藿香蠟燭，再到附近披薩店外帶一塊披薩。

蘿西七點半從瑜珈課打電話來，說她會晚一點到；八點又從車上打來，說她塞在路上；九點十五分再打來，說她就快到了。到了這時，胖查理已經喝下大半瓶白酒，披薩也吃到只剩孤零零的一小角。稍後他會納悶自己是不是因為喝多了，才會說出那種話。

蘿西九點二十分到，帶著毛巾和一只裝了洗髮精、香皂、一大罐護髮劑的特易購袋子。當他問她要不要喝杯白酒，吃那片剩下的披薩時，她高高興興地一口回絕，說她在塞車時已經叫外賣到車上吃了。於是胖查理坐在廚房，倒了最後一杯白酒給自己，並從冷披薩上挑起司和義大利香腸來吃，而蘿

---

❻作者在此諧擬探險家史坦利（Henry Morton Stanley, 1841-1904）的名句：「你是李文斯頓博士吧？」史坦利曾到非洲尋找探險家李文斯頓（David Livingstone, 1813-1873），當他找到李文斯頓時，脫口而出便是這句話。

❼即off-license，顧客買完酒後，必須到別處飲用，不能在店內飲用。

西則到浴缸放熱水，然後忽然放聲尖叫。

胖查理抵達浴室時，蘿西的第一聲尖叫才剛停止，正鼓起肺，為第二聲尖叫做準備。他還以為會看到滿身是血的蘿西，但讓他感到既意外又放心的是，她沒流血。穿著藍色胸罩和內褲的她，伸手指著浴缸，有隻棕色的大園蛛停在浴缸中。

「真抱歉，」她哀嚎道，「牠嚇我一大跳。」

「蜘蛛就是這樣，」胖查理說，「我把牠沖掉就好了。」

「怎麼可以這樣？」蘿西氣沖沖地說，「牠也是有生命的，拿到外面就好。」

「好好好。」胖查理說。

「我在廚房等，」她說，「處理完就跟我說。」

當你灌下一整瓶白酒後，想要僅憑一張舊生日卡把一隻神經兮兮的園蛛哄到透明塑膠杯裡，比平常更需要手眼協調能力；而那位衣衫不整、瀕臨抓狂的未婚妻儘管宣稱會在廚房等，卻還是站在你身後觀望，時不時出言指點，這更是幫倒忙。

不過，雖然沒人幫忙，他還是很快就把蜘蛛趕到杯子裡，並用卡片把杯口牢牢蓋住。那張卡片是好久以前同學送他的，上面寫著「心有多老，人就有多老」（卡片裡還幽默地寫著：所以別再用心了，你這色胚——生日快樂）。

他把蜘蛛拿到樓下前門外的前院小花園裡，花園裡有道一跨就過的矮樹籬，還有好幾塊大石板，旁邊雜草叢生。他把塑膠杯拿高，在鈉黃色的燈光下，蜘蛛看起來一團漆黑。他想像蜘蛛在瞪著他。

「真不好意思。」他對蜘蛛說，而且因為體內有白酒推波助瀾，因此說話很大聲。

他把卡片和塑膠杯放到一塊裂開的石板上，然後拿起塑膠杯，好讓蜘蛛跑開，可是蜘蛛卻賴在那裡，停在生日卡的泰迪熊笑臉上，一動也不動。一人一蛛就這麼大眼瞪小眼。

就在這時，他忽然想到希格勒太太那番話。或許是因為心魔作祟，或許是因為多喝了幾杯，他衝口而出說了幾句話。

「如果你見到我弟弟，」胖查理對蜘蛛說，「請他過來見我，打聲招呼。」

蜘蛛繼續停在那裡，抬起一隻腳，幾乎就像在考慮，接著牠匆匆越過石板，跑向矮樹籬，不見了蹤影。

蘿西洗完澡，在胖查理的臉頰上留下令人意猶未盡的一吻後就回家了。

胖查理打開電視，但卻發現自己昏昏欲睡，於是他關掉電視上床睡覺。他做了場極為逼真古怪的夢，恐怕一輩子都忘不掉。

要知道你是不是在做夢，就看看你是否身處現實中從沒去過的地方吧。胖查理從沒去過加州，也從沒去過比佛利山莊，不過他經常在電影和電視中看到，所以當他認出這個場景時，他大為興奮。這裡正在舉行一場宴會。

洛杉磯的燈火在他們腳下閃爍。

宴會上似乎分成壁壘分明的兩種人，一種人拿著銀色托盤，上面盛著美味的小菜；而另一種人則是從托盤上拿東西來吃，或謝絕吃東西。那群享受伺候的人在大大的豪宅裡走動，聊天、說笑、談八卦，每個人都很篤定自己在好萊塢世界裡舉足輕重，就像古代日本朝臣都很確定自己在宮廷裡的地位。還有一點跟古代日本朝廷一樣：那就是每個人都很確定，只要再往上攀一級，從此就能高枕無憂了。演員想當巨星，巨星想當獨立製作人，獨立製作人渴望能在電影公司有份穩定的工作，導演想當巨星，電影公司老闆希望成為另一家比較穩定的公司的老闆，電影公司的律師希望有人喜歡他們的律師身分，要是不行，只要有人喜歡他們就好。

在胖查理的夢中，他可以同時從內外看到自己，但「他」根本不是他自己。在胖查理平常的夢中，他大概只會夢到自己參加考試，考試科目還是他忘記準備的複式記帳法，在這種情況下他可以確定的是，當他最後站起身子時，會發現自己當天早上穿衣服不知怎麼居然忘記穿褲子了。在胖查理的夢中，胖查理還是胖查理，只不過更笨手笨腳。

這場夢不一樣。

在這場夢中，胖查理很酷，酷到不行，他一身行頭瀟灑又時髦，他是宴會不拿銀托盤的人中，唯一沒收到邀請函的，而且他開心到了極點（這是讓夢中的胖查理大感震驚的地方，因為他認為當不速之客是天底下最難堪的事）。

每當有人問及他的身分、他到那裡的原因時，他都會編出一套不同的說法。半小時後，宴會上大半來賓都相信他是國外某投資公司的代表，打算以現金買下一家電影製作公司，又過了半小時，宴會上幾乎人人都知道，他會出價購買派拉蒙製片公司。

他的笑聲相當宏亮，充滿感染力，可以確定的是，宴會上似乎沒人玩得比他更開心。他教酒保調製一種叫「雙關語」的雞尾酒，這種酒儘管是以香檳為底，但根據他很像那麼一回事的「科學」說法，其實並不含酒精。反正就是東加西混，直到顏色變成鮮豔的紫色，然後他把這種調酒分給各位來賓，興高采烈地慫恿他們喝下去，直到原本只敢小心翼翼喝氣泡水的人（好像唯恐氣泡水會爆炸），也欣然喝下這種紫色飲料。

然後，根據夢的邏輯，他領著大家走到游泳池畔，提議要教導他們「水上行走術」，他告訴他們，這招數靠的是自信，是態度，是竅門，是知識，而宴會來賓似乎就相信：水上行走是他們學得來的厲害招數，是他們內心深處原本就知道的招數，只不過他們早已遺忘，而眼前這名男子能喚回他們的記憶。

把你們的鞋子脫掉，他對他們說，於是他們就把鞋子脫掉，Sergio Rossi、Christian Louboutin、Rene Caovilla與耐吉、馬丁大夫，與其他不知名品牌的黑皮鞋雙雙並排。他領著他們，像準備跳康加舞❽似地在游泳池畔圍成一圈，然後踏上游泳池水面，池水感覺冷冷的，還會在他們腳底下抖動，就像濃稠的果凍，有些女人和幾個男人因此暗自竊笑，還有好幾位比較年輕的經紀人在泳池水面跳上跳下，活像在充氣城堡蹦蹦床上的小朋友。遠遠的山坡下，洛杉磯的燈光在煙霾中閃耀，彷彿遙遠的星系。

不久，泳池的每寸表面都被宴會賓客占據，有人站著，有人跳舞，有人扭著身子，有人蹦蹦跳跳。人潮實在擁擠，於是那位時髦男子（也就是夢中的胖查理）回到池畔的水泥地，從銀托盤上拿生魚片豆泥丸來吃。

有隻蜘蛛從茉莉花跳到時髦男子的肩上，沿著手臂飛快跑上他掌心，他愉快地對牠說了聲「嗨」。接著一陣安靜，彷彿他在傾聽蜘蛛說話，某種只有他才聽得到的話，然後他說，有求必應，事實不就是如此嗎？

他小心地把蜘蛛放回茉莉花的葉子上。

就在同一瞬間，赤腳站在游泳池水面的每個人都想起了水是液體，不是固體。一般而言，人類之所以不會在水面上走路，更不用說跳舞，甚至跳躍，是因為那是不可能的事。

這些人都是電影這片夢想國度中權傾一時的人物，然而就在那麼一瞬間，這群衣冠楚楚的人士紛紛落進四至十二呎深的水中，全身溼透，手忙腳亂，驚慌失措。

時髦男子輕輕鬆鬆地走過游泳池，踩過人群的腦袋和手，從沒失去平衡，然後，當他抵達游泳池的另一端，再往前就是峭壁時，他縱身一躍，跳入洛杉磯夜裡的燈火中，閃爍的光芒就像一片汪洋，

---

❽康加舞（conga）起源於非洲，發展於古巴。舞者會排成長列一起跳舞。

把他吞沒。

游泳池中的人紛紛爬出來，他們憤怒、沮喪、困惑、全身溼透，有人還差點淹死……

當時的南倫敦是清晨，天空一片灰藍。

胖查理爬下床，那場夢搞得他心煩意亂，他走到窗邊，窗簾是拉開的，他看得到太陽即將升起，血紅色的晨日又紅又大，四周圍繞著染上鮮紅的灰雲，那種天空能讓生活最貧乏的人發現自己內心深藏著畫油畫的欲望。

胖查理看著日出。早晨天色紅，他心想，水手心忡忡。❾

他的夢可真詭異，好萊塢的宴會，水上行走術的祕訣，還有那名男子，是他又不是他的男子……

胖查理發覺他**看過**夢裡那名男子，在哪個地方看過。但他也發覺要是這麼繼續想下去，今天這問題就會不斷困擾他，就像有段牙線卡在牙縫，就像要定義性欲和情欲這兩個詞的微妙差異。這問題就卡在那裡，困擾著他。

他瞪著窗外。

現在還不到早上六點，世界一片靜寂。有位早起蹓狗的人在馬路終點那裡，鼓勵他的博美狗排便；有位郵差漫步走過一間間的屋子，最後又回到他的紅色廂型車。然後在胖查理屋子下方的人行道上，好像有什麼動了一下，於是胖查理低頭看了一眼。

有名男子站在矮樹籬旁，當他看見穿睡衣的胖查理低頭看向他時，他咧嘴微笑、揮了揮手，那股突如其來的似曾相識感讓胖查理大為震驚，他見過他的笑容和揮手的方式，不過無法立刻想到是在哪裡見過。那場夢的場景依舊徘徊在胖查理腦海裡，讓他覺得很不自在，讓世界看起來很不真實。他揉揉眼睛，這時站在矮樹籬旁的男人不見了。胖查理希望那男人繼續向前走，沿著馬路漫步，走向殘存的晨霧，並把他帶來的尷尬、困擾、瘋狂也帶走。

然後門鈴響了起來。

胖查理披上晨袍，下了樓。

他一向不會在開門前先掛上安全鏈條，他這輩子從沒這麼做過，但這次在他轉動門把前，卻先掛上鏈條，才把前門打開六吋的縫隙。

「早安。」他謹慎地說。

門縫中出現的那道微笑，簡直可以照亮一整座小村莊。

「你找我，所以我來了。」陌生人說，「好了，你到底要不要開門讓我進去，胖查理？」

「你是誰？」胖查理才一開口，就想起了自己在哪裡見過這個人：就在他母親的葬禮上，在火葬場的小教堂裡，他就是在那時看到那道笑容。不必等那男人開口，他就知道這問題的答案了。

「我是你弟弟。」那男人說。

胖查理把門關上，抽下安全鏈條，然後把門完全打開，那男人依舊在那裡。

胖查理不太清楚要怎麼向他原本不相信、可能是虛構的弟弟打招呼，於是他們就僵在那裡，一個門內一個門外，直到他弟弟說：「你可以叫我蜘蛛——你到底要不要請我進去？」

「要，當然要，請進請進。」

胖查理帶那個人上樓。

不可能的事也是會發生的，當這種事真的發生時，大多數人會順其自然。今天就跟平常一樣，地球上約有五千人會遇到這種機率百萬分之一的事，而他們每個人都會相信自己的感官體驗，他們多半會用自己的語言說出類似這樣的話：「天下真是無奇不有，對吧？」然後繼續過日子。所以儘管胖查

❾ 原文為「Red sky in the morning, sailor's warning」，意近中文的「朝霞不出門，晚霞行千里」。

理心中有部分正在為當前的情況找出合情合理的解釋，但他大半心神只是想讓自己習慣一個概念：他有位自己從不知道的弟弟，正跟在他身後爬上樓梯。

他們抵達廚房，然後就站在那裡。

「要不要喝杯茶？」

「有沒有咖啡？」

「恐怕只有即溶咖啡。」

「沒關係。」

胖查理把水壺加熱。「路途很遙遠吧？」他說。

「洛杉磯。」

「航程還舒適吧？」

那男人坐在廚房餐桌前，他聳聳肩，那種聳肩方式可能代表任何意思。

「呃……你打算要待很久嗎？」

「我還沒好好想過。」那個男人——蜘蛛——在胖查理的廚房東張西望，好似他沒見過廚房似的。

「你的咖啡要不要加什麼？」

「黑似夜，甜如罪。」

胖查理把馬克杯放到他前面，再拿了糖罐給他。「自己加吧。」

當蜘蛛在咖啡裡加入一匙又一匙的糖時，胖查理坐在對面瞪著他。

這兩個男人長得像一家人，這點毋庸置疑，但若僅僅如此，並不能說明胖查理見到蜘蛛時的那種強烈熟悉感。這位弟弟的外表就是胖查理心裡渴望的長相，而不是他每次在浴室鏡子中看到的那副尊容，永遠令人失望。蜘蛛比他高、比他瘦，也比他酷；他穿著黑紅相間的皮夾克及黑色窄管皮褲，而且穿得相當自在。胖查理試著回想夢裡那位時髦男士的打扮是不是也如此。他有種出眾的氣質，光是跟這人隔桌相對，就讓胖查理覺得自己既笨拙又不安，還有點蠢。這種感覺與蜘蛛那身行頭無關，而是因為胖查理明白，如果自己也套上那身衣服，看起來只會像個變裝失敗的人妖；這也跟蜘蛛微笑的方式無關（隨性、歡愉的微笑），而是因為胖查理百分之百肯定，就算他從現在起，每天在鏡子前練習微笑直到世界末日，也擠不出一半的魅力、傲氣、迷人的親切感。

「你出席了媽媽的葬禮。」胖查理說。

「我原本想在葬禮結束後去跟你說話，」蜘蛛說，「我只是不確定那樣做好不好。」

「真希望你那時過來跟我說話。」胖查理想到一件事，他說：「我以為你也會參加爸爸的葬禮。」

蜘蛛說：「什麼？」

「他的葬禮，在佛羅里達，幾天前的事。」

蜘蛛搖搖頭。「他沒死，」他說，「我很確定，他死了我會知道的。」

「他死了，是我埋的，呃，是我把墓穴填滿的，你可以問希格勒太太。」

蜘蛛說：「他是怎麼死的？」

「心臟衰竭。」

「那沒有任何意義，那僅僅表示他死了。」

「呃，是啊，他是死了。」

蜘蛛已經沒了笑容，現在他低頭盯著咖啡，好像他猜測可以在那裡找到答案。「我得查查這件事，」蜘蛛說，「倒不是說我不相信你，而是因為他是你老子，儘管你老子也是我老子。」他扮了個鬼臉，胖查理知道那張鬼臉是什麼意思，每當有人提到他父親，他都會在心裡扮那張鬼臉，他扮過無數次了。「她還住在老地方嗎？我們小時候住處的隔壁？」

「希格勒太太嗎？是啊，還住在那裡。」

「你有沒有那裡的東西？圖片？相片也可以？」

「我帶了一箱相片回來。」胖查理還沒打開那只大厚紙板箱，它還放在走廊上。他把它搬到廚房桌上，用菜刀把封箱膠帶割斷，蜘蛛把他修長的手指伸進箱子，像翻撲克牌似地在箱子裡翻相片，最後抽出一張他們母親和希格勒太太的合照，那是她倆二十五年前坐在希格勒太太家門廊上拍攝的。

「那門廊還在嗎？」

胖查理試著回想。「還在吧。」他說。

稍後，他已經記不得到底是相片變大，還是蜘蛛變小了，他可以發誓這兩種事都沒發生。儘管如此，毋庸置疑的是，蜘蛛走進了相片，那張相片還閃了一下，激起陣陣漣漪，把他吸了進去。

胖查理揉揉眼睛，當時是早上六點，他獨自在廚房裡，桌上有只裝滿相片和紙張的箱子，還有只空馬克杯。他把杯子放進水槽，沿著走廊走回房間，躺到床上睡覺，直到鬧鐘在七點十五分響起。

第四章
以醇酒、美人、歌之夜作結

胖查理醒了過來。

兩個夢境在他腦裡混成一團。一個夢是與電影明星弟弟見面，一個是美國總統塔夫特帶著「湯姆貓與傑利鼠」卡通的班底一起大駕光臨。他沖完澡後就搭地鐵去上班。

他一整天工作時，腦袋裡總有東西困擾著他，而他並不知道是什麼。他把數字放錯欄位，丟三落四，有一次還在桌前唱起歌來——這不是因為他很高興，而是因為他忘記不要唱歌，他之所以意識到自己在唱歌，是因為葛拉漢．科茲本人把頭探進胖查理的小辦公室門內訓斥他：「辦公室裡不准使用收音機、隨身聽、MP3等等音樂播放器。」葛拉漢．科茲說話時帶著雪貂般的憤怒眼神。「那表示工作懈怠，職場裡沒人喜歡那種態度。」

「那不是收音機。」胖查理坦承，他耳根發燙。

「不是嗎？不然是什麼？請你告訴我。」

「那是我的聲音。」胖查理說。

「你？」

「是的，我剛才在唱歌，很抱歉——」

「我敢發誓那是收音機的聲音，可惜我猜錯了，真是的。那麼，既然你有這麼美妙的天分，這麼優異的技巧，或許你應該辭職，到舞臺上表演，娛樂一下大眾，或許還可以到碼頭邊當街頭藝人，而不是混在我們其他還想工作的人中間搗亂，好嗎？這裡大家要做正事。」

「不要，」胖查理說，「我不想離開，我剛才只是不小心。」

「那麼，」葛拉漢．科茲說，「你得學習克制唱歌的欲望，你只能在泡澡、淋浴、或是在你最喜歡的足球隊比賽看臺上才能唱——我支持的球隊是水晶宮——要不然你就到別處找頭路吧。」

胖查理微笑，然後想到他壓根兒就不想微笑，於是連忙把臉一板，但葛拉漢．科茲早就走了。胖查理低聲咒罵，在桌上彎起雙臂，抱住了頭。

「剛才那是你的歌聲嗎？」藝人公關部門新來的女孩說。胖查理老是記不住她們的名字，因為等到他記住名字時，她們早就離職了。

「恐怕是。」

「你剛才在唱什麼？很好聽。」

胖查理發現自己根本不知道，他說：「我不知道，我沒在聽。」

她笑了出來，不過很小聲。「他說的沒錯，你應該去灌唱片，別待在這裡浪費時間。」

胖查理不知道該說什麼，他雙頰發燙，於是他開始刪數字，抄筆記，收集寫了留言的便利貼，再把這些留言貼到螢幕上，直到他確定她已經離開了。

瑪芙．李文斯頓打電話來說：可不可以**麻煩**胖查理確定葛拉漢．科茲會打電話給她的銀行經理。他說他盡量，她挑明要他確定他會打電話。

蘿西下午四點打電話到他手機，告訴他她家現在有水了，還告訴他一個好消息：她母親覺得自己應該關心一下即將舉辦的婚禮，要她那天晚上到她那裡討論一下。

「嗯，」胖查理說，「如果晚宴由她負責張羅，我們可以在食物上省下一大筆錢。」

「別說那種話。我今晚會打電話給你，告訴你情況。」

胖查理跟她說他愛她，然後掛斷電話。有人盯著他，於是他轉過身。

葛拉漢．科茲說：「看哪，上班時間打私人電話的人，必自食惡果啊。你知道這句話是誰說的？」

「你說的？」

「的確是我說的。」葛拉漢．科茲說，「的確是，而且這句話再真也不過了，你就把它當正式警告吧。」他露出微笑，那種得意洋洋的微笑，迫使胖查理開始思考，如果自己揮拳朝葛拉漢．科茲軟綿綿的肚皮打去，會造成哪幾種後果。他認為不是被開除，就是惹上傷害罪官司。他認為兩者都不賴……

胖查理沒有暴力傾向，儘管如此，他可以做夢。他的白日夢通常都是些微不足道的小小幸福，他想要有足夠的錢，可以隨時上高級餐廳；他想要一份沒人會對他指手畫腳的工作；他想要在不難堪的情況下唱歌，想要在一處沒人聽得到的地方唱個痛快。

不過在這天下午，他的白日夢變了樣：首先，他能飛，當他從天空俯衝而下，拯救被流氓和歹徒綁架的蘿西時，向他射來的子彈都被他強壯的胸膛彈開。她會緊緊摟住他，他倆一起朝夕陽飛去，朝他的超酷堡壘飛去，到了那裡後，她內心會被感激之情淹沒，熱情如火的她會決定拋開那「等到婚後再說」的堅持，終於可以開始看他倆能多快把那玻璃罐裝滿……

白日夢可以舒緩在葛拉漢．科茲事務所工作的壓力，告訴別人他們已經寄出支票的壓力，打電話向欠事務所錢的人催款的壓力。

下午六點，胖查理關掉電腦，走下五段樓梯到街上。當時還沒下雨，歐椋鳥在他頭上盤旋吱喳，牠們是城市的黃昏合唱團，人行道上每個人都行色匆匆，大多數都跟胖查理一樣，要沿著京士威路向上走到荷波地鐵站，每個人都低著頭，看起來都是一副想盡早打道回府休息的臉。

不過人行道上有一個人哪裡都不去。他就站在那裡，面對著胖查理和還沒離開的通勤客，皮夾克在風中翻飛。他沒有微笑。

胖查理在街尾就看到他了，當他朝他走來時，一切都變得好不真實。這一天化成幻影，他想起了他這一整天不斷試著回想的是什麼。

「你好，蜘蛛。」他走上前說。

蜘蛛看起來內心情緒澎湃、思緒起伏，也彷彿快哭了出來，不過胖查理不太確定。他的表情、他的站姿，在在都顯示他心頭五味雜陳，街上的人都轉過頭去不忍多看。

「我回去那裡，」他的聲音相當鬱悶，「我見到希格勒太太，她帶我去看墳墓，我爸爸死了，我卻完全不知道。」

胖查理說：「他也是我爸爸，蜘蛛。」他納悶著自己怎麼會忘掉蜘蛛，怎麼會把他當成一場夢，隨隨便便拋諸腦後。

「沒錯。」

一道道歐椋鳥飛翔的身影劃過黃昏的天空，牠們在屋頂與屋頂間盤旋，來回飛翔。

蜘蛛全身一顫，挺直了身子，似乎決定了什麼。「你說的沒錯，」他說，「我們得一起做。」

「沒錯。」胖查理說，然後又問：「做什麼？」但蜘蛛早已招來一輛計程車。

「我們乍聞噩耗，」蜘蛛昭告天下，「我們的父親已經不在了。我們心如刀割，悲傷落在我們身上，就像花粉症季節的花粉。我們前途一片黑暗，不幸是我們唯一的同伴。」

「沒錯，紳士們，」計程車司機欣然說，「你們要去哪裡？」

「去尋找治癒黑暗心靈的三種療方。」蜘蛛說。

「或許我們可以去吃咖哩。」胖查理建議。

「有三種東西，世上只有這三種東西可以消除痛失所愛的苦楚，撫平生命的劫難。」蜘蛛說，「這三樣東西就是醇酒、美人和歌。」

「咖哩也很不錯。」胖查理說，但沒人在聽他說話。

「有沒有先後順序？」司機問。

「先喝酒吧，」蜘蛛宣布，「像河流、像湖泊、像海洋般的酒。」

「你說的沒錯。」司機說，於是他開車鑽入車陣。

「我對這一切有種非常不好的感受。」胖查理想力挽狂瀾。

蜘蛛點點頭。「不好的感受，」他說，「沒錯，我們倆都有不好的感受，今晚我們要說出我們不好的感受，互相傾訴、勇敢面對。我們要哀悼、要喝乾痛失所愛的苦澀糟粕。我的哥哥，痛苦不會因分享而加倍，只會減半，人非孤島。」

「莫問喪鐘為誰鳴，」司機吟詠道，「它為你鳴。」❶

「哇，」蜘蛛說，「你說的可是相當沉重的禪機公案。」

「謝謝。」司機說。

「好吧，生死就是這麼一回事。你也算是個哲學家呢。我叫蜘蛛，這位是我哥哥胖查理。」

「叫我查爾斯。」胖查理說。

「我叫史帝夫，」司機說，「史帝夫·布瑞基。」

「布瑞基先生，」蜘蛛說，「你想不想當我們今晚的私人司機？」

---

❶ 出自英國詩人多恩（John Donne, 1572-1631）的詩〈喪鐘為誰鳴〉（又名〈人非孤島〉）。這首詩因海明威在《戰地鐘聲》中引用而廣為人知。

史帝夫．布瑞基解釋他就快下班了，他得回家休息，布瑞基太太和布瑞基家的每位小孩都在等他回家吃晚餐。

「你聽到了嗎？」蜘蛛說，「他是有家有室的男人。啊，我們兄弟倆是彼此世上僅有的親人了，而且今天還是我倆第一次見面。」

「聽起好像小說。」司機說，「是不是因為仇恨？」

「哪來什麼仇恨？他只是不知道自己有位親兄弟。」蜘蛛說。

「那**你**知道嗎？」胖查理說，「你知道有我這個人嗎？」

「我可能知道，」蜘蛛說，「但男人多半記不住這種事。」

司機把計程車停到路邊。「這裡是哪裡？」胖查理問。車沒有開很遠，他認為他們就在艦隊街附近。

「是他要求的，」司機說，「有酒的地方。」

蜘蛛下了計程車，注視著那間老舊酒吧骯髒汙穢的橡木及玻璃門面。「太棒了，」他說，「付錢給他，哥哥。」

胖查理付錢給司機。他們進入室內，走下木梯到一間酒窖裡，在那裡，臉色紅潤的律師和臉色蒼白的貨幣市場基金經理人並肩喝酒，地上有鋸木屑，吧檯後面的黑板上，有用粉筆寫成的模糊酒單。

「你要喝什麼？」蜘蛛問。

「一杯招牌紅酒就好，謝謝。」胖查理說。

蜘蛛臉色凝重地看著他。「我們是阿南西血統的最後傳人，不能用招牌紅酒來哀悼先父。」

「呃……對，那我跟你喝一樣。」

蜘蛛如入無人之境，輕鬆穿過擁擠的人群，走到吧檯，幾分鐘後，他帶著兩只酒杯、一支開瓶器、一罐沾滿灰塵的酒瓶回來。他毫不費力就打開了酒瓶，讓胖查理暗暗佩服，因為他自己每次都得在酒裡挑出軟木塞屑。蜘蛛倒出的酒色澤黃褐近黑。他把兩只杯子都斟滿，把其中一杯拿到胖查理面前。

「乾杯，」他說，「敬我們的爸爸。」

「敬爸爸。」胖查理舉杯輕碰蜘蛛的杯子，酒居然奇蹟似的沒像平常一樣灑出來。他嘗了一口，味道很苦，還有股香草味和鹽味。「這是什麼酒？」

「葬酒，也是為諸神而飲的酒。這種酒已經很久沒人釀了，裡面加了苦蘆薈、迷迭香，還有心碎處女的眼淚。」

「艦隊街的酒吧會賣這種東西？」胖查理拿起酒瓶，但上面的標籤褪色太嚴重，也沾了太多灰塵，無法辨識。「我從來沒聽過。」

「這種老地方就是會有好東西，跟他們要就有，」蜘蛛說，「或者，我只要認定他們有賣就行了。」

胖查理又喝了一口，味道又烈又辣。

「這可不是讓你細細品嘗的酒，」蜘蛛說，「這是讓你哀悼的酒。你要一飲而盡，像這樣。」他把酒大口喝下去，然後皺了皺臉，「這樣味道也比較好。」

胖查理猶豫了一下，便大口喝下這種奇怪的酒，他可以想像自己嘗到了蘆薈和迷迭香，他想知道那鹽味不會真的是淚水吧？

「加迷迭香是為了懷念。」蜘蛛又把他們的酒杯倒滿。胖查理開始試著解釋他今晚其實不想喝太多，他隔天還要上班，但蜘蛛打斷他。「輪你敬酒了。」

「呃……好吧，」胖查理說，「敬媽媽。」

他們喝酒敬母親。胖查理覺得他越來越喜歡這種苦酒的味道，他覺得眼睛辣辣的，體內蔓延著一種深沉、痛苦的失落感，他想念母親，想念童年，甚至還想念父親。坐在桌子對面的蜘蛛正在搖頭，他臉上流下一滴眼淚，撲通一聲落入杯中。他伸手拿起酒瓶，再為兩人添酒。

胖查理喝了。

酒喝越多，悲慟越甚，失落感和喪親之痛侵襲他的腦袋和身體，如海潮般在他體內越漲越高。他自己的淚水從臉上滑落，滴入酒裡，濺起水花，他在口袋裡摸索面紙。蜘蛛為兩人倒了瓶裡最後剩下的黑色酒液。

「他們這裡真的有賣這種酒？」

「他們有，只是自己不知道，需要有人提醒。」

胖查理擤了鼻涕。「我從來不知道自己有個弟弟。」他說。

「我知道自己有哥哥，」蜘蛛說，「我一直想找你，但老是分心。就那麼回事，你知道嘛。」

「我不知道。」

「發生了別的事。」

「什麼樣的事？」

「就是事啊。事之所以是事，就是因為它們會發生啊。我怎麼能記住所有發生過的事？」

「那舉個例子給我聽聽吧。」

蜘蛛又喝了些酒。「好吧，我上次認為應該跟你見面時，我呢……我花了好幾天做計畫，想要一切十全十美，我得挑選衣服，還得準備見面時要說些什麼，我知道兄弟相認呢……嗯……算是史詩的題材，對吧？我認為唯有用韻文才能表示我慎重其事的態度，但要用哪種韻文呢？我要輕快朗誦？還是慷慨陳詞？我是說，我可不能隨便弄首打油詩來跟你見面，所以必須是一首黑暗、擲地有聲、鏗鏘有力的史詩。後來我終於寫了，第一句相當完美：**血親的呼喚，像夜裡的警報**——這句話道盡千言萬語，我知道我可以把一切都寫入詩裡：死於巷弄中的人、汗水、夢魘、不屈不撓的自由精神……一切都會出現在詩裡。接著我得再寫第二行，這時就接不下去了，我想得到最好的句子是：**噹—噹唧—噹唧—噹唧嚇一跳**。」

胖查理眨眨眼。「噹—噹唧—噹唧—噹唧是什麼人？」

「那不是人啦，只是用來表示該填上字的空格。但我再來就寫不下去了。我又不能帶著只有第一行和幾個噹噹噹和三個字的史詩就來找你，對吧？那實在是大不敬。」

「嗯……」

「所以嘍，我那個禮拜就到夏威夷去了。就像我剛才說的，發生了別的事。」

胖查理又喝了些，他開始喜歡上這酒了，有時強烈的口感很適合強烈的情緒，就像現在。「不過，問題總不可能**每次**都出在第二行詩。」他說。

蜘蛛把他修長的手放上胖查理的大手。「我已經說得夠多了，」他說，「我要聽聽你的事。」

「沒什麼好提的。」胖查理說，他告訴弟弟他生活的林林總總，蘿西、蘿西的母親、葛拉漢・科茲、葛拉漢・科茲事務所，而他弟弟則點點頭，胖查理把這一切訴諸言辭說出口後，聽起來還真是貧乏得可以。

「儘管如此，」胖查理充滿哲理地說，「我發現那些會上報紙八卦版的人，也總是在抱怨自己的生活有多沉悶、多空虛、多沒意義。」他把酒瓶舉在玻璃杯上，希望裡面剛好還有一口，可是裡面一滴也不剩，酒瓶是空的。它撐得比哪瓶酒都久，但現在終於也到了盡頭。

蜘蛛站起身子。「我見過那些人，」他說，「那些浮誇雜誌中的人，我曾跟他們混在一起，我曾親眼見證他們青澀空虛的生活，我曾在他們以為自己獨處時，從陰影中看他們。我可以告訴你，老哥，他們即使被人用槍指著頭，恐怕也沒人會想跟你交換生活。走吧。」

「嗯？你要去哪裡？」
「我們要走了。今晚有三項任務，我們完成了其一，醇酒已經喝了，還剩兩項。」
「呃……」
胖查理跟著蜘蛛走到外頭，希望涼爽的夜風能讓他腦袋清醒清醒，可惜沒用。要不是胖查理的腦袋還緊緊連在脖子上，他會以為它飄走了。
「下一樣是美人，」蜘蛛說，「然後是歌。」
或許值得一提的是，在胖查理的世界中，女人不會自己送上門，需要有人介紹給你認識，需要鼓起勇氣跟她搭訕，需要在搭訕時找到可談的話題，即使費盡千辛萬苦走到這地步，後面卻還有更多山峰要征服。你需要有膽量詢問她們星期六晚上有沒有空，即使你問了，她們多半會說她們得去洗頭髮、寫日記、照料鸚鵡，或只想待在電話旁，等待另一位不會打電話來的男人。
不過蜘蛛活在不一樣的世界。
他們漫步到西區，停在一間擁擠的酒吧門前。顧客多到從酒吧湧到人行道上，蜘蛛停下腳步跟他們打招呼，結果發現他們是到那裡慶生的，壽星是位叫希比雅的年輕小姐。蜘蛛堅持要請她們大家喝杯慶生酒，壽星芳心大悅。他說了幾個笑話（「……然後鴨子說，『算到我帳上？❷你當我是什麼？變態嗎？』」）說完還自己笑得樂不可支，笑聲響亮爽朗。他有辦法記住大家的姓名，他跟人說話，也聽人說話。當蜘蛛宣布要到別家酒吧時，整群慶生者也異口同聲地決定跟去……
等他們到達第三家酒吧時，蜘蛛看起來就像搖滾音樂錄影帶裡的人，被女孩簇擁著，她們依偎在他身上，好幾位還半開玩笑、半認真地吻了他。胖查理在一旁乾瞪眼，既忌妒又厭惡。
「你是他保鑣嗎？」一名女孩問。

「什麼？」

「他保鑣，**是**嗎？」

「不，」胖查理說，「我是他哥哥。」

「哇，」她說，「我不知道他還有個哥哥，我覺得他超厲害的。」

「我也是。」另一位女孩說，她之前已經摟著蜘蛛好一段時間，直到別的競爭者把她擠開，這是她第一次注意到胖查理。「你是他經紀人嗎？」

「不是，是他哥哥。」第一位女孩說，「他剛才跟我說的。」她特地強調這點。

第二位女孩不理她。「你也是美國來的嗎？」她問，「你說話也有一點腔調呢。」

「小時候，」胖查理說，「我們住在佛羅里達。我爸是美國人，我媽是……嗯……她原本是聖安德魯斯人，但她小時候在……」

沒人在聽他說話。

當他們繼續往下個地方前進時，慶生會剩下的人也跟著，女人圍繞著蜘蛛，拚命詢問下一攤要去哪裡，有人提議餐廳，有人提議夜店，蜘蛛只是咧嘴笑了笑，繼續往前走。

胖查理跟在他們後頭，越來越覺得自己是多餘的。

他們踉踉蹌蹌穿過燈紅酒綠的世界，蜘蛛左擁右抱，邊走邊親吻眾女，對大家一視同仁，就像咬了夏天的第一顆水果後，又咬了另一顆，她們似乎沒人在意。

這不正常，胖查理心想，這哪門子算正常了，他甚至沒有試著跟上去，只是盡量讓自己別被丟下。

他舌尖上還殘留著葡萄酒的苦味。

❷ put it on my bill為雙關，一為「算到我帳上」，一為「放到我鳥嘴上」。

他注意到有位女孩走在他身邊，她身材矮小，漂亮得有點像小精靈，她拉拉他的袖子。「我們在做什麼？」她問，「我們要去哪裡？」

「我們在哀悼我父親。」他說，「我想是這樣吧。」

「這是電視真人秀嗎？」

「希望不是。」

蜘蛛停下來轉過身，他眼裡的光芒讓人不安。「我們到了，」他宣布，「我們已經到了，這是他會想做的事情。」酒吧門上貼著一張亮橘色的紙，上面的手寫字跡寫著：**今晚，樓上，卡拉ＯＫ**。

「唱歌。」蜘蛛說：「該大顯身手了！」

「不要。」胖查理說，他停下腳步。

「他最愛唱歌了。」蜘蛛說。

「我不唱歌，至少不在公共場合唱。我沒醉，而且我真的不覺得這是個好點子。」

「這是**超棒**的點子。」蜘蛛露出相當有說服力的完美笑容，那張笑臉如果施展得宜，可以引發一場聖戰，可惜胖查理不買帳。

「聽著，」他試著別讓聲音帶著惶恐，「有些事不是人人都做得來的，好嗎？有些人不會飛，有些人不會在公共場所做愛，有些人不會化成一陣煙飄走。以上這些事我都不會，而且我也不會唱歌。」

「即使是為了爸爸也不唱？」

「尤其不為他而唱，他別想死了還讓我難堪……好吧，他已經造成的那些不算。」

「不好意思，」一位年輕女子說，「不好意思，我們要不要進去？外面冷死了，而且希比雅想尿尿。」

「我們進去吧。」蜘蛛對她微笑。

胖查理想抗議，想據理力爭，但卻被大家擠了進去，他只恨自己懦弱。他在階梯上追到蜘蛛身旁。「我會進去，」他說，「但我不唱歌。」

「你已經進來了。」

「我知道，但我不唱歌。」

「你人都已經進來了，還說不會進來，根本沒意義。」

「我不能唱歌。」

「你是說音樂才華也只有我遺傳到嗎？」

「我要跟你說的是，誰逼我在公共場所張開嘴巴唱歌，我就吐給誰看。」

蜘蛛捏捏他的手臂，鼓勵他一下。「你看看我怎麼做。」他說。

壽星女孩和她的兩個朋友跌跌撞撞走上小舞臺，她們一邊唱〈舞后〉❸，一邊咯咯笑不停。胖查理喝了別人放到他手裡的琴湯尼，每當她們丟拍走音，他就會露出受不了的表情。但其他參與慶生會的人卻報以熱烈的掌聲。

另一位女人站上舞臺，正是那位問胖查理他們要上哪去的精靈女孩。開場的和弦聽起來像〈伴我一生〉❹，於是她開口跟著唱，然而歌聲卻離譜得不能再離譜。她唱得超級荒腔走板，每句歌詞不是太早，就是太慢出口，而且還唱錯了大部分的歌詞。胖查理為她感到遺憾。

她爬下舞臺，往吧檯走去。胖查理打算出口安慰，但她整個人卻興高采烈。「實在**太**棒了，」她說，「我是說，真是太**讚**了。」胖查理請她喝一杯，大杯的柳橙汁加伏特加。「**真**是笑死人了。」她告

---

❸〈Dancing Queen〉為瑞典ABBA合唱團的名曲。

❹〈Stand by Me〉為班伊金（Ben E. King）的作品。

訴他，「你唱不唱？快上去，唱吧唱吧，我敢打賭你絕對不會唱得比我爛。」

胖查理聳聳肩，希望這聳肩的方式能表達出他那深不可測的爛。

蜘蛛走到小舞臺邊，好像有聚光燈跟著他一樣。

「我敢說他歌一定唱得很好，」喝柳橙汁伏特加的女孩說，「是不是有人說你是他哥哥？」

「不是，」胖查理失禮地低聲咕噥，「是我說**他**是**我**弟弟。」

蜘蛛開始唱歌，他唱的是〈木板道下〉❺。

要不是因為胖查理很愛這首歌，也不會發生以下這種事。胖查理十三歲時，覺得〈木板道下〉是世上最棒的歌（等他到了憤世嫉俗的十四歲，最愛的歌就變成了巴布·馬利的〈女人別哭〉）。蜘蛛正在唱他喜愛的歌，而且唱得很好，他音調準確，彷彿真情流露。大家都不再喝酒，不再說話，全都看著他，聽他唱歌。

蜘蛛一唱完，大家便歡聲雷動。如果他們都戴著帽子，可能會把帽子全都拋上天。

「我知道你為什麼不想上去唱了，」喝柳橙汁伏特加的女孩對胖查理說，「我是說，你跟他天差地遠，對不對？」

「嗯……」胖查理說。

「我是說，」她咧嘴笑著說，「看得出你家裡誰遺傳了所有的天分。」她點了點頭，一邊說還一邊翹起下巴。就是那翹起的下巴激到胖查理的。

胖查理朝舞臺走去，大步向前邁進，展現出他驚人的肢體靈活度，他汗水直流。

接下來幾分鐘，一切變得模糊不清。他跟ＤＪ說話，從歌單中選了〈永誌不忘〉❻，等了永恆似的短暫時間，然後有人拿麥克風給他。

他嘴脣乾澀，心臟在胸膛裡瘋狂跳動。

螢幕上出現他歌曲的頭幾個字：永誌不忘……

這時候，胖查理**真的**可以唱歌。他音域廣闊，嗓門宏亮，表達力十足。當他唱歌時，整個身體變成了一臺樂器。

音樂開始了。

在胖查理的腦海裡，他已經做好十足準備，要張開嘴巴唱歌了，唱出〈永誌不忘〉。他會為他死去的父親、他弟弟、和那一夜而唱，告訴他們大家，有些事是忘不掉的。

只是他唱不出口。有人抬頭看他。酒吧樓上只有二十幾個人，大半是女人。胖查理在觀眾面前根本開不了口。

他聽得到音樂在播放，但他只是愣在那裡，他覺得全身發冷，雙腳似乎離自己非常遙遠。

他強迫自己張開嘴巴。

「我想……」他的聲音透過麥克風，相當清楚，蓋過了樂聲，回音從房間四面八方傳回他耳裡。

「我想我要吐了。」

他下臺的方式一點也不優雅。

他下臺後，一切變得有點模糊不清。

世界上有神話之地，這種地方確實存在，而且各有不同的存在方式。有些覆蓋在世界之上，有些則深埋世界之下，就像圖畫的底色。

---

❺〈Under the Boardwalk〉為Kenny Young與Arthur Resnick合寫的曲子。

❻〈Unforgettable〉，Irving Gordon所作，演唱者為黑人歌手納京高（Nat King Cole）。

世界上有山，山是抵達世界盡頭的懸崖前必經的岩地，山中會有洞穴。遠在人類始祖行走於大地上之前，這些深深的洞穴就已經有居民了。

這些洞穴現在依舊有居民。

第五章
細數隔天一早的後果

胖查理口渴。

胖查理口渴兼頭痛。

胖查理口渴兼頭痛兼滿嘴怪味兼眼睛緊緊陷在眼眶裡兼每顆牙齒都痠疼兼肚子發燙兼背痛兼痛楚從膝蓋一路蔓延到額頭兼大腦給人挖了換上棉花球和針和大頭針所以他才會一動腦就頭疼欲裂而且他眼睛絕不只深陷眼眶一定是晚上滾出來後又被人用屋頂釘給釘回去而且他這時才注意到只要有什麼聲音比空氣分子輕飄的溫和布朗運動❶還大聲就會讓他痛苦難當。總之，他真想死了算了。

胖查理睜開眼睛，這麼做其實大錯特錯，因為陽光因此射了過來，刺眼無比。但這麼做也讓他知道自己身在何處（自己房間的自己床上），而且，因為他正好看到床頭桌上的時鐘，於是得知現在是十一點半。

---

❶ 英國植物學家勞伯．布朗（Robert Brown）在一八二七年從顯微鏡觀察懸浮於水中的花粉粒時，發現花粉粒會做連續快速而不規則的隨機移動，故稱為布朗運動（Brownian motion）。後來生物學家發現懸浮於液體或空氣中直徑小於零點零四公分的粒子都會產生布朗運動。

他心裡一個字一個字地想，世上最糟的情況差不多就是這樣：他宿醉之嚴重，可能連舊約中的上帝都可以用這種痛苦來毀滅米甸人❷。他下次見到葛拉漢．科茲時，絕對會發現自己被開除了。

他不知道能不能在電話中讓對方相信自己病了，接著才想到，要讓聲音聽起來不像生病，才是真正的難事。

他不記得昨晚回家的經過。

一等他想得起來辦公室的電話號碼，就會立刻打電話過去道歉，說明自己染上急性流行性感冒，除了平躺在床，一切都無能為力……

「我想跟你說……」有個躺在他身旁的人說，「你那邊有瓶水，可以拿給我嗎？」

胖查裡想解釋他床那邊沒水，距離他們最近的水，其實在浴室洗臉盆的水龍頭裡，漱口杯還得先消毒才行，接著又發現眼前的床頭桌上，居然果真放了好幾瓶水，於是他伸出手臂，握住其中一瓶，手指感覺就像別人的，然後他用那種攀岩者把自己拉上最後幾吋峭壁的吃奶力氣，讓自己滾到床的另一側。

躺在床上的是柳橙汁伏特加。

她還全身赤裸——至少他看得見的部分全都一絲不掛。

她接走那瓶水，把被子拉高蓋住胸部。「謝啦，他要我在你起床後告訴你，」她說，「不必費心打電話到公司說你病了，他要我告訴你全包在他身上。」

胖查理的心沒有因此平靜下來，恐懼和擔憂也沒有因此緩和。不過話說回來，在這種情況下，他腦袋裡的空間只夠一次擔心一件事，這當口他擔心的是自己能不能及時到達浴室。

「多喝點水，」女孩說，「你需要補充電解質。」

胖查理及時抵達浴室。然後，既然他人都已經在浴室了，就乾脆在那裡沖了澡，沖到房間不再波動為止，接下來他刷牙時沒嘔吐。

等他回到房間後，柳橙汁伏特加已經不在了，這讓他鬆了口氣，他早就開始巴望她最好只是酒精引起的幻覺，好比粉紅色大象，或他昨晚居然上臺唱歌的噩夢。

他找不到晨袍，於是穿上運動服，如此才夠體面，可以走到走廊彼端的廚房去。

他的手機響了起來，他在床邊地板的夾克裡拚命摸索，好一會兒才找到手機掀開蓋子。他對手機粗聲咕噥，盡量讓聲音聽起來像別人，以防對方是葛拉漢．科茲事務所的人，打電話來查問他的行蹤。

「是我。」蜘蛛的聲音說，「一切還好吧？」

「你告訴他們我死了嗎？」

「沒那麼糟，我告訴他們我就是你。」

「可是，」胖查理試圖讓思緒清楚點，「可是你不是我。」

「嘿，我知道，但我告訴他們我是你。」

「你長得根本不像我。」

「我的老哥，別雞蛋裡挑骨頭了，我全都搞定啦。喔，該掛了，大老闆要找我說話。」

「葛拉漢．科茲？聽好，蜘蛛——」

不過蜘蛛早已掛上電話，話機螢幕一片空白。

胖查理的晨袍穿過門走進來，裡頭裹著一位女孩，那件晨袍在她身上比在他身上好看太多了。她拿著托盤，上面放了一杯清水，亞卡賽茲胃片正在水裡嘶嘶冒泡，還有只馬克杯，裡頭不知裝了什麼。

「把這兩杯都喝了。」她告訴他，「先喝馬克杯，一口喝完。」

---

❷舊約聖經記載，以色列人受到米甸人（Midianites）壓制，後來藉由上帝的幫助擊敗米甸人。

「裡頭裝的是什麼？」

「蛋黃、英國黑醋、辣椒醬、鹽、一點點伏特加等等等等，」她說，「治不好大不了死一死，快喝。」她的語氣不容反駁。「喝下去。」

胖查理喝了。

「我的媽啊。」他說。

「這就對了，」她同意道，「瞧，你不是活得好好的嗎？」

他不確定自己是死是活，但還是把胃片水喝了下去。他忽然想到一件事。

「呃……」胖查理說，「呃……聽著，昨晚……我們有沒有……呃……」

她一臉茫然。

「有沒有怎樣？」

「有沒有……妳知道嘛……就**那個？**」

「你是說你不記得了？」她臉一沉，「你說過那是你有史以來最棒的一次，簡直像是生平第一次跟女人上床，你一部分是天神，一部分是禽獸，一部分是停不下來的性愛機器……」

胖查理雙眼不知該看向哪裡。她吃吃笑了起來。

「逗你玩的啦，」她說，「我只是幫你弟弟帶你回家，我們幫你清理乾淨，之後的事你自己知道嘍。」

「不，」他說，「我不知道。」

「好吧，」她說，「你整個人醉死了，這張床又這麼大。我不知道你弟弟睡哪，他一定壯得跟頭牛一樣，天一亮就起來了，整個人容光煥發，笑容洋溢。」

「他去上班了，」胖查理說，「他跟公司的人說他是我。」

「不會穿幫嗎？我是說，你們倆又不是一模一樣的雙胞胎。」

「顯然不是。」他搖搖頭，然後又看看她。她向他吐了吐粉嫩嫩的小舌頭。

「妳叫什麼名字？」

「你是說你忘了？我可記得**你的**名字，你叫胖查理。」

「我叫查爾斯，」他說，「請叫我查爾斯。」

「我叫黛西，」她伸出手，「很高興認識你。」

他們正式握手。

「我覺得好了點。」胖查理說。

「就跟你說了嘛，」她說，「治不好，大不了死一死。」

蜘蛛在事務所快樂無比，他可說從沒在辦公室上過班——他幾乎沒上過班。對他而言，從搖搖晃晃載他上六樓的小電梯，到葛拉漢．科茲事務所裡擠得跟兔子窩一樣的辦公室，一切都很新鮮，在在既神奇又陌生。他著迷地注視大廳裡的玻璃櫃，裡面擺滿了沾滿灰塵的獎牌；他在各辦公室裡遊蕩，每當有人質問他是誰，他就說：「我是胖查理．南西。」而且還用上神音，如此會讓他的言語成真。

他找到茶水間，泡了幾杯茶帶回胖查理的座位，把茶擺放在桌子周圍，搞得好像是藝術作品。接著他開始玩電腦網路，系統要求他輸入密碼，他跟電腦說：「我是胖查理．南西。」但還是有些地方進不去，於是他說：「我是葛拉漢．科茲，」然後整個網路就像花朵般在他眼前綻開。

他在電腦上東看西看，看到無聊為止。

他處理了胖查理資料夾裡的事，也處理了胖查理待處理資料夾裡的事。

他忽然想到胖查理這時大概醒了，於是便打通電話回家要他放心。他剛覺得自己做事有點進展時，葛拉漢．科茲就把頭探進門內，手指豎在他那黃鼠狼般的嘴脣前，招手要他過去。

「該掛了，」蜘蛛跟他哥哥說，「大老闆要找我說話。」他掛上電話。

「上班時間打私人電話，南西。」葛拉漢．科茲說道。

「他媽的沒錯。」蜘蛛同意道。

「你剛才提到的『大老闆』是我嗎？」葛拉漢．科茲問，他們走到走廊盡頭，進入他的辦公室。

「你是這裡最大的，」蜘蛛說，「也是最有老闆樣的。」

葛拉漢．科茲一臉茫然。他覺得自己被開了玩笑，但又不很確定，這讓他心神不寧。

「嗯，坐下坐下。」他說。

蜘蛛坐了下來。

葛拉漢．科茲習慣讓葛拉漢．科茲事務所的人事流動率保持穩定，有些人來來去去，也有些人來了就留下，但一旦久到工作即將開始受法律保護，也就是離職之時了。胖查理的資歷早已領先群倫：一年又十一個月，只要再一個月，他就能適用資遣費和勞資仲裁法庭。

葛拉漢．科茲在開除員工前，都會發表一段演說，這段演說可是他的得意之作。

「天有不測風雲，」他開始說話，「但總有一天能撥雲見日。」

「凡事，」蜘蛛說道，「有利有弊。」

「啊，沒錯，正是如此。嗯，當我們遭遇人生不如意時，必須反躬自省——」

「愛的最初，」蜘蛛說，「傷的最深。」❸

「什麼？喔，」葛拉漢．科茲搜索枯腸，想記得接下來該說什麼。「幸福，」他宣布，「就像一隻蝴蝶。」❹

「或一隻青鳥。」蜘蛛附和。

「沒錯，可以讓我說完嗎？」

「當然，請便。」蜘蛛欣然說。

「葛拉漢・科茲事務所每個人的幸福，就跟我自己的幸福一樣重要。」

「我無法形容，」蜘蛛說，「你這麼說讓我感覺多麼幸福。」

「對。」葛拉漢・科茲說。

「那麼，我最好回去工作了，」蜘蛛說，「不過，這番對話實在相當盡興，要是下次你想分享更多哲理，儘管來找我，你知道我在哪裡。」

「幸福，」葛拉漢・科茲說，他的聲音隱約有種窒息感。「南西——查爾斯，我想知道，你在這裡幸福嗎？你難道不覺得另謀高就會比較幸福？」

「我不想知道這種事，」蜘蛛說，「你想知道**我**想知道什麼事嗎？」

葛拉漢・科茲什麼都沒說，這種情況前所未見。一般而言，到了這個時候，他們都會垮下臉，震驚不已，有人還會哭，葛拉漢・科茲從不介意別人哭。

「我想知道的是……」蜘蛛說，「開曼群島的帳戶是怎麼回事？我說啊，那看起來簡直像是原本該進入客戶帳戶的錢，有時反而會跑到開曼群島。『把錢放在那裡不管』這種財務管理方式似乎相當可笑，我以前從沒見過這種事，我希望你能解釋給我聽。」

葛拉漢・科茲頓時面無血色，那種顏色在色票中會標上「羊皮紙」或「木蘭花」等名稱。他說：

「你是怎麼進入這些帳戶的？」

---

❸〈The First Cut Is The Deepest〉，搖滾女歌手雪瑞兒・可洛的歌。

❹美國小說家霍桑的名言，全句為「幸福就像一隻蝴蝶。你想追尋時，往往捉不到；等你靜靜坐下，牠卻會翩然降臨」。

「用電腦，」蜘蛛說，「電腦快把我搞瘋了，你也是嗎？你建議怎麼辦？」

葛拉漢・科茲想了好長一段時間，他一直以為自己的財務狀況極度糾纏不清，即使反詐騙小組最終能下定論，指出他涉嫌金融犯罪，要向陪審團解釋到底是什麼罪，也會困難到極點。

「開立海外帳戶沒什麼不法。」他盡量讓聲音顯得若無其事。

「不法？」蜘蛛說，「希望如此。我是說，如果我見到任何不法行為，就必須上報主管機關。」

葛拉漢・科茲從桌上拿起一枝筆，然後又把筆放下。「啊，」他說，「嗯，查爾斯，雖然跟你聊天交談、相處交心是一大樂事，但我認為我們倆都有事要忙，畢竟光陰如逝水，歲月不待人，因循拖延乃時間之竊賊。」

「生命如岩石，」蜘蛛說，「但收音機撼動我的生命。」❺

「隨你怎麼說。」

胖查理開始覺得自己像個人了，他不再感到痛苦，一陣又一陣緩慢深刻的噁心感不再侵襲他，儘管他還沒相信這是個美好歡愉的世界，但總算脫離了宿醉的第九層地獄。真是謝天謝地。

黛西占了浴室。他聽到水龍頭的流水聲，然後又聽到某種相當怡然自得的潑水聲。

他敲了敲浴室門。

「我在這裡。」黛西說，「我在浴室裡。」

「我知道，」胖查理說，「我是說，我原本不知道，但我想妳應該在裡面。」

「有什麼事？」黛西說。

「我只是在想……」他對著門說，「我想知道妳昨晚為什麼會來。」

「嗯，」她說，「你醉得有點厲害，你弟弟看起來也需要人幫忙，我今早不必上班，所以就這樣啦。」

「就這樣啦。」胖查理說。她一方面同情他，一方面又真的很喜歡蜘蛛。沒錯，這位弟弟雖然只出現了一天多一點，可是他已經感覺到，這全新的家庭關係已經沒有任何懸念了：蜘蛛是酷的那個，他是另外那個。

她說：「你的聲音很美。」

「什麼？」

「我們搭計程車回家時，你在車上唱歌，唱的是〈永誌不忘〉，很好聽呢。」

他不知怎地早已把卡拉ＯＫ的事拋到腦後，放到我們棄置不堪回首往事的陰暗角落。這時他又想起來了，然後覺得還是忘了的好。

「你很厲害，」她說，「等一下可不可以唱給我聽？」

胖查理拚命轉著腦筋，然後一陣門鈴替他解了圍。

「有人來了。」他說。

他到樓下把門打開，情況卻變得更糟。蘿西母親看著他的冰冷眼神，足以讓牛奶凝固，她什麼話都沒說，手裡握著一只白色大信封。

「妳好。」胖查理說，「諾雅太太，很高興見到妳，嗯……」

她哼了一聲，把信封握在胸前。「喔，」她說，「你在家啊，那你要不要邀我進去坐坐呢？」

沒錯，胖查理心想，這種人不會不請自入，只要說聲不，她便會掉頭就走。「當然啦，諾雅太太，請進。」吸血鬼就是這樣進入你家的。「要不要喝杯茶？」

---

❺〈Life Is a Rock (But the Radio Rolled Me)〉，為一九七四年一群音樂製作人的合唱曲。

「別以為這樣就能哄住我，」她說，「想都別想。」

「呃……對。」

他們走上狹窄的樓梯，進入廚房，蘿西的母親左右張望，臭著一張臉，好像在暗示把吃的東西放在這種地方（他真的放在這裡）不符合她的衛生標準。「要咖啡嗎？還是水？」別提到蠟製水果，「還是蠟製水果？」毀了。

「蘿西跟我提到你父親剛剛過世。」她說。

「是的，沒錯。」

「蘿西的父親過世時，《廚師和廚藝》雜誌刊載了四頁的訃文，他們說他是國內加勒比海風味料理的正宗開山始祖。」

「喔。」他說。

「他過世後可沒讓我的生活陷入困境。他保了壽險，還有兩間生意興隆的餐廳的股權。我是個富婆，我死後這些錢都會由蘿西繼承。」

「我婚後會負起照顧她的責任，」胖查理說，「妳不必擔心。」

「我沒說你娶蘿西是為了錢。」蘿西的母親說，語氣卻明白表示她正是這麼想的。

胖查理的頭又開始痛了。「諾雅太太，有沒有什麼事需要我幫忙？」

「我跟蘿西談過了，我們決定我應該開始著手幫你處理婚禮事宜，」她一本正經地說，「我需要你提供名單，也就是你想邀請的人，他們的姓名、住址、電子信箱、電話號碼。我做了份表格讓你填，想到可以省下郵資就親自拿來了，反正我今天到麥斯威爾花園路正好順路。我還以為你不在家。」她把那只白色大信封交給他。「婚禮總共會有九十人。你可以邀請八名家人，六名私人朋友和四名家人坐H桌，其他坐C桌。你父親原本可以跟我們一起坐在主桌，但既然他已經去世了，我們就把他的位置轉讓給蘿西的溫妮芙姑姑。你已經決定好伴郎了嗎？」

胖查理搖搖頭。

「那麼等你決定好後，務必讓他了解，致詞時不准說些沒教養的話，我不想聽到伴郎說出任何我不該在教堂聽到的言詞，明白嗎？」

胖查理想知道蘿西的母親通常都在教堂聽到些什麼，大概是萬眾齊呼：「回來吧！地獄之惡獸！」然後大家倒抽一口氣，「它還活著嗎？」接著會有人緊張兮兮地詢問有沒有誰記得帶棍子和鐵鎚。

「我想，」胖查理說，「我的親戚不只十位。我是說，我有堂表兄弟姐妹、姑婆舅婆之類的。」

「看來你根本沒搞清楚，」蘿西的母親說，「婚禮是很花錢的。我為A到D桌一人分配了一百七十五鎊，A桌是主桌，B到D桌的賓客是蘿西的至親和我婦女會的朋友；然後E到G桌的預算是一人一百二十五鎊，這幾桌是讓比較疏遠的朋友、小孩子等人坐的。」

「妳說我朋友會坐在H桌。」胖查理說。

「那是更次席，他們不會吃到酪梨蝦仁冷盤或雪莉蛋糕。」

「我和蘿西之前談到婚宴時，都想要西印度群島風味菜。」

蘿西的母親哼了一聲，「那孩子有時候不知道自己想要什麼，不過我和她現在已經完全意見一致了。」

「等等，」胖查理說，「我想，或許我該跟蘿西談談再回覆妳。」

「把這表格填一填就行了，」蘿西的母親說，然後她懷疑地說：「你怎麼沒上班？」

「我呢……呃……我沒上班，也就是說，我今天早上請假，我今天不上班，我……不上班。」

「希望你跟蘿西說過。她跟我說她今天打算找你吃午餐，所以才沒辦法跟我一起吃。」

胖查理聽進去了。「對，」他說，「嗯，謝謝妳順道過來，諾雅太太，我會再跟蘿西談，還有——」

黛西走進廚房，頭上裹著一條毛巾，身上披著胖查理的晨袍，布料緊貼著溼漉漉的身體。她說：「有柳橙汁，對不對？我之前到處亂逛時有看到一些。你頭還痛嗎？好點了嗎？」她打開冰箱門，替自己倒了一大杯柳橙汁。

蘿西的母親清了清喉嚨，不過聽起來不像清喉嚨，倒像海灘上鵝卵石的沙沙摩擦聲。

「妳好啊，」黛西說，「我叫黛西。」

廚房的溫度開始降低，「是嗎？」蘿西的母親說，最後那聲「嗎」讓空氣都結了冰。

「我想知道，如果柳橙不是橙色的，我們會怎麼叫這種水果？」胖查理在一片靜寂中說，「我是說，如果這是一種我們以前從來沒見過的藍色水果，我們是不是會叫它『柳藍』？我們喝的果汁會不會叫柳藍汁？」

「什麼？」蘿西的母親問。

「我的天，你真該聽聽自己嘴巴說了些什麼。」黛西愉快地說，「好了，我要去找找我的衣服。很高興見到妳。」

她走出廚房。胖查理卻沒有恢復呼吸。

蘿西的母親平靜得不能再平靜，「她——是——誰——？」

「我妹……表妹，她是我表妹。」胖查理說，「我一直把她當親妹妹看，我們很親，從小一起長大。她昨晚臨時起意要來我家過夜，她個性有點像野孩子，而且……喔，她會來參加婚禮。」

「我會把她安排在H桌。」蘿西的母親說，「她在那裡會比較自在。」一般人會拿那種語氣來放狠話，例如：「你想死得痛快點？還是想讓殭屍先跟你玩個過癮？」等等。

「好好。」胖查理說。「那麼……很高興見到妳，妳一定還有很多事要忙，而且呢……」他說，「我要去上班了。」

「你不是請假？」

「早上而已，我只有請早上。早上快結束了，所以我要去上班了，再見。」

她一把抓起手提包，站了起來，胖查理將她一路送到門廳。

「很高興見到妳。」他說。

她眨眨眼，就像大蟒蛇在攻擊前往往會先眨眼一樣。「再見，黛西，」她喊道，「婚禮上見。」

穿著內褲和胸罩的黛西正要套上T恤，她探出頭向門廳說：「小心慢走。」說完又縮回胖查理的臥室。

蘿西的母親沒再說什麼，胖查理領著她走下樓梯，他為她開門，當她經過他身邊時，他在她臉上看到了嚇死人的景象，讓他原本就糾成一團的腸胃糾得更緊，那是她的嘴巴弄出的表情：嘴角勾起，裂出血盆大口，看起來活像顆長了嘴脣的骷髏頭——這就是蘿西母親的微笑。

他在她轉身後把門關上，站在樓下門廳顫抖，然後蹣跚爬上階梯，彷彿正走向電椅。

「剛才那是誰？」黛西這時即將著裝完畢。

「我未婚妻的媽媽。」

「真是個開心果，對嗎？」她穿得跟昨晚一模一樣。

「妳就穿那樣去上班？」

「喔，老天，當然不是，我會回家換衣服。反正我工作時不是穿這樣。你可以幫我叫計程車嗎？」

「妳要去那裡？」

「漢敦。」

他打電話給當地的計程車行，然後坐在門廳地板上，沉思未來的各種可能性，而這些全都是想也沒用的。

有個人站到他身旁。「我袋子裡有維他命B，」她說，「不然你也可以試試吞個一湯匙蜂蜜，對我沒效，但我寓友發誓可以解宿醉。」

「不是宿醉的問題，」胖查理說，「我跟她說妳是我表妹，免得她以為，妳是我……我們倆……妳知道……公寓裡冒出個陌生女人……這種事。」

「表妹是嗎？那麼……不必擔心，她大概轉頭就把我給忘了。要是她沒忘，你就跟她說我人間蒸發了。反正你不會再見到我。」

「真的？妳保證？」

「你不必說得這麼高興。」

外面街上傳來汽車喇叭聲。「計程車到了，站起來跟我說再見吧。」

他站了起來。

「不必擔心。」她說，還摟了他一下。

「我想我這輩子已經玩完了。」他說。

「不，還沒。」

「我沒戲唱了。」

「謝謝你。」她踮起腳尖，吻了他的唇，那個吻吻得深沉悠長，不太符合初識朋友的界線。然後她微微一笑，輕快瀟灑地走下樓，到外頭去。

「這……」胖查理在門關上時大聲說，「大概不是真的。」

他嘴脣上依舊嘗得到她的味道，洋溢著柳橙汁與覆盆子的清香。那是一個吻，一個認真的吻，那個吻帶著一種性魅力，他這輩子從沒品嘗過，這種感覺連——

「蘿西。」他說。

他掀開手機，用快速撥號打給她。

「我是蘿西，」蘿西的聲音說，「我目前不是在忙，就是又弄丟了手機，你已經進入語音信箱，你可以撥住家電話看看，不然就留話給我。」

胖查理關上電話，在運動服外披上一件外套後就出門上街了，儘管可怕的刺眼日光讓他有點畏縮。

蘿西．諾雅很擔心，這擔心本身也讓她擔心。就算蘿西不肯對自己承認，但這次擔心，就跟蘿西生活中十之八九的不如意一樣，都是她母親的錯。

在蘿西習以為常的世界裡，她母親一直大力反對她嫁給胖查理．南西。她認為母親的反對，其實正是上天的啟示，表示這場婚姻八成是椿良緣，雖則她內心深處其實不完全肯定。

她當然愛他，他忠厚老實、穩重可靠……

母親對胖查理的態度突然出現一百八十度的轉變，這讓蘿西擔心。母親忽然興致勃勃地自告奮勇幫他們倆規畫婚禮，也讓她無比困擾。

她昨晚曾打電話給胖查理，想討論這件事，但他沒接電話，蘿西心想他大概早早就上床睡覺了。所以她今天才挪出午休時間，好找他談談。

葛拉漢．科茲事務所位於奧德維其街上一棟灰色維多利亞式建築的頂樓，位於五段階梯之巔，不過那裡有電梯，該座古董級電梯是一百年前的戲劇經紀人魯柏．「賓奇」．巴特沃所安裝，又小又慢，還會震動。想理解電梯的設計和功能特性，得先明白賓奇．巴特沃身材的大小和形狀就像隻肥胖小河馬，卻又具備擠進狹小空間的本事，所以這座專為他量身打造的電梯，塞得下他自己——外加一個瘦得多的人，例如歌舞團少女或少年（賓奇並不挑剔）。賓奇最愛的事，莫過於想爭取登臺機會的人跟他一起擠進電梯，共同體驗這段緩慢無比、晃動不堪、直達六樓的旅程。通常等電梯抵達頂樓後，賓奇就會因為消受不了旅程中的擠壓，必須稍稍躺一下，留下那位歌舞團少女或少年在接待室一邊枯等，一邊擔心賓奇在抵達頂樓時那副臉紅頭脹、氣喘如牛的鬼樣，是不是意味著他患有某種早期愛德華時代的栓塞症。

人們會跟賓奇．巴特沃搭一次電梯，但以後就會走樓梯。

葛拉漢．科茲在二十多年前，從賓奇的孫女手中買下了巴特沃經紀公司的舊資產，他主張電梯是歷史的一部分。

蘿西用力關上內摺門，再關上外門，然後走向接待處，告訴接待人員她要找查爾斯．南西。她坐了下來，座位上方掛著葛拉漢．科茲跟他歷任代理客戶的合照，她認得出喜劇演員莫利斯．李文斯頓，幾個紅極一時的男孩團體，還有好幾位運動明星，他們晚年多半變得很「出名」，這種人會恣意縱情享樂，直到有新肝臟可供移植。

有個男人走到接待處，他看起來根本不像胖查理，他膚色較深，臉上掛的那副笑容，彷彿萬事萬物都讓他興致盎然──一種深沉危險的興致。

「我是胖查理．南西。」那男人說。

蘿西走向胖查理，在他頰上輕輕一吻。他說：「我認識妳嗎？」這話實在莫名其妙，接著他又說：「當然認識嘍，妳是蘿西，而且一天比一天漂亮。」他回吻了她，脣對著脣，雖然只是蜻蜓點水的一吻，蘿西的心跳卻開始加速，直逼與歌舞團演員一起擠在電梯裡晃上六樓的賓奇．巴特沃──那次電梯還晃得格外厲害。

「午餐……」蘿西勉強擠出聲音說，「剛好經過……想說或許我們可以……聊聊。」

「好啊，」讓蘿西以為是胖查理的男人說，「吃午餐。」

他自然而然地伸手攬住蘿西。「妳想去哪裡吃？」

「喔……」她說，「都好……你想去哪裡都好。」他的味道，她心想，以前怎麼都沒注意到他的味道這麼好聞？

「我們會找到地方的，」他說，「要走樓梯嗎？」

「你覺得沒差的話，」她說，「我想搭電梯。」

她用力關起摺門，然後他們擠在一起，慢吞吞地晃到一樓。

蘿西記不得上次這麼幸福是什麼時候了。

他們走上街時，蘿西的手機嗶了一聲，她知道有通未接來電，但她沒有理會。

他們走進路過的第一間餐廳。這家餐廳直到上個月為止，還是家高科技壽司店，裡頭環繞著一條輸送帶，載著一碟碟生魚料理，價位以盤子顏色區分。可惜日本料理店生意不好，於是立刻被一家匈牙利餐廳取代，倫敦的餐廳就是這樣。新餐廳保留了那條輸送帶，為匈牙利料理的世界增添了高科技感，這也意味著一碗碗涼得很快的燉牛肉湯、紅椒麵糰、酸奶油鍋會優雅地在餐廳裡繞行。

蘿西認為這流行持續不了多久。

「你昨晚上哪兒去了？」她問。

「我出門了，」他說，「跟我弟弟一起出去的。」

「你不是獨生子？」她說。

「不是，原來我是一缺一。」

「真的嗎？又是你爸爸留下的遺產？」

「親愛的，」她以為是胖查理的男人說，「妳不知道的事可多了。」

「那麼……」她說，「我希望他會來參加婚禮。」

「哪怕世界末日，他也絕不會錯過。」他握住她的手，她的燉牛肉湯湯匙差點掉了下去。「妳下午還有什麼事？」

「沒什麼事，辦公室的工作差不多都忙完了，還有幾通募款電話要打，但不急，有什麼……呃……你是要……呃……為什麼這麼問？」

「今天天氣真美好，妳要不要去散散步？」

「那……」蘿西說，「真是太好了。」

他們漫步到堤岸邊，開始沿著泰晤士河北岸散步，他們手牽手悠閒漫步，有一搭沒一搭地閒聊。他們停下來買冰淇淋時，蘿西問道：「**你的**工作怎麼辦？」

「喔，」他說，「他們不會介意的，搞不好連我不在位子都沒人注意到。」

胖查理跑上樓梯，直奔葛拉漢．科茲事務所。他總是走樓梯，這樣比較健康，也不用擔心會跟別人擠在電梯裡，距離近到想假裝對方不存在都不行。

他微微喘著氣走到接待處，「安妮……蘿西來過了嗎？」

「你跟她走散了嗎？」接待員說。

他走到自己的辦公室，他的桌子整齊得出奇，那堆雜亂的未處理信件已經不見了，電腦螢幕上有張黃色便利貼，上面寫著：「過來見我。科茲留。」

他敲敲葛拉漢．科茲的辦公室大門，這一次有聲音說：「是誰？」

「是我。」他說。

「是你啊，」葛拉漢．科茲說，「進來吧，南西先生，拉張椅子坐下。我一直在反覆思考我們今天早上的對話，我以前似乎錯看你了。你在這裡工作了……多久……？」

「快兩年了。」

「你工作了這麼久，一直很努力，再加上令尊又不幸過世……」

「我跟他不怎麼親。」

「啊，南西，你真堅強。既然目前是生意淡季，你覺得休個幾週的假怎麼樣？當然不消說，我會給你全薪假。」

「全薪假？」胖查理說。

「全薪……不過沒錯，我懂你的意思，錢怎麼辦？我確信你需要些錢花花，對吧？」

胖查理試著弄清楚今夕何夕，「我是不是被炒魷魚了？」

葛拉漢．科茲笑了笑，聲音就像喉嚨卡了根尖刺的黃鼠狼，「肯然不是，恰恰相反，其實呢，我是認為……我們現在彼此心照不宣，你的工作安安穩穩，就跟在家裡一樣安全，只消繼續維持完美無瑕的謹慎小心就行了。」

「這個家有多安全？」胖查理問。

「安全得不能再安全。」

「可是我在哪裡讀到過，大多數意外都發生在家裡。」

「那麼……」葛拉漢．科茲說，「我想當務之急，就是請你迅速回到自己家裡。」他交給胖查理一張長方形紙片，「拿去，你這兩年來為葛拉漢．科茲事務所辛苦付出，這是一點小小謝意。」然後，由於他每次給別人錢時總得來上這麼一句，這次當然也不能例外，「別一次花光。」

胖查理看看紙片，那是張支票，「兩千鎊，我的天──我是說，我不會一次花光的。」

葛拉漢．科茲對胖查理微笑。那副笑容流露著幾分勝利的意味，可惜胖查理太迷惑、太震驚、太茫然，根本渾然不覺。

「一路順風。」葛拉漢．科茲說。

胖查理起身準備走回自己辦公室。

葛拉漢．科茲若無其事地靠在門邊，就像隻貓慵懶地倚在蛇穴外。「順便問一聲，在你舒舒服服度假——我勸你一定一定、務必務必要去度假——在這段期間，我搞不好會需要看看你的電腦檔案，告訴我你的密碼行吧？」

「我還以為你的密碼可以整個系統通行無阻。」胖查理說。

「當然可以。」葛拉漢．科茲不動聲色地同意。「只是以防萬一，你也知道，電腦常常靠不住。」

「密碼是『美人魚』，」胖查理說，「M-E-R-M-A-I-D。」

「太棒了。」葛拉漢．科茲說，「太棒了。」他沒有真的摩拳擦掌，但也差不多了。

胖查理懷裡揣著兩千鎊的支票走下樓，納悶著自己這兩年來怎麼會一直對葛拉漢．科茲有這麼深的誤解。

他拐個彎走進銀行，把支票存進戶頭。

然後他晃到堤岸上，好透透氣，順便思考一下。

他現在多了兩千鎊的財產，早上的頭痛也完全消除了，整個人感覺既踏實又富足，不知道能不能說服蘿西跟他一起去小小度個假，雖然事先毫無計畫，不過呢……

接著他看到了蜘蛛與蘿西，他們倆手牽手走在馬路對側。蘿西剛好吃完最後一口冰淇淋，她停下來把紙屑扔進垃圾筒後，一把拉過蜘蛛，用她沾滿冰淇淋的雙脣，熱情如火地吻起他來。

胖查理只覺頭又開始抽痛，全身動彈不得。

他看著他們親吻，以為他們遲早得喘口氣，但他們沒有。於是他往反方向走去，直到抵達地下鐵。他覺得自己窩囊透了。

他回家。

回到家後，他感覺悲涼無比，於是躺上了床。床上還隱約聞得到黛西的淡淡幽香，他閉上雙眼。

時間不知不覺過去，胖查理這會兒正跟著父親沿沙灘散步，他們倆打著赤腳，他又變回小孩子，他父親卻看不出年紀。

話說，他父親說，你和蜘蛛處得怎樣？

這是場夢，胖查理指出，況且我不想談這件事。

你們這兩個孩子啊，他父親邊說邊搖頭，聽著，我有件要緊事要告訴你。

什麼事？

但他父親沒回答。浪花邊緣有個東西吸引了他的目光，他彎腰撿起那東西，只見它五隻尖尖的腳有氣無力地曲曲伸伸。

海星，他父親若有所思地說，把海星切成兩半，那兩半會各自長成一隻新海星。

我還以為你要告訴我什麼要緊事。

他父親伸手揪住胸口，倒在沙灘上，一動也不動，蟲從沙灘裡竄出來，轉眼就把他吞噬殆盡，只留下一堆白骨。

爸爸？

胖查理在臥室裡驚醒，臉頰沾滿溼溼的淚水，然後他止住哭泣。沒什麼大不了的，他父親沒死，那只是場噩夢罷了。

他決定邀請蘿西明晚過來吃牛排，他會親自下廚，一切都會沒事的。

他起身穿衣服。

二十分鐘後，他在廚房裡用湯匙吃杯麵時，才突然想到，雖然海灘上的事只是場夢，但他父親確實是死了沒錯。

蘿西那天傍晚到溫波街公寓探望母親。

「我今天見了妳男朋友。」諾雅太太說。她本名叫尤賽麗雅，但過去三十年來，除了丈夫外沒人用這名字叫過她，丈夫死後，這名字就凋零了，這輩子大概再也不會有人這麼稱呼她了。

「我也見到他了，」蘿西說，「老天，我愛死他了。」

「嗯，當然啦，妳就要跟他結婚了，不是嗎？」

「喔，沒錯。我是說，我一直都知道我愛他，但直到今天才真正明白我有多愛他，我愛他的一切。」

「妳有沒有問清楚他昨晚上哪兒去了？」

「問了，他什麼都跟我說了，他跟他弟弟出去了。」

「我怎麼不知道他有個弟弟？」

「他以前沒提過，他們不怎麼親。」

蘿西母親咂咂嘴，「他昨晚一定有場家庭大團圓。他有沒有跟你提到他表妹？」

「表妹？」

「也可能是他妹妹，他似乎不怎麼確定。長得挺漂亮，可惜沒什麼格調，看起來有點像中國人，要我說啊，還真是不三不四。妳居然要嫁進這種人家。」

「媽，妳還沒見過他的家人。」

「我見過她。她今天早上出現在他家廚房，幾乎一絲不掛地在他家走來走去，真是不知羞恥。希望她真的是他表妹。」

「胖查理不會說謊。」

「他是男人，對吧？」

「**媽！**」

「他今天為什麼不用上班？」

「有啊，他今天有上班，我們還一起吃午餐呢。」

蘿西的母親掏出隨身小鏡子檢查口紅，然後用食指抹掉牙齒上的鮮紅汙漬。

「妳還跟他說了些什麼？」蘿西問。

「我們只聊了點婚禮的事，我不希望他的伴郎在致詞時嘴裡不乾不淨。他看起來好像喝了不少酒，妳知道，我警告過妳別嫁酒鬼。」

「呃，我見到他時，他氣色好得不得了，」蘿西正色說，然後又說：「噢，媽，我今天過得美妙極了。我們散步、聊天……喔，我有沒有跟妳講過他**聞起來**好香？他的手也柔軟極了。」

「要我說，」她母親說，「他聞起來簡直一身腥。我跟妳說，下次見面時，問問他那表妹的事，我沒說那是他表妹，也沒說不是。我只想說，若她果真是他表妹，就表示他們家有人在當妓女、脫衣女郎、坐檯小姐，這種人可不是妳適合的交往對象。」

蘿西覺得舒服了點，她母親又開始挑剔胖查理。「媽，我不想再聽到這種話。」

「好，那我就閉嘴。反正要嫁他的不是我，要斷送一輩子的不是我；他徹夜不歸，跟狐狸精喝酒時，到時趴在枕頭上哭泣的人不是我；等他進了監獄，日復一日，夜復一夜，苦苦等待他出獄的人也不是我。」

「媽！」蘿西試著露出怒色，但她想像著胖查理蹲牢房的模樣，實在太好笑、太滑稽，害她不得不憋住咯咯笑聲。

蘿西的手機發出震動，她接起來說：「喂？」又說：「當然好，真是太棒了。」然後掛上電話。

「胖查理打來的，」她對母親說，「我明天晚上要去他家，他要為我親自下廚，夠甜蜜吧？」然後又說：「這就是妳說的監獄。」

「我為人母，」在那間沒有食物，連灰塵都不敢落下的公寓裡，她母親說，「有些事只有當母親的才明白。」

日影漸斜，葛拉漢．科茲坐在辦公室裡，雙眼盯著電腦螢幕。他開啟了一份又一份文件，一張又一張報表，他修改了一些，刪除了大部分。

他那天晚上本來要去伯明罕，他有位客戶是退休的足球明星，要在那裡開家夜店，不過他打電話過去道歉，說他有事走不開。

不久，窗外的燈光全都暗了下來，葛拉漢．科茲坐在電腦螢幕的冷光前，修改檔案、覆寫檔案、刪除檔案。

還有則阿南西的故事。

好久好久以前，阿南西的老婆在田地上種了豆子。那些豆子是你所見過最漂亮、最肥大、最翠綠的豆子，光瞧著就讓人口水直流。

阿南西自從見到那片豆子田後，就一直想要那些豆子——不只是想要一些而已，而是全部都要。因為阿南西是個大胃王，他不想分給別人，他想一個人獨吞。

於是阿南西躺在床上唉聲嘆氣，叫得好大聲又沒完沒了，他老婆和兒子們全都跑了過來。

「我快死了，」阿南西有氣無力地說，「我這輩子快過完了。」

他老婆和兒子開始痛哭流涕。

阿南西氣若游絲地說：「在我臨終前，你們得答應我兩件事。」

「什麼事都行。」他老婆和兒子說。

「首先，你們得答應我，要把我埋在那棵大麵包樹下。」

「你說的是豆子田旁邊那棵大麵包樹嗎？」他老婆問。

「當然是那棵。」阿南西說，然後他又氣若游絲地說：「你們還得答應我一件事，你們得在我墳墓旁邊生一小堆火，好紀念我，而且為了表示你們不會忘了我，得讓這一小堆火一直燃燒下去，絕不能讓讓火熄滅。」

「我們會的！我們會的！」阿南西的老婆和兒子一邊說一邊哀哀哭泣。

「而且為了表示你們對我的敬愛，我要你們在那堆火上放只小鍋子，鍋裡裝滿鹽水，好讓你們記得你們在我臨終前滴到我身上的鹹鹹熱淚。」

「我們會的！我們會的！」他們哭著說，於是阿南西閉上雙眼，停止呼吸。

他們把阿南西抬到那棵豆子田旁的大麵包樹下，埋在地下六呎處，在墳旁生了堆火，火上放了口裝滿鹽水的鍋子。

阿南西整個白天躺在那裡等待，一到晚上，他就爬出墳墓到豆子田裡，摘下最肥大、最甜美、最成熟的豆子，他把豆子收集起來，放到鍋子裡用水煮，然後把豆子全部吃掉，吃到肚皮脹得老高，繃得像面鼓。

天還沒亮，他又鑽回地底睡覺。就在他呼呼大睡時，他老婆和兒子發現豆子全都不見了；在他呼呼大睡時，他們看到鍋子沒水了，所以又添了水；在他呼呼大睡時，妻兒哀悼他。

每天晚上，阿南西都會從墳墓中爬出來，跳舞作樂，對自己的聰明得意洋洋。他每天晚上都會在鍋裡裝滿豆子，在他肚子裡裝滿豆子，吃到什麼都吃不下。

日子一天天過去，阿南西的家人變得越來越瘦，因為豆子一成熟，到了晚上就會被阿南西摘掉，他們沒東西可吃。

阿南西的老婆低頭看看空無一物的盤子，對兒子說：「如果是你們的爸爸會怎麼做？」

兒子們想了又想、想了又想，把阿南西說給他們聽的每則故事都想遍了。然後他們去瀝青坑，買了六便士的瀝青，足足裝了四個大水桶。他們把瀝青帶回豆子田，在豆子田中央用瀝青做了個人偶：瀝青臉、瀝青眼、瀝青手、瀝青指、還有瀝青胸。瀝青人很漂亮，就跟阿南西一樣黑、一樣驕傲。

那天晚上，老阿南西迫不及待地鑽出地底，他全身圓滾滾，樂不可支，肚皮腫得像面鼓，他這輩子從沒這麼胖過。他散步到豆子田裡。

「你是誰？」他對瀝青人說。

瀝青人什麼話都沒說。

「這是我的地盤。」阿南西對瀝青人說，「這是我的豆子田，識相點就給我滾！」

瀝青人什麼話都沒說，全身動也不動。

「我是世界上最健壯、最有力、最強大的人，現在是、以前是、永遠都是。」阿南西對瀝青人說，「我比獅子凶猛，比印度豹敏捷，比大象強壯，比老虎可怕。」他意氣風發，對自己的能耐、力量和凶狠非常滿意，忘了自己只是隻小蜘蛛。「顫抖吧，」阿南西說，「顫抖吧，逃跑吧。」

瀝青人沒顫抖，也沒逃跑。坦白說，他就靜靜站在那裡。

於是阿南西揮了他一拳。

阿南西的拳頭緊緊黏在瀝青人身上。

「放開我的手，」他對瀝青人說，「放開我的手，否則我就揍你的臉。」

瀝青人什麼話都沒說，全身動也不動，於是阿南西狠狠朝他臉上打去。

「好了，」阿南西說，「開玩笑也要有限度。你高興的話，就儘管抓著我的手不放，但我還有四隻手兩隻腳，你不可能全部抓住。放開我，我這次就饒了你。」

瀝青人沒放開阿南西的手，而且什麼話也沒說，於是阿南西一手接一手，一腳接一腳，對它又踢又打。

「好了，」阿南西說，「快放開我，不然我要**咬**你了。」於是瀝青塞滿他的嘴，蓋滿他的鼻子和臉龐。

隔天早上，他老婆和兒子到大麵包樹旁的豆子田裡時，就看到阿南西這副德行：他全身黏在瀝青人上，跟過往歷史一樣死透透了。

他們看到他這副模樣，卻見怪不怪。

在那些日子裡，你會發現阿南西老是落得這副下場。

第六章
胖查理即使搭計程車也回不了家

黛西被鬧鐘吵醒，她在床上像小貓一樣伸懶腰。她聽到淋浴聲，這表示她寓友已經起床了。她披上粉紅色絨毛晨袍，走到大廳。

「想吃麥片粥嗎？」她對著浴室門喊道。

「不怎麼想，不過要是妳做了，我會吃。」

「妳還真懂得讓人覺得自己有存在的意義。」黛西說著走進小廚房，開始煮麥片粥。

她回到臥室，穿上工作服，看看鏡中的自己後，扮了個鬼臉，把頭髮在後腦杓上盤了個結實的髮髻。

她的寓友卡蘿來自普萊斯頓，是臉頰清瘦的白種女人，她探頭到臥室門邊，同時正使勁用毛巾擦頭髮。「浴室現在隨妳用，麥片粥怎樣了？」

「大概需要攪拌一下。」

「妳前天晚上哪兒去了？說要去希比雅的生日派對喝一杯，結果一整晚都沒回來。」

「少管閒事，好嗎？」黛西走到廚房攪拌麥片粥，她加了一小撮鹽，又攪了攪，然後把粥舀進碗裡，再把碗擺上長桌。

「卡蘿？粥要冷了。」

卡蘿走進來坐下，瞪著麥片粥。她還衣衫不整。「這不是真正的早餐，對不對？如果問我什麼叫真正的早餐，我會說是炒蛋、香腸、黑布丁❶、烤番茄。」

「那妳煮啊，」黛西說，「妳煮我就吃。」

卡蘿在她的粥裡撒了一小湯匙的糖，看看那碗粥，又撒了一匙。「不行，妳她媽的不能再加了，妳會說妳偏要，但加了後又要開始嘮叨膽固醇或油炸食品有多傷腎臟。」她小心翼翼地嘗了口麥片粥，好像那碗粥會跳起來反咬她一口。黛西遞給她一杯茶。「去妳的腎臟。其實改變一下可能不錯。黛西，妳有沒有吃過腎臟？」

「吃過一次，」黛西說，「要是妳想知道那是什麼滋味，把半磅肝臟拿去烤一烤，然後尿尿在上頭就對了。」

卡蘿嗤之以鼻，「不必了。」

「吃妳的粥吧。」

她們用完麥片粥和茶後，就把碗放進洗碗機，但由於洗碗機還沒裝滿，因此她們沒有啟動。接著她們出門上班去，由卡蘿負責開車（她這時已經穿好制服了）。

黛西上樓來到她的辦公桌前，辦公室的座位大多空著沒人。

她一坐下電話就響了，「黛西嗎？妳遲到了。」

她看看手錶。「沒，」她說，「長官，我沒遲到。好了，今早有什麼事需要效勞嗎？」

「好極了。妳打電話找一個叫科茲的人，他是高級警司的朋友，也支持水晶宮隊。高級警司今早

---

❶黑布丁（black pudden）又稱血腸，由豬血、內臟、脂肪、穀麥混合製作而成。

已經傳了兩次簡訊給我，是誰教他傳簡訊的？我就是想知道這個。」

黛西記下細節，打電話過去。她用上最正經、最幹練的口氣說：「這裡是戴警探辦公室，有什麼可替您效勞的？」

「啊，」一個男人的聲音說，「嗯，我昨晚跟高級警司談過，他真親切，他是我老朋友，也是個好人。他建議我找你們單位，我想報案，唔，其實我也不確定是不是真的有犯罪，不過那大概是最合理的解釋吧。我很肯定其中有人搞鬼，而且呢，坦白告訴妳，我已經放了我的會計幾週假，以便查清他是不是涉及……嗯……金融犯罪。」

「請給我們詳細資料，」黛西說，「您全名是什麼？還有那位會計的名字是什麼？」

「我叫葛拉漢．科茲，」電話另一端的人說，「任職於葛拉漢．科茲事務所，我的會計叫南西，全名查爾斯．南西。」

她把兩個名字都記下，渾然不覺有什麼不對勁。

胖查理打定主意，一等蜘蛛回到家，就要跟他大吵一架。他已經在腦海裡把吵架內容演練了一遍又一遍，每次他在想像中都堂堂正正大獲全勝。

可惜蜘蛛昨晚沒回家，胖查理最後在電視機前睡著了，還邊打瞌睡邊觀賞一齣吵吵鬧鬧的益智節目，專為睡不著的色鬼設計的，名稱好像叫「露屁屁！」。

當蜘蛛把窗簾拉開時，睡在沙發上的胖查理醒了過來。「天氣真好。」蜘蛛說。

「你！」胖查理說，「你親了蘿西，別想否認。」

「我不得不這麼做。」蜘蛛說。

「『不得不』是什麼意思？你不必這麼做。」

「她以為我是你。」

「你知道你不是我，你不該親她。」

「但如果我拒絕親她，她會以為是你不想親她。」

「但你不是我。」

「她可不知道。我只是想幫你個忙。」

「一般而言，」胖查理坐在沙發上說，「幫忙**不會**包括親吻我未婚妻，你可以跟她說你牙痛。」

蜘蛛大義凜然地說，「那樣是說謊。」

「但你已經在說謊了！你假裝是我！」

「好吧，總之那樣會讓謊言越滾越大，」蜘蛛解釋道，「我這麼做完全是因為你身體狀況無法工作。」他說，「不行，我不能再說謊了，不然我會覺得很糟糕。」

「嗯，我**確實**覺得很糟糕，我還得眼睜睜看著你親她。」

「唉，」蜘蛛說，「可是她**以為**她是在親**你**啊。」

「不要一直說那個！」

「你應該覺得受寵若驚才對，」蜘蛛說，「你要不要吃午餐？」

「我當然不要吃午餐，現在是什麼時間？」

「午餐時間，」蜘蛛說，「你上班又遲到了。瞧你這樣以怨報德，還好我今天沒再幫你掩護。」

「沒關係。」胖查理說，「老闆放我兩個禮拜的假，還給我獎金。」

蜘蛛挑起眉毛。

「聽著，」胖查理說，他覺得該是進入第二輪爭執的時候了，「我不是想趕你走還是怎樣，但我想知道你打算什麼時候離開？」

蜘蛛說：「嗯，我剛來時，只打算待一天，頂多二天，夠見見我的小哥就行了，見完就走，我可是忙得很。」

「所以你今天就要走了？」

「那是我的**原訂**計畫，」蜘蛛說，「但我後來見到了你，我的哥哥，我不敢相信我們居然可以在沒有對方的陪伴下，度過大半輩子。」

「我可以啊。」

「血濃於水。」蜘蛛說。

「水根本不濃。」胖查理反駁。

「那就濃於伏特加，濃於熔岩，濃於阿摩尼亞。聽著，我想說的是，能夠跟你見面……嗯，是種恩賜。雖然我們一直在彼此生命中缺席，但那都已經是昨日之事了，今天起就讓我們開創新的明天，讓我們把昨日拋諸腦後，締結全新的關係，全新的兄弟關係。」

「你根本全是衝著蘿西來的。」胖查理說。

「一點也沒錯，」蜘蛛說，「你打算怎麼做？」

「怎麼做？嗯，她可是**我的**未婚妻。」

「不用擔心，她以為我是你。」

「你可不可以別再那樣說了？」

蜘蛛攤開雙手，擺出一副慈悲為懷的姿態，然後又舔了舔嘴唇，破了功。

「那麼，」胖查理說，「你接下來還打算怎樣？假扮成我，跟她結婚？」

「結婚？」蜘蛛停下來想了想，「真是……可怕的……想法。」

「哦，我其實相當期待跟她結婚。」

「蜘蛛不結婚，我不是會結婚的那種人。」

「所以我的蘿西是配不上你了，你是這個意思嗎？」

蜘蛛沒有回答，他走出房間。

胖查理覺得自己在這場爭論中稍稍占了上風。他從沙發上站起來，撿起前晚用來裝雞肉炒麵和酥炸肉丸的空鋁箔盒，丟進垃圾筒。他回到臥室，把睡覺時穿的衣服脫掉，想換上乾淨衣服，這才發現他根本沒洗衣服，當然也就沒乾淨衣服可換，於是他用力刷了刷昨天的衣服，把幾條黏在衣服上的炒麵拔下後，又穿了回去。

他走到廚房。

蜘蛛坐在廚房餐桌前，正在享用一塊足以填飽兩個人肚子的牛排。

「你那是打哪兒弄來的？」胖查理說，不過他很肯定自己早就知道答案了。

「我問過你要不要吃午餐。」蜘蛛溫和地說。

「你那塊牛排是打哪兒弄來的？」

「冰箱裡拿的。」

「那……」胖查理一邊慷慨激昂地大聲宣布，一邊擺動手指，活像個準備大開殺戒的檢察官。「**那**是我買來今天晚上要用的牛排，是我和蘿西的晚餐，是我要為她下廚的晚餐！你居然大搖大擺地坐在那裡，吃我的牛排，還吃——還——」

「這不成問題。」蜘蛛說。

「不成問題是什麼意思？」

「嗯，」蜘蛛說，「我今天早上已經打電話給蘿西，說我今晚要帶她出去吃晚餐，所以你也用不著那塊牛排了。」

胖查理的嘴巴打開又閉上，「你馬上給我滾出去。」他說。

「不自量力好高什麼遠其實是件好事，也有句話說什麼人就是要夢想什麼什麼的，否則天堂是做什麼用的？❷」蜘蛛高興地說，邊說還不忘大嚼胖查理的牛排。

「你到底在說什麼？」

「我說我哪兒也不去，我喜歡這裡。」他又切下一塊牛排，塞到嘴巴裡。

「滾出去。」胖查理說，客廳電話卻在這時響了起來，胖查理嘆口氣，走到客廳接起電話。「**喂？**」

「啊，查爾斯，真高興聽到你的聲音，我知道你現在正在享受你應得的假期，不過斗膽冒昧請問，若麻煩你明早來這裡一趟，會不會讓你感到為難？喔，大概半小時就好，十點左右如何？」

「好啊，當然可以。」胖查理說，「沒問題。」

「很高興聽到你這麼說。有幾份文件需要你簽名，到時見吧。」

「那是誰？」蜘蛛問，他已經吃完牛排，正在用廚房紙巾擦嘴巴。

「葛拉漢．科茲，他要我明天過去找他。」

蜘蛛說：「他是個混帳。」

「那又怎樣？你也是混帳。」

「不同類型的混帳，他不是好東西，你該換個工作。」

「我愛我的工作！」胖查理說這句話時，確實是真心誠意的。他已經讓自己完全忘記他有多討厭他的工作，討厭葛拉漢．科茲事務所，討厭老是陰魂不散、神出鬼沒逮人錯處的葛拉漢．科茲。

蜘蛛站起來。「牛排真好吃，」他說，「我已經把我的東西在客房安頓好了。」

「你已經怎樣？」

胖查理匆匆趕到走廊盡頭，那裡有個房間（好讓他家在技術上可算是兩房公寓），裡頭擺著幾箱書、一個裝著老舊的史考利斯崔賽車組的箱子、一個裝滿風火輪模型車（大多數輪胎都不見了）的錫盒等等，屬於胖查理童年的五花八門破爛紀念品。對中等身材的花園地精或特別矮小的侏儒來說，那會是間寬敞舒適的臥室，但對一般人而言，那只是個有窗戶的櫃子。

或者說，以前是那樣沒錯，但現在已經不是了。

胖查理打開門，站在玄關處，眨了眨眼睛。

沒錯，這真的是個房間，毋庸置疑，但這是個超級寬敞的房間、宏偉壯麗的房間，最裡面那端有窗戶——巨大的落地窗，窗外景色怎麼看都像一座瀑布。瀑布後方，熱帶太陽低垂在地平線上，耀眼的金黃色光芒鋪天蓋地。房間的壁爐大到可以同時烤兩隻牛，裡頭燒著三根木柴，劈啪作響、火星四濺。房間一角有張吊床，旁邊有張潔白無瑕的沙發和一張四柱大床。火爐附近有個胖查理只在雜誌上看過的東西，大概是按摩浴缸；地上鋪著斑馬皮地毯，牆上掛了張熊皮，房裡還有一組高級音響設備，機身大部分都是迷人的拋光黑色塑膠；有面牆上掛著一臺平面電視，螢幕寬度正是那個房間原本的寬度。還有……

「你幹了什麼好事？」胖查理問，他沒走進去。

「嗯，」蜘蛛在他身後說，「既然我要在這裡住上幾天，於是就把我的東西帶來嘍。」

「把你的東西帶來？**帶東西來**指的是幾袋衣服，幾款 PlayStation 遊戲和一株小盆栽，但你這是……你**這**是……」他說不出話來了。

蜘蛛擠過胖查理身旁，還順手拍拍他的肩膀。「要是有事找我，」他對哥哥說，「我會在我房間。」說完便把身後的門關上。

---

❷ 英國維多利亞時代詩人羅伯特・博朗寧（Robert Browning）的名言。

胖查理轉動門把，門卻已經鎖起來了。

他到客廳去，拿起電話，撥給希格勒太太。

「誰啊？一大清早就打電話來吵？」她說。

「真不好意思，我是胖查理。」

「喔？有什麼事？」

「嗯，我打電話來求妳給點建議，妳知道，我弟弟來了。」

「你弟弟。」

「就是蜘蛛啊，妳跟我說過的，妳還說我要是想見他，只消跟一隻蜘蛛說就行了。我照做，然後他就來了。」

「那……」她用「關我屁事」的語氣說，「那很好啊。」

「不好。」

「為什麼不好？他是你親人，對吧？」

「聽著，這件事一時說不清楚，總之我只想讓他滾蛋。」

「你有沒有試著跟他好好談談？」

「我們才剛談過這件事。他說他哪兒都不去，他才剛在我家儲藏室安頓好全副家當，把整個地方搞得活像忽必烈大汗的歡樂宮。我是說，這裡連裝塊雙層玻璃都要有社區委員會的許可才行，他房間卻有瀑布，不是在房間裡，是在窗戶外。他還打我未婚妻的歪主意。」

「你怎麼知道？」

「他自己說的。」

希格勒太太說：「在我喝咖啡前，什麼事情都不能處理。」

「我只想知道怎麼讓他滾蛋。」

「我不知道，」希格勒太太說，「我會問問敦維帝太太。」她掛上電話。

胖查理走回走廊盡頭，敲了敲門。

「又有什麼事？」

「我想跟你談談。」

門喀嚓一聲，打了開來，胖查理走進去。蜘蛛全身光溜溜，斜躺在浴缸裡泡熱水澡，他正用高高的霧玻璃杯喝著一種顏色有點像電流的飲料。大落地窗這時完全敞開，瀑布聲澎湃呼嘯，與房間不知哪裡傳出的低沉輕柔爵士樂相互應和。

「聽好，」胖查理說，「你得明白這裡是我家。」

蜘蛛眨眨眼。「**這裡？**」他問，「**這裡**是你家？」

「嗯，不完全是，但原則上是一樣的。我是說，這裡是我家客房，你是個客人……嗯。」

蜘蛛輕啜一口飲料，盡情地把身子浸到熱水裡。「大家都說，」他說，「客人就像魚，過三天就發臭了。」

「有道理。」胖查理說。

「但這很令人難受，」蜘蛛說，「你這輩子從沒見過你哥哥，你哥哥壓根兒不知道你的存在；更令人難受的是，當你終於見到他後，卻發現他認為你跟隻死魚差不多。」

「可是……」胖查理說。

蜘蛛在浴缸裡伸伸懶腰。「跟你說吧，」他說，「你放心，我不可能永遠待在這裡，你搞不好根本不知道我什麼時候離開的。就我這方來說，我絕不會把你看成死魚，有鑑於我們倆壓力都很大，所以別再談這件事了。你怎麼不去吃吃午餐呢？留下大門鑰匙，去看場電影吧。」

胖查理穿上夾克出門去了，他把大門鑰匙留在水槽旁。新鮮的空氣相當宜人，不過天空灰濛濛的，正滴著毛毛雨。他買了份報紙，又在一家薯條店買了一大包薯條和脆皮乾臘腸當午餐。毛毛雨停了，於是他坐在一間教堂院子的長凳上，一邊看報紙，一邊吃乾臘腸和薯條。

他非常想看電影。

他到奧德歐電影院買了最近一個場次的票，那是部動作冒險片。他走進戲院時，片子已經開始播了。一堆爆炸場面，很好看。

電影看到一半，胖查理忽然覺得他好像忘了什麼，那件事就在他腦子某處，眼睛後一吋之處，癢癢的，不停讓他分心。

電影結束了。

胖查理發現，雖然他很喜歡這部電影，但腦子裡其實不怎麼記得那些情節，所以他買了一大盒爆米花，又看了一次。第二次更是好看。

然後又看了第三次。

看完後，他想說也許該回家了，但當天深夜有《橡皮頭》和《真實故事》的電影雙重特映，兩部他都沒看過，於是他又留下來把兩部統統看完，不過這時他已經非常餓了，也就是說，到最後他根本不知道《橡皮頭》到底演了什麼，也不知道那位小姐究竟在電暖爐裡搞什麼鬼❸。他想知道電影院能不能讓他留下來再看一次，但他們很有耐心地向他解釋了一遍又一遍，說他們晚上要關門了，還問他是不是無家可歸，否則不是該上床睡覺了嗎？

他當然有家可歸，他也確實該上床睡覺了，只不過這想法在他腦子裡消失了一段時間。就這樣，他走回麥斯威爾花園路，當他看到自己房間燈還亮著時，感到有點驚訝。

當他靠近屋子時，窗簾拉了起來，不過窗戶上還是映著移動的人影，他覺得他認得出這兩道人影。

他們靠在一起，合而為一，融成一道黑影。

胖查理發出一聲低沉可怕的哀嚎。

敦維帝太太家裡有許多塑膠動物，塵埃在空氣中緩緩飛舞，好似它們比較習慣昔日悠閒歲月的陽光，無法適應快速的現代光線。沙發上有塊透明塑膠罩，還有那種一坐下就會嘎嘎叫的椅子。

她家裡有松木香味的硬式衛生紙，那是一張張防油紙巾，帶有光澤，擦起來很不舒服。敦維帝太太信奉節約，松木味硬式衛生紙正是她節約運動的基礎。如果你找得夠仔細，也願意多付點錢，還是買得到這玩意兒。

她家聞起來有股紫羅蘭香水味，那是間老房子。嚴謹刻苦的清教徒在普利茅斯岩登陸時，佛羅里達州墾荒者的子女早成了老先生老太太，人們老是忘記這件事。這間房子沒那麼老，它是在二〇年代，為因應佛羅里達土地開發案所建，原本是樣品屋，準備依樣畫葫蘆興建其他房屋，但其他買家後來發現建築預定地是片鱷魚沼澤，所以這批房子最後根本沒建成。敦維帝太太的房子曾經歷颶風侵襲卻屹立不搖，連一片屋瓦都沒毀損。

門鈴響時，敦維帝太太正把填料塞進一隻小火雞肚子裡，她不耐煩地嘖了一聲，洗洗手，穿過走廊到前門去，同時透過她厚厚的鏡片盯著外頭的世界，她沿途都用左手扶住壁紙。

她把門打開一點縫隙，向外一瞄。

「盧薇拉？是我。」那是卡麗安．希格勒。

---

❸《橡皮頭》（Eraserhead）為大衛．林區（David Lynch）的成名作，風格詭異病態，主角的噩夢中有位畸形女子活在電暖爐內。《真實故事》為大衛．拜恩執導的電影。

「進來吧。」希格勒太太跟著敦維帝太太回到廚房。敦維帝太太在水龍頭下沖沖手，然後又抓起一把溼溼黏黏的玉米麵包填料，塞進火雞肚子深處。

「有人要來嗎？」

敦維帝太太不置可否地咕噥一聲。「有備無患。」她說，「好啦，妳有事要跟我說嗎？」

「南西的兒子，胖查理。」

「他怎麼了？」

「嗯，他上禮拜到這裡時，我跟他提到他弟弟的事。」

敦維帝太太把手從火雞裡抽出來。「那又不是世界末日。」

「我告訴他要怎麼聯絡他弟弟。」

「啊。」敦維帝太太說，她只要用一個音節就能表示不贊同。「然後呢？」

「他出現在印格蘭，那孩子現在已經無計可施了。」

敦維帝太太抓起一大把溼玉米麵糰，用力塞進火雞身體，如果火雞還有知覺，那力道絕對足以讓牠飆出眼淚。「趕不走他嗎？」

「對。」

敦維帝太太銳利的眼神射穿厚厚的鏡片，她說：「那種事可一不可再，我不能故技重施。」

「我知道，但總得想想辦法。」

敦維帝太太嘆口氣。「俗話說的沒錯。不是不報，時候未到。」

「有沒有別的辦法？」

敦維帝太太塞完火雞，拿起一支叉子，把火雞皮插起來並闔上，然後用鋁箔紙把整隻雞包起來。

「我打算……」她說，「明天上午開始烤火雞，到下午就會熟了。傍晚再放回烤箱熱一次，就能當晚餐了。」

「妳邀了誰來吃晚餐？」希格勒太太問。

「妳，」敦維帝太太說，「柔拉．布斯塔蒙、貝拉．諾絲，還有胖查理．南西，等那小子到這裡時，他會很有胃口的。」

希格勒太太說：「他要來這裡啊？」

「姑娘，妳有沒有在聽？」敦維帝太太說，只有敦維帝太太可以叫希格勒太太「姑娘」，又不會聽起來很蠢。「好了，現在幫我把這隻火雞放到冰箱。」

要說今宵是蘿西人生中最美妙的一夜，可一點兒也不誇張，今夜實在神奇、完美、精采到極點。她無法停止微笑，她拿微笑毫無辦法。晚餐不僅美味，而且等他們一吃完，胖查理就帶她去跳舞。那是間相當正式的舞廳，有支小型管絃樂隊，舞池裡衣香鬢影，翩翩身姿恍然交錯。她覺得他們好像一起穿越時空，正在造訪某個高貴優雅的年代。蘿西從五歲就很喜歡上跳舞課，可惜沒人能與她共舞。

「我都不知道你會跳舞。」她告訴他。

「我還有很多事是妳不知道的。」他說。

這句話讓她覺得自己好幸福。她過不久就要嫁給眼前這名男子了，他卻還有事是她不知道的？真是太棒了，她會有一輩子的時間去慢慢發掘這些祕密，得到各式各樣的驚喜。

她走在他身旁時，注意到其他男男女女看著他的眼光，她很高興自己是倚在他手臂上的幸運兒。他們散步經過萊塞斯特廣場，蘿西看得到他們頭上閃閃發光的星星，儘管路燈刺眼，但星光依舊充滿活力地閃啊閃的。

有那麼一瞬間，她不禁疑惑，為什麼以前跟胖查理在一起時都沒有這種感覺？有時，在蘿西內心深處，她會懷疑自己之所以跟胖查理保持交往只是因為母親非常討厭他；她之所以答應胖查理的求婚，只是因為她母親絕對會希望她拒絕……

胖查理曾帶她到倫敦西區看電影，當作她的生日驚喜，可惜電影票出了點問題，他們的票其實是前一天的場次。工作人員相當體貼，也非常樂意幫忙——他們在正廳前座區替胖查理找了個柱子後的位置，也替蘿西在上層環形座區找了個座位，前面是群像母雞般聒噪不休的諾里奇人❹。平心而論，那次約會其實不算成功。

不過這天晚上……這天晚上真是神奇！蘿西這輩子的完美時光不多，但不管一共有多少次，總算又添了一筆紀錄。

她愛死了跟他在一起的感覺。

舞跳完後，他們蹣跚地走進夜裡，半因疲憊、半因香檳，她整個腦袋昏昏沉沉，這時胖查理（她心想，為什麼她老是叫他胖查理呢？他可一點都不胖呢）把手搭在她身上說：「好了，到我家吧。」他的嗓音低沉又真實，讓她從頭到腳震顫。她沒提到隔天要上班，也沒提到他們婚後做那檔子事的時間綽綽有餘，她其實什麼都沒說，她只是一直想著她多麼盼望今晚不要結束，想著她多麼多麼希望（不，應該說**需要**）親吻這男人的雙唇，抱住這男人的身軀。

然後，她想到她必須回話，於是就說「好」。

在他們搭計程車回他公寓途中，她握住他的手，靠在他身上，凝視著他，來往的汽車和路燈的光線照亮他的臉龐。

「你有耳洞，」她說，「我以前怎麼沒注意到？」

「嘿，」他含笑說話，聲音像低音樂器的深沉震顫，「妳這麼說會讓我作何感想？妳居然沒注意到這樣的事，我們都已經在一起……多久了？」

「十八個月。」蘿西說。

「十八個月了。」她未婚夫說。

她靠在他身上，深深吸入他身上的氣息。「我好愛你的味道，」她告訴他，「你是不是擦了什麼古龍水？」

「那只是我的味道。」他告訴她。

「你應該把這味道用瓶子裝起來。」

她付錢給計程車時，他打開了公寓前門。他們一起爬上樓梯，當他們走到階梯頂端，他似乎想沿著走廊，朝盡頭的客房走去。

「欸，」她說，「傻瓜，臥室在這兒啊，你要去哪裡？」

「哪裡都不去，我知道臥室在哪裡。」他說。他們走進胖查理的臥室，她拉上窗簾後，默默看著他，她很快樂。

「嗯，」過了一下子，她說，「你不吻我嗎？」

「我想我要吻。」於是他親了她。時間融化了，延長了，彎曲了，她有可能只吻了他一下子，或一小時，或一輩子，然後……

「那是什麼聲音？」

他說：「我什麼都沒聽到。」

「聽起來像有人痛得不得了。」

「或許是貓打架？」

❹諾里奇（Norwich）位在東英格蘭。

「聽起來像人的聲音。」

「可能是住在都市的狐狸，牠們的聲音很像人類。」

她站在那裡，側耳仔細聽。「現在停了，」她說，「嗯，你知道最奇怪的地方在哪裡嗎？」

「嗯……」他說，他的脣早已在她脖子上游移，「當然，跟我說最奇怪的地方在哪裡。但我已經讓那東西離開，不會再回來煩妳了。」

「最奇怪的地方在於，」蘿西說，「那聽起來像你的聲音。」

胖查理走在街上，想讓腦袋清醒清醒。這時該採取的對策，顯然就是猛敲自家大門，敲到蜘蛛下來開門讓他進去為止，然後再把蜘蛛和蘿西好好臭罵一頓，這是最想當然耳的做法，再明顯不過了。他只消走回家，向蘿西解釋整件事的來龍去脈，讓蜘蛛知恥而退。只要這樣就行了，有什麼困難的？

可以確定的是，這出乎意料地困難。他不清楚自己為什麼要離開家，更不清楚的是，怎麼找到回家的路。他認識的街道，或說他自以為認識的街道，似乎重新排列組合過。他發現自己走進死巷，不停踏進一條又一條死胡同，在深夜倫敦住宅區的混亂街道中跌跌撞撞。

他有時會看到大馬路，那裡有交通號誌和速食店的燈光。他知道一旦走到大馬路，就可以找到回家的路，但每當他舉步朝大馬路前進，卻不知怎麼就是會跑到別的地方去。

胖查理的腳開始痛了，肚子激烈地咕嚕咕嚕響。他很憤怒，他越走越憤怒，越走越憤怒。

怒火讓他的思緒變清晰了，纏繞在他思緒上的蜘蛛網開始蒸發，蜘蛛網般的街道開始簡化。他轉了個彎就抵達大馬路，旁邊是間二十四小時營業的「紐澤西炸雞」店。他點了份炸雞全家餐，然後坐下來一個人吃完，完全沒靠任何家人的幫忙。他吃完後便站上人行道，直到一輛大型黑色計程車迎面開來，車頂上架著的「空車」招牌亮著溫暖的橘光。他招招手，那輛車停在他身旁，窗戶拉了下來。

「去哪？」

「麥斯威爾花園路。」胖查理說。

「開什麼玩笑啊你？」計程車司機問，「這裡轉個彎就到了。」

「你能不能載我去？我會多給你五鎊，說真的。」

司機透過緊咬的牙關大聲吸氣：修車人員都會先發出這種聲音，才會問你是不是跟這副汽車引擎有什麼特殊的深厚情感。「反正麻煩的是你，」司機說，「上車吧。」

胖查理上了車，司機發動車子，準備等號誌一變綠就轉彎。

「你剛才說要去哪裡？」司機問。

「麥斯威爾花園路，」胖查理說，「三十四號，酒類外賣店再過去一點。」

他穿著昨天的衣服，他真希望不是這樣。他母親總是要他穿乾淨的內褲，免得哪天車禍送醫時出醜；要他刷牙，免得有朝一日別人要靠牙醫紀錄指認他身分時丟人現眼。

「我知道在哪裡，」司機說，「就在快到半月公園的地方。」

「沒錯。」胖查理說，他在後座快睡著了。

「我一定是轉錯彎了，」司機聲音有點不爽，「我會把里程表關掉，好嗎？算你五鎊就好。」

「好啊。」胖查理說，他舒舒服服地靠在後座睡覺。計程車則在夜裡前進，試著轉入他們要去的那個彎。

特調至反詐騙小組已經十二個月的戴警探，早上九點半抵達葛拉漢．科茲事務所。葛拉漢．科茲已經在接待處等候，他帶她走進他的辦公室。

「想不想喝杯咖啡或茶？」

「不用了，謝謝，不需要。」她拿出筆記本，坐下來並示意他可以開始說了。

「好，我必須再三強調，妳調查時務請低調謹慎，葛拉漢．科茲事務所的名譽靠的是誠實及公平買賣，在葛拉漢．科茲事務所，客戶的錢是神聖不可侵犯的。我一定得告訴妳，剛開始聽到有人懷疑查爾斯．南西時，我根本毫不採信，我覺得像他這麼正直努力的員工，不可能做出這種事。如果妳一週前問我對查爾斯．南西的看法，我絕對會告訴你，他是個不可多得的優秀人才。」

「當然當然。那麼你是什麼時候發現客戶戶頭的錢可能遭轉移呢？」

「嗯，我還是不確定，不敢妄下斷言，或說不敢貿然指控。你們不要論斷人，免得你們被論斷。❺」黛西心想，電視上的人都會說：「有屁快放。」她真希望自己也能那麼說，但她沒有。

她不喜歡這個人。

「我已經列印出所有異常交易活動的資料，」他說，「妳會看到這些交易都是透過南西的電腦完成。我必須再次強調，請妳務必低調謹慎，葛拉漢．科茲事務所的客戶包括許多知名公眾人物。我也已經跟妳主管打過招呼，希望你們能私下幫助我，處理過程盡量越隱密越好，妳一定得時刻不忘保持低調。哪怕只有一點點機會，只要能說服南西先生歸還不義之財，我很樂意讓事情就此打住，我不想控告他。」

「我盡力而為，但一旦調查結束，我們還是得把偵查結果交給皇家檢控署。」她想知道他到底跟高級警司有多深的交情。「那麼是什麼讓你起疑心的？」

「對了，坦白說，是因為他形跡可疑。就像發現狗到了晚上不會叫，荷蘭芹在奶油裡陷得有多深❻。偵探最明白怎麼見微知著、以小見大，妳說是不是，戴偵探？」

「呃，其實我叫戴警探，那請你把這些資料列印給我，」她說，「還有其他文件、銀行紀錄等等，我們可能得帶走他的電腦，檢查裡面的硬碟。」

「肯然。」他說。他桌上的電話響起，「不好意思。」他接起電話，「他到了？老天，你叫他在接待處等我一下，我過一會兒就出去見他。」他放下電話。「這種情況……」他跟黛西說，「我相信你們警方會稱為『踏破鐵鞋無覓處，得來全不費工夫』。」

她挑起眉毛。

「我們剛剛提到的查爾斯·南西本人到這裡找我，要不要帶他進來？如果有需要，妳可以把我的辦公室當偵訊室，我連錄音機都可以借妳。」

黛西說：「那倒不必。當務之急是先檢查這些書面資料。」

「說的沒錯，」他說，「我真傻，嗯……那麼妳……妳要不要見見他？」

「我認為這對案情沒什麼幫助。」黛西說。

「喔，我不會跟他說妳在調查他。」葛拉漢·科茲向她保證，「要不然沒等我們找到初步證據，他就逃到國外的罪犯天堂去了。坦白說，我極度同情警方當前的維安能力。」

黛西不由自主地心想，會偷這傢伙錢的人，應該不算什麼壞人才對，但她也知道，警官是不該有

❺出自新約聖經馬太福音。

❻此二事典出「福爾摩斯探案系列」的〈銀色馬〉與〈六個拿破崙半身像〉，為福爾摩斯推理的破案關鍵。

這種想法的。

「我送妳出去。」他跟她說。

有個人坐在接待室裡，他看來好像前晚衣服沒脫就睡了，鬍子沒刮，表情有點茫然。葛拉漢．科茲用手肘推推黛西，朝那男人點點頭，然後大聲說：「查爾斯，老天，看看你這副模樣，氣色還真差。」

胖查理恍惚地看向他。「昨晚沒回家，」他說，「跟計程車司機出了點問題。」

「查爾斯，」葛拉漢．科茲說，「這位是市警局的戴警探，她到這裡來做點例行公事。」

胖查理這才發現還有別人，他調整眼神焦距，先看到對方那身樸素得跟制服沒兩樣的衣著，再看到她的臉。「呃……」他說。

黛西嘴裡說著：「早安。」心底卻不斷吼著**喔該死**、**喔該死**、**喔該死**……

「幸會。」胖查理說。滿腦子困惑的他，做了件空前創舉：想像便衣警官沒穿衣服的模樣。他發現自己的想像力準確勾勒出在他替父親守靈完的隔天早上，與他同床共眠的那位年輕小姐。那套樸素衣著讓她看起來老了點，嚴肅了些，恐怖得多，但確實是她沒錯。

胖查理就跟所有具備感知能力的生物一樣，與生俱來某種離奇商數。有些時候，指針會轉到紅色警戒區，偶爾還會猛力撞擊栓梢。這時指標計終於壞了，他認為從此時此刻開始，世上沒什麼事會讓他驚訝了，不會有人遭遇比他更離奇的事，他的人生已經離奇到了頂峰。

當然，他大錯特錯。

胖查理看著黛西離開，然後跟著葛拉漢．科茲回到他辦公室。

葛拉漢．科茲把門牢牢關上後，一屁股靠在桌上，露出黃鼠狼似的微笑，彷彿剛發現他那天晚上意外被鎖在雞舍過夜。

「我們就直話直說吧，」他說，「亮出底牌，別再兜圈子了，讓我們……」他詳細解釋道，「……讓我們打開天窗說亮話吧。」

「好吧，」胖查理說，「就這麼做。你說你有東西要我簽名？」

「那不再是目前的要務了，別再想那件事了。好了，讓我們談談你幾天前向我指出的事，你那時警告我，這裡發生了幾起違法交易活動。」

「有嗎？」

「查爾斯，俗話說以其人之道還治其人之身。我第一個念頭當然就是調查，於是才有今早戴警探登門拜訪這件事，而且我認為我的發現，並不會讓你驚訝。」

「是嗎？」

「正是如此，查爾斯，就如你所指出的，我們這裡絕對發生了金融犯罪，但遺憾的是，嫌疑苗頭準確地指向一個地方。」

「一個地方？」

「一個地方。」

胖查理只覺一片茫然。「哪裡？」

葛拉漢．科茲試圖擺出擔心的表情，至少看起來像是試圖擺出擔心的表情。最後他勉強擠出一個表情——要是套用到嬰兒身上大概是表示他們需要好好打個嗝。「你，查爾斯，警方懷疑你。」

「果然，」胖查理說，「當然，運氣來時擋都擋不住。」

然後他回家了。

蜘蛛打開前門，外頭早已開始下雨。胖查理看起來狼狽無比，全身溼答答。

「好啊，」胖查理說，「終於准我回家了，是不是？」

「我絕不會阻止你回家，」蜘蛛說，「畢竟這是你家，你昨天整夜上哪兒去了？」

「我在哪裡你一清二楚，我不知道你對我施了什麼妖法，我根本回不了家。」

「那不是妖法，」蜘蛛不悅地說，「那是神蹟。」

胖查理從他身旁擠過，重重踏上階梯。他走進浴室，塞住浴缸的塞子，打開水龍頭。他探身到走廊上說：「我才不管那叫什麼，反正你昨晚不只在我家做了那檔子事，還不讓我回家。」

他脫下前天的衣服後，又把頭探出門外。「警察還到我公司調查我，你是不是告訴葛拉漢・科茲那裡發生了金融犯罪？」

「當然。」蜘蛛說。

「哈！他現在只會懷疑我，就是這麼回事。」

「喔，我想他不會懷疑你。」蜘蛛說。

「你懂什麼？」胖查理說，「我跟他說過話，警察也來了。蘿西的帳我還沒跟你算，等我洗完澡後要好好跟你談談。不過首先我要泡個澡，我昨天整晚四處徘徊，唯一的覺是在計程車後座睡的。等我醒來時，已經早上五點了，我的計程車司機都快成了崔維斯・畢柯❼，他一直自言自語，於是我叫他別再找了，昨晚我們顯然跟麥斯威爾花園路犯沖，搞到最後他總算同意不找了，所以我們就到計程車司機吃早餐的地方吃早餐，有蛋、豆子、香腸、烤吐司，還有濃得連湯匙插進去都不會倒的茶。當他告訴別的司機說他昨天整夜四處開車找麥斯威爾花園路時，我還以為我會被砍死，雖然最後沒有，不過有那麼一分鐘，頗有血濺當場的危險。」

胖查理停下來喘口氣，蜘蛛看起來有點罪惡感。

「**等我**……」胖查理說，「……**等我**洗完澡再說。」他把浴室門關上。

他爬進浴缸。

他哀嚎一聲。

他爬出浴缸。

他關上水龍頭。

他把浴巾圍在腰際，打開浴室門。「沒熱水，」他的語氣實在太太太——太平靜了，「你知不知道為什麼沒熱水？」

蜘蛛仍然站在走廊上，沒有移動。「因為在我浴缸裡，」他說，「真抱歉。」

胖查理說：「嗯，至少蘿西不在你浴缸裡。我是說，她不會——」然後他看到蜘蛛的表情。

胖查理說：「我要你滾開，滾出我的生活，滾出蘿西的生活，滾越遠越好。」

「我喜歡這裡。」蜘蛛說。

「你毀了我的生活。」

「真不幸。」蜘蛛走到走廊盡頭，打開胖查理的客房門，金黃色的熱帶陽光一瞬間流瀉到走廊上，然後門關了起來。

胖查理用冷水洗頭髮，還刷了牙。他翻遍洗衣籃，直到找出一條牛仔褲和一件T恤，這兩件衣服由於位在洗衣籃底部，所以算是相對乾淨。他把這兩件衣物穿上，再套上一件有泰迪熊圖案的紫色毛衣，這是他母親給他的，他從沒穿過，但也沒空送人。

他走到走廊盡頭。

低音樂器和鼓樂的砰砰聲透門而出。

---

❼電影《計程車司機》（Taxi Driver）的男主角，勞勃·狄尼洛飾演。

胖查理用力搖晃門把，門把聞風不動。「你再不開門，」他說，「我就把門拆了。」門忽然打了開來，胖查理一跤跌了進去，摔進走廊盡頭空蕩蕩的雜物間。綿密的雨滴拍打在窗玻璃上，透過一片朦朧向外看去，依稀可見的窗景是後排房屋的後牆。

儘管如此，不知從哪裡——總之是一牆之隔的地方——傳來震耳欲聾的音響聲：雜物間的破銅爛鐵隨著遠處傳來的砰砰聲隱隱震動。

「好，」胖查理若無其事地說，「這下你真的惹毛我了，到時可別後悔。」這是兔子被逼到走投無路時的傳統戰吼。有些地方的人相信阿南西是隻愛惡作劇的兔子，當然他們錯了，他是蜘蛛才對。你也許會認為這兩種生物很好區分，但牠們其實比你想像的更常被搞混。

胖查理走回臥室，從床邊拿出護照，在浴室找到剛剛擱在那兒的皮夾。

他冒雨走路到大馬路，伸手招來一輛計程車。

「去哪？」

「希斯洛機場。」胖查理說。

「很好。」司機說，「哪個航廈？」

「不知道。」胖查理說，他知道自己其實應該知道，畢竟他幾天前才去過。「往佛羅里達的班機通常在哪個航廈？」

葛拉漢．科茲早從梅傑首相的時代，就開始計畫要怎麼從葛拉漢．科茲事務所抽身，畢竟花無百日紅。葛拉漢．科茲很樂意向你保證：會下金蛋的鵝總有一天也會被煮來吃，只是遲早問題。儘管他計畫得宜（畢竟沒人能預料自己哪天得捲包袱跑路），而且他也不是不知道雪球會越滾越大，但他只是想盡量拖延離開的時刻，拖到不能再拖為止。

他好久以前就認定，重要的並不是離開，而是讓自己消失、蒸發，不見蹤影，毫無痕跡。

他辦公室的祕密保險箱裡（大到人可以走進去，他對此相當得意），有張他自己安裝的架子（不久前倒了下來，他才剛剛重裝好）。架子上有只皮革小手提包，裡頭有兩本護照，一本的名字是貝梭．芬尼根，另一本是羅傑．布朗斯坦。這兩人都生於約五十年前，跟葛拉漢．科茲一樣，但都出生不到一年就死了。兩本護照裡的相片都是葛拉漢．科茲。手提包內還有兩只皮夾，裡頭各有一套信用卡和附照片的身分證件，姓名都與護照持有人相同。這兩個姓名都是開曼群島洗錢帳戶的簽署人，然後這幾個帳戶會再把錢匯到英屬維吉尼亞群島、瑞士、列支敦斯登的帳戶。

葛拉漢．科茲早已計畫要在他五十歲生日時遠走高飛，現在距離那天還有一年多，而他正仔細盤算著胖查理這件事。

他不認為胖查理真的會遭到逮捕或監禁，不過如果真的發生這種狀況，他也不會大力反對。他想嚇嚇他，破壞他的名聲，讓他銷聲匿跡。

葛拉漢．科茲不僅十分擅長從事務所客戶身上榨取錢財，也很享受整個過程。他曾又驚又喜地發現，只要小心挑選客戶，他代理的那些明星和藝人根本沒什麼金錢概念，甚至還很欣慰終於有人願意代理他們，替他們處理財務，確保他們不必多費心。如果有時結算單或支票遲發了，或跟客戶預期的有所出入，或客戶戶頭出現不明扣款，那麼……葛拉漢．科茲事務所的員工流動率相當高，尤其是會計部門，不管出了什麼問題，要怪到無能的離職員工頭上都很容易，再不然（鮮少需要這麼做）用一箱香檳和一張賠款支票往往也能擺平。

這並不是因為大家都喜歡葛拉漢．科茲，也不是因為他們信任他。甚至連他的客戶也覺得他是黃鼠狼，但他們相信他是站在**他們那邊的**黃鼠狼——這麼想可就錯了。

葛拉漢．科茲是站在他自己這邊的黃鼠狼。

他桌上的電話響起，他接起來說：「喂？」

「科茲先生嗎？瑪芙．李文斯頓打電話來，我知道你說過要把她轉給胖查理，可是他這禮拜放假，我不知道要怎麼應付她。要不要跟她說你不在？」

葛拉漢．科茲思考了一下。莫利斯．李文斯頓是因心臟病發暴斃身亡的，他生前是英國最受歡迎的約克郡喜劇小品演員，曾主演過電視影集「蓋頭小子」，還有自己獨挑大梁的週六夜間綜藝節目「你是莫利斯．李文斯頓吧」，甚至在八〇年代還出過排行榜前十名的單曲，那首歌在當年讓人耳目一新，叫做〈出來透氣真好（但是快收起來）〉。既親切又隨和的他，不僅把所有財務交由葛拉漢．科茲事務所管理，還依照葛拉漢．科茲的建議，指定葛拉漢．科茲本人為他的財產信託人。

遇到這種誘惑還不臣服，豈不是罪過嗎？

然後還有瑪芙．李文斯頓……我們這麼說吧，有許多年的時間，她曾在葛拉漢．科茲許多最珍貴、最私密的幻想中擔任主角和配角，但她卻渾然不覺。

葛拉漢．科茲說：「我來接。」然後他熱心地說：「瑪芙，真高興接到妳的來電，妳還好嗎？」

「我不知道。」她說。

瑪芙．李文斯頓認識莫利斯時是個舞者，而且身高一直都遠遠超出這名矮小男子，但他們互相仰慕。

「妳可以跟我說說。」

「我幾天前跟查爾斯說過了，我想知道……嗯……銀行經理想知道，莫利斯留下來的錢在哪裡，我們早該看到那筆錢了。」

「瑪芙，」葛拉漢．科茲說，他用自認陰鬱柔順的語調說話，他相信這種聲音能讓女人共鳴，「問題不在於錢來了沒，而是資金流動的問題。我跟妳說過，莫利斯在他臨終前幾年，做了許多不怎麼明智的投資，儘管他也聽從我的建議，做了些良好投資，但我們需要等良好投資瓜熟蒂落，如果現在就抽身，會前功盡棄。不過妳別擔心，別擔心，對好客戶我什麼都願意做，我會從我自己的帳戶開張支票給妳，讓妳有錢可還，也比較安心。銀行經理要多少錢呢？」

「他說他必須開始拒付支票，」她說，「而且BBC跟我說，他們都有把發行舊影集DVD賺的錢匯過來，**那筆錢**沒拿去投資吧？」

「BBC這麼說嗎？這就怪了，**我們**不斷向**他們**催討呢，但我不會把所有責任都推到他們身上。我們的會計懷孕了，事情全都亂成一團；查爾斯．南西，就是跟妳說過話的那位，他最近心情也亂糟糟的，他父親剛過世，他已經出國好幾——」

「我們上次談話時，」她指出，「你正在安裝新電腦系統。」

「確實如此，請妳不要讓我又開始批評我們的記帳系統，不是有那麼一句話嗎……犯錯乃人之常情，但要把事情徹底搞砸，得用上電腦才行……好像是這麼說沒錯。我會努力調查這件事，有必要的話還會用傳統的人工方式進行。妳的錢會源源不絕向妳滾去，這是莫利斯的遺願。」

「我的銀行經理說，需要十萬鎊才能讓他們不再拒付支票。」

「那我就給妳十萬鎊，在我們說話的這當口，我已經在開支票了。」他在筆記本上畫個圈圈，上面加了條線，看起來有點像蘋果。

「我很感激。」瑪芙說，葛拉漢．科茲得意洋洋。「希望沒給你添麻煩。」

「千萬別這麼說，」葛拉漢．科茲說，「怎麼會麻煩呢？」

葛拉漢．科茲掛上電話。他總覺得，整件事最好笑的地方是，莫利斯扮演的喜劇角色永遠都是頭腦固執、因為自己對每分錢都瞭若指掌而得意洋洋的約克郡男子。

葛拉漢．科茲心想，這場遊戲到目前為止都還天衣無縫。他在蘋果上加了兩隻眼睛，一對耳朵，這時他覺得那圖案看起來多少像隻貓。他很快就不需要再向難伺候的明星榨取錢財了，下半輩子等著他的是陽光、游泳池、美食、美酒，如果可能的話，還有數不清的口交。葛拉漢．科茲深信，生命中最棒的事，是可以用錢買來的。

他在貓臉上畫張嘴，填滿銳利的牙齒，這時它變得有點像美洲獅。他一邊畫一邊開始用尖銳男高音唱歌：

在我小時候，父親會說，
外頭天氣好，你應該出去玩耍，
但是現在年紀大了，小姐們都會說，
出來透氣真好，但是快收起來……

莫利斯．李文斯頓付錢替葛拉漢．科茲在柯巴卡巴納海灘❽買了豪華公寓，也付錢替他在聖安德魯斯島裝設游泳池。你可萬萬別以為葛拉漢．科茲是個忘恩負義之徒。

「出來透氣真好，但是快收起來來來……」

蜘蛛感覺渾身不對勁。

有種感覺正在醞釀，奇怪的感覺，像霧一樣在他生命裡擴散，破壞他的生活。他無法辨識，也不喜歡。

要說世上有什麼感覺他從**沒**嘗過，那就是罪惡感，那從來就不是他感覺得到的東西。蜘蛛會覺得很爽，蜘蛛會覺得很酷，但是不會覺得罪惡。即使在搶銀行時被逮個正著，他也不會有罪惡感。

然而，有種淡淡的不適感，在他身上瀰漫。

蜘蛛至今為止都認為，神與眾不同，祂們沒有良知，也不需要良知。神對世界（即使是自己所存在的世界）的感情，就好比對遊戲所有關卡瞭若指掌、可以大開金手指的電腦玩家對遊戲的感情。

蜘蛛一直在找樂子，這就是他的工作，也是最重要的事。即使他有罪惡感圖解手冊，手冊上還標出所有組成成分，他還是認不出那究竟是什麼。他並不是沒有責任感，真要說的話，比較像是發放責任感那天他剛好不在場。不過有什麼東西改變了（他不知道是他的內心還是外在），他心煩意亂。他又為自己倒了一杯酒，揮揮手調高音樂的音量，還把邁爾斯．戴維斯的音樂換成詹姆斯．布朗，可是情況依舊沒什麼改善。

他躺在吊床上，曬著熱帶陽光，聽著音樂，沉醉在自己的酷勁中……而他第一次感覺到，這樣還不夠。

他爬下吊床，踱到門邊。「胖查理？」

沒人回答，公寓感覺空蕩蕩的，窗外的天空一片灰濛濛，還下著雨。蜘蛛喜歡這場雨，因為這似乎很切合他的心境。

電話響起，發出尖銳甜美的音調。蜘蛛接起電話。

蘿西說：「是你嗎？」

「妳好啊，蘿西。」

「昨天晚上……」她說，然後靜了下來，最後才說：「……對你我來說都一樣美妙嗎？」

「我不知道，」蜘蛛說，「我覺得美妙極了，所以答案應該是沒錯。」

---

❽ 柯巴卡巴納海灘（Copacabana）位於巴西，是著名度假勝地。

「嗯……」她說。

他們沒說話。

「查理？」蘿西說。

「嗯哼？」

「我甚至覺得什麼話都不說也好，只要知道你在電話另一頭就夠了。」

「我也是。」蜘蛛說。

他們又好好享受了一陣子這種不說話的感覺，細細品味，反覆咀嚼。

「你今晚要不要來我家？」蘿西問，「我寓友到肯格姆國家公園去了。」

「那句話……」蜘蛛說，「可能可以獲選為英文中最美麗的句子，**我寓友到肯格姆國家公園去了**，多麼詩情畫意。」

她吃吃笑，「傻瓜，嗯……記得帶牙刷……？」

「喔……**喔**……好。」

他們活像一對荷爾蒙中毒的十五歲青少年，吵著「你先掛電話」及「才不呢，**你**先掛」，打情罵俏了好幾分鐘後，電話終於掛上了。

蜘蛛像聖人一樣微笑。這個世界因為有蘿西，而成了他夢寐以求的最佳世界。霧已經散去，世界不再陰暗。

蜘蛛甚至忘記胖查理不見了，他為什麼要在乎這種雞毛蒜皮的小事？蘿西的寓友在肯格姆國家公園，而今晚呢？今晚他會記得帶牙刷。

胖查理正在前往佛羅里達的班機上，擠在一排五人座的中間，很快就睡著了。這其實是件好事，因為飛機一騰空，機尾的盥洗室就壞了，雖然空服員在門上掛了「待維修」的牌子，也無法消滅裡頭傳出來的味道，那股異味就像低濃度化學氣體，在飛機後側慢慢散開。飛機上有嬰兒啼哭聲，大人抱怨聲，小孩鬼叫聲。有一小群乘客要前往迪士尼樂園，他們覺得一上飛機假期就開始了，於是在座位上坐好後就開始唱歌，他們唱〈嗶滴巴滴仙女歌〉和〈跳跳虎真棒〉和〈海底下〉和〈嗨荷、嗨荷、要去工作了〉，他們甚至把〈要去拜訪魔法師〉也當成迪士尼卡通歌，唱得不亦樂乎。❾

飛機升空後，他們發現由於供餐出了差錯，經濟艙的午餐給打包成了早餐，所以全體乘客都會拿到一包穀物麥片和一根香蕉，又不幸沒有湯匙，只好用塑膠刀叉代替，不過這也可能是不幸中的大幸，因為沒多久，用來加麥片的牛奶也告罄了。

這趟班機真是糟透了，但胖查理從頭睡到尾。

在胖查理的夢中，他來到一間宏偉大廳，他身穿晨禮服，旁邊站著蘿西，她披著白色婚紗。蘿西的母親也與新人一起站在臺上，站在蘿西另一側——她也披著一件婚紗，讓人有點不忍卒睹，不過那婚紗上覆著一層灰塵和蜘蛛網。在遙遠的地平線彼端，也就是大廳彼端，有人在開槍和舉白旗。

那只是坐H桌的人，蘿西的母親說，不必在意。

胖查理轉身面向蘿西，她對他綻出淺淺的甜美笑容，然後舔舔嘴唇。

蛋糕，夢中的蘿西說。

那是示意樂隊開始演奏的暗號，他們是紐奧良爵士樂團，演奏著葬禮進行曲。

廚師助手是位警官，她拿著一副手銬，廚師把蛋糕推到高臺上。

---

❾ 前四首分別為《灰姑娘》、《小熊維尼友情歷險記》、《小美人魚》和《白雪公主》的電影主題曲；〈要去拜訪魔法師〉（We're Off to See the Wizard）是音樂劇《綠野仙蹤》（The Wizard of Oz）中的歌，不是來自迪士尼動畫。

夢裡的蘿西對胖查理說，現在切蛋糕吧。

B桌的賓客（他們不是真人，而是體型如真人大小的卡通老鼠和穀倉動物）開始唱起迪士尼卡通歌，興高采烈地慶祝。胖查理知道他們希望他也跟著一起唱，但即使在夢中，他也感覺得到，只要想到得在大庭廣眾下唱歌他就會驚慌失措，四肢無力，嘴脣發麻。

我不能跟你們一起唱，他一邊對他們說，一邊拚命找藉口。我還得切蛋糕。

大廳頓時鴉雀無聲。在一片靜寂中，有位廚師走了進來，推著一臺小推車。那位廚師有著葛拉漢．科茲的臉，推車上是奢華的白色結婚蛋糕，那塊多層糕點裝飾得花團錦簇，頂層立著一對小新人，兩人看起來搖搖欲墜，彷彿試著在沾滿糖霜的克萊斯勒大樓頂端保持平衡。

蘿西的母親伸手從桌子下拖出一把長長的木柄刀，簡直跟開山刀沒兩樣，刀身已經生鏽了。她把刀子遞給蘿西，蘿西拉著胖查理的右手握住她自己的右手，然後他們倆一起把生鏽的刀子切入頂層蛋糕的厚厚白色糖霜裡，恰恰就切在新郎和新娘中間。剛開始幾乎切都切不動，於是胖查理更加使勁，把自己全身的重量都壓到刀子上。他覺得蛋糕開始分開了，他更使力切。

那把刀切開結婚蛋糕頂層，然後滑過空隙，切開一層又一層的糕身，最後整塊蛋糕一分為二……

在胖查理夢中，他猜想蛋糕裡八成裝滿了黑色珠子，黑色玻璃珠或黑玉珠之類的，珠子從蛋糕裡灑漏出來後，他發現那些珠子有腳，每顆珠子都有八根靈活的腳。那些蜘蛛就像黑色浪潮，從蛋糕裡跑出來，成群湧上前，覆蓋在白色桌巾上，覆蓋在蘿西母女身上，把她們的白紗變得跟黑檀木一樣黑。然後，數以百計的蜘蛛好像被什麼巨大邪惡的智慧生物控制似地，紛紛朝胖查理湧來。他轉身就跑，雙腿卻被不知哪來的橡膠黏腳板卡到，跌了個狗吃屎。

蜘蛛趁機竄到他身上，細小的蜘蛛腳在他赤裸的皮膚上爬行。他想站起來，但整個人卻早已被蜘蛛淹沒。

胖查理想尖叫，但他滿嘴都是蜘蛛。牠們遮住他雙眼，讓世界變得一片黑暗……

胖查理張開雙眼，只看到無盡的黑，於是他尖叫、尖叫、又尖叫。然後他發現那是因為燈關了，窗戶遮陽板也拉了下來，因為乘客正在看電影。

他站起來，想移動到走道上。他經過其他乘客身邊時，不停絆到他們，等終於快抵達走道時，他立直了身子，卻一頭撞上頭頂置物櫃，置物櫃門被撞開，不知是誰的手提行李掉了出來，打到他的頭。附近的目擊者都笑了出來，這可是齣高雅的低俗鬧劇，而且還讓他們情緒都好轉起來。

第七章
胖查理長途遠行

海關人員瞇眼瞪著胖查理的美國護照，一臉失望，好像在可惜胖查理不是外國人，不能乾乾脆脆把他擋在國外。她嘆口氣，揮手讓他進去。

他不知道出關後下一步要做什麼。應該要租車吧，他心想，然後吃東西。

他下了電動步道，穿過安檢關口，走入奧蘭多機場寬廣的購物大廳，看到希格勒太太站在那裡掃視到站旅客的臉孔，手裡還緊握裝著咖啡的超大馬克杯，他沒感到應有的訝異。他們幾乎是同時看到對方，然後她朝他走去。

「餓了嗎？」她問他。

他點頭。

「那好，」她說，「希望你愛吃火雞。」

胖查理想知道，希格勒太太的褐紅色休旅車是否還是他童年記憶中那輛，他猜應該是。這輛車一定也曾是新車，這是理所當然，畢竟萬事萬物都曾是新的。車子的座椅皮革早已龜裂剝落，儀表板是沾滿灰塵的木製夾板。

一只牛皮紙購物袋放在他們之間的座位上。

希格勒太太的老爺車上沒有置杯架，所以她開車時，便把那一大杯咖啡夾在兩腿間。車子的出廠時間似乎比冷氣出現的年代還早，所以她開車時會打開窗戶，不過胖查理不介意，經歷過英國的溼冷天氣後，他全心歡迎佛羅里達的高溫。希格勒太太往南朝收費公路開去，她一邊開車一邊說話，談到最近一次颶風，談到她帶姪子班哲明到海洋世界和迪士尼樂園，還說觀光勝地都跟以前不一樣了，她提到建築法和汽油價格，她完整複述了醫生建議她做股關節置換手術時說的話，她提到觀光客不停餵鱷魚，新居民就愛把房子蓋在海灘上，但每當海灘或房子消失不見或鱷魚吃了他們的狗後，卻又老是驚訝萬分。胖查理讓這些話從身上流淌而過，這都只是閒聊而已。

希格勒太太把車速放慢，拿了收費公路的通行票。她停下嘴巴，似乎若有所思。

「那麼，」她說，「你見到你弟弟了。」

「妳知道嗎？」胖查理說，「妳其實可以先警告我。」

「我的確警告過你他是神。」

「不過妳沒提到他是個徹頭徹尾的混帳。」

希格勒太太哼一聲，從馬克杯裡喝了一大口咖啡。

「可不可以找個地方讓我買點吃的？」胖查理問，「飛機上就只有麥片和香蕉，沒有湯匙，而且還沒輪到我那排座位，牛奶就發完了。他們說他們很抱歉，所以給我們餐券做補償。」

希格勒太太搖搖頭。

「我早該在機場用餐券換漢堡的。」

「我說過，」希格勒太太說，「盧薇拉．敦維帝替你烤了隻火雞。如果我們到那裡時，你已經用麥當勞填飽肚子，什麼都吃不下了，她會作何感想？」

「可是我已經餓昏了，還要兩小時才到。」

「我開車，」她斷然駁斥，「用不著那麼久。」

她一說完就踩下油門。當褐紅色休旅車在高速公路上左右搖晃全速前進時，胖查理有時會緊閉雙眼，同時還把左腳踩在想像的煞車踏板上，這動作實在相當累人。

遠遠不到兩小時，他們就抵達收費公路出口，轉入地區高速道路。他們朝市區開去，經過邦諾書局和辦公用品連鎖店❶，經過價值七位數且有保全大門的房子，再進入老舊的住宅街道，胖查理記得他小時候這一帶環境維護得比現在好得多。他們經過西印度外帶餐館、窗戶有牙買加國旗的餐廳，窗戶上還有手寫廣告推銷牛尾飯特餐、自製薑味啤酒和雞肉咖哩。

胖查理口水直流，肚子咕咕叫。

車子又搖了一陣，彈了一下。這邊的房子更舊，而這次一切都讓他覺得很熟悉。

敦維帝太太前院的粉紅色塑膠火鶴依舊趾高氣昂，不過這些年來，太陽已經把它們曬得幾乎褪成白色。那裡還有鏡面反射球，胖查理看到時嚇了一大跳，有那麼一瞬間，他還以為那是什麼恐怖至極的玩意兒。

「你跟蜘蛛的情況有多糟？」希格勒太太在他們走向敦維帝太太家前門時問道。

「這麼說好了，」胖查理說，「我想他跟我未婚妻有一腿，而我連半腿都沒有。」

「啊，」希格勒太太說，「嘖。」然後她按了門鈴。

一小時後，胖查理覺得這場景有點像《馬克白》。確切說，如果《馬克白》裡的巫婆是四位矮小老太太，如果那些巫婆不是攪動鍋子、吟詠毒咒，而是歡迎馬克白大駕光臨，並請他在紅白格紋塑膠桌巾上，享用白瓷盤裡的火雞、米飯和豆子（不消說還有番薯布丁和辣包心菜），吃完還慫恿他再吃第二份、第三份……最後馬克白慷慨激昂地說，不可，他業已飽食，肚皮幾破，發誓再也吃不下了，巫婆卻還是不停逼他吞下她們特製的島嶼米布丁、一大塊布斯塔蒙太太最愛的鳳梨反轉蛋糕。若《馬克白》劇情真是如此，那胖查理的遭遇就正好與它如出一轍。

「那麼，」敦維帝太太一邊說，一邊摘下嘴角的鳳梨反轉蛋糕屑。「你弟弟去找你嘍？」

「是啊，我跟一隻蜘蛛說我要見他，我想是我自作孽吧，我根本沒把這事當真。」

希格勒太太、敦維帝太太、布斯塔蒙太太和諾絲小姐一邊咂舌，一邊搖頭，桌邊響起一陣「咄」「去」「嘖」交織成的聲音。「他總說你是笨的那個，」諾絲小姐說，「你父親老這麼說，我以前從不信。」

「噯，我怎麼知道？」胖查理抗議道，「我父母又沒跟我說過：『兒子啊，順便告訴你，你有個素昧平生的弟弟，快邀他進入你的人生，他會害你被警方調查，他會睡你未婚妻，他不只會搬到你家，還會把整間屋子帶進你家客房，而且他還會把你洗腦，要你去看電影，花一整夜的時間試著找回家的路，還有——』」他看到她們看著他的眼神，於是住了口。

桌邊響起一連串嘆息，從希格勒太太、諾絲小姐，到布斯塔蒙太太，再到敦維帝太太，極度令人坐立不安，也相當令人毛骨悚然，可惜布斯塔蒙太太打了個嗝，毀了氣氛。

「那你要怎樣？」敦維帝太太說，「直說吧。」

胖查理在敦維帝太太的小客廳裡想著他要怎樣，外頭的日光正逐漸消逝成柔柔的黃昏。

「他把我搞得悽慘無比。」胖查理說，「我要妳們讓他離開，離開就好，妳們可以幫我嗎？」

較年輕的三位什麼都沒說，只是看著敦維帝太太。

---

❶ 邦諾書店（Barnes & Nobles）為美國大型連鎖書店。辦公用品連鎖店（Office Depot）為知名辦公用品供應商。

「我們其實沒辦法讓他離開，」敦維帝太太說，「我們已經……」她住了口，又說：「這麼說吧，我們在這方面已經盡力了，你知道。」

值得讓人稱讚的是，胖查理沒有流淚、沒有痛哭，甚至也沒有像搞砸的舒芙雷一樣塌陷在地上，雖然他內心深處可能很想這麼做。但他只是點點頭。「那麼……」他說，「真抱歉打擾妳們，謝謝妳們招待的晚餐。」

「我們雖然無法讓他離開，」敦維帝太太說，在她厚重如鵝卵石般的鏡片後，棕色的眼珠近乎漆黑。「但可以告訴你誰辦得到。」

佛羅里達的傍晚，是倫敦的深夜。蜘蛛在蘿西的大床上打了個寒顫，那張床胖查理從來就無緣一躺。蘿西緊挨著他，肌膚貼著肌膚。「查爾斯，」她說，「你還好嗎？」她感覺得到他手臂上冒出的雞皮疙瘩。

「我很好，」蜘蛛說，「只是忽然有種毛骨悚然的感覺。」

「有人從你墳上走過。❷」蘿西說。

他把她拉近自己身子，吻了她。

黛西則坐在她位於漢敦家裡的小客廳，身上穿著亮綠色睡衣和毛茸茸的粉紅色絨氈拖鞋。她坐在電腦螢幕前，邊搖頭邊按滑鼠。

「妳還要用多久？」卡蘿問，「妳知道，有一整組電腦人員專門負責處理那種事，不該由妳操心。」

黛西應了一聲，那聲音不代表同意，也不代表不同意，只意味著「我知道有人在跟我說話，如果我出聲回應，他們或許會走開」。

卡蘿聽過那種答應聲。

「喂，」她說，「大屁股，妳還要用很久嗎？我要更新我的部落格。」

黛西的腦袋處理了這些字，其中三個字她聽了進去。「妳是不是說我屁股大？」

「不是，」卡蘿說，「我是說現在很晚了，我想更新我的部落格，我要讓他在倫敦某間不知名夜店的廁所跟超級名模搞一腿。」

黛西嘆口氣。「好吧，」她說，「實在很可疑，就這樣而已。」

「什麼很可疑？」

「我想是侵占吧。好啦，我已經登出了，現在電腦是妳的啦。妳知道假扮皇室成員有可能會惹上麻煩吧？」

「滾開。」

卡蘿在部落格的化身是一名英國皇室成員，也是個浪蕩不羈的年輕男子。媒體曾經爭論她寫的東西到底是真是假，有許多媒體指出她寫的東西只有貨真價實的皇室成員才可能知道，或只有沒營養八卦雜誌的忠實讀者才可能知道。

黛西自電腦旁起身，但腦裡依舊思考著葛拉漢．科茲事務所的詐欺案。

葛拉漢．科茲在他臥室裡熟睡，他家位在普利，房子很大，但絕不張揚。若世上真有天理，他睡覺時就該呻吟輾轉，汗流浹背，飽受噩夢折磨，他良知的怒火就該用蠍尾鞭抽打他。然而，我得痛心疾首地承認，葛拉漢．科茲睡得就像吃得飽飽、渾身奶味的嬰兒，他什麼都沒夢到。

葛拉漢．科茲家中某處，祖父級的時鐘客氣地響了十二次，倫敦是午夜，佛羅里達是晚上七點。不管怎樣，都是巫異時刻。

❷此為西方人的一種迷信，無故打冷顫就表示有人從你的墳墓上走過。

敦維帝太太把紅白格紋塑膠桌巾拿走收好。

她說：「誰有黑色蠟燭？」

諾絲小姐說：「我有。」她腳邊有只購物袋，她在袋子裡翻來翻去，掏出四根蠟燭，它們幾乎都是黑的，其中一根長長的，沒有任何裝飾，另外三根則像黑黃相間的卡通企鵝，燭芯就從頭頂伸出來。「他們就只有這幾根，」她不無歉意地說，「我跑了三間店才找到。」

敦維帝太太一言不發，只是搖了搖頭，把四根蠟燭放上塑膠野餐盤，分別立在桌子四角，唯一一根非企鵝蠟燭占據桌頭，她就坐在那裡。她拿出一大盒海鹽，打開噴嘴，在桌上倒出一堆鹽粒，然後凝視著那堆鹽，用老邁的食指東推西推，把鹽戳成好幾堆，畫出幾條螺旋。

諾絲小姐從廚房拿來一只大玻璃碗，放在桌子中央，再旋開一瓶雪利酒的蓋子，毫不吝嗇地倒了不少酒到碗裡。

「好，」敦維帝太太說，「惡魔草、征服者聖約翰之根、尾穗莧❸。」

布斯塔蒙太太在她的購物袋裡摸索，拿出一小只玻璃瓶。「混合香料，」她解釋道，「我想這應該可以。」

「混合香料！」敦維帝太太說，「混合香料！」

「不行嗎？」布斯塔蒙太太說，「每次食譜說要加這種羅勒啦、那種奧勒岡啦，我都是用這罐。少了這罐我菜就做不好，要我說啊，我的菜都是混合香料的功勞。」

敦維帝太太嘆口氣。「倒進去吧。」她說。

半罐混合香料倒進雪利酒裡，乾燥的葉片在液體表面浮動。

「好，」敦維帝太太說，「四土。我希望……」她字斟句酌地說，「不會再有人告訴我她找不到四土，結果得用鵝卵石、死水母、冰箱磁鐵和香皂來充數。」

「我帶了土來。」希格勒太太拿出她的牛皮紙袋，抽出四只密封塑膠袋，每只袋子裡都裝著沙子或乾泥巴似的東西，顏色都不一樣。她把四只袋子分別倒在桌子四角。

「幸好還是有人仔細聽。」敦維帝太太說。

諾絲小姐點燃蠟燭，還一邊點一邊稱讚企鵝蠟燭有多好點，長相既可愛又有趣。

布斯塔蒙太太用剩下的雪利酒，替四位女士各倒一杯。

「我怎麼沒有？」胖查理問，但他其實不想喝，他不喜歡雪利酒。

「你不行，」敦維帝太太堅決地說，「你不能喝，你得保持清醒。」她從皮包裡拿出一只金色小藥盒。

希格勒太太關上電燈。

五個人在燭光下，圍坐在桌子旁。

「接著要怎樣？」胖查理問，「我們是不是要手牽手，召喚亡魂？」

「不是，」敦維帝太太輕聲說，「我不想再聽到你說話了。」

「抱歉。」胖查理一說完就恨不得把話吞回去。

「聽好，」敦維帝太太說，「你即將前往的地方，也許能找到幫助你的人，儘管如此，還是不要給別人東西，也不要做任何承諾，懂嗎？即使不得不給人東西，也一定要拿同等價值的回報，懂嗎？」

---

❸ 惡魔草（devil grass）即百慕達草，學名 *Cynodon dactylon*，又稱狗牙草或鐵線草，多用於鋪設草坪；征服者聖約翰之根（St. John the Conqueror root），以美國黑人民族英雄征服者約翰命名的一種植物的根，學名 *Ipomoea jalapa*，傳說具有魔法或醫療效果；尾穗莧（love-lies-bleeding）又稱老鎗穀，學名 *Amaranthus caudatus*，一年生草本植物。

胖查理差點脫口說出：「好。」好在他及時住嘴，只點了點頭。

「很好。」然後敦維帝太太開始五音不全地亂哼，她蒼老的聲音顫抖不停。

諾絲小姐也開始哼，她哼得比較有旋律，聲音也比較高，比較強。

布斯塔蒙太太沒有哼，而是發出嘶嘶聲，蛇一般的嘶嘶聲，時斷時續，似乎搭配著哼聲的旋律，在哼聲之下左拐右繞。

希格勒太太也開始發出聲音，不過不是哼哼，也不是嘶嘶，而是嗡嗡，就像窗戶邊的蒼蠅。她用舌頭和牙齒發出震顫聲，既怪異又不可思議，就像嘴裡有群憤怒的蜜蜂，朝牙齒嗡嗡飛，想要逃出去。

胖查理不知道自己是不是該參一腳，但他也不知道如果要，自己又該發出什麼聲音，於是他專心坐在那裡，試著別對這陣聲音大驚小怪。

希格勒太太把一撮紅土丟入酒碗內，布斯塔蒙太太撒入一撮黃土，諾絲小姐撒入一撮棕土，而敦維帝太太則吃力地緩緩靠過去，撒了一撮黑土。

敦維帝太太啜了口她的雪利酒，然後用患了關節炎的手指胡亂摸索，從藥盒裡拿出東西，丟進蠟燭火焰裡。有那麼一瞬間，房間裡有股檸檬香，但那股味道很快就變成焦味。

諾絲小姐開始敲擊桌面，但她沒有停止哼聲。燭火抖了起來，在對面牆上映出舞動的大黑影。希格勒太太也開始敲擊桌面，她手指敲出的節奏跟諾絲小姐的不同，她的節奏更快，更有力，兩道敲擊聲交織成新的節奏。

在胖查理心中，所有聲音開始融成一種奇怪的合聲：哼聲和嘶聲和嗡聲和敲擊聲。他開始頭暈，一切變得荒謬，一切變得不真實，在這重重女聲中，他聽到森林野生動物的聲音，他聽到熊熊火焰的嗶剝聲，他的手指像橡膠般延展開來，雙腳變得離他好遠好遠。

他覺得自己好像在他們之上，在萬物之上。他腳下有五個人圍坐桌旁，其中一個女人做做手勢，把什麼東西丟進桌子中央的碗裡，碗中立刻爆出一陣耀眼的火花，讓胖查理一時為之目眩。他閉上眼睛，不過沒用，即使他閉起眼睛，還是亮得刺眼。

他在日光下揉揉眼睛，東張西望。

陡峭的岩壁聳立在他背後，那是山的一側，他前面則是直直下削的險峻懸崖。他走到懸崖邊，小心探頭往下看，看到一團團白色的東西，起先還以為是綿羊，後來才意識到那其實是朵朵白雲。又大又白又毛茸茸的雲，在他遙遠的下方，雲層下則什麼都沒有。他看得到藍天，彷彿繼續注視，就會看到太空的黑暗。更遠的地方，除了閃著寒光的星星，什麼都沒有。

他從懸崖邊往後退一步。

他轉身朝山走去。那座山不停向上延伸又延伸，高不見頂。高到他以為那座山會塌到他頭上，席捲他，活埋他。他逼自己再次往下看，然後把目光焦點鎖定在地上，這次他注意到岩壁靠近地面之處有洞，看起來像天然洞穴的入口。

他的立足處上接山壁，下臨懸崖，是一條大概不到四分之一哩寬的砂土步道，卵石遍布，間或點綴著幾塊綠地，偶爾還有幾棵覆滿塵埃的棕色樹木。這條步道似乎一路沿著山勢走，直到消失在遠方的朦朧中。

有人在看著我，胖查理心想。「有人嗎？」他抬起頭來大叫，「有沒有人在這裡？」

一個男人從最近的洞穴口走了出來，他皮膚比胖查理還黑，甚至比蜘蛛還黑，但他長長的頭髮卻是黃褐色，像鬃毛般環繞著他的臉龐。他腰上繫著一塊破爛的黃色獅皮，獅尾從後面垂下來，那條尾巴一揮，趕走他肩膀上的蒼蠅。

男人眨眨他金黃色的眼睛。

「你是誰？」他低沉地說，「誰允許你到這裡來的？」

「我是胖查理．南西。」胖查理說，「蜘蛛阿南西是我父親。」

獅子點了點他那顆大頭，「吾友阿南西之子，你來這裡做什麼？」

就胖查理所見，岩石那裡就只有他們倆而已，但感覺起來好像有許多人豎著耳朵在聽，有許多沒說話的聲音，許多抽動的耳朵。胖查理大聲說話，好讓所有聽眾都聽得到。「我弟弟，他毀了我的生活，我無法讓他離開。」

「所以你尋求我們的協助？」獅子問。

「沒錯。」

「而你這位弟弟，他跟你一樣，都是阿南西的血脈嗎？」

「他跟我完全不一樣，」胖查理說，「他是你們的同類。」

一道金影俐落一閃，那隻人獅從洞穴口懶洋洋地跳下，輕輕躍過幾顆灰石，轉眼間就穿過五十碼的距離。這會兒他站在胖查理面前，尾巴不耐煩地揮動。

他雙臂交叉，低頭看著胖查理，「你怎麼不自己解決？」

胖查理雙脣乾澀，喉嚨像是給灰塵緊緊堵住。他面前的生物比任何人都高，但聞起來卻不像人，犬齒尖就抵在下嘴脣上。

「我辦不到。」胖查理勉力擠出聲。

隔壁洞穴口走出一個魁梧大漢，棕灰色的皮膚滿是皺紋，腿也渾圓異常。「如果你和你弟弟起爭執，」他說，「那你應該找你們父親評評理，把事情交給一家之主做決定，那就是規則。」他頭往後一仰，從鼻子深處和喉嚨發出聲響——強而有力的象吼，於是胖查理知道他是隻大象。

胖查理吞吞口水。「我父親已經死了。」這時他的聲音又變清楚了，比他預期的還清楚，還大聲。他的聲音在懸崖牆上產生回音，從一百個洞穴口、一百個突出的岩脈朝他彈回。**死了**、**死了**、**死**

了、死了、死了，回音說。「那就是我來這裡的原因。」

獅子說：「我不喜歡蜘蛛阿南西。很久很久以前，他曾把我綁在一根木頭上，讓驢子拖著我穿過一片塵土，一路拖到造物主瑪烏❹的寶座前。」他一想到這裡就大聲咆哮，胖查理恨不得自己不在這裡。「繼續向前走，」獅子說，「可能有人會幫你，但絕不會是我。」

大象說：「也不會是我。你父親捉弄我，吃了我肚子的肥肉。他告訴我他要做鞋子給我穿，然後就把我給煮了，還一邊笑一邊大快朵頤。我絕不會忘記。」

胖查理繼續走。

下個洞穴口站了個男人，身穿瀟灑的綠西裝，頭戴一頂纏著蛇皮的尖帽，足蹬蛇皮靴，腰繫蛇皮腰帶。他在胖查理經過時嘶嘶叫。「繼續走，阿南西之子，」蛇的聲音是乾澀的咻咻聲，「你們全家就只會帶來麻煩，真該死，我才不要蹚你這灘渾水。」

下個洞穴口的女人非常美麗，眼睛像黑色的油滴，鬚鬚被皮膚襯托得分外雪白，她胸部有兩排乳房。「我認識你父親，」她說，「那是好久以前的事了，唉。」她想到這裡不禁搖搖頭，胖查理覺得自己好像不小心看到一封私密信件。她送給胖查理一個飛吻，但當他想靠近時，她卻搖了搖頭。

他繼續向前走，有棵枯樹拔地而起，擋在面前，像一堆陳年白骨。影子變長了，太陽正慢慢從無邊無際的天空降下，越過崎嶇的懸崖，沉入世界盡頭。太陽的中心是顆龐大的金橘色火球，將下方的小朵白雲都燙上金紫色澤。

那位亞述人像山谷野狼般降臨，胖查理心想，那是他某堂老早遺忘的英文課裡的詩句，他麾下大軍閃著紫焰金光❺。他試著回想「麾下」是什麼意思，但就是想不起來，他猜大概是哪種戰車吧。

---

❹ 瑪烏（Mawu）為非洲巫毒教傳說中的創世女神。

靠近他的手肘處，有個東西動了一下，他這才發現枯樹下的棕色石頭原來是個人，那人膚色沙黃，背部有點點豹斑，頭髮又黑又長，微笑時露出的牙齒就像大貓。那笑容只從他臉上一閃而過，而且不帶任何溫暖、幽默、友善。他說：「我是老虎，你父親用百種陰謀陷害我，用千種詭計侮辱我。老虎不會忘記。」

「我很抱歉。」胖查理說。

「我會陪你一起走，」老虎說，「走一會兒。你說阿南西死了？」

「是的。」

「嗯……哼哼……他把我當傻瓜耍了無數次。曾經一切都是我的，故事、星星等等一切都是，他從我這裡偷走一切。現在他死了，也許別人不會再訴說他那些該死的故事，也不會再嘲笑我了。」

「一定不會了。」胖查理說，「我沒嘲笑過你。」

那男人綠寶石色的眼睛一亮。「血脈就是血脈，」他只說了這句話，「阿南西的後代還是阿南西。」

「我跟我父親不同。」胖查理說。

老虎齜著牙齒，那是一口利牙。「你不能到處逗人發笑，」老虎解釋，「這是個嚴肅的大世界，沒什麼值得你笑，完全沒有。你必須教導子孫什麼是懼怕，教他們如何顫抖，教他們如何殘忍，教他們成為黑暗中的危險，教他們藏匿在黑影中，然後猛然一撲、一跳、一躍或一衝，讓敵人一舉斃命。你知道生命的真諦是什麼嗎？」

「呃……」胖查理說，「相親相愛嗎？」

「生命的意義是滿口獵物的鮮血，是用牙齒把肉撕裂，是把敵人的屍體棄置在太陽下，讓食腐屍者清理，**那**才是生命的意義。我是老虎，我比阿南西強壯、巨大、危險、有力、殘忍、聰明……」

胖查理不想在這裡跟老虎說話，倒不是因為老虎在生氣，而是老虎對自己的信念狂熱無比，但他的信念讓人渾身不舒服，還讓胖查理想起某人，儘管他說不出是誰，但總之是個他不喜歡的人。「你能幫我甩掉我弟弟嗎？」

老虎咳嗽了起來，好像喉嚨卡了根羽毛，或卡了整隻黑鶇。

「需不需要我拿水給你喝？」胖查理問。

老虎懷疑地打量胖查理。「上一次阿南西拿水給我喝後，我的下場就是拚命想吃掉池塘裡的月亮，還因此溺水。」

「我只是想幫你個忙。」

「**他**也是那麼說。」老虎往胖查理靠過去，瞪著他的眼睛。近看之下，他根本一點也不像人類，他鼻子太扁，眼睛位置不對稱，聞起來像動物園的獸籠，他的聲音震耳欲聾。「你就是這麼幫助我的，阿南西之子。你和你所有血親要想活命就離我遠一點，懂不懂？」然後他舔舔嘴唇，舌頭紅得像剛宰的鮮肉，也長得勝過任何人類的舌頭。

胖查理退了開來，他深信他只要一轉身、一逃跑，脖子就會馬上感受到老虎牙齒的威力。眼前這隻動物已經沒有任何人性了，牠大得像真正的老虎，像吃人的大貓，牠會像家貓殺死老鼠一樣折斷人類的頸子。於是他一邊注視著老虎，一邊向後退開，而不久這隻動物也緩步走回那棵枯樹下，在石頭上伸懶腰，消失在斑駁的黑影中，只有不安分的尾巴洩漏出他的位置。

「你不用擔心他。」另一個洞穴口的女人說，「過來這裡。」

胖查理無法判定她長相到底算是迷人還是醜怪。他向她走去。

「別看他一副囂張樣，他其實連自己的影子都怕，更怕你爸爸的影子，他下巴根本沒力。」

---

❺出自拜倫（George Gordon Byron, 1788-1824）的詩〈西拿基立的覆滅〉（The Destruction of Sennacherib）。

她的臉有點像狗，不，不是狗……

「好啦，我呢……」胖查理一邊靠近，她一邊說，「我會把骨頭壓碎，因為好東西都藏在裡面，最甜美的肉都藏在裡面。除了我以外沒人知道。」

「我要找人幫我甩掉我弟弟。」

那女人仰頭大笑，笑得粗聲粗氣、吵吵鬧鬧、沒完沒了、瘋瘋癲癲。胖查理這時知道她是什麼了。

「你在這裡找不到人幫忙的，」她說，「他們都因為跟你父親作對而嘗過苦頭。老虎比誰都恨你們一家，但你父親還在世時，他什麼也不敢做。聽好，要我說啊，我閉著眼睛都能猜到，你沿著這條路走，絕對找不到人幫你，直到你看到一處空洞穴，然後你要進去，跟裡面的人說話，懂嗎？」

「我想我懂。」

她笑了笑，那可不是什麼令人愉快的笑。「你要不要先在我這裡待一會兒？跟我學點東西，你知道別人都怎麼說，土狼是最瘦、最卑鄙、最可憎的動物了。」

胖查理搖搖頭，繼續向前走，經過一座座排列在世界盡頭石壁上的洞穴。他經過每一座洞穴的陰暗洞口時，都會瞄一下，裡面的居民什麼形狀、什麼大小都有，小矮人、巨人、男男女女。當他經過時，隨著那些人在陰影內外游移，他會瞥見他們的腹部或鱗片、角或爪。

有時，他經過時會嚇著他們，嚇得他們退到洞穴深處，但也有人會探頭出來，或目露凶光、或好奇地瞪著他。

有個東西從一座洞穴口上方的石頭一躍而出，在空中翻了幾個筋斗，落在胖查理身旁。「你好。」那東西喘吁吁地說。

「你好。」胖查理說。

這個新傢伙很容易激動，全身毛茸茸，手臂和腿似乎都**不太對勁**。胖查理試著猜牠的身分。別的動物人是動物也是人，沒什麼奇怪或矛盾之處，動物特性和人類特性就像斑馬紋一樣合併在一起，形成**異種**。然而這傢伙看起來一方面是人，一方面又只是像人，這古怪之處讓胖查理的牙齒痛了起來，然後他忽然懂了。

「猴子，」他說，「你是猴子。」

「你有桃子嗎？」猴子說，「有芒果嗎？有無花果嗎？」

「恐怕沒有。」胖查理說。

「給我什麼吃的吧，」猴子說，「我會做你朋友。」

敦維帝太太警告過他，**不要給別人東西**，他心想，**也不要做任何承諾**。

「恐怕我什麼都不能給你。」

「你是誰？」猴子說，「你是什麼東西？你看起來也像半人半什麼，你來自這邊還是那邊？」

「阿南西是我爸爸。」胖查理說，「我要找人幫我甩掉我弟弟，把他趕走。」

「那搞不好會惹火阿南西，」猴子說，「不是什麼好主意，惹火阿南西，你就不會再出現在任何故事中了。」

「阿南西死了。」胖查理說。

「在那邊或許是吧，」猴子說，「但這邊呢？兩者可不能混為一談。」

「你是說，他可能還在這裡？」胖查理更加小心地抬頭看看山壁。一想到可能在其中一座洞穴找到他爸爸，看到他坐在搖椅上咿咿呀呀晃來晃去，頭上戴著綠色軟呢帽，喝著一罐棕色麥芽啤酒，用檸檬黃手套蓋住哈欠，胖查理頓時憂心忡忡。

「誰？什麼？」

「你認為他還在這裡？」

「誰？」
「我爸爸。」
「你爸爸？」
「阿南西。」
猴子驚恐地跳到岩石頂端，把身子緊緊貼在岩石上，目光左右來回掃視，好像在留意是不是會忽然出現龍捲風。「阿南西？他在這裡？」
「我問的就是這個。」胖查理說。
猴子忽然盪了起來，倒掛金勾，顛倒過來的臉直視著胖查理。「我有時候會回那個世界，」他說，「他們說，猴子，聰明的猴子，過來，過來，過來，過來吃我們給你的桃子，還有堅果、蟲蛆、無花果。」
「我爸爸在這裡嗎？」胖查理耐心地問。
「他沒有洞穴，」猴子說，「他有洞穴我會知道的——應該吧。或許他有洞穴，但我忘記了。給我顆桃子，我會記得清楚些。」
「我什麼都沒帶。」胖查理說。
「沒有桃子嗎？」
「恐怕什麼都沒有。」
猴子盪到那塊岩石的頂端，然後就不見了。
胖查理繼續沿著岩石步道走，太陽已經沉到跟步道平高，像團深橘色的熊熊烈火。太陽把古老的光芒直直射入一座座洞穴，看得出每座洞穴都有人居住。那位一定是犀牛，一身灰皮膚且視力不佳；而另一邊則是鱷魚，膚色像淺水中的朽木，眼睛跟玻璃一樣黑。
胖查理身後傳來一陣石頭摩擦的喀喀聲，他猛然轉身，只見猴子抬頭瞪著他，指關節拂過步道。

「我真的沒有水果，」胖查理說，「不然就會給你一些了。」
猴子說：「真替你遺憾，或許你該回家，這實在是個壞、壞、壞、**壞**主意，是吧？」
「不是。」胖查理說。
「啊，」猴子說，「好吧，好吧、好吧、好吧、好吧、**好吧**。」他停了停，然後忽然大步奔跑，跳過胖查理身邊，在不遠處的一個洞穴口停下來。
「不要進去，」他叫道，「壞地方。」他向洞穴口指了指。
「為什麼？」胖查理問，「誰在裡面？」
「裡面沒人。」猴子得意洋洋地說，「所以不是你要找的，對吧？」
「是的。」胖查理說，「它是。」
猴子一邊吱吱叫一邊蹦蹦跳，但胖查理從他旁邊走過，爬上岩石，一直爬到空洞穴的入口，火紅的太陽這時已落到世界盡頭的懸崖下。
走在沿著世界開端的山勢而築的步道上（只有當你從反方向過來時，它才是世界盡頭的山），現實看起來既陌生又扭曲，這些山脈和洞穴是用最古老的故事材料做成的（當然遠在人類出現之前。人類怎麼可能是最早開始說故事的呢？）當胖查理踏出步道，進入洞穴後，覺得自己好像完全走進別人的現實中。那個洞穴很深，地面被鳥糞濺成白色，洞內羽毛遍布，到處都有乾乾癟癟的鳥屍，活像被人棄置的脫水羽毛撣子。
洞穴深處一片黑暗，只有黑暗。
胖查理叫了一聲：「有人嗎？」回音從洞穴深處傳過來，**有人嗎？有人嗎？有人嗎？有人嗎？**他繼續走，這時他覺得洞穴中的黑暗濃得幾乎真的摸得到，他眼睛上好像蓋了層薄薄的黑膜。他慢慢走，一步一步，雙臂大開。

有什麼動了一下。

「有人嗎？」

他的眼睛漸漸適應了那裡僅有的微弱光線，他逐漸看出東西的輪廓，什麼都沒有，只有破布和羽毛。他再跨一步，一陣風擾動了地面上的羽毛，也吹得破布左右擺動。

有什麼在他四周拍動，啪啪啪地**穿過**他身體，像鴿子振翅一樣擾動空氣。

空氣在旋轉，沙塵刺痛他的眼睛和臉龐，他在冷風中眨眼，倒退一步，那陣風在他面前升起，形成一陣由沙塵、破布和羽毛交織成的風暴，然後風消失了，先前羽毛陣的中心出現一具人形，那人形伸手示意胖查理上前。

他想向後退，但那東西伸手抓住他的袖子，觸感又輕又乾，把他拉了過去……

他向洞穴深處跨出一步……

……下一刻就站在一片空曠處，一塊沒有樹木的銅色平原，天空的顏色像酸奶。

不同的生物有不同的眼睛，人類的眼睛（舉例來說，就跟貓眼或章魚眼不同）一次只能看到現實的一種面相。胖查理眼之所見與心之所見大相逕庭，而在這兩者之間的鴻溝裡，則是一片瘋狂。他感覺到內心高漲的劇烈恐慌，他深吸一口氣，然後屏住呼吸，心臟卻依舊在胸腔裡怦怦亂跳。他強迫自己相信眼睛，不要相信內心。

所以，儘管他心底知道自己看到了一隻鳥——那隻鳥眼神狂亂，羽毛殘破，比老鷹還大，比鴕鳥還高，鳥喙殺氣騰騰，能輕易撕碎敵人，毛色像浮著一層油的石板，映出一片亦紫亦綠的晦暗虹彩——可惜這影像卻只在他內心深處一閃而過，無暇深究；他雙眼看到的是個頭髮烏黑的女人，就站在他心中那隻鳥出現的地方。她看起來既不年輕也不老，臉龐彷彿是在世界剛成形的古老年代由黑曜石雕出。她用那張臉凝視著胖查理。

她一動也不動地看著胖查理。雲朵在酸奶般的天空快速攪動。

「我是查理。」胖查理說，「查理．南西，有些人……嗯……大多數的人都叫我胖查理，如果妳喜歡，也可以這樣叫我。」

沒有回應。

「阿南西是我爸爸。」

依舊沒動靜，她沒抖一下，沒喘一口氣。

「我想請妳幫我把弟弟趕走。」

聽到這裡她側了側頭，足以顯示她在聽，足以顯示她還活著。

「我自己辦不到，他有魔法什麼的，我跟一隻蜘蛛說完話後他就現身了，現在我沒辦法叫他離開。」

她說話時聲音粗糙，跟烏鴉一樣低沉。「你希望我怎麼做？」

「幫幫我行嗎？」他提議道。

她看起來像在思考。

事後胖查理試著回想她身上穿的是什麼，但卻想不起來，有時他覺得應該是羽毛斗篷，有時他認為應該是某種破布，或許是扯爛的雨衣，也就是他後來在情況越來越不妙時，在皮卡地里街看到她穿的那件。不過她並沒有赤身露體，他很確定這點，如果她裸體，他絕對會記得的，對吧？

「幫你。」她複述。

「幫我趕走他。」

她點點頭，「你希望我幫你解決阿南西的血脈。」

「我只是希望他離開，別再來糾纏我。我可不要妳傷害他還是怎樣。」

「那麼答應我，把阿南西的血脈交給我。」

胖查理站在一望無際的銅色平原上，他知道那片平原位在世界盡頭山脈的洞穴裡，就某種意義而言，又位在敦維帝太太飄著紫羅蘭香氣的客廳裡。他試著弄清楚她要的到底是什麼。

「我不能給妳東西，也不能給妳承諾。」

「你希望他走，」她說，「就說出來。我的時間很寶貴。」她雙手交抱，用發狂的眼睛瞪著他。

「我不怕阿南西。」

他想起敦維帝太太的話。「呃……」胖查理說，「我不能做承諾，我得要求等價的東西當回報。我是說，必須像交易一樣。」

鳥女看起來不太高興，但還是點了點頭。「那麼，我給你等價的東西，一物換一物，我向你保證。」她把手放在他手上，好像真的給了他什麼似的，然後闔起他的手，緊緊握住。「好了，說吧。」

「我把阿南西的血脈交給妳。」胖查理說。

「很好。」一陣聲音說，然後她四散紛飛——名副其實地四散紛飛。

那女子原本的站立處，這時變成了成群的鳥兒，牠們像被槍聲嚇到似地四散紛飛。鳥群鋪天蓋地，數量之多，超乎胖查理的想像，棕色和黑色的鳥在空中旋轉、交叉、滑行，就像一陣大得連心靈也無法容納的黑煙，就像一團大如世界的蚊蚋。

「妳會現在就讓他消失嗎？」胖查理對著漸漸變黑的牛奶天空大喊。那群鳥向天空搖曳滑行而去，每隻鳥都微微移動了一點，但飛勢不減。胖查理忽然看到天上出現一張臉，一張由旋轉鳥兒組成的臉，非常非常巨大。

那張臉用成千上萬隻鳥的嘶吼聲，吼出他的名字，用大如摩天樓的雙唇，在空中做出嘴形。

然後那張臉消散成一片瘋狂的混合物，組成那張臉的千萬隻鳥兒從蒼白的天空俯衝而下，朝胖查理撲去。他用手蓋住臉，試著保護自己。

他的臉頰忽然感到一陣劇痛，有那麼一瞬間，他以為其中一隻鳥一定傷了他，用鳥喙或腳爪割破了他的臉頰。然後他看到自己身在何處。

「別打了！」他說，「沒事了，妳們別再打我了。」

桌上的企鵝低淌著蠟，頭和肩膀都不見了，火焰在一坨走形的黑白蠟團裡燃燒，那團蠟之前還是企鵝肚子，企鵝腳踩在凝固的黑蠟裡。三位老太太瞪著他。

諾絲小姐把一杯水往他臉上潑。

「這也沒必要。」他說，「我已經回來這裡了，對吧？」

敦維帝太太走進客廳，得意地拿著一只棕色小杯子。「嗅鹽，」她宣布道，「我就知道我有，是在……呃……一九六七還是六八年買的，不知道還有沒有效。」她盯著胖查理，然後臉一沉。「他醒來了，是誰叫醒他的？」

「他剛才沒呼吸了，」布斯塔蒙太太說，「所以我打了他一巴掌。」

「我潑水到他身上，」諾絲小姐說，「讓他完全醒了過來。」

「我不需要嗅鹽，」胖查理說，「我身體已經溼了，而且臉還很痛。」不過敦維帝太太早已用她邁的手打開瓶蓋，把瓶子推到他鼻子下。他一邊向後退一邊吸了一口氣，就這麼吸入了一股阿摩尼亞味，嗆得淚水直流，好像鼻子挨了一拳，眼淚流下他的臉頰。

「好了，」敦維帝太太說，「覺得好一點了嗎？」

「現在幾點了？」胖查理問。

「都快早上五點了。」希格勒太太說，然後從她巨大的馬克杯裡暢飲一口咖啡。「我們都很擔心你，你最好告訴我們發生什麼事。」

胖查理試著回想。過去幾小時的經歷沒有像夢一樣蒸發得無影無蹤，反倒像是發生在別人身上的事，他必須用某種他不曾練習過的心靈感應術去聯絡那個人。他腦裡一片混亂，那片異域彷彿綠野仙蹤般給人鮮明的感受，逐漸消融在濃墨重彩的現實中。「那裡有洞穴，我找人幫忙，那裡有很多動物，半人半動物的動物，他們都不願意幫我，他們都很怕我爸爸，最後終於有個女人說可以幫我。」

「女的？」布斯塔蒙太太說。

「他們有些是男人，有些是女人。」胖查理說，「這位是女的。」

「你知道她是什麼嗎？鱷魚？土狼？老鼠？」

他聳聳肩。「要是沒人打我，倒水在我身上，還讓我嗅些鬼東西，我搞不好會記得。拜那些所賜，我腦袋的東西全都跑光了。」

敦維帝太太說：「你記不記得我告訴過你的事？不要給別人東西，只能用交易的？」

「記得，」他隱約有些得意。「我記得，有隻猴子向我討東西，我沒給。聽著，我想我得喝點東西。」

布斯塔蒙太太從桌上拿了杯東西。「我們早料到你或許需要喝一杯，所以我們用過濾器把酒濾了一下，裡頭可能還有些混合香料，不過沒什麼大不了。」

他的手本來握成拳狀放在膝上，這時他打開右手，準備從老太太手中接過杯子，卻半途停了下來，直直瞪著前方。

「幹麼？」敦維帝太太問，「怎麼了？」

胖查理掌心握著一根黑羽，已經壓壞變形，沾滿汗水。這時他想起來了，他全都想起來了。

「她是鳥女。」他說。

胖查理爬入希格勒太太休旅車的乘客座時，灰色黎明才剛露出曙光。

「你想睡嗎？」她問他。

「不怎麼想，我只是覺得很奇怪。」

「你要我載你去哪裡？我家？你爸爸家？還是汽車旅館？」

「不知道。」

她發動車子，搖搖晃晃駛上馬路。

「我們要去哪裡？」

她沒有回答，只是從超大馬克杯裡用力喝了幾口咖啡，然後說：「我們今晚做的也許是好事，也許不是，有時家務事最好還是留給自家人解決，你和你弟弟啊，實在太像了，我想你們就是因為這樣才吵起來的。」

「西印度群島人對『像』這字眼，是不是有某種曖昧用法，意指『完全不像』？妳是這個意思吧？」

「你少給我滿嘴英國佬調調，我知道我在說什麼，你和他啊，兩個人都是從同一塊布裁出來的。我記得你父親跟我說過，卡麗安，我兒子啊，他們笨得……嗯，你知道，他實際上說了什麼不重要，重要的是，你們倆他都有提到。」她忽然想到一件事，「嘿，你在古老眾神所在地時，有沒有見到你爸爸？」

「我想沒有，有的話我會記得。」

她點點頭，什麼話都沒說，繼續開車。

她停下後，兩人都下了車。

佛羅里達州的清晨相當冷冽，安息紀念花園看起來像電影畫面，地面低處凝了層薄霧，將眼前一切染得分外朦朧。希格勒太太打開小門，他們穿越墓園。

他父親墳上的新土這時已經長了草，墳前有塊金屬碑，上面鑄了只金屬花瓶，花瓶裡有枝黃色絲質玫瑰。

「願主寬恕墳裡的罪人，」希格勒太太充滿感情地說，「阿門，阿門，阿門。」

兩隻紅頭鶴在一旁冷眼旁觀，胖查理上次造訪時曾看過牠們，只見牠們趾高氣昂地向他們走來，頭上下擺動，活像探監的貴族。

「去！」希格勒太太說，兩隻鳥冷淡地看著她，沒有離開。

其中一隻低頭往草地一啄，抬起頭時，鳥喙夾著一隻掙扎的蜥蜴。那隻鳥搖搖頭，一口吞下蜥蜴，於是脖子突起一塊。

早晨合唱團開始演唱了。美洲黑羽椋鳥、黃鸝鳥和知更鳥，在安息紀念花園外的白日野地裡唱歌。「回家後事情會好轉的，」胖查理說，「運氣好的話，我還沒走進家門，她就已經把他給趕跑了，然後一切就會沒事了，我可以跟蘿西把所有問題一一解決。」他心裡湧起了柔和的樂觀情緒，那天會很好的。

在古老故事中，阿南西住在他的房子裡，就跟你我一樣。當然，他很貪心、好色、狡猾、還滿嘴謊話，同時他也很善良、幸運，有時甚至很誠實。他時而好心，時而壞心，但他絕不邪惡。你幾乎都會站在阿南西這邊，因為所有的故事都是他的。瑪烏給了他故事。早在創世之初，瑪烏便將故事從老虎那裡拿走，給了阿南西，而阿南西像織網一樣，把故事編得更臻完美。

在故事裡，阿南西是蜘蛛，但也是人，要把兩者同時裝在腦袋裡不難，連小孩子都辦得到。

非洲西岸、加勒比海、世界各地的老奶奶和阿姨都會講阿南西的故事，這些故事還進了童書：年紀一大把的微笑阿南西，遊戲人間，不過麻煩就在於，老奶奶、阿姨、童書作者通常都會省略某些內容，因為有些故事已經兒童不宜了。

以下這則故事你在童謠裡絕對找不到，我稱之為：

阿南西和鳥

阿南西不喜歡鳥，因為鳥肚子餓時會吃許多東西，其中一種就是蜘蛛，而鳥永遠都肚子餓。他們曾是朋友，但友誼已經不復存在了。

有一天，阿南西在走路時，看到地面上有個洞，於是他想到一個點子。他在洞底放了木柴，生了火，然後在洞口放了一口鍋子，加了樹根和藥草進去，接著開始繞著鍋子跑，他一邊跑步，一邊跳舞，一邊大聲嚷嚷，他嚷著：舒服，**好**舒服，老天啊，所有傷病痠痛都不見了，我這輩子從沒這麼舒服過！

鳥聽到這陣騷動，從天空飛下來，想看看究竟是怎麼回事。她說：你在唱什麼？阿南西，為什麼像瘋子一樣又叫又跳？

阿南西唱著：我脖子本來會痛，現在不痛了，我肚子本來會痛，現在也不痛了，我關節本來喀喀響，現在卻跟年輕棕櫚樹一樣柔軟，我跟剛脫完皮的蛇一樣光滑，我實在超級快樂，我絕對會變得十全十美，因為我知道祕密，別人都不知道。

什麼祕密？鳥問。

阿南西說，我的祕密，每個人都想用他們最喜歡、最珍貴的東西，跟我交換祕密，**呼！耶！**我真的舒服得不得了！

鳥跳近一點，把頭一側，然後說：可以把你的祕密與我分享嗎？

阿南西懷疑地打量著鳥。他移動身子，站到洞口的鍋子前，鍋子正咕嚕咕嚕地沸騰。

阿南西說，我想不行，大概不夠跟別人分，妳不要再問了。

鳥說：好了，阿南西，我知道我們並非一直都是朋友，但我跟你做個交易。你把祕密與我分享，我保證鳥兒以後絕不再吃蜘蛛了，我們到世界末日都是朋友。

阿南西搔搔下巴，搖搖頭。他說，這是不得了的大祕密，可以讓人年輕、敏捷、健壯、完全沒有痛苦。

鳥用嘴巴理了理羽毛，然後她說，喔，阿南西，我相信你知道我一直認為你是個大帥哥，我們何不在路邊躺一會兒，我保證會讓你忘卻所有的顧慮，並告訴我你的祕密。

於是他們就躺在路邊，開始摸來摸去、哈哈大笑、胡搞瞎搞。一等阿南西如願以償，鳥就說：阿南西，你的祕密是什麼呢？

阿南西說：嗯，我本來不打算告訴任何人，但我就告訴妳吧，祕訣就是藥草浴，就在地上這個洞裡，妳瞧，我放入這些葉子和這些樹根，現在呢，只要到裡面泡個澡就可以長生不老，再也不會痛苦。我剛泡完澡，現在感覺跟小山羊一樣想活蹦亂跳，可是，我想我不該讓別人在這裡泡澡。

鳥低頭看看熱騰騰的水，然後速度快得跟什麼似的，一溜煙跳進鍋子裡。

她說，阿南西，這水燙得要命。

水要夠熱，才能讓藥草釋放出療效，阿南西說。然後他拿起鍋蓋，把鍋子蓋上。鍋蓋很重，阿南西還在上面放了顆石頭，把鍋蓋牢牢壓住。

砰！砰！砰！鍋子裡傳來敲擊聲。

阿南西說，如果我現在就讓妳出來，熱騰騰藥草浴的療效會前功盡棄，妳儘管在裡面好好放鬆，享受越來越健康的感覺。

但是鳥不知是沒聽到他說話，還是不相信他，鍋子裡的敲擊聲和推力還是持續了好一陣子，然後才停止。

那天晚上阿南西一家享用了最美味的鳥湯，裡頭有煮熟的鳥，他們有好幾天都不會肚子餓。

從那時候起，鳥只要一有機會就吃蜘蛛，蜘蛛和鳥絕不會當朋友。

還有另一版本的故事，在這個版本中，卻是別人把阿南西哄進鍋子裡。雖然故事都是阿南西的，但他並不是每次都機智過人。

第八章

一壺咖啡也是很有用的

即使有東西要趕走蜘蛛，蜘蛛也渾然不覺。相反，蜘蛛扮胖查理扮得還挺樂的，樂到他甚至開始納悶自己怎麼沒早點想到這主意，這比一桶猴子有趣多了。①❶

蘿西是蜘蛛扮胖查理時最喜歡的部分。

蜘蛛以前總多少有些相信女人如衣服，沒必要告訴她們你的真名或你會用上超過一個禮拜的住址，了不起給個易付卡手機號碼就夠了。雖然女人很好玩、很炫，而且還是超讚的配件，但天涯何處無芳草，就像輸送帶上一碗碗燉牛肉，一碗吃完，大可再拿一碗，然後加入酸奶油。

但蘿西呢……

蘿西不一樣。

他說不出她哪裡不一樣，他試過，卻做不到。部分是因為跟她在一起時的感覺吧，從她眼中倒映的自己，彷彿是個脫胎換骨的人。這是原因之一。

蜘蛛喜歡讓蘿西知道在哪兒找得到他，這讓他覺得安心。他喜愛她柔柔的曲線，喜愛她滿懷善意奉獻世界的方式，喜愛她微笑的方式。除了沒辦法時時刻刻膩在一起外，蘿西其實沒什麼好挑剔的，

當然，他也開始發現蘿西的母親這個小問題。就在今夜，當胖查理在四千哩外的機場，因為飛機客滿

而被換到頭等艙的時候，蜘蛛卻在蘿西母親的溫波街公寓裡，正透過最辛苦的方式認識她。

稍稍玩弄一下現實對蜘蛛來說輕而易舉，他也很習慣這樣了。雖然只是略動手腳，但往往這樣就綽綽有餘。你得讓現實世界知道誰是老大，如此而已。話這麼說，他卻從來沒遇過比蘿西母親更堅守自己現實崗位的人。

「他是誰？」他們進門時，她懷疑地問。

「我是胖查理．南西。」蜘蛛說。

「他為什麼這麼說？」蘿西的母親問，「他是誰？」

「我是胖查理．南西，你未來的女婿，而且妳很喜歡我。」蜘蛛說話時帶著十足的說服力。

蘿西母親的身體晃了一下，眨眨眼，瞪著他看。「你或許是胖查理吧，」她猶豫不決地說，「但我不喜歡你。」

「嗯……」蜘蛛說，「妳應該要喜歡我，我非常討人喜歡，很少人像我這麼討人喜歡，坦白說，我討人喜歡的程度其實是無窮無盡的。大家還會公開集會討論他們有多喜歡我，我得過好幾個獎項，還得過南美洲某小國的獎牌，基於我討人喜歡的程度及全方位的奇妙程度，他們大力推崇我，當然啦，我沒把獎牌帶在身上，我的獎牌都放在襪子抽屜裡。」

蘿西的母親哼了一聲。她不知道發生了什麼事，但不管是什麼，她都不喜歡。她本來覺得自己已經很明白胖查理的斤兩了。她對自己坦承，當初她的處理方式可能稍微有點錯：她在第一次與胖查理

---

①【作者原注】蜘蛛其實好幾年前就對一桶猴子失望透頂。一桶猴子除了會發出有趣的噪音外，根本沒做出什麼稱得上好玩的事，而且一旦噪音漸漸停止後，猴子就啥事也不幹了（吃喝拉撒除外）。他還得在三更半夜把這桶猴子偷偷拿去扔掉。

❶此為雙關。「more fun than a barrel of monkeys」為一英文慣用語，意指極為有趣。

見面後，要是沒那麼大肆批評他，蘿西也許就不會那麼一心向著他。蘿西的母親曾說胖查理是個窩囊廢，因為她聞得到恐懼，就像鯊魚嗅得出整座海灣的鮮血味，可惜她無法說服蘿西拋棄他，所以她這時的主打策略，是盡力取得婚禮的主導權，盡量搞得胖查理越悽慘越好，然後再志得意滿地打量全國離婚統計數據。

此刻情況卻不一樣了，她並不喜歡。胖查理不再是個容易受傷的大個子，這位反應靈敏的全新人物讓她困惑。

而蜘蛛自己則有工作要做。

大多數的人不會注意別人，但蘿西的母親會，什麼都逃不過她的眼睛。這時她正用她的骨瓷杯喝著熱水，她知道她剛剛輸了一場小戰鬥，即使她沒辦法告訴你這究竟是哪門子戰鬥，她還是知道自己輸了，所以她把下一擊調整到更有利的位置。

「親愛的查爾斯，」她說，「咱們來談談你表妹黛西吧，我擔心你家會沒什麼人來呢。你希不希望她在婚宴上扮演更重要的角色？」

「誰？」

「黛西。」蘿西的母親甜甜地說，「就是那天早上，我在你家遇到的那位小姑娘啊，還穿著小短褲四處溜達呢，當然啦，前提是她**真的**是你表妹。」

「媽！查理都說那是他表妹了……」

「讓他自己解釋，蘿西。」她母親說，然後又啜了一口熱開水。

「對，」蜘蛛說，「黛西啊。」蜘蛛說。

他把心思倒轉回醇酒、美人、唱歌那夜：他把最漂亮、最風趣的女人帶回他們公寓，他先告訴她那是她自個兒的主意，然後再跟她說他需要她幫忙，把不醒人事的胖查理搬上樓。他在那天晚上已經享受夠了其他幾位女人的注意，於是便把嬌小風趣的她帶回家，準備當做那晚的餐後甜點，但等他回到家，把胖查理清理乾淨，放上床後，卻發現自己已經沒胃口了——喔，那個啊。

「可愛的小表妹黛西啊。」他毫不遲疑地繼續說道，「如果她人在國內，絕對絕對會想參加婚禮的，可惜啊，她是吃快遞那行飯的，老是在東奔西跑，可能今天還在英國，明天就飛到莫曼斯克派送機密文件了。」

「你沒有她的住址嗎？或是她的電話號碼？」

「我們倆可以一起找她，妳我同心協力，」蜘蛛同意道，「她老是來來去去，在世界各地到處亂跑。」

「那麼，」蘿西的母親說，語氣就像亞歷山大帝下令洗劫波斯小村莊，「等下回她在國內時，你一定要邀她來。我覺得她真是個漂亮小姑娘，蘿西一定很樂意見見她。」

「沒錯，」蜘蛛說，「一定一定，我保證。」

每位過去、現在、未來的人都擁有一首歌，那首歌不是假他人之手寫成的，它自有其旋律，自有其歌詞，鮮少人能唱出自己的歌。我們大多數人都害怕無法用自己的聲音好好唱出來，不然就是害怕歌詞太愚蠢，或太坦率，或太怪異，於是大家都只敢活出自己的歌。

以黛西為例，她的歌已經在她腦海深處待了大半輩子，這首歌有種可靠、進行曲似的節拍，歌詞主旨是保護弱者，副歌的開頭是：「為非作歹者小心了！」大聲唱出這首歌實在太蠢，不過她有時洗澡全身沾滿肥皂泡泡時，會哼給自己聽。

想認識黛西，其實只要知道這些就夠了，其他都是枝微末節。

黛西的父親在香港出生，母親則是衣索比亞地毯出口富商的女兒，她家在阿迪斯阿貝巴有棟房子，在納斯雷特城外有間別墅和土地。黛西的父母是在劍橋大學認識的，當時她父親在念電腦運算，當年還沒人認為學那種東西有什麼好出路，她母親則專攻分子化學和國際法。兩位年輕人同樣好學不倦，同樣害羞，同樣容易局促不安。他們都很想家，雖說想念的原因大大不同，但他們都會下西洋棋，在某個星期三下午，他們在西洋棋社見了面。由於他們都是新手，所以自然而然被安排在同一組下棋，第一回合，黛西的母親輕鬆擊敗黛西的父親。

黛西的父親相當惱怒，惱怒到居然膽敢在隔週三害羞地要求跟她重新比劃，然後在接下來兩年裡的每個星期三（國定假日和寒暑假除外）也都如此。

隨著他們社交技巧的成熟和女方英文的進步，他們的社交互動也跟著增加。他們一起手牽手，跟大家串起一條人鏈，抗議裝滿飛彈的大卡車到來；他們一起（不過是跟一大群人）遠行到巴塞隆納，力敵勢不可擋的國際資本主義蔓延，對企業霸權表示嚴正抗議。也就是在這時，他們正式體驗到催淚瓦斯的滋味，戴先生被西班牙警察推開時，還扭傷了手腕。

然後，他們在劍橋第三年年初的某個星期三，黛西的父親終於在棋盤上擊敗了黛西的母親，他欣喜若狂，興高采烈，得意洋洋，於是一鼓作氣乘勝追擊，開口向她求婚，而黛西母親的內心深處，其實早就害怕他有朝一日贏了棋就會對她失去興趣，這時當然就答應了。

他們留在英國，繼續在學術界工作，他們生了個女兒，取名黛西，因為當時他們家有輛協力車（黛西長大後感到有趣的事情之一便是，她父母確實騎過那輛車），也就是雙人腳踏車❷。他們在英國換過一間又一間大學：老公教電腦科學，老婆則撰寫沒人想看的國際企業霸權書，及有人想看的西洋棋書，像是棋招啦棋史什麼的，因此，要是哪年書賣得好，老婆會賺得比老公還多，不過其實也沒很多。他們年齡漸長，對政治活動也越來越疏遠，人近中年後，終於成了一對無憂無慮的快樂夫妻，只關心彼此、西洋棋、黛西，還有替早已遭世人遺忘的作業系統進行重建與除錯。

他們都不了解黛西，一點都不了解。

黛西還在牙牙學語時，就已經開始展現對警察的迷戀，她父母沒能在第一時間拔除她剛萌生的幻想，後來為此深深自責。那時候黛西會興奮地指認警車，就像同齡小女孩會興奮地指認小馬一樣，她七歲的生日派對是一場化裝舞會，這樣她才能穿上她的小號警察制服，她父母家閣樓上有口箱子還裝著當年的照片，那些照片成功捕捉了七歲的她看到生日蛋糕時樂不可支的表情——蛋糕上七支蠟燭圍成了一道閃爍的藍光❸。

黛西是個勤勞開朗的聰明少女，她進入倫敦大學就讀法律和電腦運算時，雙親都深感欣慰。父親夢想她成為法律講師，母親則夢想她披上絲袍成為大律師，或許成為法官，然後借法律之力摧毀所有企業霸權。可惜黛西破壞了這一切幻想，她參加考試進入警界。警方張開雙手歡迎，因為一方面他們奉命要讓警力組成更多樣化，一方面是電腦犯罪和電腦相關詐欺案日益猖獗。他們需要黛西，坦白說好了，他們需要一群黛西。

黛西工作了四年後，我們可以說，警察這種職業生涯，沒能達到她的期望，原因倒不是像她父母不斷告誡的那樣，說警方體制是一頭種族與性別歧視的巨獸，會摧毀她的個人特質，把她變成一個沒有靈魂、僵硬呆板、即溶咖啡似的東西——也就是警察保守文化的一部分；不，當警察最灰心的地方，是讓其他警察明白她也是警察。她早已有了定論：對大多數警察而言，警察的工作就是保護英國社會中堅分子不受錯誤社會背景的恐怖人民威脅，而後者指的大概就是那種會四處偷竊手機的小毛賊。然而就黛西所見，那些並不是主要問題。她知道，一名住在德國小狗窩的小孩，就可以從自己房

❷有一首英文經典名曲叫〈Daisy Bell: A Bicycle Built for Two〉。

❸類似警徽。

間裡送出病毒，讓醫院癱瘓，威力比炸彈還強。黛西認為，當前社會上真正的壞人熟知FTP站、高階加密技術、用完即丟的預付手機，但好人可不見得懂這些。

她從塑膠杯裡喝了一小口咖啡，扮了個鬼臉。她已從螢幕上瀏覽過一頁又一頁資料，咖啡也早已冷了。

她看完了葛拉漢．科茲給她的所有資料，果真證據確鑿，足以顯示其中有鬼，至少她發現有張兩千鎊的支票，顯然是查爾斯．南西在上禮拜自己開給自己的。

只是……只是她總覺得不太對勁。

她走到走廊另一端，敲了敲督察長的門。

「進來！」

坎柏威已經坐在桌前抽菸斗抽了三十年，但自從大樓頒布禁菸規定後，他就只能將就用一團黏土來湊合湊合，他會把黏土揉成球、壓扁、捏一捏、戳一戳。在嘴裡還能叼菸斗時，他一直是個沉著和藹的人，屬下都認為他是社會的中流砥柱；然而在他手裡只能捏團黏土後，他對所有人都一視同仁地沒好氣、暴躁易怒，就算心情好時也渾身是刺。

「怎樣？」

「葛拉漢．科茲事務所的案子。」

「嗯？」

「我不太確定這起案子。」

「不確定什麼？到底有什麼好不確定的？」

「嗯，我在想，或許我不該接這起案子。」

他無動於衷，只是瞪著她，手指低放在桌上，看都沒看就把藍色黏土捏成海泡石菸斗的形狀。

「因為？」

「我曾跟嫌犯有過社交互動。」

「然後呢？妳跟他一起去度過假？妳是他小孩的教母？怎樣？」

「不是，我曾見過他一面，還在他家過夜。」

「也就是說妳跟他搞過嘍？」他深深嘆了口氣，在這口氣中，厭世、惱怒、對半磅康朵揉畢菸草❹的渴望，全都均等地融合在一起。

「不，長官，沒那回事，我只是在那裡睡了一覺。」

「妳和他的關係就只有這樣？」

「是的，長官。」

他把黏土壓回成一團不成形的球。「妳知道妳在浪費我的時間嗎？」

「是的，長官。抱歉，長官。」

「做妳該做的事，不要煩我。」

瑪芙．李文斯頓一個人搭電梯上六樓，這段緩慢搖晃的旅程，讓她有充裕的時間在腦子裡練習她待會兒要對葛拉漢．科茲說的話。

她提著一只薄薄的棕色公事包，公事包原本是莫利斯的，是個充滿陽剛氣息的物品。她穿著白色襯衫、藍色牛仔裙，外頭再套件灰色外套。她雙腿非常修長，皮膚極為蒼白，頭髮則在最少量化學藥劑的協助下，保持著二十年前嫁給莫利斯．李文斯頓時的金色。

---

❹揉畢菸草（ready rubbed）指的是已經揉開、方便隨時使用的菸草。

瑪芙深愛莫利斯。在他死後，她沒有刪除他在她手機裡的號碼，甚至在她取消他的電信服務並歸還手機後也沒有。她手機裡那張莫利斯的照片，是她姪子拍的，她不想失去那張照片。她真希望這時可以打通電話給莫利斯，問問他的意見。

她在樓下時已經向對講機說了她的身分，好讓對方按鈴開門，等她走入接待處時，葛拉漢．科茲已經在恭候大駕了。

「女士，妳好妳好。」

「我們需要私下談談，葛拉漢。」瑪芙說，「馬上談。」

葛拉漢．科茲嘻嘻笑了笑。真是太妙了，許多他的私密幻想，都始於瑪芙說出與上述極為類似的句子，然後她會接著說出以下這些話：「我需要你，葛拉漢，馬上就要。」及「喔，葛拉漢，我真是個壞、壞、壞女孩，需要有人好好調教。」偶爾她會說：「葛拉漢，一個女人實在應付不了你，讓我把你介紹給我的裸體雙胞胎妹妹認識吧，她叫瑪芙二號。」

他們走進他的辦公室。

讓葛拉漢有點失望的是，瑪芙並沒說什麼她立刻需要的話，也沒脫掉外套，反而打開公事包，拿出一捆紙，放到桌上。

「葛拉漢，依照我銀行經理的建議，我找人獨立查核了你過去十年的財務數據和報表，時間從莫利斯生前開始。你高興的話可以看看，那些數字都對不起來，完全不對。我想在報警前先跟你談談。看在莫利斯的分上，我想我該給你個解釋的機會。」

「沒錯沒錯。」葛拉漢．科茲同意道，語氣就跟躲在奶油攪拌器裡的蛇一樣圓滑，「確實如此。」

「那這究竟是怎麼回事？」瑪芙．李文斯頓挑起一道完美的眉毛，她的表情不怎麼讓人安心，葛拉漢．科茲還是比較喜歡她在他幻想中的樣子。

「瑪芙，恐怕我們葛拉漢．科茲事務所已經出了好一陣子的內鬼。其實，我在上週發現有問題時，已經報了警，執法人員已經在調查了。由於葛拉漢．科茲事務所好幾位客戶，包括妳在內，都是知名公眾人物，所以警方的行動不得不保持低調，誰又能怪他們呢？」她的情緒沒有如他所願緩和下來，於是他試了另一種方法。「警方即使無法追回全部贓款，也有高度希望能追回大部分。」

瑪芙點點頭，葛拉漢．科茲鬆了口氣，可惜只是稍稍而已。

「方便告訴我是哪位員工嗎？」

「查爾斯．南西。我得說我原本相當信任他，事發後我也很震驚。」

「喔，他很親切。」

「知人知面，」葛拉漢．科茲說，「不知心。」

她微微一笑，笑容非常甜美。「葛拉漢，你說的根本站不住腳。這勾當已經持續很長一段時間了，早在查爾斯．南西到這裡上班前就開始了，搞不好在我出生前就開始了。莫利斯全心全意信任你，你卻偷他的錢，現在又大言不慚地跟我狡辯，想嫁禍給員工？還是想全都推到共犯頭上？總之，根本站不住腳。」

「是，」葛拉漢．科茲懊悔地說，「真抱歉。」

她拿起那捆紙。「只是好奇而已，」她說，「你這些年來，到底從莫利斯和我手裡汙走了多少錢？我估計大概有三百萬鎊。」

「啊。」他臉上已經沒了笑容，他盜用的絕對不只這些，但他還是說：「聽起來大概沒錯。」

他們大眼瞪小眼，葛拉漢．科茲拚命轉著腦筋，他需要爭取時間，時間是最要緊的。「不如這樣吧……」他說，「我現在立刻還錢，用現金連本帶利一次付清，利息就算那筆金額的五成。」

「你要給我四百五十萬英鎊？而且還用現金？」

葛拉漢．科茲向她微笑，眼鏡蛇準備出擊時可不會那樣。「肯然。妳敢報警，我就統統否認，還會聘用頂尖律師幫我打官司。對我來說，再糟糕也不過就是在冗長的審判期間，我會被迫用盡一切方式敗壞莫利斯的名聲，我頂多被判個十到十二年，如果表現良好，可能實際上只需服刑五年——我一定會乖乖當個模範受刑人。而且，考慮到監獄通常都人滿為患，我大概會在外役監獄服大部分的刑，甚至還能得到日間假釋。我不覺得這有什麼大不了的；但對妳來說呢？敢報警，我保證莫利斯的錢妳連一毛都拿不到。妳還有另一個選擇，就是給我閉上嘴巴，拿走夠妳過下半輩子綽綽有餘的錢，然後給我一點時間去……處理一些事，妳懂我的意思。」

瑪芙想了想。「我**很**樂意見到你腐爛在監獄裡，」她說，然後嘆口氣，點點頭，「好吧，」她說，「我直接拿錢走人，這樣我就不需要再見到你或跟你打交道了，未來所有版稅都直接轉到我戶頭。」

「肯然，保險箱在這邊。」他跟她說。

房間內側的牆邊有座書櫃，上面擺了整齊劃一的皮面精裝書，作者包括狄更斯、薩克萊、特洛普、奧斯汀，每本都沒讀過。他胡亂摸了一本書，書櫃就滑到一側，露出背後的門，那扇門漆得跟牆壁一樣顏色。

瑪芙納悶著門上是不是有數字鎖，不過沒有，只有個小鑰匙孔，葛拉漢．科茲用一把黃銅大鑰匙打開鎖，推開了門。

他伸手進去打開電燈，那是個狹窄的房間，擺著一排排一看就知道是外行人搭的架子，盡頭那側有座小小的防火檔案櫃。

「妳可以只拿現金，或只拿珠寶，也可以兩種都拿。」他直率地說，「我會建議兩種都拿，後面這邊有許多很棒的古董黃金，非常容易攜帶。」

他打開好幾座保險櫃，展示收藏，戒指、項鍊和鍊墜都光采奪目，熠熠生輝。

瑪芙張大了嘴。「妳四處看看。」他告訴她。她從他身邊擠了過去，那是座寶窟。

她拿起一條項鍊，將金鍊墜放在掌心，驚奇地看著。「美麗極了，」她說，「這一定價值——」

她驀地住口——她從鏈墜亮晶晶的黃金表面上，看到身後似乎有什麼東西在動，於是轉過了身，所以那把榔頭沒有正中葛拉漢．科茲瞄準的目標：她的後腦杓，反倒從她臉頰一側掠過。

「你這小混帳！」她邊說邊踹他。瑪芙有雙有力的腿，踢的勁道相當大，只可惜與攻擊者距離太近。

瑪芙踢中了他的小腿，伸手搶奪他手裡的榔頭。他猛揮榔頭，這次擊中了，瑪芙跌到一旁，眼睛似乎失去了焦點。他又用力敲擊她頭頂，一次又一次，最後她倒了下來。

葛拉漢．科茲真希望有把槍，一把實用的好手槍，還要配備電影中那種滅音器。老實說，早知道得在辦公室殺人，他絕對會做好更萬全的準備，搞不好會購入一批毒藥，那比較明智，省得這樣東拉西扯。

榔頭末端沾了鮮血和金髮，他厭惡地放下它，繞過倒在地上的女人，從保險櫃裡拿出放珠寶的幾只保險箱，把東西倒在桌上，再把保險箱放回原位，然後又從櫃裡拿出一只裝了好幾捆百元美金和五百歐元的公事包，及一只裝了半袋裸鑽的黑絲絨袋。最後——他會這麼說——但也不能忽視的是，他從密室裡拿出那只裝了兩只皮夾和兩本護照的皮革小手提包。

然後他把那道厚重的門關上鎖好，並把書櫃推回原位。

他站在那裡稍微喘了一下，讓呼吸恢復順暢。

總體而言，他對自己相當滿意，幹得好，葛拉漢，好傢伙，精采的表演。他靠著手邊道具即興演出拔得頭籌：虛張聲勢、大膽、有創意，就像詩人說的——孤注一擲❺。他冒了險，也贏了，他擲了

❺原文為「risk it all on one turn of pitch-and-toss」，出自吉卜齡（Joseph Rudyard Kipling, 1865-1936）的詩〈如果〉（If）。

銅板，也丟了硬幣。等有朝一日身在熱帶天堂時，他會寫下回憶錄，讓別人知道他是怎麼打敗一位悍婦的，不過，他還是認為要是她手裡真的拿著把槍，可能會更好。

回頭想想，她八成真的曾拔槍指著他，他非常確定自己看到她伸手想拿槍。他身邊居然正好有支榔頭，真是萬幸，多虧他為了能隨時動手修理架子，在密室裡放了工具箱，不然他絕對沒辦法這麼敏捷有效地拿起榔頭自衛。

到這時候，他才想到該把他辦公室的大門鎖起來。

他注意到他襯衫、手上和一隻鞋跟上都沾了血漬。他脫下襯衫，用它擦了擦鞋跟，然後丟進桌下的垃圾桶。他把手放到嘴裡，像貓一樣，用他的紅舌頭舔掉那團血漬，這舉動他自己也很驚訝。然後他打了個哈欠，拿起瑪芙放在桌上的文件，放進碎紙機。她公事包裡還有一份影本，也被他放進碎紙機。他還把碎掉的紙張再碎一次。

他辦公室角落有個衣櫃，裡面掛了套西裝，還有備用襯衫、襪子、內褲等等。畢竟你永遠不知道什麼時候需要直接從辦公室前往首演會，有備無患。

他小心穿上衣服。

衣櫃裡還有只小型滑輪行李箱，就是那種可以放進頭頂置物櫃的行李箱，他把東西放入行李箱，還整理了一下東西，以便收納。

他打電話到接待處。「安妮，」他說，「可以出去幫我買份三明治嗎？不要即食樂❻的，我想要布爾街新開的那家可以嗎？我快跟李文斯頓太太談完了，也許會跟她出去吃頓像樣的午餐，但最好還是準備一下。」

他花了幾分鐘在電腦上，執行一種磁碟清理程式，這種程式會隨機用1和0把你的資料覆寫，然後把資料輾成小到不能再小的碎片，最後再掛上水泥塊，沉到泰晤士河河底。接著他拖著那只行李箱走出大廳。

他把頭伸進某間辦公室門。「我出去一下，」他說，「有人找我的話，就說我大概三點回來。」安妮已經不在接待處，他認為這是件好事，別人會以為瑪芙．李文斯頓早就離開葛拉漢．科茲事務所了，就像他們以為葛拉漢．科茲隨時都會回來一樣。等他們開始找他時，他早就遠走高飛了。

他搭電梯下樓。他認為這一切來得太早了，他還要一年多才五十歲，但退場機制早已就緒，他只消把這一切視為退職金，甚至還是豐沃的離職金呢。

他拖著行李箱走出大門，進入早晨陽光明媚的奧德維其街，與葛拉漢．科茲事務所永別。

蜘蛛在胖查理家客房裡的窩，在他自己的大床上睡得再安穩不過，他已經隱隱約約開始懷疑，胖查理是不是再也不回來了，並決定改天有空思索這問題時再來好好調查，除非到時又有更有趣的事讓他分心，或是他又忘記了。

他昨天很晚才睡，現在正要去找蘿西一起吃午餐。他會到她家接她，然後一起上高級餐廳。今天是個美麗的初秋白日，蜘蛛的喜悅相當具有感染力，因為蜘蛛差不多算是個神，神的情緒具有感染力，會傳染給別人。在蜘蛛高興的日子裡，他身邊的人會覺得世界似乎光明了些；他哼歌，周圍的人也會開始哼歌，還會以相同調子哼出來，就像音樂劇；當然，他一打哈欠，附近一百個人也會開始打哈欠；而如果他悲傷，那麼這股情緒就會像河上潮溼的霧氣般擴散開來，讓所有霧中人都覺得日月無光。他不是故意這麼做，他**天生**如此。

他的幸福目前唯一籠罩的陰影是，他決定告訴蘿西真相。

---

❻ Pret a Manger，英國著名的三明治連鎖店。

蜘蛛不怎麼擅長說真相，他認為真相基本上是一種可以隨意揑造的東西，多少像是某種個人意見。蜘蛛在必要時，有辦法從口中擠出相當令人驚奇的意見。

冒充別人不是問題，他很喜歡、也很擅長這把戲，這把戲很符合他的計畫，他的計畫都很單純，到目前為止大致能概括成下列三步驟：（一）前往某處；（二）玩個痛快；（三）在玩膩前離開。他內心深處知道，現在絕對是離開的時候了。世界就像他的龍蝦，他脖子上圍著餐巾，手邊有一壺融化的奶油、一排形狀古怪但好用的吃龍蝦器具。

只是……

只是他不想走。

他正在重新考慮這一切，蜘蛛覺得這檔子事很令人不知所措。正常來說，他根本連考慮都不會考慮，腦袋空空的生活一直都快樂得不得了：到目前為止，直覺、衝動、多到惹人嫌的好運，一直讓他日子過得很好，但即使是奇蹟也有辦不到的事。蜘蛛走在街上，人人都向他微笑。

他跟蘿西說好要在她家碰面，所以當他見到她站在馬路盡頭等他時，他感到一陣驚喜，也感到一陣還算不上是罪惡感的痛楚。他揮揮手。

「蘿西？嗨！」

她沿著人行道向他走來，他咧嘴微笑。他們會釐清問題，一切都會有最好的結果，一切都會沒事的。「妳看起來像一百萬元，」他告訴她，「也許是兩百萬呢，妳想吃什麼？」

蘿西微微一笑，聳聳肩。

他們經過一間希臘餐廳。「希臘菜好嗎？」她點點頭，於是他們踏下階梯走了進去。餐廳才剛開門，一片漆黑無人，老闆示意他們坐到屋後角落，搞不好是縫隙的位置。

他們面對面坐著，那張桌子的大小剛好夠兩個人用。蜘蛛說：「我有件事想跟妳談談。」她什麼都沒說，「不是什麼壞消息，」他繼續說，「嗯……也不是什麼好消息，但是……呃……總之是該讓妳知道的事。」

老闆問他們可不可以點餐了。「咖啡，」蜘蛛說，蘿西也點頭同意，「兩杯咖啡。」蜘蛛說，「可不可以請你先給我們……呃……五分鐘？我需要點隱私。」

老闆退了開來。

蘿西疑惑地看著蜘蛛。

他深吸一口氣，「好，那麼讓我長話短說吧，因為這實在很難啟齒，我不知道能不……好吧，聽好嘍，我不是胖查理，我知道妳以為我是，但我不是，我是他弟弟，我叫蜘蛛，妳會以為我是他是因為我們長得還算像。」

她沒說話。

「嗯……我其實長得不怎麼像他，但是，妳要知道，這對我來說也很不容易，好吧……呃……我就是忘不掉妳，所以我是說，我知道妳跟我哥哥訂婚了，不過呢，我其實想問妳……嗯……妳能不能考慮甩了他，然後……跟我交往？」

一面銀色小托盤托著一壺咖啡和兩只杯子來了。

「希臘咖啡。」老闆說，咖啡是他買來的。

「好的，謝謝，我**不是**請你給我們幾分鐘嗎……」

「咖啡很燙，」老闆說，「咖啡非常燙，非常濃，是希臘的，不是土耳其的。」

「那真棒，聽好，如果你不介意，請給我們五分鐘，好嗎？」

老闆聳聳肩，走了開來。

「妳大概很恨我，」蜘蛛說，「換作是我八成也會這樣，不過我是認真的，我這輩子沒這麼認真過。」她只是注視著他，面無表情，然後他說：「拜託妳說句話吧，說什麼都可以。」

她嘴脣動了一下，好似在思考要說什麼。

蜘蛛等待著。

她張開嘴巴。

他第一個念頭是，她在吃東西，因為他看到她牙齒間有個棕色的東西，但那絕不是舌頭。那東西動了動頭，轉了轉眼睛——圓珠般的小黑眼——瞪著他看。蘿西把嘴巴張得大到不可思議，鳥兒飛了出來。

蜘蛛說：「蘿西？」空中霎時布滿鳥喙、羽毛和鳥爪，隨著一聲聲細細的咳嗽，一隻隻鳥兒從她喉嚨傾巢而出，朝他蜂擁而去。

他舉起一隻手臂保護眼睛，手腕卻被什麼東西刺得一痛，他拚命甩手，卻又有東西朝他的臉飛來，直撲他的眼睛，他把頭往後一仰，鳥喙啄傷了他的臉頰。

他現在才看清這場噩夢的真相：他對面依舊坐著一個女人，但他不明白自己是怎麼回事，居然會把她錯看成蘿西。首先，她比蘿西還老，深藍色的頭髮裡雜了好幾道銀絲，皮膚也不像蘿西般暖棕，而是黑如燧石，身上還穿著破爛的赭色雨衣。她又咧嘴一笑，嘴巴張得大大的，這次他清楚看到她嘴裡有海鷗的殘忍鳥喙和瘋狂眼睛……

蜘蛛沒有停下來思考，而是立刻採取行動。他抓起咖啡壺把手，一手猛力甩起，一手打開蓋子，朝對面的女人潑去，壺裡滾燙的黑咖啡淋得她滿身都是。

她痛得大聲哀嚎。

那群鳥兒撞成一團，在地窖餐廳裡的空中拍動翅膀，不過這時已經沒有人坐在他對面了。那群鳥漫天亂飛，狂亂地衝撞牆壁。

老闆說：「先生？你有沒有受傷？我真抱歉，牠們一定是從街上飛來的。」

「我沒事。」蜘蛛說。

「你的臉在流血。」那男人遞了張餐巾給蜘蛛，蜘蛛把餐巾壓在臉頰上，那道傷痕刺痛了起來。

蜘蛛說要幫老闆把鳥趕出去，他打開通往街上的門，可是這時餐廳裡一隻鳥都沒有了，就跟他進來前一樣。

蜘蛛掏出一張五鎊紙鈔，「拿去，」他說，「咖啡的錢，我得走了。」

老闆感激地點點頭，「餐巾不用還了。」

蜘蛛停下來思考了一會兒，「我進來的時候，」他問，「身邊有沒有跟著一個女人？」

老闆一臉茫然，搞不好還有點害怕，但蜘蛛不太確定。「我不記得了，」他恍恍惚惚地說，「要是你一個人來，我就不會安排你坐後面那位置了，不過我不知道。」

蜘蛛走回街上。天氣依舊晴朗，但陽光看起來不再令人心安，他東張西望，只見一隻鴿子一邊拖著腳，一邊啄食一支被人丟棄的冰淇淋捲筒；一隻麻雀站在窗臺上；高高的天空中，有道白影從陽光下一閃而過，那是隻雙翼大開，盤旋飛舞的海鷗。

第九章
胖查理應門，蜘蛛遇見火鶴

胖查理的運氣正在好轉，他感覺得到。他搭回家的班機座位超賣，於是他被免費升級到頭等艙，機上餐點無可挑剔。飛到大西洋中途時，空服員還送來一盒巧克力，說是航空公司免費敬贈。他把巧克力放進頭頂置物櫃，點了一杯蘇格蘭蜂蜜威士忌加冰塊。

他會回家，他會跟葛拉漢．科茲好好澄清誤會，畢竟，若說世上有什麼事是胖查理敢百分之百肯定的，那就是他幹會計絕對幹得誠實無欺。他會跟蘿西和好如初，一切問題都會順利解決。

他想知道等他回到家後，蜘蛛是不是已經走了，或者他可以享受把他轟出門的快感。他希望是後者，胖查理想看看他弟弟道歉、甚至卑躬屈膝的模樣，他開始為那時要說的話打腹稿。

「滾出去！」胖查理說，「把你的陽光、你的按摩浴缸、你的臥室統統帶走！」

「請問你說什麼？」空服員說。

「我只是在……」胖查理說，「自言自語，沒什麼。」

不過這會兒難堪歸難堪，他卻不怎麼在意，他甚至沒祈禱飛機墜毀，以終結他的恥辱。生活確實越來越有起色。

他打開航空公司給的旅行用品組，拿出眼罩戴上，並把座椅後仰到最低，也就是幾乎整個平躺。

他想著蘿西，只不過他心中的蘿西卻老是變成另一位體型更嬌小的女子，而且身上還沒穿什麼衣服。胖查理滿懷罪惡感，趕快想像她穿上衣服的模樣，不過當他發覺她身上穿的似乎是警察制服時，又不禁羞愧難當。他告訴自己應該要好好反省，但似乎無濟於事。他應該要有羞恥心，他應該要……

胖查理在座位上挪挪身子，發出一聲心滿意足的小小鼾聲。

他抵達希斯洛機場時，心情依舊快活。他搭乘希斯洛特快車到帕丁頓，還愉悅地注意到在他暫別英格蘭的期間，太陽終於決定露臉了。他告訴自己，大大小小所有問題都會迎刃而解。

唯一不對勁的事發生在他搭火車的途中，讓那天早上平添了幾分異樣氣氛。當時他瞪著窗外，後悔自己沒在希斯洛機場買份報紙，火車正經過一片寬敞的綠地，或許是學校操場吧，那時天空似乎暫時暗了下來，而火車發出一陣煞車聲，在號誌前停下。

胖查理的心情並沒有受到影響，畢竟現在是英格蘭的秋季，晴時多雲偶陣雨是理所當然的。然而在那片綠地邊緣的一排樹木旁，矗立著一道人影。

乍看之下，他以為那是稻草人。

這想法真蠢，稻草人怎麼可能在那種地方，稻草人只會出現在農田，不會在足球場，稻草人也絕不會架在森林邊緣。不管怎樣，即使那真是稻草人，顯然也效果不佳。

畢竟那裡到處都是烏鴉，又大又黑的烏鴉。❶

然後稻草人動了起來。

因為距離太遠，頂多只看得出輪廓，那是個穿著破爛棕色雨衣的小小人形，儘管如此，胖查理心知肚明，他知道如果靠近一點，就會看到一張黑曜石雕出的臉孔，黑如烏鴉的頭髮，還有瘋狂的眼睛。

---

❶稻草人的英文原意為「嚇烏鴉」（scarecrow）。

然後火車晃了晃，開始前進，不久那位穿棕色雨衣的女人就消失在視線外。

胖查理覺得不自在。他這時幾乎已經說服自己相信，發生在敦維帝太太家客廳的事，或說他**以為**發生在那裡的事，只是種幻覺罷了，是種強烈鮮明的夢境，在某種程度上是真的，但並不是事實，不是真正發生過的事，而是某種更偉大真相的象徵。他去過的地方不可能是真的，在那裡達成的協議也不可能是真的，對不對？

那終究只是隱喻而已。

他沒有問自己，為什麼他現在更確信不久後一切就會好轉。世有所謂真，有所謂**實**，就算真實也有程度之別。

火車越來越快，轟隆隆載他前往倫敦。

蜘蛛離開希臘餐廳，一路上用餐巾壓著臉頰，快到家時，有人拍拍他肩膀。

「查爾斯？」蘿西說。

蜘蛛跳了起來，至少他身體忽然抽動了一下，還發出驚叫。

「查爾斯？你還好嗎？你的臉怎麼了？」

他瞪著她看。「妳是妳嗎？」他問。

「什麼？」

「妳是蘿西嗎？」

「那是什麼問題？我當然是蘿西嘍，你的臉怎麼了？」

他把餐巾壓在臉頰上。「不小心割到了。」他說。

「讓我看看好嗎？」她把他的手從臉頰上移開，白色餐巾中央沾了紅漬，好像他曾流血在上面，但他臉頰卻完好無傷。「你臉上什麼傷都沒有啊。」

「喔。」

「查爾斯？你還好吧？」

「很好，」他說，「我很好，除非我不好。我想我們得回我家，我待在那裡比較安全。」

「我們不是要去吃午餐嗎？」蘿西說，她的語氣像是擔心她得等到電視節目主持人跳出來，透露隱藏攝影機所在後，才會明白發生了什麼事。

「沒錯，我知道。」蜘蛛說，「不過剛才有人想殺我，那個人還假扮成妳。」

「沒人想殺你。」蘿西說，她的聲音怎麼聽都像在開玩笑。

「即使沒人想殺我，我們可不可以跳過午餐，直接到我家？我那裡有吃的。」

「當然可以。」

蘿西跟著他沿著馬路走，還納悶著胖查理什麼時候變瘦了，她覺得他看起來很帥，真的很帥。他們默默走進麥斯威爾花園路。

他說：「看看這個。」

「什麼？」

他將餐巾拿給她看，只見上頭的新鮮血漬已經消失不見，變得潔白無瑕。

「魔術嗎？」

「就算是，也不是我變的，」他說，「這可是頭一遭。」他把餐巾丟進垃圾桶，就在這時，一輛計程車在胖查理家前停了下來，然後胖查理下了車，他一身凌亂，眨著眼睛，手上還提著一只白色塑膠袋。

蘿西看看胖查理，看看蜘蛛，然後又看看胖查理。胖查理打開塑膠袋，拿出一大盒巧克力。

「給妳。」他說。

蘿西收下巧克力並說：「謝謝。」這裡有兩個人，長相和聲音都完全不一樣，但她卻搞不清楚到底誰才是她未婚夫。「我是不是要瘋了？」她聲音緊繃。事情好辦多了，至少現在她知道出了什麼問題。

這裡有兩位胖查理，戴耳環的瘦胖查理把手放到她肩膀上。「妳要回家。」他說，「然後妳要睡個覺，醒來後妳就會忘了這一切。」

嗯，她心想，那樣倒是讓日子好過點，有計畫總比沒計畫好。她帶著巧克力，雀躍地走回自己家。

「你幹了什麼好事？」胖查理問，「她好像大腦關機了。」

蜘蛛聳聳肩。「我不想惹她生氣。」他說。

「你為什麼不告訴她真相？」

「那似乎不是明智之舉。」

「你少給我裝得一副懂得明智之舉的樣子。」

蜘蛛摸了一下大門，門打了開來。

「喂，我有鑰匙，」胖查理說，「那是**我家**大門。」

他們走進玄關，爬上樓梯。

「你之前到哪裡去了？」蜘蛛問。

「沒去哪裡，就外面啊。」胖查理說，語氣好像青少年。

「我今天早上在餐廳被一群鳥攻擊，你知不知道這是怎麼回事？你知道，對不對？」

「不算真的……也許是知道吧，總之你該離開了，就這樣。」

「不要胡鬧了。」蜘蛛說。

「我？**我**胡鬧？我想我稱得上是節制的典範。你一出現，就搞得我老闆大發雷霆，搞得警察調查我，你還親我女朋友，你搞砸了我的生活。」

「嘿，」蜘蛛說，「要我說啊，你自己也做了許多搞砸自己生活的事。」

胖查理握緊拳頭，狠狠一揮，正中蜘蛛的下巴，漂亮得就像電影情節。蜘蛛倒退幾步，驚訝大過疼痛。他摸摸嘴唇，低頭看看手上的血跡。「你打我。」他說。

「我可以再打。」胖查理其實不確定這點，他手痛得很。

蜘蛛說：「是嗎？」說完便整個人朝胖查理撲去，拳頭不停往他身上招呼。胖查理也衝上前，雙手抱住蜘蛛的腰，把他撲倒在地上，兩人滾成一團。

他們在玄關地板上滾來滾去，打來打去，不停揮動拳頭。胖查理多少有些以為蜘蛛會施展什麼魔法反擊，或是強壯得有如天神下凡，但他們倆似乎鬥得不相上下，兩人都打得漫無章法，像小男孩，像兄弟，而且打著打著，胖查理隱隱約約想起他似乎曾做過這種事，不過那是好久好久以前了。蜘蛛比較敏捷，出手也比較快，但只要胖查理能夠翻身到蜘蛛上方，把他的手扳開……

胖查理抓住蜘蛛的右手，一把扭到他身後，然後一屁股坐上他的胸膛，把全身重量都壓了上去。

「投不投降？」

「不投降。」蜘蛛身體扭來扭去，但胖查理不動如山，穩穩坐在蜘蛛的胸膛上。

「我要你保證，」胖查理說，「滾出我的生活，永遠不准再來煩我和蘿西。」

聽到這裡，蜘蛛勃然大怒，猛力一掙，胖查理被他狠狠彈開，四腳朝天摔在廚房地板上。「瞧吧，」蜘蛛說，「我**早就**說過了。」

樓下的門突然砰砰作響，那是種迫切的敲門聲，意味著有人急著想進來。胖查理怒瞪著蜘蛛，蜘蛛也一臉陰沉地看著胖查理，他們慢慢站起身子。

「要不要我去應門？」蜘蛛說。

「不。」胖查理說，「這裡到底還是**我家**，我要**自己**去應**我**那他媽的門，非常謝謝你。」

「隨你便。」

胖查理緩緩挪向樓梯，然後轉過身，「我一忙完這個，」他說，「就要專心對付你，你給我捲好鋪蓋，滾蛋！」他一邊紮衣服一邊拍灰塵一邊走下樓梯，總之就是盡量別讓自己看起來像剛剛滾在地板上打架。

他打開門，門外站著兩位身穿制服的高大警察，還有一位穿著樸素至極的便服，長相深具異國風情的嬌小女警。

「查爾斯．南西嗎？」黛西說，她面無表情地看著他，好像他是陌生人。

「喔唷。」胖查理說。

「南西先生，」她說，「你被逮捕了，你有權利——」

胖查理轉身面向屋內，「混帳！」他向樓上大叫，「混帳、混帳、混帳、混帳、**混帳！**」

黛西輕拍他手臂，「你要不要乖乖跟我們走？」她輕聲問，「如果你不要，我們可以先制伏你，不過我不建議這麼做，那幾位制伏者都躍躍欲試呢。」

「我會乖乖跟你們走。」胖查理說。

「很好。」黛西說，她帶胖查理走出來，然後把他鎖在一輛黑色警用廂型車的後座。

警察搜索了那間公寓。屋內空無一人，走廊盡頭有間小小的客房，裡頭放了幾箱書和玩具車。警察在屋裡翻箱倒櫃，但根本沒找出什麼有趣的東西。

蜘蛛躺在他臥房的沙發上，悶悶不樂。他趁胖查理出去應門時溜回自己房間了，他需要一個人靜一靜，他不擅長跟人對質，通常到了需要對質的地步，也就是他該離開的時候了，現在他也知道是該離開了，但他就是不想走。

他不確定那時叫蘿西回家是不是正確決定。

他想做的（蜘蛛行事總是**隨心所欲**，從來不管**責任**或**義務**），就是告訴蘿西他要她——是**他**，蜘蛛要她，告訴她他不是胖查理，告訴她他其實徹頭徹尾是另一個人。「告訴」本身並不是問題，他只消以足夠的說服力告訴她：「我其實是蜘蛛，胖查理的弟弟，而且妳一點都不介意，不覺得有什麼不妥。」蘿西就會被宇宙稍稍洗洗腦，她會乖乖接受這一切，就像她剛才乖乖回家一樣，她會逆來順受，毫不介意，一點也不。

只不過他知道，在內心深處，她會介意。

人類不喜歡受眾神指揮。他們表面上可能很歡喜，但在他們內心深處，在一切思緒的深處，他們不僅感覺得到，而且也怨恨那股力量。他們就是**知道**。蜘蛛大可命她欣然接受這種狀況，她也會乖乖照辦，但那就像在她臉上畫笑容一樣——只不過連她自己都會深信，那張笑容從各方面看來，都是她自己的。短時間來看（蜘蛛到目前為止也只想過短時間的事），這沒什麼大不了，但就長期而言，這只會導致問題。他並不想要某種激動憤怒的生物，儘管內心深處恨他入骨，但表面卻依舊平靜正常得有如洋娃娃。他想要蘿西。

他要是對蘿西用上那種手段，蘿西就不是蘿西了，對吧？

蜘蛛凝視著窗外的壯麗瀑布和遠方的熱帶天空，他開始納悶胖查理什麼時候才會來敲他的門，他確定他哥哥知道今早餐廳意外的內情，而且絕對比他說出來的要多。

他等了一陣子，終於不耐煩了，於是晃回胖查理的公寓，屋裡卻一個人都沒有，而且到處都亂糟糟的，看起來好像被訓練有素的專家整個翻了過來。蜘蛛認為胖查理本人嫌疑最大，他八成氣不過蜘蛛把他打得落花流水，才把屋子弄得亂七八糟來洩憤。

他看看窗外，外面有輛警車停在一輛黑色警用廂型車旁，他正看著，那兩輛車就開走了。

他替自己烤了幾片吐司，塗上奶油後吃了下去，吃完就在公寓裡四處走動，小心拉上所有窗簾。

門鈴響了起來，蜘蛛拉上最後一扇窗簾，走下樓。

他打開門，只見蘿西站在那裡看著他，表情依然有幾分恍惚。他看著她。「怎麼？不請我進去坐坐嗎？」

「當然啦，請進。」

她走上樓梯。「這裡發生了什麼事？看起來像剛遇到地震一樣。」

「是嗎？」

「你為什麼坐在黑暗裡？」她動手要拉開窗簾。

「別那樣！我想讓窗簾保持緊閉。」

「你在怕什麼？」蘿西問。

蜘蛛看看窗外。「小鳥。」他終於說出口。

「可是鳥類是我們的朋友。」蘿西說，語氣好像在對小朋友說話。

「鳥類呢……」蜘蛛說，「是恐龍殘存的後代，是有翅膀的小迅猛龍，吞食無防禦力的小蠕蟲、堅果、魚和其他鳥類，牠們會早起吃蟲，妳有沒有看過雞吃東西的樣子？牠們可能乍看之下天真無害，但既然是鳥類……就同樣邪惡。」

「前幾天有則新聞，」蘿西說，「說有人被鳥救了一命喔。」

「那根本無——」

「不知道是隻渡鴉還是烏鴉，反正就是那種黑色大鳥。那個人住加州，當時正躺在他家草坪上看雜誌，他聽到啞啞叫，發現有隻烏鴉想引他注意，他站起來準備去烏鴉停著的那棵樹看看，然後才發現樹下有隻山獅，那隻獅子已經準備好要朝他撲過來了喔，於是他就趕快回屋裡去了。要是那隻烏鴉沒警告他，他早就成了獅子的晚餐。」

「我認為那不是普通烏鴉的行逕，」蜘蛛說，「總之，烏鴉有沒有救過人根本無關緊要，烏類還是會傾巢而出來抓我。」

「沒錯，」蘿西試著讓語氣聽來不像在遷就他。「烏類正傾巢而出來抓你。」

「沒錯。」

「而這是因為……？」

「呃……」

「一定有原因吧。你總不能告訴我，一大群烏兒會沒來由地忽然決定把你當成早起的蟲兒。」

他說：「妳根本不相信我。」他是說真的。

「查理，你一直都很誠實，我是說，我一直都相信你，不管你告訴我什麼，我都會盡量相信你，我會**盡全力**去相信。我愛你，也相信你，所以你為什麼不讓我弄清楚自己到底相不相信你？」

蜘蛛想了想，然後他伸手拉住她的手，用力握住。

「我想我該讓妳看一樣東西。」他說。

他帶她走到走廊盡頭，在胖查理的客房門口停下來。「裡面的東西，」他說，「應該比我自己解釋還清楚。」

「你是超級英雄？」她說，「這裡是你藏蝙蝠滑杆❷的地方？」

「不是。」

---

❷ batpole，指的是蝙蝠俠用來滑到地底密穴的杆子。

「還是你有怪癖？你喜歡穿兩件式女套裝，戴珍珠首飾，有個花名叫朵拉？」

「不是。」

「該不會是……火車模型，是不是？」

蜘蛛推開胖查理家客房的門，同時也推開他自己房間的門，房間盡頭的落地窗映出一道瀑布，飛流直下，落入遙遠下方的叢林深潭，窗外的天空湛藍勝似藍寶石。

蘿西低聲驚呼。

她轉過身，穿過走廊走回廚房，看看窗外倫敦的灰色天空，糊成一團，不怎麼吸引人，然後她走回來。「我不懂，」她說，「查理？這究竟是怎麼回事？」

「我不是查理，」蜘蛛說，「妳看看我，**仔細**看看我，我根本連**看起來**都不像他。」

她不再假裝遷就他了，她恐懼得瞪大雙眼。

「我是他弟弟，」蜘蛛說，「我搞砸了一切，搞砸所有東西。我想，我現在能做的最好的事，大概就是從你們生活中消失，一去不回。」

「那麼胖……那麼查理在哪裡？」

「我不知道，我們本來在打架，然後他去應門，我則回我房間，他到現在都還沒回來。」

「他還沒回來？而你連**試著**去查查他發生什麼事都沒有？」

「呃……他可能被警察帶走了，」蜘蛛說，「只是猜測而已，我沒有證據什麼的。」

「你叫什麼名字？」她要求道。

「蜘蛛。」

蘿西重複道：「蜘蛛。」在窗外水花四濺的瀑布上方，她看到一大群多不勝數的火鶴當空飛過，姿態高貴優雅，陽光把牠們的翅膀染成一片彤霞，蘿西從沒見過這樣的美景。她回頭看看蜘蛛，一邊看一邊納悶，她之前怎麼會把這個人當成胖查理？胖查理個性隨和、光明磊落，但老是局促不安，而這個男人就像折彎的鋼條，隨時都會斷掉。「你真的不是他，對不對？」

「我說了我不是。」

「那麼……那麼我是跟誰……我跟誰……是誰……我跟誰睡過？」

「跟我嘍。」蜘蛛說。

「我也這麼想。」蘿西說，她使盡全身力氣甩了他一巴掌。他感到他嘴脣又開始流血了。

「我想我活該。」他說。

「你當然活該。」她停頓了一下，然後說：「胖查理知道這件事嗎？知道你嗎？知道你跟我約會嗎？」

「知道是知道，但是他……」

「你們倆都是變態，」她說，「又變態、又噁心的惡棍，最好都在地獄裡腐爛。」

她大惑不解地又瞄了一眼那巨大的臥室，再看一眼房間窗外的叢林、大瀑布和火鶴，接著便穿過走廊離去。

蜘蛛坐在地板上，細細的血絲從下脣滴下，他覺得自己很蠢。他聽到前門用力甩上的轟然巨響。他走到裝滿熱水的浴缸旁，把柔軟毛巾的一端浸在水裡，然後拿出來擰乾，壓在嘴巴上。「我不需要這一切，」蜘蛛說，他大聲說出來，當你大聲說話時，比較容易騙得過自己，「我一個禮拜前不需要你們，現在也不需要，我不在乎了，我已經玩夠了。」

火鶴像一顆顆粉紅色的羽毛砲彈撞上窗玻璃，玻璃應聲碎裂，碎片在房間裡四散紛飛，嵌入牆上、地板上、床上。滿天都是俯衝的粉紅軀體，粉紅色大翅膀和彎彎的黑色鳥喙滾成一團。瀑布如雷的吼聲也轟然傳入房間。

蜘蛛退到牆邊，在他和房門之間隔著好幾百隻火鶴。牠們是五呎高的巨鳥，腿和脖子長得不成比例。蜘蛛站穩雙腳，踏出幾步，穿越由憤怒的粉色鳥群布成的地雷陣，每隻鳥的粉色眼睛都如顛如狂地怒視著他。遠遠看過去，牠們可能很美麗。其中一隻啄了一下蜘蛛的手，他的手沒有破皮，但是很痛。

蜘蛛的臥室很大，但很快就被一隻隻迫降的火鶴擠得水泄不通，瀑布上方的藍天中有團烏雲，似乎是另一群增援的火鶴。

牠們用嘴喙啄他，用爪子抓他，用翅膀拍他，他知道這些攻擊其實不足為懼，真正的危險是被一大團毛茸茸的粉紅色羽毛毯悶死，羽毛上還帶著活生生的鳥體，這種死法實在沒尊嚴到極點：被鳥壓死，而且還是不怎麼聰明的笨鳥。

動動腦筋啊，他告訴自己，牠們是火鶴，只有鳥的腦袋而已，而你是蜘蛛。

所以呢？他沒好氣地回答自己，別講些我早就知道的廢話。

地上的火鶴向他圍攻，空中的火鶴向他俯衝。他把夾克拉過頭頂，火鶴空降部隊也在這時開始攻堅，那種感覺就像有人拿雞對你掃射。他腳步一個不穩，就跌倒了。*你可以戲弄牠們啊，真笨。*

蜘蛛用力撐起身子站好，賣力穿越那群洶湧的翅膀和鳥喙，最後終於抵達窗戶旁，窗戶這時早已成了布滿森森利牙的玻璃血盆大口。

「笨鳥。」他高興地說完便爬上窗臺。

火鶴並非以冰雪聰明著稱，解決問題的能力也不怎麼樣。如果看到一截扭曲的鐵絲和一只裝了食物的瓶子，烏鴉可能會嘗試把鐵絲做成工具，好拿出瓶中的食物；而火鶴就不會這樣。如果那截鐵絲看起來像蝦子，火鶴就會試著吃下去，即使不像，火鶴也許還是會吃，以免那是新品種的蝦子。所以即使站在窗臺上怒罵火鶴的人，看起來有點**霧霧的**，也有點虛幻不實，牠們也察覺不出來。牠們瞪著他，眼神像殺人野兔的瘋狂血紅眼睛，齊齊朝他撲去。

那人從窗戶往下一躍，一頭跳進水花四濺的瀑布中，於是一千隻火鶴也飛身追上前去，由於火鶴需要適當的助跑才飛得起來，所以有許多都像石頭一樣，直接翻滾墜落。

不久，臥室裡便只剩下或死或傷的火鶴：撞破窗戶的，撞上牆壁的，被其他火鶴壓死的。而那些還活著的火鶴則看到臥室的門打開（表面上看起來是自己打開的），然後又關了起來，不過火鶴就是火鶴，牠們根本沒多想。

蜘蛛站在胖查理公寓的走廊上，試著讓自己喘口氣。他集中精神讓那間臥室不復存在，其實他很不想這麼做，大半是因為他對自己那套音響得意非凡，小半是因為那是他保存自己家當的地方。

不過舊的不去，新的不來。

如果你是蜘蛛的話，只消動動口就行了。

蘿西的母親並不是那種會大張旗鼓幸災樂禍的女人，所以當蘿西倒在她的齊本德式沙發上聲淚俱下時，她母親壓抑自己，沒有歡呼，沒有唱歌，也沒有繞著客廳大跳凱旋之舞。不過，要是仔細觀察，你可能會注意到她眼底的一絲勝利之光。

她幫蘿西倒了一大杯加冰塊的維他命水，傾聽女兒一把鼻涕一把眼淚地訴說自己的心碎受騙記。但等到聽完後，她眼底那絲勝利之光卻變成了困惑，腦袋也開始暈眩。

「這麼說，胖查理其實不是胖查理嘍？」蘿西的母親說。

「對……呃……不對，胖查理**還是**胖查理，但是過去一個禮拜，我見到的都是他弟弟。」

「他們是雙胞胎嗎？」

「不是，他們長得根本不像。我不知道，我也搞糊塗了。」

「那妳到底是跟哪個分手？」

蘿西擤擤鼻涕。「我跟蜘蛛分手，蜘蛛是胖查理的弟弟。」

「可是妳並沒有跟他訂婚。」

「沒錯，可是我以為我有，我以為他是胖查理。」

「所以你也跟胖查理分手了嗎？」

「也算是吧，只是還沒跟他說罷了。」

「那他知不知道這件事？知不知道他弟弟的事？這件事會不會是他們針對我可憐的女兒設下的什麼邪惡變態圈套？」

「我想不是，不過都不重要了，我不能嫁給他。」

「沒錯，」她母親同意，「妳當然不能嫁給他，絕對不能。」她在腦海裡跳了段凱旋之舞，還施放了燦爛壯觀的慶祝煙火。「別擔心，咱們會另給妳找個好老公，那個胖查理啊，心裡老是打著壞主意，我第一眼見到他時就知道了，還吃了我的蠟製水果，我就知道他有問題。他現在在哪裡？」

「我不知道，蜘蛛說他可能被警察帶走了。」蘿西說。

「**哈！**」她母親把腦海裡的煙花加大到迪士尼樂園新年晚會時的規模，同時還在心裡默默用十二隻完美無缺的黑牛來酬謝神明，不過口中只是大聲說：「要我說啊，他大概被關進牢裡了，那是最適合他的地方，我早說過那小子最後一定會落得如此下場。」

蘿西又開始哭泣，這次哭得更厲害了。她又抽出一束面紙，像鳴喇叭一樣大聲擤鼻涕，她勇敢嚥下口水，又哭了幾聲。她母親用自己知道最能安慰人的方式，拍拍蘿西的手背。「妳當然不能嫁給他，」她說，「妳不能嫁給囚犯。但既然他進了監獄，妳要解除婚約就更方便了。」她說著說著，嘴角泛起一抹陰惻惻的微笑，「我可以替妳去看他，或在探監日那天去跟他說，他是討厭的騙子，妳不想再見到他了。我們也可以申請保護令。」她熱心地補充道。

「那……那不是我不能嫁給胖查理的原因。」蘿西說。

「不是嗎？」她母親挑起一道用眉筆畫出的眉毛。

「不是。」蘿西說，「我不能嫁給胖查理，是因為我已經不愛他了。」

「妳當然不愛他，我一直都知道，妳那只是小女孩的一時迷戀，不過現在妳已經——」

「我愛上了……」蘿西就當母親沒開口似地，繼續說道：「我愛上了蜘蛛，胖查理的弟弟。」她母親臉上掠過的神情，就像野餐時有團黃蜂飛了過來一樣。「那沒關係，」蘿西說，「我也不會嫁給他，我已經告訴他我不想再見到他了。」

蘿西的母親噘起嘴脣。「嗯……」她說，「我不能假裝我明白這究竟是怎麼回事，但我也不能說這是壞消息。」她腦袋裡的排檔換了擋，雄榫以有趣的新方式搭在一起，齒輪重新轉了起來，發條又上緊了。「知道嗎？」她說，「現在最適合妳的事是什麼？妳有沒有想過去度個假？我來出錢沒關係，反正本來存來幫妳辦婚禮的錢也用不著了……」

那句話可能是那壺不開提那壺，蘿西又開始埋在面紙裡啜泣，她母親繼續說：「總之包在我身上。我知道妳在公司還有假可以請，妳也說過這陣子工作不忙。像這種時刻，女孩子需要遠離一切煩惱，好好放鬆一下。」

蘿西納悶自己這些年來是不是一直錯看母親了，她吸吸鼻涕，嚥下口水，然後說：「那真不錯。」

「那就這麼決定了，」她母親說，「我跟妳一起去，一路上照顧我的寶貝女兒。」腦海裡的煙火表演精采落幕後，她又加上一句，還要確保我的寶貝女兒只會認識恰當的男人。

「我們要去哪裡？」蘿西問。

「我們要去……」她母親說，「參加遊輪之旅。」

胖查理沒被戴上手銬，這是件好事。雖說除此之外都是壞事，但至少他不必戴手銬。日子變成了混亂不清的迷霧，卻充滿過於鮮明的細節：值班警官搔搔鼻子，替他分配牢房（六號牢房是空的！）領著他穿過一道綠色的門。牢房的味道是他從來沒聞過的細微惡臭，但又立刻讓他有種驚訝的熟悉感，像是由隔夜的嘔吐物、消毒劑、菸味、臭兮兮的毯子、沒沖水的馬桶及絕望構成的窒悶暖空氣，四處蔓延擴散，那是最沒水準的氣味，似乎也就是胖查理最後的落腳處。

「需要沖馬桶的話，」帶他經過走廊的警察說，「按一下牢房裡的按鈕就行了。遲早會有人過來替你拉沖水繩，免得你把證據沖掉。」

「什麼證據？」

「別裝了，小夥子。」

胖查理嘆口氣，他自從年紀大到可以得意洋洋地自行沖掉身體排泄物後，就一直都是自己來，所以喪失自己沖水的權力，跟喪失自由比起來，更讓他覺得世道已經變了。

「你第一次進來吧？」警察說。

「抱歉。」

「吸毒嗎？」警察說。

「不用了，謝謝。」胖查理說。

「那是你進來的原因嗎？」

「我不知道自己為什麼進來，」胖查理說，「我是無辜的。」

「白領犯罪吧？」警察說著搖搖頭，「告訴你一件我們藍領分子不用別人提醒就知道的事：你越容易踩著我們往上爬，我們也越容易踩著你們往上爬，你們白領階級老是挺身捍衛自己的權益，那只會讓自己日子更難過而已。」

他打開六號牢房的門。「你溫馨甜蜜的家。」他說。

牢房裡面的氣味更難聞，牆壁塗上了防止塗鴉的斑點漆，架子似的床與地板同高，沒有馬桶蓋的馬桶位於牆角。

胖查理把他們發給他的毯子放到床上。

「好了，」警察說，「那麼就請你放輕鬆，把這兒當自己家，就算無聊也不要把毯子塞進馬桶。」

「我為什麼要那麼做？」

「我也經常很納悶，」警察說，「為什麼呢？或許這樣可以讓生活比較不單調，我也不知道。我是奉公守法的人民，還有警察退休金等著領，我其實從來沒蹲過牢房。」

「你知道嗎？不是我做的，」胖查理，「不管是什麼事，總之不是我。」

「那很好。」警察說。

「不好意思，」胖查理說，「有沒有書可以看？」

「這地方看起來像圖書館嗎？」

「不像。」

「以前我還是菜鳥時，有個小子跟我借書，我去找了本我當時在看的書給他，愛德森還是拉莫爾❸寫的吧，然後他就拿那本書去塞馬桶，可不是嗎？我不會再傻傻地做那種事了。」

然後他走出牢房，把門鎖上，將胖查理留在裡面，自己待在外面。

❸ 愛德森（J. T. Edson, 1928- ）與拉莫爾（Louis L'Amour, 1908-1988）均為西部牛仔小說家。

不怎麼熱中自我審視的葛拉漢．科茲心想，最古怪的事，就是自己完全不覺得有什麼不對勁，他覺得活力充沛，一切都好極了。

機長叫大家繫上安全帶，說他們很快就會在聖安德魯斯降落。聖安德魯斯是座加勒比海小島，一九六二年宣布獨立後，就決定用好幾種方式表現其擺脫殖民統治後的自由，包括建立自己別具一格的司法系統，以及特立獨行不跟世界其他國家簽署引渡條款。

飛機降落，葛拉漢．科茲下了機，拖著行李箱走過陽光普照的柏油跑道，他拿出正確的護照：貝梭．芬尼根的護照，讓人蓋上印章，到行李轉臺拿回他剩下的行李，然後穿過無人看管的海關大廳，進入小小的機場大廳，然後又走進耀眼的陽光中。他穿著T恤、短褲、涼鞋，看起來就像在國外度假的英國人。

他的園丁在機場外等他，他坐上一輛黑色朋馳轎車後座，然後說：「請載我回家。」在離開威廉斯城的道路上，也就是前往他崖頂莊園的道路上，他欣賞著窗外的島嶼風景，臉上帶著島主似的滿意微笑。

他想到，他離開英國時曾丟下一名垂死女子，讓她自生自滅。他納悶著她是不是還活著，他認為不太可能。殺人並沒有把他搞得心煩意亂，反而讓他大大滿足，彷彿如此一來人生才真正圓滿。他想知道自己有沒有機會再做一次。

他想知道自己是不是很快就有機會再做一次。

第十章
胖查理看世界，瑪芙．李文斯頓的不滿

胖查理坐在金屬床的毯子上，等待著什麼事發生，但什麼事都沒發生，感覺像過了好幾個月，時間過得超級慢。他試著睡覺，可是卻忘記該怎麼做才睡得著。

他大力敲門。

有人大叫：「閉嘴！」不過他聽不出來那聲音是警官還是牢友。

他在牢房裡走來走去，保守估計走了一定有二到三年之久，然後他坐下來，讓永恆洗刷他的身體。充作窗戶的牆頂厚玻璃透入陽光，但怎麼看都像是當天早上牢門在他身後關起時的陽光。

胖查理試想別人在監獄都是怎麼消磨時間的，可惜只想得起來寫祕密日記或是在屁股裡藏東西。他沒什麼東西好寫，而且也深深覺得他人生的幸福之一，就是不必在屁股裡藏東西。

什麼都沒發生，然後什麼都沒發生，更多的什麼都沒發生，什麼都沒發生大反攻，什麼都沒發生之子，什麼都沒發生捲土重來，什麼都沒發生看兩傻大戰狼人❶……

當門鎖打開時，胖查理差點歡呼起來。

---

❶「兩傻系列」（Abbott and Costello）是美國四〇年代諧星搭檔 Bud Abbott 和 Lou Costello 合演的一系列電影、電視及廣播節目。

「好了，活動場放風時間，想抽菸也可以。」

「我不抽菸。」

「反正抽菸也不是什麼好習慣。」

活動場是警察局中間的一塊空地，四周圍著牆壁，上面架了鐵絲網。胖查理沿著牆壁繞圈時，確定了他最不喜歡去的地方，就是警方拘留所。胖查理其實一直對警察沒什麼好感，但起碼他以前還勉強抱持一套基本信念，相信天理昭彰，相信冥冥之中有股力量（維多利亞時代的人所謂的「天道」）會確保善有善報，惡有惡報，這股信念最近才剛被一連串事件擊垮，取而代之的是，他懷疑自己得耗上下半輩子向各種心如鐵石的法官酷吏苦苦訴冤，其中許多人會看起來像黛西，而他非常可能隔天一早剛從六號牢房醒來，就發現自己變成了一隻超級大蟑螂❷。他一定是被送到哪個邪惡宇宙，專門把人類變成蟑螂……

有什麼從天空落下，停在他頭上的鐵絲網上，胖查理抬頭一看，只見一隻烏鶇既高傲又漠然地瞪著他。然後又有幾隻鳥振翅現身，烏鶇旁邊多了幾隻麻雀，還有隻胖查理認為大概是鶇鳥的鳥。

牠們注視著他，他也注視著牠們。

越來越多鳥飛過來。

若要胖查理說明，鐵絲網上聚集的鳥到底是什麼時候開始從有趣變成可怕，會是相當困難的事，大概是在數量達到一百隻左右的時候吧，而且可怕的是，牠們不咕咕叫，不啞啞叫，不啾啾叫，也不唱歌，只是降落在鐵絲網上，瞪著他看。

「走開。」胖查理說。

群鳥動作整齊劃一，牠們沒有離開，反倒說起話來，說出他的名字。

胖查理衝到角落門邊，用力敲門，他說了好幾次「不好意思」，最後開始吼叫：「救命！」

喀一聲，門打開了，一位眼皮沉重的皇家警官說：「最好真的發生了大條事。」

胖查理用手指指上面，沒有說話，也不需要說話。那位警官張大了嘴，大到闔不起來。胖查理的母親絕對會叫那傢伙閉起嘴巴，不然會有東西飛進去。

數千隻鳥壓得鐵絲網垂了下來，鳥類的小眼睛向下注視，眨也不眨。

「見鬼了。」那位警官說，然後一言不發地領著胖查理進入監獄建築。

瑪芙・李文斯頓痛得要死，整個人癱在地上。她醒了過來，頭髮和臉龐都溼溼暖暖的，然後她睡著了。當她又醒過來時，頭髮和臉龐都冰冰黏黏的。她做夢，又醒來，又做夢，她腦袋夠清醒，足以意識到後腦杓的疼痛，但又因為睡覺還比較輕鬆，也因為她睡著時頭不會痛，所以她讓睡眠像舒服的毯子般裹著自己。

夢裡，她在一間電視攝影棚裡走來走去，四處尋找莫利斯，偶爾她會在螢幕上隱約瞥到他的身影，他總是一臉擔憂。她試著找尋出路，但不管往哪個方向走，最後都會回到攝影棚大廳。

「我好冷。」她心想，然後她知道自己又醒過來了，不過疼痛已經漸漸減輕。瑪芙心想，總體來說，她其實感覺還挺好的。

有件事惹得她非常生氣，但她不太確定到底是什麼事，或許那是她夢境的另一部分吧。

她身處的地方相當暗，似乎在什麼打掃用具櫃裡頭，她伸出手臂，免得在黑暗中撞到東西，她張開雙手，閉上眼睛，緊張兮兮地向前跨出幾步，然後張開眼睛，這時她到了一間她認識的房間，那是間辦公室。

❷ 典出卡夫卡的《變形記》，主角某天一覺醒來後變成了蟑螂。

葛拉漢．科茲的辦公室。

她想起來了。剛起床的無力感依舊在，她腦袋還沒完全清醒，她知道要等到她喝過早餐咖啡後，神智才會完全清楚，儘管如此，她還是想到了：葛拉漢．科茲的背信，他的背叛，他的罪行，他的……

唉呀，她心想，他對我動手，他打我，接著又想到，警察，我要報警。

她伸手到桌上拿起電話話筒，或說試著拿起話筒，但電話似乎很重，或很滑溜，或又重又滑溜，她握不住，她手指似乎不太對勁。

我一定是虛弱得不像話，瑪芙心想，最好請他們順便派醫生來。

她夾克口袋裡有只銀色小手機，鈴聲是〈綠袖子〉。她發現手機還在原處，而且她可以輕鬆拿起來時，只覺一陣寬慰，她撥了緊急救援服務，還一邊等人接電話，一邊納悶著電話上既然沒有撥號盤，那為什麼還要說**撥**電話呢？從她很小的時候開始，電話就沒有撥號盤了，在撥號盤電話之後，出現了按鈕式輕型電話，這種電話的鈴聲特別惱人，她少女時期有位男友會模仿輕型電話的嗶嗶聲，他老愛表演那種把戲，現在回頭想想，這種模仿能力大概是他唯一的成就吧，真不知他後來怎樣了，真不知在一個電話**什麼聲音**都發得出來的世界裡，那位能模仿輕型電話聲的男人要怎麼生存……

「很抱歉耽誤您的時間，」一道機械語音說，「請不要掛斷。」

瑪芙冷靜到一種詭異的程度，好像她不會再碰上任何倒楣事了。

線上出現一名男子的聲音。「喂？」電話那端說，聲音聽起來極為精明幹練。

「我要報警。」瑪芙說。

「您不必報警，」那聲音說，「所有犯罪都理所當然會由相關單位處理。」

「喔，」瑪芙說，「我可能打錯電話了。」

「同樣，」那聲音說，「所有電話號碼最後都會證實是正確的，號碼就是號碼，沒有正確或錯誤。」

「你這麼說真客氣，」瑪芙說，「不過我**真的**得報警，我可能還需要救護車，而我顯然打錯電話了。」她掛掉電話，心想或許用手機打九九九行不通，於是她切換螢幕上的電話簿，換打她姐姐的號碼，電話響了一次後，又是那道熟悉的嗓音：「讓我澄清一下，我並不是說您是故意撥錯號碼，我相信我說的是，所有號碼從本質上來說都是正確的，嗯，當然圓周率除外，我就是沒辦法掌握圓周率，只要想一下就會頭痛，一直沒完沒了，沒完沒了……」

瑪芙按下紅鍵結束通話，她撥給銀行經理。

接電話的聲音說：「不過呢，我在這裡喋喋不休地談論數字的正確性，您心裡一定在想，這種事可以等到更合適的時間地點再……」

喀擦，她撥給她的好友。

「……而我們現在該討論的問題是您的最終處置方式，恐怕今天下午交通會非常壅塞，所以，如果不介意在那裡多等一會兒，您將會在……」那是相當令人放心的聲音，就像廣播主持人正在告訴你他當天的感想。

若非瑪芙如此沉著，她一定會驚慌失措，但這反而讓她開始思考，既然她的電話已經被……那叫什麼來著？被**駭**了？……那她就只好上街去找警察，提出正式控告。瑪芙按下電梯按鈕，電梯卻毫無反應，她只好改走樓梯，她一邊走一邊心想，當妳真的有事要找警察時，八成會一個也找不到，那些警察老是坐在車上四處亂逛，就是那種會喔咿喔咿的警車。瑪芙認為，警察就該兩兩一組到處來回巡邏，回答別人現在是幾點鐘，不然就是站在排水管底端，等著肩上挑著滿滿一袋贓物的強盜爬下來……

階梯底端的大廳裡倒是有兩位警察，一男一女，雖然沒穿制服，但確實是警察，絕對錯不了。男的矮矮胖胖，一臉紅潤，女的身材嬌小，皮膚黝黑，看起來精力十足，換在別的場合見到的話，會覺得相當漂亮。「我們只知道她來過，」那女人說，「接待員記得她是在快到午餐時間時進來的，但等接待員吃完午餐回來後，他們倆都不見了。」
「妳認為他們一起捲款潛逃嗎？」矮胖子問。
「呃……不好意思。」瑪芙．李文斯頓禮貌地說。
「有可能，一定有什麼簡單的解釋，葛拉漢．科茲失蹤了，瑪芙．李文斯頓也失蹤了，至少我們拘留了南西。」
「我們絕對**沒有**一起捲款潛逃。」瑪芙說，但他們不理她。
兩位警察走進電梯，把身後的門用力關上。瑪芙看著他們搖搖晃晃地越升越高，朝頂樓前進。
她還握在手裡的手機，這時震動了起來，接著響起〈綠袖子〉。她低頭瞄了一眼螢幕，上頭出現莫利斯的照片，她緊張地接起電話。「喂？」
「哈囉，寶貝，近來可好？」
她先說：「很好，謝謝你。」接著說：「莫利斯嗎？」然後又說：「不，不好，其實糟透了。」
「好吧，」莫利斯說，「我想大概也是，不過呢，現在做什麼都於事無補了，妳該往前看啦。」
「莫利斯？你是從**哪裡**打來的？」
「說來有點複雜，」他說，「其實呢，我並不是打電話來的，我只是很想幫妳度過難關。」
「葛拉漢．科茲，」她說，「他是騙子。」
「是是，親愛的，」莫利斯說，「不過該是忘掉那些事的時候了，拋到腦後去吧。」
「他打我後腦杓，」她告訴他，「而且他一直都在偷我們的錢。」
「錢只是身外之物，親愛的。」莫利斯安慰她說，「現在妳已經越過溪谷……」
「莫利斯，」瑪芙說，「那隻該死的小害蟲想謀殺你老婆，我**真的**希望你能表現得更關心。」
「別那樣，親愛的，我只是想解釋……」

「我告訴你，莫利斯，要是你繼續保持這種態度，我就自己去解決，反正絕不能就這麼算了。對你來說當然沒差，你已經死了，不必擔心這種事。」

「妳也死了，親愛的。」

「那**根本**不是重點，」瑪芙說，然後說，「我怎樣了？」然後沒等他來得及回答，她就說：「莫利斯，我是說他**想**謀殺我，可沒說他得逞了。」

「呃……」已故的莫利斯．李文斯頓聽起來像是無話可說，「瑪芙，親愛的，我知道這可能會讓妳有點震驚，但事情的真相是——」

電話「嗶啵」一響，螢幕上閃出一道空電池的圖案。

「恐怕我沒聽到你剛剛說了什麼，莫利斯，」她告訴他，「手機大概快沒電了。」

「妳根本沒有手機電池，」他告訴她，「也沒有手機，一切都是幻影。我一直努力想告訴你，妳已經越過了啥米碗糕溪谷，現在已經變成了……喔，該死的……就像蚯蚓變蝴蝶一樣，妳知道嘛。」

「毛毛蟲，」瑪芙說，「你是說毛毛蟲變蝴蝶吧？」

「呃……似乎沒錯。」莫利斯的聲音在電話裡說，「毛毛蟲，我就是那意思，那蚯蚓會變成什麼？」

「蚯蚓不會變成什麼，莫利斯。」瑪芙有點氣急敗壞地說，「蚯蚓就是蚯蚓。」銀色手機微微一嗚，就像打了個電子嗝似地，再度閃出空電池圖案，然後手機就自動關機了。

瑪芙關起手機放回口袋。她走向最近的一面牆壁，試探似地用手指按了按，牆壁摸起來黏黏的，像凝膠一樣，她微微加把勁，整隻手就陷了進去，然後穿牆而過。

「喔，天啊！」早知道這樣就該聽莫利斯的話，這已經不是她有生或有死以來第一次這麼想，她向自己坦承，畢竟莫利斯到了這時八成已經比她更了解怎麼當個死人。啊，算了，她心想，反正當死人大概就跟生命中其他事一樣吧：邊做邊學，勤能補拙。

她走出前門，然後發現自己居然穿過大廳後面的牆壁，又進入大樓裡。她又試了一次，結果還是一樣，然後她走進位於大樓一樓的旅行社，試著推推大樓西側的牆壁。

她穿過牆壁，又進入前方大廳，這次是從東側出來。那感覺就像在電視布景裡，試著想走出螢幕。就地形學而言，那棟辦公大樓似乎成了她的宇宙。

她回到樓上，看看警探在做什麼，他們正盯著桌子，端詳著葛拉漢．科茲打包時留下的垃圾。

「不好意思，」瑪芙試著要幫忙，「我就在書架後面的房間裡，我在那裡。」

他們不理她。

那位女警蹲下來，在垃圾桶裡東翻西找。「找到了。」她拉出一件男用白襯衫，上面濺了乾掉的血漬，她把上衣放入一只塑膠袋，那位矮胖子掏出手機。

「我要法醫人員過來。」他說。

胖查理這時已經把牢房視為避難所，而不是監獄。首先，牢房位於大樓深處，距離那群充滿冒險精神的鳥兒相當遙遠，而他弟弟也不在附近。他不再介意六號牢房什麼事都沒發生。什麼事都沒有，這絕對比他遇上的大多數事都好太多了，他甚至寧願世界上只有城堡和蟑螂和名叫K的人❸，也不願世界上充滿齊聲呼喊他名字的邪惡鳥類。

門打開了。

「你不會敲門啊？」胖查理問。

「不會。」那位警察說，「我們這裡其實不敲門的，你的律師終於來了。」

「馬利曼先生？」胖查理說，然後他愣了一下。李歐納．馬利曼是個矮胖的紳士，戴著一副小小的金邊眼鏡，站在警察身後的根本不是他。

「一切都很好。」不是他律師的人說，「請讓我們單獨談談。」

「談完記得按鈴。」警察說完就把門關上。

蜘蛛握住胖查理的手說：「我要帶你逃出這裡。」

「可是我不想逃出這裡，我**什麼**都沒幹。」

「那可是離開這裡的好理由。」

「可是我離開就是犯罪了，我會變成逃獄犯。」

「你不是犯人，」蜘蛛愉快地說，「你還沒因任何罪刑被起訴，你只是協助調查而已。聽著，你餓了嗎？」

「有點。」

「你想要點什麼？茶？咖啡？熱巧克力？」

胖查理覺得熱巧克力聽起來可口至極，「我想喝杯熱巧克力。」他說。

「很好。」蜘蛛說。他抓住胖查理的手，然後說：「閉上眼睛。」

「為什麼？」

「會輕鬆點。」

胖查理閉上眼睛，不過他不明白這究竟會讓什麼輕鬆點。他周遭的世界延伸開來，又緊縮起來，胖查理本來確信自己快吐了，接著又內心一安，感覺有股暖暖的微風撲面而來。

他睜開眼睛。

他們位在一處露天空間，在一座大型市集廣場，那裡看起來完全不像英國。

❸典出卡夫卡的《城堡》，主角為土地測量員K。

「這是哪裡？」

「叫史科西吧，是義大利還是哪裡的小鎮，我好幾年前就是這裡的常客了，他們的熱巧克力超讚，是我喝過最好喝的。」

他們坐在一張漆得跟消防車一樣紅的小木桌前。有位服務生走上前，用一種胖查理覺得不太像義大利語的語言對他們說話。蜘蛛說：「兩杯巧克力，小子。」那男人點點頭就走了。

「好了，」胖查理說，「現在你讓我麻煩陷得更深，他們會對我發出大逮捕令什麼的，我會上報紙頭條。」

「他們還能拿你怎樣？」蜘蛛一邊微笑一邊問，「把你送進監獄嗎？」

「喔，拜託。」

熱巧克力到了，服務生把熱巧克力倒入小杯子，溫度就跟融化的岩漿差不多，質感介於巧克力湯和巧克力奶油蛋糕之間，聞起來實在香極了。

蜘蛛說：「聽著，一家團圓這整件事，我們實在搞得亂七八糟，對吧？」

「**我們**搞得亂七八糟？」胖查理把怒氣壓抑得很好，「亂拐人家未婚妻的不是**我**，被炒魷魚也不是**我**的問題，被逮捕更不是**我**自作自受——」

「沒錯，」蜘蛛說，「不過是你把那些鳥扯進我們的事，對不對？」

胖查理非常小口地吸了第一口熱巧克力。「啊，我大概燙到嘴巴了。」他看看他弟弟，發現他弟弟也用與他一模一樣的表情回望著他：擔憂、疲倦、恐懼。「沒錯，是我把那些鳥扯進來的，那我們現在該怎麼辦？」

蜘蛛說：「順便告訴你，他們這裡的麵羹也很好吃。」

「你確定我們在義大利嗎？」

「不清楚。」

「可以問你個問題嗎？」

蜘蛛點點頭。

胖查理試著用最適當的方式來問這個問題。「那些鳥的問題呢……就是牠們假裝自己來自希區考克電影，一窩峰出現在你眼前，你覺得這種事只會發生在英格蘭嗎？」

「問這個幹麼？」

「因為我想那些鴿子已經注意到我們了。」他指指廣場另一端。

那些鴿子並沒有在做普通鴿子會做的事。牠們沒有在叼啄三明治屑，也沒有晃著腦袋低頭搜尋觀光客掉落的食物，而是靜靜站著，注視著他們。接著傳來一陣振翅聲，又有一百隻鳥飛過來加入牠們的行列，牠們大都降落在聳立於廣場中央一座戴著超級大帽的胖子雕像上。胖查理看看鴿子，鴿子也看看他。「那最糟糕的情況會是怎樣？」他低聲問蜘蛛，「牠們在我們身上拉屎嗎？」

「不知道，但我想牠們絕對不止那點能耐，快把你的熱巧克力喝完。」

「可是很燙。」

「Garçon❹，我們還需要幾瓶水。」

一陣窸窸窣窣的鼓翅聲，更多鳥群飛抵的碰撞聲，在這些聲音之下，則是低低呢喃的咕咕聲。

服務生拿了幾瓶水給他們。胖查理注意到，蜘蛛這時又穿上他那件黑紅色皮夾克，他把水塞進口袋。

「只是些鴿子罷了。」胖查理說，不過他說歸說，卻也知道這句話太避重就輕。牠們不只是鴿

❹法文，意為「侍者」。

子，牠們是支軍隊，胖子雕像已經幾乎消失了，只看得到一片或灰或紫的羽毛。

「在這些鳥打算集體襲擊我們之前，我還滿喜歡牠們的。」

蜘蛛說：「這些鳥到處都是。」然後他捉住胖查理的手。「閉上眼睛。」

說時遲那時快，那群鳥動作整齊劃一地飛了起來，胖查理閉上眼睛。

鴿子俯衝的架勢像餓虎撲羊……

一片靜寂，還有空曠，胖查理心想，我在烤箱裡。他睜開眼睛，發現他的確在烤箱裡，四處都是紅色沙丘，向遠方一路綿延，直到消失在珍珠母色的天際。

「沙漠，」蜘蛛說，「似乎是不錯的主意，這裡沒有鳥類，我們可以在這裡把話說完。」他把一瓶水遞給胖查理。

「謝謝。」

「那麼，可以告訴我那些鳥是從哪裡來的嗎？」

胖查理說：「我去了一個地方，那裡有許多動物人，他們呢……他們都認識老爸，其中一個是女人，像某種鳥類的女人。」

蜘蛛看看他，「一**個地方？**有說沒說還不是一樣。」

「那裡有座山，山腰都是洞穴，還有懸崖，懸崖下什麼都看不到，就像世界盡頭。」

「那是世界的開端。」蜘蛛糾正他，「我聽說過那些洞穴，我以前認識的一個女孩跟我說過，不過我沒去過，所以你見到那個鳥女，還有……？」

「她說她可以幫我把你趕走，所以……嗯……所以我就拜託她嘍。」

「那實在……」蜘蛛用那副電影明星的微笑說，「是有夠蠢的。」

「我沒叫她**傷害**你。」

「妳以為她會怎麼除掉我？寫封義正辭嚴的信給我嗎？」
「我不知道，我想都沒想，我當時很苦惱。」
「好極了，要是她順利完成任務，你會繼續苦惱，我會一命嗚呼。知道嗎？你大可直接叫我走。」
「我試過！」
「呃……那我怎麼說？」
「你說你喜歡待在我家，你哪裡都不去。」
蜘蛛喝了些水，「那你**到底**跟她說了些什麼？」
胖查理努力回想，這時仔細思考起來，他當時說的話似乎怪異極了。「我只說我把阿南西的血脈交給她。」他吞吞吐吐地說。
「你**什麼**？」
「是她要我這麼說的。」
蜘蛛一臉不可置信。「但那可不是只有我一個人，我們兩個都是阿南西的血脈。」
胖查理的嘴巴忽然一陣乾澀，他希望那只是被沙漠的風吹的。他啜了口瓶子裡的水。
「等一下，我們為什麼要到沙漠來？」胖查理問。
「這樣才沒有鳥啊，記得嗎？」
「那麼那些是什麼？」他指了指。牠們起先看起來很小，接著你會恍然大悟，那只是因為牠們在非常高的地方，牠們在盤旋，用翅膀搖搖晃晃地飛翔。
「禿鷹，」蜘蛛說，「牠們不會攻擊活的生物。」
「沒錯，鴿子還很怕人呢。」胖查理說。天空中的黑點低空盤旋，鳥降得越低，看起來也越大。
蜘蛛說：「有道理，」然後說：「該死。」

那裡除了他們還有別人，有人在遙遠的沙丘上看著他們，若是不留心看，有可能會把那人影當成稻草人。

胖查理大喊：「走開！」他的聲音被風沙淹沒，「我收回我的話，交易取消！不要再來煩我們！」大衣在熾熱的風中飄動，那座沙丘轉眼又變得空無一人。

胖查理說：「她走了，誰會想到解決方式這麼簡單？」

蜘蛛拍拍他的肩膀，伸手指了指，這時那位穿棕色大衣的女人站在最靠近他們的沙丘丘脊上，距離近到胖查理可以看到她眼睛裡亮晶晶的黑色瞳孔。

宛如殘破黑影般的禿鷹降落了，用牠們近視的雙眼注視著兩兄弟，還伸長了光禿禿的淡紫色脖子和頭皮（頭部沒有羽毛才方便探進腐爛的屍體裡），好像正在盤算，到底要等到他們死掉再行動，還是要設法加速死亡程序。

蜘蛛說：「你們這樁交易還包括什麼？」

「呃？」

「她還說了什麼？她有沒有給你什麼東西以示一言為定？有時這種東西會牽涉到交換之類的。」

禿鷹緩步向前，一次跨一步，越聚越攏，縮小包圍，天空出現更多破碎黑影，搖搖晃晃地朝他們飛來。蜘蛛緊握胖查理的手。

「閉上眼睛。」

一陣冰寒襲上胖查理的身軀，就像肚子狠狠挨了一拳。他深吸一口氣，感覺像肺部吸進了冰塊。他頻頻咳嗽，狂風像巨獸般咆哮。

他張開眼睛。「請問這次我們到了哪裡？」

「南極。」蜘蛛說，他拉上皮夾克的拉鏈，看起來不怎麼怕冷。「恐怕這裡有點冷。」

「你不懂什麼叫循序漸進嗎？居然直接從沙漠跳到凍原。」

「這裡沒有鳥。」蜘蛛說。

「直接到沒有鳥的建築物裡，舒舒服服坐著不是更簡單嗎？我們還可以吃午餐呢。」

蜘蛛說：「好啦，只是有點刺骨而已，你抱怨個什麼勁啊？」

「這裡**不**只是有點刺骨而已，這裡是零下五十度，總之，**你看**。」

胖查理指指天空，蒼白的彎曲線條出現在空中，就像用粉筆寫出來的小小M字掛在冷冽的寒風中，動也不動。「信天翁。」他說。

「軍艦鳥。」蜘蛛說。

「你說什麼？」

「那不是信天翁，是軍艦鳥，牠大概還沒注意到我們。」

「有可能，」胖查理坦承道，「可是**牠們**早已注意到了。」

蜘蛛轉過身，嘴裡冒出類似三字經的話。現場也許不是真的有一百萬隻企鵝，但看起來絕對有，牠們搖搖擺擺地朝兩兄弟晃來，有的用腳滑，有的用肚皮滑。一般而言，世界上唯一會被企鵝嚇得半死的通常是小魚，但是當企鵝的數量夠多……

不用多說，胖查理伸手握住蜘蛛的手，閉上眼睛。

等他張開眼睛時，已經位在一個比較溫暖的地方了，不過有沒有張開眼睛根本沒差，因為放眼望去只見無窮無盡的黑夜。「我是不是瞎了？」

「我們在一座廢棄煤礦坑，」蜘蛛說，「我幾年前在雜誌上看過這裡的照片，除非有群經過演化的盲眼雀鳥，不僅能善用黑暗的優勢，還能靠吃煤屑過活，那麼我們大概不會有問題。」

「你在說笑，對不對？什麼盲眼雀鳥？」

「多多少少吧。」

胖查理嘆了口氣，嘆氣聲在地下洞穴迴盪。「知道嗎？」他說，「你早點走就好了。我當初請你離開我家時，你要是乖乖照辦，我們就不會落到這種地步。」

「你這麼說根本於事無補。」

「反正我也不是想補什麼。天知道我該怎麼跟蘿西解釋這一切。」

蜘蛛清清喉嚨，「我想你不必擔心了。」

「因為……？」

「她跟我們分手了。」

接著是一陣靜寂，然後胖查理說：「當然啦。」

「我在那件事……那個部分……搞了算是……某種類型的簍子。」蜘蛛聽起來有點不自在。

「如果我向她解釋呢？我是說，如果我跟她說我不是你，是你在假裝我——」

「我已經跟她說了，她就是在那時放話說不想再見到我們兩個。」

「也包括我嗎？」

「恐怕是。」

「聽我說，」蜘蛛的聲音在黑暗中說著，「我真的不是想……嗯……我當初來見你時，只是想跟你打聲招呼而已，不是……呃……我大概把一切都搞砸了，對不對？」

「你是不是想說抱歉？」

一陣靜寂，然後蜘蛛說：「我想或許是吧。」

又是一陣靜寂，胖查理說：「那麼，我也很抱歉我找了鳥女來趕你走。」看不到蜘蛛，多少讓話變得比較容易說出口。

「是啊，謝謝你，我現在只希望我知道怎麼趕她走。」

「**一根羽毛！**」胖查理說。

「啥？你在說什麼？」

「你問我她有沒有給我什麼東西以示一言為定，她有，她給了我一根羽毛。」

「羽毛在哪裡？」

胖查理試著回想。「我不確定。我從敦維帝太太家客廳醒來時，手裡還握著，等到上飛機時，卻已經不在了，我想一定還留在敦維帝太太那裡。」

隨後的靜寂相當漫長，而且黑漆抹烏，彷彿永無止境，胖查理開始擔心蜘蛛是不是已經離開，擔心自己被遺留在地底下的黑暗中。最後他說：「你還在嗎？」

「我還在。」

「好險，你要是把我丟在這裡，我可就出不去了。」

「不要引誘我那麼做。」

又是一片寂靜。

胖查理說：「我們在哪個國家？」

「我想是波蘭吧，我跟你說過，我看過這裡的照片，只不過照片裡有燈光。」

「你得看到一個地方的照片，才能到那裡去嗎？」

「我得知道那地方在哪裡。」

胖查理心想，礦坑裡真的安靜得出奇，這地方有其獨特的靜寂方式，他開始思考不同靜寂的差別，例如，墳墓的靜寂會跟外太空的靜寂不一樣嗎？

蜘蛛說：「我記得敦維帝太太，她聞起來有紫羅蘭的味道。」別人說「我們沒希望了，只能等死了」的語氣，還比他要熱忱多了。

「就是她，」胖查理說，「矮矮小小，年紀跟山丘一樣老，還戴著厚厚的眼鏡。我想我們得去她那裡，跟她拿回羽毛交還給鳥女，這樣就能結束這場噩夢了。」胖查理喝完瓶裡最後的水，那是從那個不在義大利的小廣場帶到這裡來的。他把蓋子轉回瓶子上，把瓶子放在黑暗中，他想知道如果永遠不會有人看見這瓶子，這樣還算亂丟垃圾嗎？「那我們就手牽著手，去見見敦維帝太太吧。」

蜘蛛發出聲音，那聲音不帶傲氣，只有驚懼不安。在黑暗中，胖查理想像蜘蛛洩氣的模樣，就像牛蛙或放了一個禮拜的氣球。胖查理想看看蜘蛛被挫了銳氣的狼狽相，但不想聽到他發出活像嚇著的六歲小孩的聲音。「等一下，你是不是怕敦維帝太太？」

「我……我不能靠近她。」

「那個……我小時候其實也很怕她，可是後來我在葬禮上又跟她見了一面，她其實沒那麼可怕，說真的，她只是個老太太而已。你聽了有沒有比較安慰？」他腦海裡的她再次點燃黑蠟燭，把香料撒到碗裡。「或許有點陰森森吧，不過見個面不會怎樣的。」

「是她逼我走的，」蜘蛛說，「我當時根本不想走，但是我打破了她花園裡的球，就是那種大大的玻璃球，像特大號的聖誕樹裝飾品。」

「我也打破那東西過，她氣死了。」

「我知道。」黑暗中傳出的聲音又細微，又擔憂，又困惑。「是同一次，一切就是從那時開始的。」

「好啦，聽著，這又不是世界末日，你只要帶我到佛羅里達就好了，由我出面去向敦維帝太太把羽毛要回來，我不怕她，你可以待在別的地方。」

「我做不到，我沒辦法到她所在的地方。」

「那你到底想說什麼？她施展了什麼魔法禁咒嗎？」

「差不多是那樣。」然後蜘蛛說，「我想念蘿西，我很抱歉……你知道的。」

胖查理想想蘿西，卻發現自己幾乎記不起她的臉，他想到蘿西的母親當不成自己的岳母，想到他房間窗簾上的兩道人影。他說：「你不用覺得自己很差勁，呃……如果你願意，還是可以覺得自己很差勁，反正你的行徑也確實像個徹頭徹尾的混帳，但這搞不好焉知非福呢。」胖查理整顆心刺痛了一下，但他知道自己說的是實話，在黑暗中說實話容易多了。

蜘蛛說：「這裡頭有件事很不合理，你知道是什麼嗎？」

「每件事都不合理。」

「不對，只有一件事，我不懂鳥女幹麼蹚這潭渾水，實在讓人想不通。」

「因為老爸惹毛她——」

「老爸惹毛**每個人**。不過她錯了，而且她要是想殺我們，幹麼不直接下手？」

「我給了她我們的血脈。」

「那是你說的。不對，事有蹊蹺，而我想不**透**。」接著一陣靜寂，然後蜘蛛說：「握住我的手。」

「要閉上眼睛嗎？」

「那樣比較好。」

「我們要去哪裡？月球嗎？」

「我帶你去個安全的地方。」蜘蛛說。

「好極了，」胖查理說，「我喜歡安全——哪裡呢？」

但胖查理根本不必張開眼睛，就立刻知道是哪裡了，氣味露出了馬腳：沒洗澡的身體、沒沖水的馬桶、消毒劑、舊毯子及冷漠氛圍。

「我猜豪華飯店應該也跟這裡一樣安全。」他大聲說，可惜那裡沒人聽他說話。他坐到六號牢房裡架子似的床上，把薄薄的毯子裹上肩頭，看起來就像一直都待在那裡似的。

半小時後，有人進來，帶他到偵訊室。

「你好，」黛西含笑說，「要不要喝杯茶？」

「不用麻煩了，」胖查理說，「我看過電視，我知道你們那套把戲，就是黑臉白臉警察那招，對不對？妳會給我一杯茶和一塊以色列柳橙蛋糕，然後某個怒氣沖天的彪形大漢就會走進來，對我大吼大叫，把茶水倒掉，開始吃我的蛋糕，然後妳會阻止他對我拳打腳踢，要他把茶和蛋糕還給我，到最後我會對妳感激涕零，把妳想知道的事全都和盤托出。」

「我們可以省略那整套過程，」黛西說，「你可以直接招出我們想知道的事，反正我們也沒有以色列柳橙蛋糕。」

「我知道的全都招了。」胖查理說，「什麼都招了，葛拉漢・科茲給了我一張兩千鎊的支票，要我休兩個禮拜的假，他說他很高興我通知他公司有人違法亂紀，然後他跟我要了我的密碼，向我揮手道別，就這樣。」

「你還說過你完全不知道瑪芙・李文斯頓失蹤的事？」

「我根本沒跟她正式見過面……或許她以前到辦公室時我有瞄上一眼吧。我只跟她講過幾次電話，她一直想找葛拉漢・科茲，我還得告訴她支票已經寄出去了。」

「寄了嗎？」

「不知道，大概寄了吧。喂，妳該不會以為她失蹤是我搞的鬼吧？」

「不，」她欣然同意，「我沒這麼以為。」

「因為坦白說，我根本不知道到底——妳說什麼？」

「我認為你跟瑪芙．李文斯頓失蹤案無關，也認為你跟葛拉漢．科茲事務所的金融詐騙案無關，不過似乎有人努力想把你跟案子扯上關係，但有個事實顯而易見：這些古怪的會計數據和定期私吞款項的情形，早在你到職前就開始了，而你只在那裡待了兩年。」

「差不多。」胖查理說。他發覺自己的嘴巴張得開開的，於是趕緊閉上。

黛西說：「聽著，我知道書裡和電影裡的警察大部分都是白痴，尤其是那種由打擊犯罪的退隱高人或厲害私家偵探當主角的書。實在很抱歉我們沒有以色列柳橙蛋糕，但是我們並非全都是笨蛋。」

「我沒說妳是笨蛋。」胖查理說。

「沒錯，」她說，「可是你是這麼想的，你可以走了。如果你想聽人道歉，我向你道歉。」

「她到底……呃……失蹤到哪裡去了？」胖查理問。

「李文斯頓太太嗎？最近一次有人目擊她，是在葛拉漢．科茲帶她進辦公室時。」

「啊。」

「我剛才問你要不要喝茶是說真的，要嗎？」

「好，我很想喝杯茶。呃……我想你們的人已經檢查過他辦公室裡的密室了吧？就是他書櫃後那間？」

黛西的表現值得激賞，她只是不動聲色地表示：「大概沒有。」

「我想那地方也不是隨隨便便就找得到啦，」胖查理說，「但是我有次進辦公室時，那座書櫃正好被推開，葛拉漢．科茲就在裡面，然後我就趕緊溜了。」他又補充道，「我可不是要監視他還是怎樣。」

黛西說：「我們可以順路買點以色列柳橙蛋糕。」

胖查理不確定自己喜歡自由，因為自由會帶來太多暴露在光天化日之下的機會。

「你還好嗎？」黛西問。

「我很好。」

「你看起來有點焦躁。」

「我想是吧，妳八成會覺得很蠢，但是我呢……嗯……我對鳥有點感冒。」

「什麼？恐懼症之類的？」

「算是吧。」

「嗯，那是對鳥類非理性恐懼的一般術語。」

「那對鳥類的理性恐懼的術語是什麼？」他咬一口以色列柳橙蛋糕。

兩人不發一語。然後黛西說：「嗯，反正車上沒有鳥。」

她把車子停在葛拉漢．科茲事務所外的雙黃線，然後兩人一起走進大樓。

蘿西躺在一艘韓國遊輪①後甲板的游泳池旁享受陽光，頭上蓋著一本雜誌，母親就陪在身旁，她試著回想當初怎麼會以為跟母親一起去度假是個好主意。

遊輪上沒有英文報紙，蘿西不想念英文報紙，但她想念其他一切。她心底認為這趟遊輪之旅根本是某種類型的漂浮煉獄，要靠著她們每天參觀的島嶼才熬得過去，別的乘客會上岸購物、玩拖曳傘、或到海盜船上來趟蘭姆酒爛醉之旅，而蘿西呢，她會去散步，會去跟人聊天。

她會看到痛苦的人，看到飢餓或悲慘的人，然後她會想伸出援手。在蘿西眼中，似乎一切都能修好，只是需要有人來修而已。

瑪芙．李文斯頓以前猜想過死亡的種種感覺，但她從來沒想過會是**惱怒**。儘管如此，她還是很惱怒，她厭倦被人穿身而過，厭倦無人理睬，最重要的是，她厭倦離不開奧德維其街的辦公大樓。

「我是說，如果我**非得**陰魂不散徘徊在什麼地方，」她對接待員說，「為什麼不能是這條路過去的薩默塞特中心？那裡有漂亮的建築，有美麗的泰晤士河景，有好幾座蓋得美輪美奐的雄偉地標，還有幾家很棒的小餐廳，就算已經不需要吃東西了，在那裡欣賞行人也不錯。」

接待員安妮自從葛拉漢．科茲失蹤以來，最主要的工作就是接電話，用厭煩的聲音說「恐怕我不知道」應付掉大部分的問題；剩下時間則是打電話給她朋友，壓低聲音興沖沖地討論這樁神祕案件。她沒有回答過瑪芙的任何詢問，這次也不例外。

胖查理．南西的到來打破了瑪芙的無聊時光，他還帶了一位女警官。

瑪芙生前一直挺喜歡胖查理的，即使他的主要工作是向她保證支票會馬上寄出，但這時她卻看到了前所未見的奇景：胖查理周身環繞著晃動的黑影，那黑影還隨時與他保持距離，這表示大禍即將臨頭。他看起來好像在逃避著什麼，讓瑪芙有點擔憂。

她跟著他進入葛拉漢．科茲的辦公室，很高興看到胖查理直接走向房間後面的書櫃。

「那麼祕密機關在哪裡？」黛西問。

「那不是機關，是一道門，就在這排書櫃後面，我也不清楚，或許有什麼祕密把手之類的。」

黛西看看書架。「葛拉漢．科茲有沒有寫過自傳？」她問胖查理。

「至少我沒聽說過。」

---

①【作者原注】這艘郵輪以前叫「陽光群島S.A.」，但有次船上爆發流行腸胃炎病毒，還上了國際新聞頭條。董事會主席（他不會英文，卻自以為會）不想花錢改掉船殼上的船名英文縮寫塗裝，於是就把船名改為「鼠輩橫行S.A.」。

她推了推皮革精裝本的《我的一生——葛拉漢．科茲著》，那本書喀了一聲，書櫃便從牆上移了開來，露出後頭一道上鎖的門。

「我們得去找鎖匠，」她說，「我想我們不需要你在場了，南西先生。」

「好吧，」胖查理說，「那麼……」他說，「這真是……呃……相當有趣的經歷。」

然後他又說：「不知道妳想不想改天……跟我一起……吃一餐……？」

「港式點心，」她說，「星期日中午，我們各付各的，你要在他們十一點半開門時就到，不然我們得排隊排好幾年。」她在紙上草草寫下餐廳的地址，交給胖查理。「回家時要注意小鳥。」她說。

「我會的，」他說，「星期日見。」

鎖匠攤開一只黑色布製工具袋，拿出幾把薄薄的金屬片。

「坦白說，」他說，「他們就是學不乖。好鎖也沒貴到哪去啊，我是說，妳看看這門，真是漂亮的作品，堅固得不得了，用火槍也要搞半天才能打開，結果居然配了個連五歲小孩用湯匙都打得開的鎖，前功盡棄嘛……好啦……就跟探囊取物一樣輕而易舉。」

他拉了拉，那道門就打了開來，他們看到倒在地板上的東西。

「嗯，看在老天的分上，」瑪芙．李文斯頓說，「那不是**我**，」她以為自己會對自己的身體多少有幾分感情，但是沒有，那東西只讓她想到倒在路邊的動物屍體。

不久，房間就裡裡外外圍了許多人，瑪芙對偵探戲碼從來沒有耐心，她很快就覺得無聊了，唯一讓她感興趣的，只有當她的屍體被裝進素面藍色塑膠袋，抬到外面時，她感覺到自己不由分說地被拉往樓下，出了前門。

「這還像話點。」瑪芙．李文斯頓說。

她出了大門。

至少她已經離開了奧德維其街的辦公室。

她知道這一切顯然有規則可循，一定有規則，只是她不知道規則是什麼。

她忽然希望自己生前能信教信得更虔誠些，但她總是做不到。小時候，她無法想像居然有個上帝會因為自己討厭誰，就判人家永生永世受地獄折磨，罪名竟然大都是因為那些人沒有好好信仰他；隨著她一天天長大，小時候的疑慮逐漸強化成堅如磐石的信念，她認為人生就是由出生到死亡，其他一切都只是想像。這一直都是個好信念，也一直都與她相安無事，但此時這信念受到強烈的考驗。

坦白說，她認為即使她這輩子都有乖乖上對了教堂，遇上此刻的窘境八成也沒什麼幫助。瑪芙很快就做出結論：在井井有條的世界裡，死亡應該像是種費用全包的豪華假期，你會在一開始收到一包資料夾，裡面裝滿票卷、折價券、時間表，及幾支緊急聯絡電話號碼。

她沒有走路，她沒有飛翔，她來去如風，她經過時，就像一陣冷颼颼的秋風，讓人打冷顫，掃起人行道上的落葉。

她前往每次倫敦行的必經之地：牛津街的賽佛里奇百貨。瑪芙年輕時除了舞者正職，也在賽佛里奇百貨的化妝品部門打過零工，她日後還是一有空就會跑回來購買昂貴化妝品，一償年少時許下的宏願。

她在化妝品部門徘徊了一陣子，晃到無聊後又去看家具部門，雖說今後再也買不了新餐桌了，但看看也無妨……

然後她飄然穿過賽佛里奇百貨的家庭娛樂部門，那裡擺滿了大大小小的電視，有些電視螢幕正播放新聞，每臺電視機的聲音都關了起來，但螢幕畫面卻滿滿都是葛拉漢．科茲，她內心那股厭惡感又燒了起來，就像融化的岩漿，這時畫面一閃，她看到自己出現在電視上：她正站在莫利斯身邊，她認出這個片段出自「你是莫利斯．李文斯頓吧」的喜劇短片〈給我五元，我會把你吻到爛〉。

她真希望能想出什麼辦法替手機充電。即使她唯一找得到的人，是那位聲音跟廣播主持人一樣惹人嫌的傢伙，她大概還是會跟他說話，不過她主要還是想找莫利斯，他會知道該怎麼做。她心想，這次她會讓他好好說話，這次她會乖乖傾聽。

「瑪芙嗎？」

莫利斯的臉從一百面電視螢幕上看著她，有那麼一瞬間，她以為那是自己的幻想，接著又以為那是新聞片段，但是他滿臉擔憂地看著她，又叫了一次她的名字，於是她知道那果真是他。

「莫利斯……？」

他露出他知名的笑容，每面螢幕上的臉都專注在她身上。「妳好，親愛的，我一直在納悶到底是什麼事讓妳耽擱。嗯……妳該過來了。」

「過去？」

「到另外一邊來，越過溪谷，也可以說是穿過帷幕，反正就是那種東西。」他從一百面螢幕上伸出手。

她知道自己需要做的，就是伸出手握住他的手，但她接下來說的話把自己也嚇了一跳。「不要，莫利斯，我可不這麼認為。」

一百張一模一樣的臉都面露困惑。「瑪芙，吾愛，妳得拋卻肉身。」

「嗯，親愛的，你說的沒錯。我會的，我保證我會，不過要等我準備好。」

「瑪芙，妳都已經死了，到底還有什麼好準備的？」

她嘆口氣。「我還有些事要處理。」

「例如什麼？」

瑪芙站直身子。「嗯……」她說，「我打算揪出葛拉漢．科茲那混蛋，然後對他做……呃……做鬼魂可以做的事，我可以糾纏他還是怎樣。」

莫利斯難以置信地說：「妳想糾纏葛拉漢．科茲？這又是為什麼？」

「因為……」她說，「我跟他還有帳沒算完。」她把嘴巴抿成一直線，抬起下巴。

莫利斯．李文斯頓同時從一百面電視機螢幕上看著她，半是佩服半是惱怒地搖搖頭。他娶她，是因為她是個有主見的女人，他就是愛她這點，但他也希望自己至少可以說服她這麼一次，然而他卻說：「好吧，我哪裡都不去，親愛的，等妳準備好時，要讓我們知道。」

然後他的影像淡去。

「莫利斯，你知不知道我要上哪兒去找他？」她問，但是她丈夫的影像完全消失了，現在電視畫面顯示的是天氣。

胖查理星期日跟黛西一起吃港式點心，那是在倫敦小小的中國城裡的昏暗餐廳。

「妳看起來好漂亮。」他說。

「謝謝你。」她說，「我覺得好慘。葛拉漢．科茲案被搶走，不歸我管了，因為它已經擴大成徹頭徹尾的謀殺案。我想我大概算幸運吧，至少有軋過一腳。」

「嗯……」他開朗地說，「妳要不是有參過一腳，就享受不到逮捕我的樂趣了。」

「這話說得倒是沒錯。」她大方配合演出，露出稍稍悔恨的表情。

「有沒有什麼頭緒？」

「即使有，」她說，「也不可能跟你說。」一輛小推車推到他們桌子旁，黛西從上頭選了幾盤菜。

「有人推論葛拉漢．科茲從英倫海峽渡輪上跳海，那是他信用卡上最後一筆消費：一張到迪耶普的一日來回票。」

「妳認為可能嗎？」

她用筷子從自己盤子上夾起一顆水餃，塞入嘴巴。

「不可能，」她說，「我猜他會到沒有引渡條款的地方，大概是巴西吧。殺害瑪芙．李文斯頓可能是臨時起意，但其他一切都規畫得井井有條，他早有安排。錢匯入客戶的帳戶，他表面上只收一成五的佣金，可是略施手腳，檯面下拿到的可遠遠不只這些，許多國外支票根本從來沒進過客戶的帳戶。這勾當居然幹了這麼久都沒露出馬腳，真厲害。」

胖查理的嘴巴正在嚼一顆糯米丸，裡面包了什麼甜甜的東西。他說：「不過妳知道他在哪裡吧？」

黛西嚼著水餃的嘴巴停了下來。

「從妳說他到巴西去的樣子就看得出來，好像妳知道他根本不在那裡。」

「這是警方的事，」她說，「恐怕我不能對此發表意見。你弟弟還好嗎？」

「我不知道，我想他走了，我回家時他的房間已經不見了。」

「他的房間？」

「他的東西，我是說他拿走了他的東西，而且我到現在都沒有他的消息。」胖查理啜了口茉莉花茶。「希望他沒事才好。」

「你認為他會出事？」

「嗯……他跟我有相同的恐懼症。」

「對，懼鳥症。」黛西同情地點頭，「那妳未婚妻和準岳母還好嗎？」

「呃……我想這兩個詞呢……呃……已經不適用了。」

「啊。」

「她們沒了。」
「是因為你被逮捕嗎？」
「就我所知不是。」
她像個悲天憫人的小精靈，看著坐在桌子對面的他。「我真為你難過。」
「嗯……」他說，「現在我沒了工作，沒了感情生活，而且呢……多虧你們的努力，街坊鄰居都堅信我是國際犯罪組織的殺手，有些人為了躲開我，還會走到馬路對面；另一方面呢，我買報紙的報攤老闆希望我好好教訓搞大他女兒肚子的臭小子。」
「你怎麼跟他說？」
「說實話啊，不過我猜他不信。他免費給我一包洋蔥起司洋芋片和一條薄荷口香糖，他還說，等事成後會給我更多好康。」
「這種情況會慢慢改善的。」
胖查理嘆口氣。「實在丟臉丟到家。」
「儘管如此，」她說，「也不是世界末日啊。」
他們各付一半，服務生找零時順便給了他們幸運餅乾。
「妳的籤上寫什麼？」胖查理說。
「有志者事竟成。」她說，「你的呢？」
「跟妳一樣，」他說，「老生常談的『志』。」他把籤條揉成豆子大的球，塞進口袋，陪她走到萊塞斯特廣場地鐵站。
「看來今天是你的幸運日。」黛西說。
「怎麼說？」

「附近都沒有鳥。」她說。
經她這麼一說，胖查理才發現果然沒錯，那裡沒有鴿子，沒有椋鳥，甚至也沒有麻雀。
「可是萊塞斯特廣場一直都有鳥啊。」
「今天沒有，」她說，「或許牠們今天很忙。」
他們在地鐵站入口停了下來，有那麼短暫一瞬間，胖查理呆呆地以為她會跟他吻別，但她沒有，只是微微一笑說：「祝你好運。」他似有若無地向她揮手，那遲疑的手部動作可說是揮手，也可說是偶然無意的手勢，然後她就走下階梯，消失在視線外。
胖查理走回萊塞斯特廣場，朝皮卡地里圓環前進。
他拿出口袋裡揉成一團的幸運餅乾籤條，打開後只見上面寫著「愛神旁見」，旁邊還有個草草的小塗鴉，像個大大的星號，但要說是蜘蛛也行。
他一邊走，一邊掃視天空和大樓，卻連一隻鳥都沒見到，這可怪了，倫敦隨時都有鳥，隨時隨地都有鳥。
蜘蛛坐在雕像下讀著《世界新聞報》，在胖查理接近時抬起了頭。
「欸，這其實不是愛神，」胖查理說，「這是基督慈善的雕像。」
「那雕像為什麼裸體，還拿著弓箭？看起來既不慈善，也不基督。」
「我只是告訴你我在報章上讀到的說法。」胖查理說，「你最近到哪裡去了？我可擔心你呢。」
「我很好，只是不斷在躲避鳥類，試著弄清楚這一切。」
「你有沒有注意到今天這附近一隻鳥都沒有？」胖查理說。
「注意到了，我不太明白這是怎麼回事，可是我一直在思考，而且你也知道，」蜘蛛說，「這整樁事有點問題。」

「首先，應該是很大的問題才對。」胖查理說。
「不對，我的意思是，那鳥女想傷害我們，一定是哪裡出了問題。」
「沒錯，一定有問題。這種行徑真的非常非常惡劣，你要不要告訴她？還是要我來說？」
「我指的不是那種問題，而是像……嗯……你想想看，我是說，除了希區考克的電影外，鳥類並不是傷人的最佳利器，牠們可能是昆蟲的飛天剋星，可是說到攻擊人類，牠們可不是什麼高手。有好幾百萬年的教訓，牠們早就知道一般來說人類大概會先把牠們吃掉，所以牠們的第一直覺就是離我們越遠越好。」
「並不是所有鳥類都這樣，」胖查理說，「禿鷹不會，烏鴉不會，不過牠們只會出現在戰場上，在打鬥結束後，等著你死掉。」
「什麼？」
「我是說，除了禿鷹和烏鴉，我沒有別的意思……」
「不……」蜘蛛凝神思索，「不，來不及了。你剛剛說的讓我想到什麼，我差點就能解決了。聽著，你連絡上敦維帝太太了嗎？」
「我有打電話給希格勒太太，但是沒人接。」
「那你就去找她們問問啊。」
「你說的再對也不過，可惜我已經身無分文，口袋空空，一毛錢都沒有了，我不能老是在大西洋上空飛來飛去，我根本連工作都丟了，我──」
蜘蛛從他的黑紅夾克裡掏出皮夾，從一堆各式貨幣中抽出一束紙鈔，塞到胖查理手中。「拿去，應該夠你飛去又飛回來了，要記得拿回羽毛。」
胖查理說：「欸，你有沒有想過老爸搞不好其實沒死？」

「什麼？」

「嗯，我在想，這一切搞不好只是他開的一個玩笑，感覺像是他會做的事，對吧？」

蜘蛛說：「我不知道，有可能。」

胖查理說：「我很確定是，那是我第一件要做的事，我要直接走去他的墳墓，然後——」

但他沒再繼續說下去，因為就在這時，鳥來了。牠們都是城市隨處可見的鳥：麻雀、椋鳥、鴿子、烏鴉，成千上萬隻。牠們迂迴繞圈，就像一條迎風飛翔的掛毯，形成一堵鳥牆，在攝政街上朝胖查理和蜘蛛衝過來。寬如摩天大廈側面的飛天羽毛陣隊，排列成完美的平面，完美到不可思議，每隻鳥兒都在飛翔、振翅、旋轉、俯衝，這幅畫面胖查理看是看到了，但是他的腦袋卻裝不下，於是他的腦袋不斷忽略、扭曲、抹滅這幅畫面。他抬頭看了看，試圖弄清楚他看到的到底是什麼。

蜘蛛猛力拉扯胖查理的手肘，大喊：「快跑！」

胖查理轉身拔腿就跑，蜘蛛有條不紊地把報紙折起來，放到垃圾桶裡。

「你也跑啊！」

「牠還不想對付**你**，時候未到。」蜘蛛說，然後他咧嘴露出笑容，那張笑容說服過多少人做出違心之舉？說出來包準嚇你一跳。而胖查理真的想逃跑。「去拿羽毛。要是你認為老爸還活著，也把他找來，快點**走**。」

於是胖查理跑走。

那堵鳥牆盤旋交錯，變換陣形，化成一陣鳥旋風，捲向愛神雕像和底下的男子。胖查理跑到一扇門口，眼睜睜看著那陣黑暗龍捲風的尾巴朝蜘蛛猛力掃去，胖查理彷彿聽到他弟弟在震耳欲聾的振翅聲中尖叫，或許他真的有聽到。

然後那群鳥四散紛飛，街道變得空蕩蕩，風逗弄著灰色人行道上的幾根羽毛。

胖查理站在那裡，覺得很想吐。不知有沒有哪個路人注意到剛剛發生了什麼，但總之沒有人反應。不知道為什麼，胖查理很確定除了他，整樁事沒有任何目擊者。

雕像下站著一個女人，就在他弟弟原本站立之處的旁邊，她破爛的棕色大衣在風中翻飛。胖查理走上前去。「聽著，」他說，「我那時說把他趕走，指的只是讓他別再來干擾我的生活，根本不是要妳對他幹出這種事。」

她看看他的臉，什麼話都沒說。有些猛禽眼裡會帶著瘋狂，那種凶殘的氣勢有時可是駭人至極，胖查理硬撐著別被嚇倒。「我錯了，」他說，「我願意付出代價，妳要抓就抓我好了，放他回來。」

她繼續注視著他，然後說：「不要以為還沒輪到你，吾友阿南西之子，遲早會輪到你。」

「妳為什麼要抓他？」

「我不想抓他，」她告訴他，「我要他幹麼？我只是要完成別人交付的任務，現在我把他交出去，任務就完成了。」

報紙隨風拍動，只剩下胖查理一個人。

第十一章

蘿西學會向陌生人說不，胖查理獲得萊姆

胖查理低頭看他父親的墳墓。「你在裡面嗎？」他大聲說，「如果在，請出來，我有話跟你說。」

他走到刻著花體字墓誌的墓碑旁，低頭看，他不確定自己在期待什麼，或許是有隻手猛然破土而出，抓住他的腳吧。但似乎不會發生那種事。

他本來還那麼有把握。

胖查理穿越安息花園往回走，覺得自己很蠢，就像剛剛在益智節目問答時犯了錯，以為密西西比河比亞馬遜河還長，因此飲恨與百萬獎金擦肩而過。他早該知道，他父親就跟路邊被撞死的動物一樣死透了，而他卻浪費蜘蛛的錢，追尋這種徒勞無功的事。他坐在兒童區的風車旁啜泣，腐朽的玩具比他記憶中還悲傷孤寂。

她在停車場等他，身體靠在車上抽著菸，看起來很不自在。

「妳好，布斯塔蒙太太。」胖查理說。

她抽了最後一口，便把菸丟到柏油路上，用平底鞋鞋跟踩熄。她穿著黑色的衣服，一臉疲憊。

「你好，查爾斯。」

「我還以為就算有人來，也該是希格勒太太或敦維帝太太。」

「卡麗安出遠門了，敦維帝太太叫我來，她想見你。」

這就像黑手黨一樣，胖查理心想，一群更年期過後的黑手黨。「她要開出我無法拒絕的條件嗎？」❶

「我覺得不可能，她身體不太好。」

「喔。」

他爬上租來的車，跟在布斯塔蒙太太的凱美瑞❷後，沿著佛羅里達的街道行駛。他本來還很篤定父親一定沒事，篤定他還活著，篤定他會幫忙。

他們把車停在敦維帝太太屋外。胖查理看看前院，看看褪色的塑膠火鶴、矮地精和小水泥基座上的紅色鏡面反射球，那顆球就像特大號的聖誕樹裝飾品，跟他小時候打破的那顆一樣。他走到那顆球旁，看到自己扭曲的鏡像從球面上反瞪著自己。

「這是做什麼用的？」他說。

「沒什麼用，她就是喜歡。」

屋內的紫羅蘭氣味濃得令人欲嘔，胖查理的亞蘭娜姨婆以前都會在手提包裡放一條帕馬紫羅蘭糖錠❸，不過當年肥嘟嘟的小胖查理即使愛吃甜食，也只肯在沒別的東西好吃時才吃它。這間屋子聞起來就像那種糖，胖查理已經二十年沒想過帕馬紫羅蘭糖錠了，他不知道是不是還有人在製造，也不知道當初怎麼會有人異想天開去製造……

「她就在走廊盡頭。」布斯塔蒙太太停下來指了指，胖查理走進敦維帝太太的房間。

---

❶ 典出《教父》電影，意謂「不聽命即受死」。
❷ 凱美瑞（Camry）為豐田的車款。
❸ Parma Violets，英國 Swizzels Matlow 公司生產的一種紫羅蘭香味的糖錠。

那張床不大，但敦維帝太太躺在上面看起來就像個特大號的洋娃娃。她戴著眼鏡，頭上還有睡帽，胖查理發現這是他第一次看到睡帽，那就像發黃的茶壺保溫套，旁邊還滾了圈蕾絲。她斜靠在堆得像山一樣高的枕頭上，嘴巴開開的。他進房時，她正輕輕打呼。

他咳嗽一聲。

敦維帝太太頭猛地一晃，睜開眼睛，注視著他，她指了指床邊的床頭櫃，胖查理拿起放在那裡的一杯水遞給她，她用兩隻手接過杯子，動作就像松鼠捧松果，她啜著一小口水好一會兒，才把杯子交還給他。

「我嘴巴乾得要命。」她說，「你知道我幾歲嗎？」

「呃……」他不知該如何回答才好，「不知道。」

「一百零四歲。」

「真想不到，妳身子還這麼硬朗，我是說，這實在是奇蹟——」

「閉嘴，胖查理。」

「抱歉。」

「也不要那樣說『抱歉』，那死樣子活像是把廚房地板搞得一團亂後，被人訓了一頓的狗。頭抬起來，眼神要有自信，你聽到沒？」

「是，抱歉……我是說，沒錯。」

她嘆口氣。「他們想送我到醫院，我告訴他們，活到一百零四歲的人有權死在自己床上。我好久好久以前在這張床上懷上孩子，也在這張床上生下孩子，要我死在別的地方，我會死不瞑目。還有件事……」她停住，閉上眼睛，緩緩深吸一口氣。就在胖查理確定她睡著時，她又張開眼睛，說：「胖查理，要是有人問你要不要活到一百零四歲，你要說不。全身上下都在痛，全身上下，連別人沒發現的地方都在痛。」

「我會記住的。」

「你別跟我頂嘴。」

胖查理看看躺在木床上的矮小女人。「我該說抱歉嗎？」他問。

敦維帝太太轉過頭去，臉帶內疚。「我對不起你，」她說，「好久以前，我做了很對不起你的事。」

「我知道。」胖查理說。

敦維帝太太儘管只剩一口氣，不過她注視胖查理的表情，還是足以讓五歲以下的小孩放聲尖叫找媽媽。「你知道？什麼意思？」

胖查理說：「我發覺了，可能不清楚全部來龍去脈，但多少也知道一些。我不笨。」

她透過厚厚的鏡片冷冷地打量他，然後才說：「對，你不笨，那倒是真的。」

她抬起粗糲的手。「再把水拿給我。好多了。」她啜啜水，用她紫色的小舌頭碰碰水。「你今天來正好。明天這整間屋子就會擠滿我傷心欲絕的孫兒和曾孫，每個人都希望我死在醫院裡，都想巴結我，好分到遺產。他們根本不了解我，我活得比自己所有的孩子都久，比每一個都久。」

胖查理說：「妳到底要不要談談妳究竟怎樣對不起我？」

「你不該打破我花園裡的鏡面反射球。」

「我非常明白。」

他想起那件事，就像喚起孩提時代各種事件的方式，半是記憶，半是記憶的記憶：他追著掉落的網球進入敦維帝太太家的院子，一到了那裡，就像做實驗似地拿起她的鏡面球，看著自己的臉在球面上扭曲、放大，感覺到那顆球墜落到石頭小徑上，看著那顆球碎成一千塊玻璃片。他記得那雙力大無比的老邁手指揪住他耳朵，把他一路從院子拖進屋子……

「你把蜘蛛趕走了，」他說，「對不對？」

她像機械鬥牛犬一樣抬起下巴，點點頭。「我是做了點驅逐儀式，」她說，「目的倒不是要它離開。當年人人多少都懂點魔法，儘管沒有ＤＶＤ、手機、微波爐這種東西，不過我們知道的可多著呢。我只是想給你個教訓，你實在太自以為是了，整天搗蛋頂嘴、脾氣壞得不得了，於是我把蜘蛛從你身上抽出來，給你個教訓。」

胖查理字字聽入耳裡，但卻不得要領。「妳把他抽出來？」

「我把他從你身上隔離開來，所有惡作劇、所有頑皮、所有邪惡的個性等都隔出來。」她嘆口氣，「這是我的錯，沒人告訴我，如果對……對你爸爸的血脈施法，效果會放大，一切都會放大。」她又啜口水，「你母親從不信這種事，至少不完全信。可是蜘蛛那小子，比你還糟糕。一直到我把蜘蛛趕走，你父親都完全沒表示任何意見，甚至到了那個地步，他也只跟我說，你修不好就不算他兒子。」

他想跟她爭論，告訴她這全都是胡扯，告訴她蜘蛛不是他的一部分，就像胖查理不是海洋的一部分，不是黑暗的一部分。不過他卻說：「羽毛在哪裡？」

「什麼羽毛？」

「我從那地方……就是有懸崖和洞穴的地方回來時，手裡拿著根羽毛，妳把羽毛放到哪裡去了？」

「我不記得了。」她說，「我是個老太太，我已經一百零四歲了。」

胖查理說：「在哪裡？」

「我忘了。」

「請告訴我。」

「不在我這裡。」

「那在誰那裡？」

「卡麗安。」

「希格勒太太嗎？」

她向他靠過來，像在說祕密一樣。「另外兩個，小女孩罷了，毛毛躁躁的。」

「我出門前打電話找過希格勒太太，去墓園前也到她家看過。布斯塔蒙太太說她出遠門了。」

敦維帝太太在床上輕輕左搖右晃，好似要把自己搖到睡著。她說：「我日子不多了，你上次離開後，我就沒有再吃固體食物了，只靠水過活。有些女人說她們愛你父親，可是我比她們都還早認識他，當年我還年輕貌美時，他會帶我去跳舞，他可以把我抱起來轉圈圈，他在那時就已經是個老頭子了，可是他總是能讓女孩覺得自己很特別，妳不會覺得……」她停了下來，又啜一口水，她的手晃個不停，胖查理從她手中接過空杯子。「一百零四歲，」她說，「除了生小孩，我從來不曾大白天賴在床上。現在我這輩子算是到頭了。」

「妳一定會活到一百零五歲。」胖查理不自在地說。

「別那麼說！」她一臉驚恐，「**不要！**你們家惹的麻煩已經夠多了，別再讓這種事成真。」

「我不像我爸，」胖查理說，「我不會魔法，蜘蛛遺傳了所有的魔法天賦，記得吧？」

她似乎沒在聽他說話，繼續說：「早在二戰很久之前，我們會去跳舞，你爸爸會跟樂團領隊說話，很多時候他們會找他上臺一起唱，大家會一邊笑一邊歡呼。他就是用唱歌來讓事情成真。」

「希格勒太太在哪裡？」

「回家了。」

「她家空無一人，車子也不在。」

「**回老家了**。」

「呃……妳是說她死了?」

白色床單上的老太太發出咻咻喘聲，掙扎著想吸進空氣，她似乎說不出話了，只是向他揮手示意。

胖查理說:「要我去找人幫忙嗎?」

她點點頭，繼續大口呼吸，哽噎，喘氣，同時他到外頭找布斯塔蒙太太，她就坐在廚房裡，用超迷你的櫃檯式電視看《歐普拉》。「她想找你。」他說。

布斯塔蒙太太走出去，回來時手裡拿著一只空水壺。「你到底說了什麼?讓她這麼激動?」

「她病發還是怎樣?」

布斯塔蒙太太看了他一眼。「不，查爾斯，她是在笑你，她說你讓她覺得好多了。」

「喔，她說希格勒太太回老家了，我問她是不是指她死了。」

布斯塔蒙太太聽完微微一笑。「聖安德魯斯，」她說，「卡麗安回聖安德魯斯了。」她在水槽把水壺裝滿。

胖查理說:「這一切剛開始時，我還以為是我要對付蜘蛛，而妳們站在我這邊;現在蜘蛛被抓走了，卻變成我要對付妳們四個。」

她關上水，臭著臉看著他。

「我誰都不信了。」胖查理說，「敦維帝太太大概是裝病，八成等我一走，她就會跑下床，在臥室裡大跳查爾斯頓舞❹。」

「她不吃東西，她說吃東西讓她覺得腸胃很糟，她不肯吃任何東西填飽肚子，只肯喝水。」

「她在聖安德魯斯的哪裡?」胖查理問。

「你走吧。」布斯塔蒙太太說，「你們家害人害得還不夠嗎?」

胖查理看似還想再說些什麼，最後卻一語不發地離開了。

布斯塔蒙太太把那壺水端去給敦維帝太太，敦維帝太太靜靜躺在床上。

「南西的兒子恨我們，」布斯塔蒙太太說，「妳到底跟他說了些什麼？」

敦維帝太太什麼都沒說。布斯塔蒙太太仔細傾聽，當她確定那位年紀比她大的老太太還在呼吸後，便幫她取下厚厚的眼鏡，放在床邊，然後把被子拉起來蓋到她的肩膀。

之後，她等待著結束。

胖查理開車離開，他不太確定自己要上哪兒去。他在兩週內跨越了大西洋三次，蜘蛛給的錢也快花光了。他孤伶伶待在汽車裡，因為只有自己一個人，於是便哼起歌來。

他經過好幾間牙買加餐館，突然發現有間店門口窗戶的招牌寫著：「加勒比海島嶼行程大特價」，於是他停下車，走進裡面。

「頂級旅行社竭誠提供您所有服務。」旅行社專員的語調狡滑鬼祟又滿懷歉意，就像醫生正在告訴病人他必須截肢。

「呃……好……謝謝……呃……到聖安德魯斯最便宜的方式是什麼？」

「您是要去度假嗎？」

「不算是吧，我只要去個一天……或兩天就好。」

「什麼時候出發？」

「今天下午。」

「我覺得您在開我玩笑。」

❹源於美國黑人音樂的曲調和節拍，風行於二〇年代的一種快節奏舞蹈。

「沒這回事。」

專員假惺惺地看了看電腦螢幕，敲了敲鍵盤。「看來沒有低於一千二百美元的票價。」

「喔。」胖查理頓時打了退堂鼓。

鍵盤又多敲了幾下，那男人哼了一聲。「一定有錯，」然後他說，「您等等。」他打了通電話。

「這費率還有效嗎？」他在便條紙上寫下幾個數字，然後抬頭看看胖查理，「如果你能在那裡待上一個禮拜，全程住在海豚飯店，這一週假期算你五百美元就好，飯店還包三餐，機票只需要再補機場稅。」

胖查理傻了眼，「有沒有什麼陷阱？」

「這是島嶼觀光促銷活動，音樂節什麼的優惠，我還以為這活動已經結束了，不過你也知道俗話說的，一分錢一分貨，所以你要是想到別的地方打牙祭，就得另掏腰包。」

胖查理給那男人五張皺巴巴的百元鈔。

黛西開始覺得自己像大家只在電影中看過的警察：不屈不撓，隨時準備挺身反抗制度，這種警察想知道你自認運氣如何，想知道你有沒有興趣讓他那天滿載而歸，尤其這種警察還會說：「我老了，看不慣這種混帳事。」她二十六歲，此時卻想告訴別人她老了，看不慣這種混帳事。她很清楚自己有離譜，多謝你提醒。

此時此刻，她正站在坎柏威督察長的辦公室，並說：「是的，長官，聖安德魯斯。」

「我好幾年前，曾跟前坎柏威太太到那裡度假，那裡真是風光宜人，還有蘭姆酒蛋糕。」

「聽起來就像那個地方，長官。蓋威克機場監視影帶上的人絕對是他，他旅行時化名為羅傑·布朗斯坦。羅傑·布朗斯坦飛到邁阿密換機，再轉機到聖安德魯斯。」

「你確定是他？」

「確定。」

「那麼……」坎柏威說，「這樣我們不就無從下手，是不是？沒有引渡條款。」

「一定有**什麼**是我們能做的。」

「嗯，我們能凍結他剩下的帳戶，扣押他的資產，而我們也確實會這麼做，但這就像可溶於水的雨傘一樣毫無助益，因為他會有很多現金位在我們找不到也動不了的地方。」

黛西說：「可是那是**詐欺**。」

他抬頭看看她，好像不確定自己看到的是什麼。「這不像玩鬼捉人，只要持之以恆遲早會捉到。如果他回來，我們就能逮捕他。」他把小小的黏土人揉成黏土球，然後又把黏土球壓成黏土餅，用拇指和食指捏一捏。「在古時候，」他說，「他們還可以跑到教堂請求庇護。只要待在教堂裡，法律根本動不了你，即便你殺了人也一樣，當然啦，這也會限制你的社交生活，沒錯。」

他看看她，好像以為她會馬上離開。她說：「他殺了瑪芙．李文斯頓，他已經欺騙客戶好幾年了。」

「然後呢？」

「我們應該把他繩之以法。」

「別讓這件事影響妳。」他說。

黛西心想，我老了，看不慣這種混帳事。她閉緊嘴巴，而這些話就在她腦子裡不停響啊響。

「別讓這件事影響妳。」他重複說道。他把黏土餅折成一個粗具形狀的立方體，然後不懷好意地用拇指和食指捏一捏。「我可不會讓這件事影響我。妳大可這麼想：妳是個交通巡警，葛拉漢．科茲只是輛停在雙黃線的汽車，可惜卻在妳開罰單前就開走了，對吧？」

「當然，」黛西說，「當然可以，抱歉。」

「好吧。」他說。

她回到自己座位，進入警方內部網站，檢視自己可以做的選項，檢視了好幾個小時，最後她回家。卡蘿正坐在電視機前看「加冕街」❺，吃微波雞肉烤瑪❻。

「我要休息一陣子，」黛西說，「我要去度假。」

「妳根本沒剩什麼假好放。」卡蘿理智地說。

「真糟糕，」黛西說，「我老了，看不慣這種混帳事。」

「喔，那妳要去哪裡？」

「我要去抓一個騙子。」黛西說。

胖查理喜歡加勒比航空，它或許是國際航空公司，但感覺起來就像地方巴士公司，空服員叫他「親愛的」，還告訴他愛坐哪就坐哪。

他把身體平攤在三個座位上，就這麼睡著了。夢中，他走在銅色的天空下，世界一片靜寂無聲，他朝著一隻比城市還大的鳥走去，那隻鳥的眼裡燃燒著火焰，嘴巴張得老大。胖查理走進鳥嘴，深入鳥喉。

然後，根據夢的邏輯，他在一個房間裡，牆壁上蓋滿了柔柔的羽毛和眼睛，眼睛圓得像貓頭鷹眼，眨都不眨。

蜘蛛就在房間中央，四肢大開，被像是雞脖子骨頭做的鏈條吊了起來。骨頭從房間的四角延伸到中央，緊緊扣住他，他就像被蜘蛛網黏住的蒼蠅。

喔，蜘蛛說，是你啊。

是我，胖查理在夢裡說。

骨鏈扯著蜘蛛的身體，胖查理可以從他臉上看到痛苦的神色。

呃，胖查裡說，我猜這處境比上不足比下有餘啦。

我認為應該不只這樣，他弟弟說，我認為她為我做好計畫了，為我們做好計畫了，我只是不知道計畫是什麼。

她們只是鳥而已，胖查理說，情況能糟到哪去？

你有沒有聽過普羅米修斯？

呃……

他帶火給人類，因此受到眾神懲罰，被鏈在一塊岩石上，每天會有一隻老鷹飛下來，撕走他的肝臟。

他肝臟撕不完嗎？

他每天都會長出新肝臟，神就是會這樣。

對話停頓了一下，兩兄弟大眼瞪小眼。

我會找到辦法的，胖查理說，我會修復問題的。

我猜就像你修復你生活中其他問題一樣吧？蜘蛛咧嘴笑了笑，可惜不是快樂的笑容。

我很抱歉。

不，是我很抱歉才對，蜘蛛嘆口氣，聽著，你有沒有計畫？

計畫？

這麼說是沒有嘍？那你就做你該做的事，把我救出去。

你是不是在地獄？

---

❺「加冕街」（Coronation Street）為英國史上最長壽的電視連續劇，至今已播出七千集。

❻烤瑪（korma）為一種由肉和奶油做成的印度菜。

我不知道我在哪裡，這地方真要說有什麼名字，絕對是鳥類地獄，你一定要救我出去。怎麼救？

你是老爸的兒子，對吧？你是我老哥，快想想辦法，救我出去就是了。

胖查理醒過來，全身顫抖，空服員拿咖啡給他，他感激地喝了下去。他這時已經醒過來了，而且根本不想再睡回籠覺，於是便讀起加勒比航空雜誌，認識一下聖安德魯斯的許多有用常識。

他發現聖安德魯斯並不是加勒比群島中最小的島嶼，但人們在列舉加勒比海島嶼時，卻往往會忘記它。這座島在西元一五〇〇年左右被西班牙人發現，當時只是無人居住的火山坡地，充滿動物，當然還有各式各樣的植物。據說在聖安德魯斯，不管種什麼都會長大。

這座島先受西班牙統治，繼而英國，繼而荷蘭，繼而又是英國，然後在一九六二年獨立後，由蓋瑞特少校統治了一段時間，他接管政府，斷絕與阿爾巴尼亞及剛果之外所有國家的外交關係，實施嚴刑峻法，不過沒幾年就不幸摔下床意外身亡。他摔下床的力道過重，弄斷許多根骨頭，事發時他臥室裡有一整班士兵，士兵們還信誓旦旦地說他們試圖緩衝蓋瑞特少校摔落的力量，無奈卻失敗了，儘管他們盡了最大的努力，他還是在被送往島上唯一一家醫院的途中身亡。從那時起，聖安德魯斯就一直受到和善的民選政府統治，而且還是每個人的好朋友。

聖安德魯斯有好幾哩長的沙灘，島心有塊小之又小的雨林，島上盛產香蕉和甘蔗，其銀行系統鼓勵外國投資及境外企業銀行業務，而且除了剛果和阿爾巴尼亞之外大概完全沒跟任何國家簽引渡條款。

要說聖安德魯斯有什麼出名的，就是料理：當地居民宣稱，他們比牙買加人更早開始曬長條雞肉乾，比千里達人更早開始做羊肉咖哩，比巴漢人更早開始炸飛魚。

聖安德魯斯有兩座城鎮：島嶼東南邊的威廉斯城和北邊的新堡。鎮上有露天菜市場，島上有長的全都有得買；還有好幾家超市，同樣的食品在那裡會貴上一倍。聖安德魯斯總有一天會建造真正的國際機場。

威廉斯城的深水港到底是好是壞，完全是見仁見智。毋庸置疑的是，這座深水港帶來了遊輪船隻，改變了聖安德魯斯的經濟和自然，就像這些遊輪船隻改變了許多加勒比海島嶼一樣。旺季時，威廉斯城港灣會停泊多達六艘遊輪，數以千計的遊客等著下船伸展雙腿、購買東西。聖安德魯斯人抱怨歸抱怨，卻還是會歡迎遊客上岸，賣東西給他們，煮東西給他們吃，直到他們吃不下，再送他們回船上……

加勒比航空飛機降落時頓了一下，胖查理手中的雜誌掉了下來，他把雜誌放回前方的椅背置物袋，然後走下階梯，穿過柏油路。

現在是傍晚了。

胖查理從機場搭計程車到飯店。搭車途中，他學到好幾樣加勒比航空雜誌沒提到的事。例如他學到鄉村音樂和西部音樂才是真正的音樂、像樣的音樂，在聖安德魯斯這裡，甚至連拉斯特法里教❼信徒都知道。強尼．凱許何許人也？音樂之神；威利．尼爾森何許人也？❽半人半神。

他發現根本沒有離開聖安德魯斯的理由，計程車司機自己也沒有，他還曾經認真考慮過呢。這座島上有一座洞穴、一座山、一塊雨林，飯店呢？二十間，餐廳呢？好幾十間。島上有一座城市、三座城鎮、四散的村莊若干。食物呢？全都是自己種的，柳橙、香蕉、肉荳蔻，司機說他們連萊姆都有。

---

❼拉斯特法里教（Rastafari）信徒稱Rasta，其教義融合基督教與非洲國家主義，認為耶穌是黑人，並視黑人為上帝的選民，白人世界為罪惡的巴比倫。

❽強尼．凱許（Johnny Cash, 1932-2003）與威利．尼爾森（Willie Nelson, 1933-）均為美國知名鄉村音樂歌手。

胖查理聽到這裡時說：「不會吧！」這麼做多半是為了讓自己覺得插得上話，司機卻擺出一副「你膽敢懷疑老子誠信」的神色。他猛地一踩煞車，將車身側滑到路邊，下車，將手伸過柵欄，從樹上摘下個什麼東西，然後走回車上。

「看看這個！」他說，「別說我在說謊，這是什麼？」

「萊姆？」胖查理說。

「沒錯。」

計程車司機把車子開回馬路，他告訴胖查理海豚飯店非常棒，還問胖查理有沒有親戚住在島上？認不認識這裡的誰？

「其實，」胖查理說，「我是來這裡找人的，我在找一個女人。」

計程車司機認為這點子超棒，想找女人，絕對要到聖安德魯斯，他繼續解釋，這是因為聖安德魯斯女人的身材比牙買加女人好，又不像千里達女人那麼會害人心碎，更何況，她們還比多明尼加女人漂亮，比地球上任何女人都會做菜。胖查理想找女人，來這裡就對啦。

「不是隨便哪個女人都行，我是要找一個特定的女人。」胖查理說。

計程車司機告訴胖查理今天是他的幸運日，他得意洋洋地說島上的人他全都認識，還說如果你一輩子都待在同一個地方混，就能練出這種本事。他躍躍欲試地想賭胖查理認不出所有的英格蘭人，胖查理坦承他確實不行。

「我要找的女人是家裡的世交，」胖查理說，「她叫希格勒太太，卡麗安·希格勒，你聽過她的名字嗎？」

司機安靜了好一會兒，似乎在思考，然後他說他不知道，他沒聽過這名字。計程車在海豚飯店前停下，胖查理付他錢。

胖查理走進飯店，接待處有個年輕女子，他拿護照和訂房號碼給她看，把萊姆放在接待櫃臺上。

「你有沒有什麼行李？」

「沒有。」胖查理一臉歉意地說。

「什麼都沒有？」

「什麼都沒有，只有這顆萊姆。」

他填了好幾張表格，她給他房間鑰匙，並告訴他房間怎麼走。

胖查理洗澡時，外頭傳來一陣敲門聲，他把浴巾圍在腰際去應門。敲門的是行李搬運員。「你把萊姆放在櫃檯忘了拿走。」他把萊姆交給胖查理。

「謝謝你。」胖查理說。他回去繼續洗澡，洗完便上床睡覺，還做了個不舒服的夢。

崖頂豪宅裡的葛拉漢．科茲，也正在做一個最最奇怪的夢，即使說不上是十足十的噩夢，至少也既黑暗又討人厭。他夢醒後不會清楚憶起這一切，但隔天一早睜開眼睛，卻會依稀記得自己整夜都在長長的草叢裡追蹤比他小的生物，用爪子驅趕牠們，用牙齒撕扯牠們的身體。

夢中，他的牙齒是毀滅性武器。

他夢醒後心神不寧，稍微為那天的心情揭開了序幕。

每天早上都是新的一天的開始，葛拉漢．科茲養老才養了一週而已，就開始體會到逃犯的挫折感。沒錯，他有游泳池、可可樹、葡萄柚樹、肉荳蔻樹，他有滿滿的酒窖，還有空空的肉窖和媒體中心。他有衛星電視，也收藏了大量DVD，更不用說藝術品了，動輒數千美元的藝術品掛得滿牆都是。他有位廚師，每天到府替他料理餐點，他還有一位佣人和一位園丁（他們是一對夫婦，每天會來幾小時），食物美味，氣候宜人（如果你喜歡陽光普照的溫暖日子），但這些林林總總，卻沒有一件能讓葛拉漢・科茲感受到應有的快樂。

他離開英格蘭後一直沒刮鬍子，但臉上也還沒長出大鬍子，只有那種讓人看起來陰險狡詐的細細鬍碴。他眼眶黑得像貓熊，眼袋顏色之深，活像瘀青。

他每天早上在游泳池游一次泳，不過除此之外他會避免曬太陽。他告訴自己，他千辛萬苦掙來的不義之財，可不是用來花在皮膚癌……或任何事情上的。

他過於想念倫敦。在倫敦，每家他喜歡的餐廳都有位叫得出他名字的侍者，而且會確保他吃得心滿意足；在倫敦，有人欠他人情，他隨時都能輕易取得首映票——說到這個，倫敦還有劇院可以讓他看首映會。他一直以為自己可以優雅退場，但他開始懷疑自己可能錯了。

他需要責怪的對象，所以他的結論是，這整件事都是瑪芙・李文斯頓的錯，都是她把他搞得這麼慘的，她企圖搶劫他，她是個心如蛇蠍的賤貨，她的下場不僅罪有應得，根本就是便宜了她。要是他上電視受訪，他會解釋他只是在捍衛自己的財產和名譽，不想被這麼一個失心瘋的潑婦侵犯，他已經聽得到自己聲音充滿那種無辜受害者的委屈。坦白說，他可以活著離開辦公室，也算是種奇蹟啊……

他一直都很**喜歡**做葛拉漢・科茲，現在卻成了貝梭・芬尼根，而且只要他還待在這座島上，就會一直是貝梭・芬尼根，這讓他很苦惱，他不想當貝梭。貝梭這身分得來不易，原本那位貝梭在襁褓中就死了，而且生日與葛拉漢非常接近，只要有份出生證明，再加上一名虛構牧師寫的信，葛拉漢就獲得了一本護照和一個身分。他讓這身分保持活躍：貝梭有可靠的信用紀錄，貝梭曾到異國旅行，貝梭曾經連看都沒看過，就在聖安德魯斯買了棟豪宅。在葛拉漢心中，貝梭一直都是在替他效勞，但如今卻反奴為主，把他活活吃掉。

「再待下去，」葛拉漢・科茲說，「我就要瘋了。」

「您說什麼？」佣人手裡拿著雞毛撢子靠在臥室門口。

「沒什麼。」葛拉漢．科茲說。

「您好像說再待下去就要瘋了。您應該出去散散步，散步好處多多。」

葛拉漢．科茲不散步，這種事有人代勞，不過他想貝梭．芬尼根或許可以。他戴上寬邊帽，把涼鞋換成走路鞋，他帶著手機，囑咐管理員在他打電話後過去接他，然後就從崖頂豪宅出發，朝最近的城鎮走去。

世界真小，你就算沒在世界上活特別久，也能親自體會這點。有個理論是這樣子：全世界只有五百個真正的人（這些人可說是主角，而這理論也暗示世界上其餘芸芸眾生都只是臨時演員），而且都彼此認識。這理論千真萬確，或說在一定範圍內不算錯。在現實世界中，世界是由成千上萬群的五百人組成的，他們所有人終其一生會不停地偶遇彼此、試圖避開彼此、無巧不成書地在哪家溫哥華茶店巧遇彼此。這種過程在所難免，甚至稱不上巧合，只是世界運作的方式，完全無視個人或禮儀的存在。

於是葛拉漢．科茲在前往威廉斯城的途中，走進一間小咖啡店，準備打電話叫園丁來接他，等人時順便喝杯冷飲，找個地方坐坐。

他點了杯芬達汽水，坐在一張桌子前。整間店幾乎空無一人，只有一老一少兩個女人坐在遠遠的角落，正在邊喝咖啡邊寫明信片。

葛拉漢．科茲凝視窗外，看著馬路對面的海灘。他心想這裡是天堂，他可能需要打進當地的政治圈，透過藝術贊助或許不失為好辦法。他前前後後已經捐了不少錢給島上的政治團體，接下來還可能有必要確定……

他身後傳來既興奮又猶豫的聲音：「科茲先生嗎？」他心下頓時一緊。年輕的那位女子坐到他身旁，臉上露出最溫暖的微笑。

「想不到會在這裡遇到你。」她說，「你也到這裡度假啊？」

「差不多是這樣。」他不知道這女人是誰。
「你記得我吧？我是蘿西・諾雅，胖……查理・南西是我前男友，記得嗎？」
「妳好，蘿西，我當然記得。」
「我跟我媽媽一起參加遊輪之旅，她還在那邊寫明信片寄回家。」
葛拉漢・科茲轉頭瞄了瞄小咖啡店深處，有具穿著花洋裝的南美木乃伊怒目回瞪他。
「坦白說，」蘿西繼續說，「我不怎麼喜歡遊輪之旅，花上十天在一堆島嶼間跳來跳去。看到熟面孔還真不錯，是吧？」
「肯然，」葛拉漢・科茲說，「妳剛說……是不是表示妳已經和我們的查爾斯……呃……分手了？」
「對，」她說，「可以這麼說，我是說，我們已經分手了。」
葛拉漢・科茲臉上掛起憐憫的微笑，他拿起芬達汽水，跟蘿西一起走到角落桌子旁，蘿西的母親渾身散發敵意，就像老式鐵製暖爐可以把寒氣逼散到整個房間，但葛拉漢・科茲魅力十足又善體人意，他同意她說的每件事：這年頭遊輪公司之不負責任，實在是囂張到人神共憤；遊輪行政工作居然可以鬆散到這種程度，委實令人髮指；這些島上可以做的事居然這麼少，真令人訝異；不論從哪方面來說，最離譜的就是，乘客竟得忍受十天不能泡澡的待遇，只有小到不行的淋浴設備，真令人震驚。
蘿西的母親告訴他，她對某幾位美國乘客萌生的驚人敵意。就葛拉漢・科茲所理解，這幾位美國乘客的主要罪行，就是在鼠輩橫行號上排隊取用自助式餐點時，在盤子裡多裝了些，還有在後甲板游泳池旁某地方做日光浴。蘿西的母親在第一天上船時，就認定這地方是她的，誰都不能搶。
葛拉漢・科茲頻頻點頭，一面讓這些刻薄話淹沒他的身體，一面同情地長吁短嘆，嘖嘖稱奇，同意她說的話，到最後蘿西的母親決定網開一面，不計較他身兼陌生人及跟胖查理沾親帶故的雙重討人嫌身分。她嘮嘮叨叨，滔滔不絕，喋喋不休，葛拉漢・科茲根本沒在聽，他心裡仔細盤算著。

葛拉漢．科茲心想，若有人在這節骨眼回到倫敦，通知當局自己在聖安德魯斯遇到葛拉漢．科茲，那他可就倒楣了。他總有一天會行跡敗露，儘管如此，或許可以盡量把這一天往後延。

「就讓我……」葛拉漢．科茲說，「至少為您解決其中一個問題吧，沿著這條路向上走一小段，就是我的度假別墅，我覺得那是棟相當不錯的別墅，在那裡泡澡泡到天荒地老都沒問題，想不想去好好享受一下？」

「不用了，謝謝你。」蘿西說。要是她答應，母親一定會說她們今天下午得回威廉斯城的港口等候接送，接著還會責罵蘿西，說她不該隨隨便便接受跟陌生人沒兩樣的傢伙邀請。但反正蘿西拒絕了。

「你真是好心，」蘿西的母親說，「我們樂意之至。」

園丁不久就開著朋馳轎車停在外頭，葛拉漢．科茲替蘿西母女打開後座車門，他向她們保證他肯然會準時載她們回港口，讓她們能搭上最後一艘回遊輪的接駁船。

「芬尼根先生，請問您要去哪裡？」園丁問。

「回家。」他說。

「芬尼根先生？」蘿西問。

「這是古老的家族姓。」葛拉漢．科茲說，他很確定這是個古老姓氏，不過是別人的就對了。他把後座車門關上，繞一圈到前座車門去。

瑪芙．李文斯頓迷路了。剛開始還挺順利的，她原本想回她位在龐帝佛拉克特的家，只見微光閃爍，狂風大作，就在那陣慘慘陰風中，她回到家了。她在家裡晃了最後一圈，然後出門步入秋日天空下，她想看看住在萊伊的姐姐，結果還沒搞清楚狀況，就已經到了萊伊的花園，看著她姐姐溜她的小獵鷸犬。

這一切似乎都很容易。

她就是在那時決定要見葛拉漢．科茲，接下來一切就亂了套。她暫時回到奧德維其街的辦公室，然後又出現在普利的一間空房子，她記得十年前葛拉漢．科茲曾在這裡舉辦過小型晚宴，然後……

然後她就迷路了，再來不管想去什麼地方都只讓情況雪上加霜。

她不知道自己在哪裡，那兒似乎是座花園。

短短一陣大雨把那兒淋得溼答答，但雨根本碰不到她。這時地面正散出水蒸氣，她知道自己不在英格蘭。天色開始暗了。

她坐在地上，開始吸鼻涕。

說真的，她告訴自己，瑪芙．李文斯頓，振作點。不過她鼻涕卻吸得越來越厲害。

「妳要不要面紙？」有人問。

瑪芙抬頭一看，有位老先生正拿著面紙遞給她。他戴著綠色帽子，留著跟鉛筆一樣細的八字鬍。

她點點頭，然後又說：「不過大概沒用吧，我根本摸不到東西。」

他同情地微微一笑，把面紙遞給她，那張面紙沒有穿過她的手指，於是她就用面紙擤鼻涕，輕拭眼角。「謝謝你，真不好意思，我實在受不了了。」

「這種事在所難免。」那男人上下打量她。「妳是什麼？阿飄嗎？」

「不是，」她說，「我想不……什麼是阿飄？」

「鬼。」他說。他細如鉛筆的八字鬍有點讓她聯想到卡柏．凱洛威或唐．阿梅奇❾，就是那種上了年紀卻風采依舊的明星。不管那老先生是誰，總之依舊是個明星。

「喔，沒錯，我是鬼……呃……那你呢？」

「差不多也是，」他說，「反正我已經死了。」

「喔，你能不能告訴我這是什麼地方？」

「這裡是佛羅里達。」他告訴她，「也是墓地，能遇到妳真不錯，」他補充道，「我正要去散步，要不要一起來？」

「你不是該待在墳墓裡才對嗎？」她遲疑地問。

「我覺得無聊，」他告訴她，「想說出來散散步也無妨，或許還可以釣釣魚。」

她猶豫了一下，然後點點頭，有人可以聊聊感覺真不錯。

「妳想不想聽個故事？」那老先生問。

「不怎麼想。」她老實說。

他扶她起身，然後一起走出安息花園。

「好吧，那我就長話短說，別把故事說得太長，不瞞妳說，我可以把一個故事說上好幾個禮拜，故事長度的關鍵就在於細節，要說什麼、不說什麼，我是說，只要省下天氣和人物穿著的描述，就可以跳過大半個故事，我曾經說過一個故事——」

「聽著，」她說，「如果你要說故事，就直接說吧，好嗎？」在越來越暗的黃昏中沿著馬路邊走，感覺已經夠糟了。她不斷提醒自己她不會被來往的車輛撞到，可惜還是一樣提心吊膽。

老先生開始用一種溫柔的節奏說話。「我提到『老虎』時，」他說，「妳要了解我指的並不只是那種有斑紋的印度老虎，而是大家一般常稱的大貓，所以還包括了美洲獅、山貓、美洲豹等等，懂嗎？」

「當然懂。」

---

❾卡柏・凱洛威（Cab Calloway, 1907-1994）為美國著名爵士歌手；唐・阿梅奇（Don Ameche, 1908-1993）為美國著名演員。

「很好，那麼……很久以前，」他開始說，「老虎擁有故事，自古以來所有的故事都是老虎的，所有的歌曲都是老虎的，我敢說所有的笑話也都是老虎的，不過在老虎那個年代沒笑話好說。在老虎的故事裡，最重要的是你牙齒有多利，怎麼打獵，怎麼殺戮，老虎的故事裡一點溫柔、一點頑皮、一點和平都沒有。」

瑪芙試著想像大貓會說怎樣的故事，「那麼這些故事都很暴力嗎？」

「有時候，不過大多數的故事都很差勁。當所有的故事和歌曲都屬於老虎時，每個人都過得很差，大家都變成了周遭故事和歌曲呈現的樣貌。在老虎的年代裡，所有歌曲都是黑暗的，始於眼淚，終於血腥，而這個世界上的人只知道那些故事。

「然後阿南西出現了，好了，我想妳知道阿南西的一切——」

「我想我不知道。」瑪芙說。

「呃，如果要我告訴妳阿南西有多聰明、英俊、瀟灑、機智，我從今天講到下星期四都講不完。」老先生說。

「那就別講，」瑪芙說，「我們就當作講過了吧。話說阿南西做了什麼？」

「嗯，阿南西贏得了這些故事……唔……好像不能這麼說，是他**賺**來的，他從老虎那邊拿走故事，讓老虎沒辦法再進入現實世界，至少肉體不能。於是人們說的故事就變成了阿南西的故事，而這件事呢……發生在一萬、一萬五千年前。

「現在，阿南西的故事充滿機智、詭計、智慧，現在世界各地所有人，不再只想著打獵與被獵，現在他們開始**思考**怎麼解決問題——有時會因思考而讓問題變得更糟。他們還是需要填飽肚子，但現在他們會想辦法怎樣不工作也能填飽肚子，**那**就是人類動腦筋的開始。有人以為最初的工具是武器，這種想法根本就是本末倒置。人類首先發明的是工具，每次都是先有枴杖，才有棍棒。因為現在大家說的都是阿南西的故事，於是他們都開始思考怎樣才會有豔遇，要怎麼靠聰明或風趣不勞而獲，他們就是從這時開始創造世界的。」

「這只是民間故事，」她說，「故事一開始都是人編的。」

「那又有什麼差別？」老先生問，「或許阿南西只是哪則故事中的人物，是世界初創之時，非洲哪位腿上有黑蒼蠅的男孩編的，他把枴杖推入泥土裡，編出一則柏油人的笨故事。那又有什麼差別？人們會對故事有所反應，他們自己也會說故事，這些故事會流傳開來，人們一邊說故事，故事也一邊改變了說者。因為這些人以前滿腦子只想著要逃離獅子，遠離河流，別讓鱷魚輕易飽餐一頓，現在他們開始夢想到新地方生活。世界可能沒變，但壁紙已經換了，沒錯吧？人類依舊擁有同樣的故事，也就是人類出生、做事，然後死亡，不過現在的故事跟以前意義不同了。」

「你是想告訴我，在阿南西的故事出現前，世界既野蠻又差勁？」

「對，差不多是那樣。」

她心領神會。「嗯，」她歡愉地說，「故事現在變成阿南西的，果然是好事。」

老先生點點頭。

然後她說：「難道老虎不想拿回故事嗎？」

他點頭。「他早就想拿回故事，想了一萬年了。」

「但是他拿不回去，對不對？」

老先生沒說話，只是凝視著遠方，然後聳聳肩。「如果他拿回去，那可就糟了。」

「那阿南西呢？」

「阿南西已經死了，」老先生說，「阿飄其實做不了太多事。」

「我自己也是阿飄，」她說，「我討厭這種喪氣話。」

「嗯，」老先生說，「阿飄摸不到活人，記得嗎？」

她想了一下。「那我**摸得到**什麼？」她問。

他老邁臉孔上閃過的表情，既狡猾又頑皮。「嗯……」他說，「妳摸得到我。」

「我該讓你知道，」她意有所指地說，「我是有夫之婦。」

只見他微笑得更燦爛，那是種親切溫柔的微笑，能溫暖心房，也很危險。「一般而言，那種『至死不渝』的婚約已經失效了。」

瑪芙不為所動。

「問題就在於，」他告訴她，「妳是個沒有形體的女孩，妳摸得到沒有形體的東西，像我一樣，我是說，如果妳願意，我們可以去跳舞，這條街再過去一點有地方能跳舞，不會有人注意到舞池裡有一對阿飄的。」

瑪芙想了想，她已經好久沒跳舞了。「你舞跳得好嗎？」她問。

「從來沒人抱怨過。」老先生說。

「我想找一個人……一個活人……他叫葛拉漢．科茲，」她說，「你可以幫我找嗎？」

「我絕對可以指引妳正確的方向，」他說，「那麼……妳跳舞嗎？」

她嘴角閃過一抹微笑。「你是在邀請我嗎？」她說。

束縛蜘蛛的鏈條落下了。那陣劇烈的痛楚，像無窮無盡牙痛般的痛楚，占據他整個身體的痛楚，這時也開始退散。

蜘蛛向前跨出一步。

他面前是一道乍看之下直達天際的裂縫，他朝裂縫走去。

他看到前方有座島，看到島心有座小山，他看到湛藍的天空，搖曳的棕櫚樹，高飛在天空的白色海鷗。但就在他觀看的當下，世界似乎正節節後退，好像他看望遠鏡時用錯端了，景象越縮越縮小，離他越來越遠，而且他越朝它跑去，它似乎離得越遠。

那座島是一灘水中的倒影，然後那裡什麼都沒有了。

他位在一座洞穴中，東西的邊緣相當俐落，蜘蛛還沒見過線條這麼俐落鋒利的地方。這裡是異域。

她站在洞穴口，擋在他和戶外天地之間。他認識她，她曾在南倫敦的希臘餐廳裡凝視他的臉，鳥兒還從她嘴裡飛出來。

「不瞞妳說，」蜘蛛說，「妳的待客之道還真奇怪。如果妳到我的世界，我會替妳做晚餐，開瓶葡萄酒，放點輕柔的音樂，讓妳度過永生難忘的一夜。」

她那張由黑岩雕成的臉面無表情，風吹動她老舊棕色大衣的衣角。這時她開口了，聲音高亢孤寂，就像遠方海鷗的鳴叫。

「我帶你來了，」她說，「現在你要召喚他。」

「召喚他？召喚誰？」

「你會哀聲求饒，」她說，「你會嗚咽，你的恐懼會讓他興奮。」

「蜘蛛不會哀聲求饒。」他不確定這是否屬實。

黑曜石碎片般烏黑閃亮的眼睛深深望進他的眼睛，那雙眼睛就像黑洞，不會洩漏任何東西，更不會洩漏任何訊息。

「如果妳殺了我，」蜘蛛說，「我會詛咒妳。」他不知道他是不是真的有詛咒能力，大概有吧；如果沒有，他也絕對裝得出來。

「殺你的不會是我。」她舉起手，但那並不是手，而是猛禽的利爪。她用爪子劃過他的臉，向下耙過他的胸部，她殘忍的利爪刺入他的血肉，撕破他的皮膚。

蜘蛛不覺得痛，但他知道過不久就會痛了。

血滴染紅了他的胸，從他臉上淌下，他雙眼刺痛，鮮血湧到脣邊，他嘗得到血的味道，聞得到血液中的鐵味。

「現在……」她的聲音像遠方鳥禽的嘶吼，「現在你死期到了。」

蜘蛛說：「我們都是有理性的個體，讓我告訴妳一種或許更可行的處理方法，相信對我倆都大有好處。」他說話時帶著輕鬆的微笑，也帶著說服力。

「你太多話了，」她搖搖頭，「別再說話。」

她把銳利的爪子伸入他嘴裡，猛力一扭，扯下他的舌頭。

「這樣才對。」她說，然後又露出一副深表同情的神色，幾乎是溫柔地撫摸蜘蛛的臉龐，然後她說：「睡吧。」

他睡著了。

蘿西的母親這時已經洗好澡了，她精神大振，神清氣爽，容光煥發。

「載妳們回威廉斯城前，容我帶妳們迅速參觀一下這間別墅好嗎？」葛拉漢．科茲問。

「我們真的得回船上了，你的好意我們心領了。」蘿西說，她無法說服自己在葛拉漢．科茲家裡泡澡。

她母親看看手錶，「我們還有九十分鐘，」她說，「回到港口應該不用十五分鐘吧。不要這麼沒禮貌，蘿西。我們很樂意看看你的別墅。」

於是葛拉漢．科茲帶她們參觀客廳、書房、圖書室、視聽室、餐廳、廚房、游泳池，他打開廚房階梯下的一扇門（看起來像打掃用具間的門），帶客人踩著木階，向下走入石牆圍成的酒窖。他向她們展示酒類收藏，大多數都是他連同房子一起買下的，他領著她們走進酒窖深處的空房間。在冰箱發明前，那房間原本是肉類儲藏室，肉類儲藏室裡總是一片陰冷，沉重的鏈條從天花板上垂下，鏈條尾端空蕩蕩的鉤子很久以前是懸掛畜牲屍體的地方。葛拉漢．科茲彬彬有禮地撐住那道沉重的鐵門，讓這兩位女士走進去。

「啊，」他殷勤地說，「我剛想到電燈開關在我們進來的地方。妳們等一等。」然後他在這兩位女士身後猛力把門甩上，用力插上門閂。

他從酒架上挑了瓶看來滿是灰塵的一九九五年頂級夏布利酒。

他大搖大擺地走上階梯，向三位員工宣布放他們一個禮拜的假。

在他上樓到書房時，似乎感覺到身後有種無聲的輕拍，但等他轉過身時，卻什麼都沒有，奇怪的是，這反而讓他放心。他找出開瓶器打開瓶子，替自己倒了杯白酒。他喝下酒，雖然他以前其實不常喝紅酒，但這時卻希望自己正在喝的酒能更濃郁、更深沉一點，他認為，酒應該要像血一樣紅才對。

等他喝完第二杯夏布利酒後，他發現自己其實把困境怪錯人了，他這時才明白，瑪芙．李文斯頓不過是個傻子罷了，不，真正責無旁貸的罪魁禍首，顯然是胖查理。如果他沒來攪局，如果他沒違法侵入葛拉漢．科茲事務所的電腦系統，葛拉漢．科茲就不會在這裡，不會流亡到這地方，活像個金髮的拿破崙被關在陽光明媚、舒舒服服的艾爾巴島❿，他就不會淪落到這種悲慘境地，把兩個女人囚禁在他家的肉類儲藏室裡。他心想，要是胖查理在這裡，我會用牙齒撕破他的喉嚨，這想法既讓他震驚，也讓他興奮。沒人膽敢惹惱葛拉漢．科茲。

---

❿ 拿破崙曾被流放監禁在艾爾巴島（Elba）。

天色已暗，葛拉漢．科茲在窗戶旁，看著鼠輩橫行號航行經過自己懸崖上的屋子，駛入日落中。他想知道他們還要多久才會發現兩位乘客失蹤了，他甚至還跟那艘船揮手。

第十二章
胖查理的幾項初體驗

海豚飯店有位門房，是個戴眼鏡的年輕人，他正讀著一本封面印著一朵玫瑰一把槍的平裝書。

「我到這座島上來……」胖查理說，「想找個人。」

「誰？」

「一位叫卡麗安．希格勒的女士，她來自佛羅里達，是我家世交。」

年輕人若有所思地闔上書，瞇起眼睛看看胖查理。當平裝書裡的人物擺出這種表情時，會立刻讓人想到劇情即將出現危險轉折，但在現實中，只會讓這位年輕人看起來彷彿正試著忍住瞌睡。他說：

「你是不是帶著萊姆的男人？」

「什麼？」

「帶萊姆的男人？」

「對，我想是吧。」

「可以讓我看一下嗎？」

「萊姆嗎？」

年輕人嚴肅地點點頭。

「不行，沒辦法，萊姆在我房間。」

「但是你**就是**帶萊姆的男人。」

「你能不能幫我找找希格勒太太？島上有沒有姓希格勒的人？你有沒有電話簿可以借我查？我本來以為房間會有電話簿。」

「那是很常見的姓，你知道嗎？」年輕人說，「電話簿是沒用的。」

「有多常見？」

「嗯……」年輕人說，「舉例來說，我是班哲明．希格勒，那邊那位，就是接待處那個女的，她叫雅美莉拉．希格勒。」

「喔，好吧，看得出島上有很多人姓希格勒。」

「她是來這裡參加音樂節的嗎？」

「什麼？」

「這整個禮拜都是音樂節。」他把一張傳單遞給胖查理，傳單上說威利．尼爾森會在聖安德魯斯音樂節上擔綱表演（已取消）。

「為什麼會取消？」

「跟葛西．布魯克斯❶取消的原因一樣：事先根本沒人告訴他們這件事。」

「我想她不會來參加音樂節，我真的一定得找到她，我有件要緊東西在她手上，聽著，換作是你會怎麼找？」

班哲明．希格勒伸手到書桌抽屜，抽出一張全島地圖。「我們在這裡，在威廉斯城的南邊……」他開始用彩色筆在地圖上做記號，替胖查理擬定尋人計畫：他把全島分成好幾部分，每個部分都很容易在一天內騎腳踏車逛完，他還用小十字記號標出每間蘭姆酒店和咖啡店，在每處觀光景點畫圈圈。

然後他租了輛腳踏車給胖查理。

胖查理踩著腳踏車往南走。

胖查理沒想到聖安德魯斯的通訊管道如此發達，他多少還以為有椰子樹就不會有手機，有手機就不會有椰子樹。不管他跟誰說話結果都一樣：在陰涼處抽菸的老先生；乳房跟西瓜一樣大、屁股跟扶手椅一樣大、笑聲像知更鳥的女人；旅遊中心打扮樸實的年輕女士；留鬍子的拉斯特法里信徒（他戴著一頂羊毛迷你裙似的黃綠紅色編織帽）。他們都給胖查理同樣的回應。

「你就是帶萊姆的男人？」

「我想是吧。」

「給我們看看那顆萊姆。」

「萊姆放在飯店。聽好，我想找卡麗安．希格勒，她年約六十歲，美國人，手裡老是握著大大的咖啡馬克杯。」

「沒聽說過。」

胖查理很快就發現，騎腳踏車環島也是有危險的。島上的主要交通工具是迷你公車，這種公車沒執照、不安全，永遠人滿為患，它們在島上橫衝直撞，拚命發出叭叭喇叭聲和嘰嘰煞車聲，用兩輪懸空甩尾過彎，同時還要靠乘客的重量來確保車子不會翻覆。要不是因為每輛公車的擴音系統都會大鳴大放低沉的鼓聲和低音樂器聲，胖查理光是第一天早上就被撞死十幾次了。他連公車引擎聲都還沒聽到，腹腔就感覺得到那股低音震顫，虧得如此他才有充足的時間把腳踏車騎到路邊。

他詢問的對象儘管都幫不上什麼忙，卻都十分友善。胖查理那天一路南征，中途停下來裝了好幾

❶葛西．布魯克斯（Garth Brooks, 1962-），美國鄉村音樂歌手。

次水，地點包括咖啡店和私人房屋，大家都很高興見到他，即使他們根本聽都沒聽過希格勒太太的名字。胖查理及時趕回海豚飯店吃晚餐。

隔天他往北邊騎，傍晚回威廉斯城途中，他在一處懸崖頂停下，下了車，牽著車走到一間俯視港灣的獨門獨院豪宅門口。他按下通話鈴，打聲招呼，可是沒人回應。有輛黑色大型轎車停在車道上，胖查理不確定這地方還有沒有人住，但樓上房間的窗簾抖了一下。

他又按下通話鈴。「你好，」他說，「我只是想問問可不可以在這裡裝一下水壺。」沒有任何回應。或許他只是幻想有人站在窗戶旁，他在這裡似乎非常容易產生幻想：他開始幻想有人盯著他看，不是屋內的人，而是道路兩邊草叢內的人或東西。「抱歉打擾了。」他朝對講機說，然後坐回腳踏車上，從這裡到威廉斯城一路都是下坡，他很確定路上會再經過一、兩家咖啡店，或是另一間屋子，一間友善的屋子。

他一路向下滑，沒多久就下了懸崖，順著直抵大海的陡坡一路猛衝，這時突然有輛黑色轎車出現在他身後，轟隆隆加速前進。等胖查理意識到司機沒看到他時已經太遲了，汽車狠狠擦撞過腳踏車手把，胖查理連人帶車滾落山坡，黑色轎車則揚長而去。

胖查理在半山坡爬起身子。「你可能會害死人的。」他大聲說，腳踏車手把扭歪了，他拖著腳踏車爬上山坡，回到路面上。一陣低沉的隆隆聲警告他迷你公車快到了，於是他揮手讓公車停下。

「我可以把腳踏車放在車後面嗎？」

「沒地方放。」司機說，不過他從座位下拿出幾條彈簧繩，把腳踏車綁在公車頂，然後他咧嘴笑道：「你一定是那個帶萊姆的英國人。」

「萊姆現在不在我身上，在飯店裡。」

胖查理擠上公車，轟隆隆的低沉樂聲不可思議地換成了深紫色合唱團❷的〈水上煙霧〉。胖查理擠到一位膝上放著一隻雞的胖女人身旁，他們後面有兩位白種女孩正聊著昨晚參加的舞會，細數她們在這趟假期中逢場做戲交上的眾多男友的種種缺點。

胖查理注意到那輛黑色轎車——朋馳——沿著馬路開回來，車身一側有長長的刮痕，他心下十分內疚，希望他的腳踏車沒把烤漆刮得太嚴重。車窗都染成了深色，所以那輛車看來彷彿是自己行駛的……

然後其中一位白種女孩拍拍胖查理的肩膀，問他知不知道島上今晚有沒有什麼好玩的舞會，當他回答不知道後，那女孩就開始告訴他她大前天晚上曾到一座洞穴裡，那裡游泳池、音響系統、燈光什麼的應有盡有，所以他根本沒注意到那輛黑色朋馳正一路跟著迷你公車進入威廉斯城，一直等到他從車頂取下腳踏車（司機說：「下次記得帶萊姆」），抬著腳踏車進入飯店大廳後，那輛車才開走。

這時那輛車才開回崖頂豪宅。

門房班哲明檢查過腳踏車後，告訴胖查理不用擔心，他們修得好，隔天就會跟新的一樣。

胖查理回到飯店房間，房間顏色宛如水中世界，他的萊姆放在長桌上，就像一尊小小的綠色佛像。

「你根本幫不上忙。」他告訴萊姆。這並不公平，那只是顆平平無奇的萊姆，它已經盡力了。

故事是網子，是相互連結的繩索，你會跟著每則故事進入中心，因為中心就是故事結局。每個人都是一則故事。

就以黛西為例。

黛西天性有理智的一面（別人看到的也大都是她這一面），否則她在警察部門也待不了這麼久。

---

❷ 深紫色合唱團（Deep Purple）為七〇年代紅極一時的英國搖滾樂團。

她尊重法律，她尊重規則，她知道許多規則都霸道無比，例如車子只能停哪裡、商店只能在什麼時候開門，不過即使是這種規則也能對整體社會有所助益，維護人身安全，維護財產安全。

寓友卡蘿則認為她瘋了。

「妳不能丟下一句要去度假，就這樣走人，這是行不通的，要知道妳可不是影集裡的警察，妳不能就這樣去環遊世界追蹤線索。」

「既然這樣，我就不是去追蹤線索。」黛西言不由衷地反駁，「我只是去度假。」

她話說得如此有說服力，腦袋深處的理智警察先是驚訝到說不出話來，然後開始苦口婆心地說明她如今在做的事是怎樣大錯特錯，首先指出她即將休的假完全未經批准（理智警察咕噥說，這可是不折不扣的怠職），並且繼續喋喋不休。

理智警察在她前往機場途中及搭機橫越大西洋時不停解釋，指出即使她能設法避免個人檔案被畫上永久的汙點，也可能被逐出警界，況且即使她找得到葛拉漢・科茲，也拿他莫可奈何。皇家警官萬萬不能在國外綁架罪犯，更不用說逮捕了，她也沒本事說服他自願回英國。

一直等到黛西走下自牙買加起飛的小飛機，嘗到聖安德魯斯的空氣後（泥土味、香料味、溼潤、幾乎甜甜的），那位理智警察才不再碎碎念，不再數落她的所做所為純粹是未經大腦思考的瘋狂之舉，它被另一道聲音淹沒：「有壞人，要注意！」它唱著，「要注意！要小心！到處都有壞人！」黛西跟著這個節奏向前邁進。葛拉漢・科茲在他奧德維其街的辦公室殺了個女人，居然逃之夭夭，逍遙法外，他根本就是在黛西面前犯下這起案件。

她搖搖頭，領了行李，高高興興地告訴海關人員她到這裡來度假，然後就出了機場，走向排隊載客的計程車。

「我要一間不太貴的飯店，但也不要太噁心的，拜託了。」她對司機說。

「我知道有個地方正好合妳的意。」他說，「上車吧。」

蜘蛛睜開眼睛，發現他俯趴著被架在木樁上，雙臂與前面一根插在地上的大木樁綁在一起，雙腿動彈不得，頭也沒辦法轉過去看看身後，但他敢打賭他雙腿一定也是照這樣被捆起來。他試著把身體從泥土中抬起，轉頭看看身後，卻扯得身上的抓痕疼了起來。

他打開嘴巴，黑血淌到泥土上，溼成一片。

他聽到聲音，於是盡可能轉過頭去瞧瞧，只見一個白種女人正好奇地看著他。

「你還好吧？這問題真蠢，看看你這樣子就知道了。你應該又是一位阿飄吧，我猜的對不對？」

蜘蛛想了想，他認為自己不是阿飄，於是他搖搖頭。

「就算是也沒什麼好丟臉的，你瞧，我自己就是阿飄。我以前沒聽過這字眼，不過我到這裡的途中遇到一位很討人喜歡的老先生，他告訴我這一切。讓我看看有什麼地方幫得上忙。」

她在他身旁蹲下，伸手想鬆開他的捆綁。

她的手從他身上穿過，他感覺到她的手指像一縷煙霧般掃過他的皮膚。

「恐怕我摸不到你，」她說，「也好，那就表示你還沒死，所以開心點吧。」

蜘蛛希望這奇怪的女鬼趕快走開，他沒辦法好好思考。

「總之，我一克服了種種問題後，就決心要在地球上遊蕩，直到報復完殺害我的凶手。我向莫利斯解釋過——他當時現身在賽佛里奇百貨的電視螢幕上——他卻認為我完完全全誤解了拋卻肉身的意義，不過我可要問問你，他們是不是以為我該逆來順受委曲求全，任他們為所欲為？這種事以前也有很多先例，我確定只要有機會，我絕對可以扮演大鬧宴會的班戈❸。你能說話嗎？」

蜘蛛搖搖頭，血液從他額頭流到眼裡，刺痛了眼睛。蜘蛛不知道他還要多久才會長出新舌頭，普羅米修斯有辦法一天長出一顆肝臟，蜘蛛十分肯定長肝臟比長舌頭困難得多，因為肝臟得處裡化學反應，像膽紅素、尿素、酵素等等，還要分解酒精，必須單獨負責相當辛苦的工作，而舌頭只消說話就行了，嗯，當然啦，還有舔東西……

「我不能繼續喋喋不休，」黃髮女鬼說，「我想我還有好長一段路要走。」她開始走遠，身形漸行漸淡。蜘蛛抬起頭，看著她從一個現實悄然滑入另一個現實，就像照片在陽光下漸漸褪色。他試著叫她回來，卻只發得出含糊不清、毫無條理的聲音，他沒有舌頭。

他聽到遠方某處傳來的鳥鳴。

蜘蛛試著掙開束縛，但是掙不開。

他發現自己又開始想起蘿西說的故事，就是那個烏鴉幫人類從山獅爪下逃過一劫的故事，那則故事在他腦子裡發癢，比他臉上和胸膛上的抓痕還難過。專心點，那個人躺在地上，不是在看書就是在做日光浴，烏鴉在樹上啞啞叫，矮樹叢裡有隻大貓……

然後故事重塑形狀，他有了新觀點。故事完全沒變，改變的是你觀察故事細節的方式。

他心想，假如那隻鳥之所以叫，目的並不是要警告那人旁邊有隻虎視眈眈的大貓呢？假如那隻鳥之所以叫，是要告訴山獅地上有個人，是死是活、是睡是醒都不要緊，大貓只消負責把那個人吃掉，然後烏鴉就可以享用剩下的部分……

蜘蛛張開嘴巴呻吟，血液從他嘴裡流出，在細細的泥土上淌成一灘血泊。

在那個地方，現實漸漸稀薄，時間流逝而去。

沒有舌頭的憤怒蜘蛛抬起頭，轉動脖子看看在他身邊飛翔嘶吼的的鬼鳥。

他想知道自己在哪裡，這裡不是鳥女的銅色世界，不是她的洞穴，也不是那個他之前猜測應該是真實世界的地方，不過這裡比較接近真實世界了，他幾乎可以嘗到那股真實世界的味道，若非他滿嘴血鐵質味，或許真的就嘗到了；真實世界距離如此之近，若非他被木樁縛在地上，早就摸到了。

要不是他非常確信自己神智清楚（正常來說，自信到這種程度的人，都是那些深信自己是凱撒，被上天派來拯救世界的傢伙），他可能會以為自己快瘋了。他先是見到一個自稱阿飄的金髮女子，現在又聽到一些聲音，嗯……至少聽到了一個人的聲音：蘿西的聲音。

她正在說：「我不知道，我本來是來度假的，但是一見到這些一無所有的小孩，又會不由自主地心疼，他們欠缺的東西太多了。」然後，當蜘蛛還在評估這種現象的意義時，她又說：「真不知道她泡澡還要泡多久，好在你這裡有用不完的熱水。」

蜘蛛想知道蘿西的話具不具有重要性，具不具有他逃離目前困境的關鍵。他覺得不太可能，儘管如此，他還是聽得更仔細，他想知道風會不會從另一個世界帶來更多言語。除了他身後、下方遠處傳來的浪花拍打聲外，他什麼都沒聽到，只有一片靜寂，不過那是某一特定類型的靜寂，正如胖查理想像過的，靜寂有許多種類，墳墓自有其靜寂，太空自有其靜寂，山巔自有其靜寂。現在這種是狩獵的靜寂，追蹤獵物的靜寂，在這種靜寂中，有東西踩著絲絨般柔軟的腳掌移動，肌肉像鋼製彈簧，緊繃在柔軟的皮毛下，那東西的顏色就像長草叢裡的陰影，它不想讓你聽到的聲音，你就絕對休想聽到。

那道靜寂從前方慢慢接近他，殘酷地迂迴前進，隨著一次次轉彎，越靠越近。

蜘蛛在靜寂中聽到那種聲音，他頸後汗毛直豎，他吐口血到臉旁的泥土上，然後等待。

葛拉漢．科茲在他的崖頂豪宅來回踱步，他從臥室走到書房，又下樓到廚房，然後上樓到圖書

---

❸在莎士比亞劇《馬克白》中，巫婆預言大將班戈的子孫將世代為王，於是馬克白把班戈殺了，後來班戈的鬼魂回來大鬧馬克白的宴會。

室，接著又走回臥室。他對自己生氣：他怎麼會笨到以為蘿西的到訪純粹是巧合？

當電鈴響起，他從閉路電視上看到胖查理那張蠢臉時，他就了解到這點，他想的絕對沒錯，這一切絕對是陰謀。

他模仿老虎的動作，爬進自己車子裡，他很有把握能輕輕鬆鬆地撞死人再駕車逃逸。即使有人找到骨斷筋折的腳踏車騎士，也會把矛頭指向迷你公車。不幸的是，他沒想到胖查理會把車騎得這麼靠近路邊的險降坡，葛拉漢・科茲當時不想把車子開得太靠近馬路邊，他這時開始後悔了。不對，胖查理已經把那對母女送進他的肉類儲藏室，她們是他的間諜，她們滲透了葛拉漢・科茲的家。萬幸的是，他早已識破他們的奸計，他早就知道她們有點**可疑**。

一想到那對母女，他才發現他還沒餵她們吃東西，他應該要給她們些吃的，還得給她們一只水桶──二十四小時後就派得上用場，這樣就沒人能說他是禽獸。

他上禮拜在威廉斯城買了把手槍，在聖安德魯斯買槍易如反掌，這座島嶼就是這樣，但大多數人卻都懶得買槍，這座島嶼就是這樣。他從床頭櫃的抽屜裡拿出槍，然後下樓到廚房，從水槽下拿出一只塑膠水桶，並把幾顆番茄、一顆生山芋、一塊吃了一半的切達起司和一罐柳橙汁丟進水桶，甚至還自以為體貼地拿了捲衛生紙。

他下樓到酒窖，肉類儲藏室裡什麼聲音都沒有。

「我有一把槍，」他說，「而且我可不怕使用這把槍。我現在要開門，請妳們走到最裡面的牆邊，轉過身去，把手放在牆上。我帶了食物來，乖乖合作，我會讓妳們毫髮無傷地離開這裡，合作就不會有事，也就是說呢……」他很高興自己居然能說出一整串他從來沒說過的陳腔濫調。「……不准搞鬼。」

他打開儲藏室的電燈，然後拉起門閂。儲藏室的牆壁是用石頭和磚塊砌成的，生鏽的鏈條從天花板的掛鉤上垂下。

她們靠在儲藏室最裡邊的牆壁，蘿西盯著石頭，她母親回頭看著他，像隻受困的老鼠，既憤怒又充滿恨意。

葛拉漢．科茲放下水桶，但沒有放下槍。「好吃的來了，」他說，「而且還有水桶，有總比沒有好吧，我看到妳們在角落那邊方便了，我還拿了衛生紙來，絕不能說我虧待妳們。」

「你會殺了我們，」蘿西說，「對不對？」

「別跟他頂嘴，妳這笨女孩。」她母親惡狠狠地說。然後她又露出某種類型的微笑，說：「我們很感激你帶來食物。」

「我當然不會殺了妳們。」葛拉漢．科茲說。當他聽到自己嘴裡說出的話時，他向自己坦承，沒錯，他當然會殺了她們，他還有什麼選擇？「妳們沒告訴我，是胖查理派妳們到這裡來的。」

蘿西說：「我們參加遊輪之旅經過這裡，今天晚上我們原本要到巴貝多吃炸魚。胖查理在英格蘭，我想他根本不知道我們去哪裡了，我沒告訴他。」

「隨妳怎麼說，」葛拉漢．科茲說，「我有槍。」

他關上門，扣好門閂。他透過門聽到蘿西母親說：「動物的事，妳怎麼沒問他動物的事？」

「因為那全是妳的想像，媽，我不是跟妳說了嘛？這裡沒有動物。反正他是個瘋子，他大概會直接同意妳的話，他大概自己也看得到隱形老虎。」

葛拉漢．科茲聽完這句話，氣得伸手關掉她們的電燈。他拿出一瓶紅酒，走上樓，把酒窖門用力從身後甩上。

在屋子下方的黑暗中，蘿西把起司分成四塊，盡可能慢慢地吃下一塊。

「他提到胖查理，那是怎麼回事？」她等起司在嘴裡融化後問她母親。

「妳那該死的胖查理，我不想知道胖查理的事，」她母親說，「我們會落到這地步都是他害的。」

「不對，我們會落到這地步，是因為那姓科茲的傢伙是個不折不扣的瘋子，而且還是帶了槍的瘋子。這不是胖查理的錯。」她一直試著不讓自己想到胖查理，因為一想到胖查理，就會不由自主地想到蜘蛛……

「牠回來了，」她母親說，「那隻動物回來了，我聽得到，也聞得到。」

「沒錯，媽。」蘿西說。她坐在肉類儲藏室的水泥地板上，她想到蜘蛛，她想念蜘蛛。她下定決心，當葛拉漢．科茲恢復理智釋放她們後，她會設法找到蜘蛛，弄清楚他們可不可以重新來過，雖然她知道那只是愚蠢的白日夢，但總歸是個美夢，讓她感到安慰。

她不知道葛拉漢．科茲明天會不會殺了她們。

隔著一道蠟燭焰之遠的距離，蜘蛛被捆在木樁上，靜待野獸發落。

現在已經傍晚了，他身後的太陽低低的。

蜘蛛用鼻子和嘴脣推推某樣東西：那裡原本乾燥的泥土，被他的口水和血液沾溼了，現在那裡多了團泥濘，一團粗糙的紅土丸。他把那團泥土推成了或多或少有幾分像球體的東西，再輕推那團土，把鼻子伸到它下方，然後猛地一揚頭。什麼事都沒發生，就像之前許多次一樣，是二十次？還是一百次？他沒有計算，只是不停重複動作。他又把臉埋進泥土，又把鼻子伸入那團泥土球下，然後猛地一揚頭……

什麼事都沒發生，也不會發生什麼事。

他需要別種解決方式。

他把嘴脣貼在泥土球上，緊緊貼著，他用鼻子吸氣，盡量吸越多氣越好，然後再用嘴巴吐氣，那顆泥土球就「啵」一聲，像香檳軟木塞一樣從他嘴巴噴了出去，降落在約十八吋外。

現在他轉動右手。他的雙手從腕部被綁起，被繩索緊緊扯向木樁。他把手往後拉，彎起來，伸出手指想拿起那團血淋淋的泥土球，可惜還差一點點。

差之毫釐啊……

蜘蛛又深吸一口氣，但是卻被乾燥泥土嗆得咳嗽起來。他又試了一次，這次他偏過頭去，吸了滿肺的空氣，再轉回頭，開始朝那團泥土吹氣，盡量把肺部的空氣全都向外擠出。

那團泥土球動了，雖然才滾不到一吋，但也夠了。他伸出手指，把那團泥土握在手裡，開始用拇指和食指捏了起來，然後又轉一轉、捏一捏，一共做了八次。

他又再次重複這道程序，只是這次他把已經捏起的泥土捏得更緊，雖然有一小塊掉到地上，但其餘的都沒事。這時他手上的東西看起來就像顆小球，上面突出了七根小點，好似小孩子做的太陽模型。

他得意洋洋地看著它：考量當時的情況，他那種沾沾自喜的感受，就像小孩子剛把學校的勞作作品帶回家一樣。

言語會是最困難的部分，用血液、口水和泥土製作蜘蛛之類的東西不難，眾神（甚至連蜘蛛這種小小的惡作劇之神）都知道該怎麼做，但是造物的最後一道程序，絕對會是最困難的步驟，你需要說話才能賦予事物生命，你需要替它命名。

他張開嘴巴，「伊嗚嗚伊嗚嗚……」他用沒有舌頭的嘴巴說。

什麼事都沒發生。

他又試了一次，「伊嗚嗚伊嗚嗚！」他手裡那團泥土動也不動，毫無生氣。

他把臉趴回地面，他已經筋疲力盡，每個動作都會撕裂臉上和胸口的痂，那些痂會滲血、會劇痛，更糟的是——會發癢。想想啊！他告訴自己，一定有辦法解決這種問題……該怎麼不用舌頭說話……

他的嘴脣依舊沾了一層土，他吸了吸嘴脣，在沒有舌頭的情況下，儘量把嘴脣沾溼。

他深吸一口氣，讓空氣穿過嘴脣，盡可能控制那團空氣，然後用天地萬物都無法與他爭執的無比篤定，說出一個字眼：他描述了他手上的東西，說出他自己的名字，那也是他最擅長的法術：

「蜘……蛛……」

他手上那團血色泥土，變成了一隻紅土色的肥胖蜘蛛，有七隻細長的腳。

幫助我，蜘蛛心想，去搬救兵。

那隻蜘蛛瞪著他，眼睛在陽光下閃閃發亮，然後牠從他的手裡落到地面上，並繼續跌跌撞撞地往旁邊的草地爬去，步伐晃動不堪。

蜘蛛看著牠消失在視線外後，便把頭趴回地上，閉上眼睛。

這時風向改變了，他聞到空氣中傳來公貓的尿騷味，那隻貓才剛標明了牠的地盤……

蜘蛛聽得到高空傳來鳥類勝利的啞啞叫。

胖查理的肚子轟隆作響，如果他有多餘的錢，一定會出去找個地方吃晚餐，總之能離開飯店就好，但他這時已經瀕臨破產邊緣，而晚餐包括在房價裡，所以一到七點，他便下樓直奔餐廳。

侍者帶著燦爛的笑容，告訴他餐廳還得再等幾分鐘才會開門，因為他們必須給樂團一點時間設置器材，然後她看看他，胖查理開始明白那種表情。

「你是……」她開口。

「是。」他認命地說，「我還帶在身上呢。」他從口袋掏出萊姆，拿給她看。

「很好，」她說，「你拿的那顆確實是萊姆。我本來想問的是，你是要單點菜單，還是要自助餐？」

「自助餐。」胖查理說。自助餐是免費的。他站在餐廳外的大廳，手裡拿著顆萊姆。

「請等一下。」侍者說。

一位嬌小的女士從胖查理身後的走廊走下，她向侍者微微一笑說：「餐廳開了嗎？我快要餓死了。」

低音吉他傳來最後幾聲的鐺鐺鐺，然後電子琴鏘的一聲。樂團成員放下樂器，向侍者揮揮手。

「開了，」她說，「進來吧。」

那位嬌小女士注視著胖查理，神情既驚訝又帶著幾分戒心。「你好，胖查理，」她說，「那顆萊姆是做什麼用的？」

「說來話長。」

「那麼……」黛西說，「我們有整頓晚餐的時間好聊，你可以慢慢告訴我。」

蘿西不知道瘋狂是不是也會傳染。在崖頂豪宅下伸手不見五指的黑暗中，她感覺到有東西從她身邊經過，那是種柔軟輕盈、體型龐大的東西，那東西一邊繞著她們移動，一邊輕輕咆哮。

「妳有沒有聽到那聲音？」她說。

「我當然聽到了，笨女孩。」她母親說，然後又說：「柳橙汁還有沒有剩？」

蘿西在黑暗中摸索到柳橙汁罐，然後遞給母親。她聽到喝東西的聲音，然後她母親說：「把我們殺掉的會是**他**，不是那隻動物。」

「沒錯，是葛拉漢．科茲。」

「他是壞人，有東西糾纏著他，把他當作馬一樣奴役，不過他是匹壞馬，也是個壞人。」

蘿西伸手握住母親骨瘦如柴的手，她什麼都沒說，因為根本沒什麼好說的。

「知道嗎？」她母親過一陣子後說，「我真以妳為傲，妳是個好女兒。」

「喔。」蘿西說，這可是她第一次聽到自己沒讓母親失望，她不確定自己究竟作何感想。

「或許妳該嫁給胖查理，」她的母親說，「這樣我們就不會在這裡了。」

「不，」蘿西說，「我絕不該嫁給胖查理，我不愛胖查理，所以妳倒也沒全說錯。」

她們聽到樓上門用力甩上的聲音。

「他出門了，」蘿西說，「快點，趁他出門，我們來挖條地道。」她先是咯咯笑，然後開始哭泣。

胖查理試著搞清楚黛西究竟來島上做什麼，而同樣，黛西也試著搞清楚胖查理究竟來島上做什麼，但他們在這方面都沒什麼進展。有位穿紅色緊身長洋裝的歌手（小飯店的歡樂週五夜似乎配不上這種優秀歌手），站在餐廳盡頭的小舞臺上唱著〈愛你愛到心坎裡〉❹。

黛西說：「你想找到你小時候住在你家隔壁的女士，因為她也許能幫你找到弟弟。」

「我收到一根羽毛，如果那根羽毛還在她那裡，我也許能用羽毛把弟弟換回來，這值得一試。」

她慢慢眨眼睛，一副若有所思、完全無動於衷的模樣，她撥了撥盤裡的沙拉。

胖查理說：「那麼……妳到這裡來，是因為妳認為葛拉漢．科茲在殺了瑪芙．李文斯頓後逃到這裡，但是妳並不是以警察身分到這裡的，妳只是自作主張，一廂情願認定他在這裡，所以就追來了，而且如果他真的在這裡，妳也對他完全沒輒。」

黛西舔舔嘴角的幾粒番茄籽，看起來有些不安。「我並不是以警官身分到這裡，」她說，「我是以觀光客身分來的。」

「可是妳就這麼曠職跑來這裡找他，他們搞不好會因此把妳關進監獄還是怎樣。」

「那麼……」她諷刺地說，「聖安德魯斯沒有引渡條款還真是件好事，對吧？」

胖查理用氣音說：「我的天。」

胖查理說「我的天」的原因，是因為那位歌手已經走下舞臺，拿著無線麥克風在餐廳裡繞來繞去，現在她正在詢問兩位德國觀光客他們是哪裡人。

「他為什麼要到**這裡**？」胖查理說。

「這裡有機密的銀行業務，便宜的地產，沒有引渡條款，也或許他超級愛吃柑橘類水果。」

「我整整兩年都怕他怕得要死。」胖查理說，「我要再去多拿點那種魚和綠香蕉做的東西，妳要去嗎？」

「我吃夠了，」黛西說，「我還要留點肚子吃點心。」

胖查理繞路走到自助餐臺，免得跟歌手的眼神對上。她很美麗，貼了亮片的紅色洋裝還隨著她的移動反射光線，閃閃發光，她唱得比樂團好。他希望她能走回小舞臺，繼續唱她的流行歌（他很喜歡她唱的〈日日夜夜〉❺與別具靈魂樂風味的〈一匙糖〉❻），別再跟用餐者互動，至少別再跟他這邊的人說話。

他盤裡食物堆得老高，他本來不想拿這麼多的，不過他心想，騎車環島會讓人食欲大增。

當他回到座位時，葛拉漢．科茲（他下半張臉長了某種似鬍非鬍的東西）正坐在黛西身旁，那嘻皮笑臉的模樣就像頭嗑了藥的黃鼠狼。「胖查理……」葛拉漢．科茲一面說，一面惹人嫌地咯咯笑，「真是大驚喜，對吧？我本來到這裡找你，只是想跟你面對面好好談談，看看我又發現了什麼獎品？迷人的小警官！請你乖乖坐在那裡，不要引起騷動。」

胖查理像蠟像般愣在當場。

---

❹即法蘭克．辛納屈（Frank Sinatra）的〈I've Got You Under My Skin〉。

❺〈Night and Day〉，美國作曲家寇爾波特（Cole Porter）的作品。

❻〈Spoonful of Sugar〉，電影《歡樂滿人間》（Mary Poppins）中的插曲。

「坐下，」葛拉漢．科茲說，「我可是拿了一把槍，抵在戴小姐的肚子上呢。」

黛西懇求地看看胖查理，並點點頭，她雙手都攤平放在桌巾上。

胖查理坐下。

「把手放在我看得到的地方，攤開放在桌上，就像她那樣。」

胖查理照做。

葛拉漢．科茲哼一聲。「我一直都知道你是個臥底警察，南西，」他說，「你是奸細吧？你到我的事務所，設計我，神不知鬼不覺地偷我東西。」

「我從來沒——」胖查理說，但等他看到葛拉漢．科茲的眼神後，就閉上嘴巴。

「你自以為聰明，」葛拉漢．科茲說，「你們都以為我會跳入陷阱，所以你才另外派那兩個人來，對不對？就是現在在我家的那兩人？你真的以為我會相信她們只是參加遊輪之旅恰好路過這裡？想騙我，你還早得很。你還跟誰說過？還有誰知道？」

黛西說：「我不太明白你在說什麼，葛拉漢。」

歌手正唱著〈有些時候〉❼，快唱完了，她的歌聲哀怨渾厚，像絲絨圍巾般環繞著眾人。

有些時候

你會想念我，親愛的，

有些時候，

你會變得寂寞，

你會想念我的擁抱，

你會想念我的吻……

「你會付出代價的，」葛拉漢說，「待會兒我會押著你和這位年輕女士上車，咱們回我家好好談談，敢搞鬼我就開槍殺了你們，**瞭不瞭**？」

胖查理很瞭，他也很瞭今天下午是誰在開朋馳轎車，以及他今天曾經離死亡邊緣多近。他也開始很瞭葛拉漢．科茲已經完全瘋了，很瞭他和黛西撿回一命的機率有多渺茫。

歌手唱完了，散坐在餐廳的眾人紛紛鼓掌，胖查理繼續把手心朝下放在桌上，他把眼神越過葛拉漢．科茲，朝歌手看去，趁葛拉漢．科茲看不到時，對她眨了眨眼。歌手已經厭倦別人老是避開她的眼睛，胖查理拋來的暗示實在是再令她高興不過。

黛西說：「葛拉漢，我來這裡確實是為了找你，但查理只是——」她閉上嘴，露出了當別人狠狠把槍管抵住你肚子時的表情。

葛拉漢．科茲說：「聽我說話。為了替有緣同聚一堂的無辜旁觀者著想，我們都是好朋友，我會把槍收回口袋，不過還是會繼續指著你們，我們要站起來，朝我的車子走去，我會——」

他住了口。有位穿著亮晶晶紅色洋裝的女人，手裡拿著麥克風朝他們這桌走來，她臉上掛著大大的微笑，直直走向胖查理，她對著麥克風說：「親愛的，你叫什麼名字？」她把麥克風伸到胖查理面前。

「查理．南西。」胖查理說，他的聲音哽噎猶豫。

「那麼查理，你是哪裡人？」

「英格蘭，我和我朋友，都是從英格蘭來的。」

---

❼〈Some of These Days〉，Shelton Brooks作曲，以Sophie Tucker於一九一一年錄製的版本最為出名。

「你是做什麼工作的，查理？」
一切步調都慢了下來，這就像從懸崖跳海，但那是唯一的退路。他深吸一口氣，開始說話。「我正在找新工作，」他說，「不過我其實是歌手，我會唱歌，跟妳一樣。」
「跟我一樣？那你都唱哪種歌？」
胖查理吞吞口水。「你們有什麼歌？」
歌手轉身面向胖查理那桌的另外兩人。「你們認為可以請他為我們唱首歌嗎？」她揮揮麥克風。
「呃……我想不行，不，肯然不行。」葛拉漢．科茲說。黛西聳聳肩，她的手依舊攤平在桌上。
她轉身面向餐廳眾人。「大家怎麼認為呢？」她問他們。
其他桌傳來此起彼落的掌聲，餐廳員工的掌聲更為熱烈，酒保大喊：「唱首歌給我們聽！」
歌手往胖查理靠過去，用手把麥克風蓋起來，悄悄說：「最好是唱首樂團知道的歌。」
胖查理說：「他們知不知道〈木板道下〉？」她點點頭，並向大家宣布，然後把麥克風交給他。
樂團開始演奏，歌手領著胖查理走上小舞臺，他的心臟在胸膛裡瘋狂跳動。
胖查理開始唱歌，而觀眾則開始傾聽。
雖然他這麼做只是想爭取一些時間，但卻覺得出奇自在。沒人丟東西上臺，他腦袋裡似乎有充足的空間好好思考，他察覺得到餐廳裡的每個人：觀光客和服務人員，還有吧檯那裡的人，他看得到一切，他看得到酒保正在調配雞尾酒，餐廳尾端有個老太太正拿著一只大塑膠馬克杯裝咖啡。他依舊恐懼，依舊憤怒，但他把所有恐懼和憤怒融入歌曲中，讓恐懼和憤怒化為一首慵懶與愛的歌。他一邊唱歌，一邊思考。
蜘蛛會怎麼做？胖查理心想，老爸會怎麼做？
他唱著歌，用歌曲告訴大家他打算在木板道下做什麼事——大概就是做愛吧。

穿紅洋裝的歌手一邊微笑，一邊彈手指，隨著音樂擺動身體。她靠到鍵盤手的麥克風上，開始跟著合音。

我真的在一群觀眾前唱歌，胖查理心想，活見鬼了。

他的眼神一直盯著葛拉漢．科茲。

唱到最後一次副歌時，他開始舉高雙手拍手，不久全場眾人都跟著他一起拍手，用餐者、服務生和廚師都跟著拍手，除了葛拉漢．科茲（他的手放在桌巾下）和黛西（她的手攤平在桌面）。黛西看著胖查理，好似他不只喪失理智，還挑了個超級怪異的時間來發掘他內心的漂泊者合唱團❽。

觀眾都在拍手，胖查理一邊微笑，一邊唱歌。他唱著唱著，漸漸疑慮全消，他知道一切都會沒事，他和蜘蛛和黛西和蘿西（不論她在哪裡）都會全身而退，他們都會安然無恙，他知道自己接下來要做什麼，儘管那件事不但愚蠢、異想天開，而且還像白痴，但一定行得通。就在歌曲的最後一個音符退去時，他說：「我那桌有位年輕女士，叫做黛西．戴，她也是從英格蘭來的。黛西，妳能不能向大家揮揮手？」

黛西白了他一眼，但還是從桌上抬起一隻手，揮了揮。

「我想對黛西說一句話，她還不知道我想說這句話呢。」要是行不通，他腦子裡有個聲音悄悄說道，她會立刻一命嗚呼，你知道嗎？「但是就讓我們希望她會答應吧，黛西？妳願意嫁給我嗎？」

全場一片靜悄悄，胖查理注視著黛西，希望她能理解，配合他一起演完這齣戲。

黛西點點頭。

用餐者熱烈鼓掌，這是場貨真價實的歌舞秀，歌手、侍者、好幾位服務生都跑到黛西那桌，拉起

---

❽ 漂泊者合唱團（The Drifters）為〈木板道下〉（Under the Boardwalk）原唱。

她，簇擁著她到餐廳中央，他們把她拉到胖查理身邊。隨著樂團演奏〈我只是打電話說我愛你〉❾，他伸臂摟住她。

「你有沒有帶戒指給她？」歌手問。

他把手伸進口袋。「這個，」他對黛西說，「是給妳的。」他用雙臂抱住她，並吻了她。他心想，如果有誰要被槍殺，現在就是時候了。然後那個吻結束，大家都來跟他握手擁抱，還有位來城裡參加音樂節的男子堅持要胖查理收下他的名片。黛西手裡拿著胖查理送的萊姆，一臉費解。當他回頭看看他們的座位時，發現葛拉漢・科茲已經不見了。

❾〈I Just Called to Say I Love You〉，史提夫・汪達（Stevie Wonder）所作。

第十三章 有人倒楣了

鳥兒們都興奮無比，在樹頂上吱吱啞啞。牠要來了，蜘蛛心裡暗罵，他已經精疲力竭，無路可逃，他已經沒輒了，整個人只剩下疲憊，只剩下倦怠。

想到要躺在地上給人吞掉，他認為就整體而言，實在是個差勁至極的死法，儘管他不太清楚自己能不能長出新肝臟，但他倒是非常確定，不管覬覦他的是什麼，一副肝臟是絕對打發不了人家的。

他開始在木樁上扭來扭去，他數到三，然後盡全力把雙手朝自己拉，這樣會牽動繩索，順帶扯動木樁，然後他又數到三，再做一次。

效果跟隔條馬路拉動一座山差不多。一、二、三、**拉**，一次又一次。

他想知道野獸是不是很快就會到了。

一、二、三、**拉**……一、二、三、**拉**。

他聽到不知哪個地方傳來不知是誰的歌聲，那首歌讓蜘蛛微笑，他希望自己還有舌頭，等老虎終於現身時，他會朝牠吐舌頭，這想法讓他又有了力氣。

一、二、三、**拉**。

木樁鬆動了起來，在他手中搖晃。

他再拉一下，木樁就被拔出地上，就像拔出石中劍一樣順利。

他把繩索朝自己拉去，將木樁握在雙手中。木樁長約三呎，插入地上那端削得尖尖的。他用麻木的雙手把木樁推出繩圈，繩索在他腕上晃動，已經捆不住他了。他用右手掂掂木樁，覺得應該還能湊合著用，這時他發現有人在看著他：那東西已經盯著他看了很長一段時間，就像貓注視著老鼠洞。

牠悄然無聲地（或說幾乎無聲地）向他走來，左右迂迴朝他移動，就像刺破白日的黑影，尾巴不耐煩地甩動，而那是你眼睛唯一看得到的動靜，不然的話，牠根本就像一座雕像或一堆沙，只不過由於光線折射，儼然成了龐然巨獸，牠外皮是沙色，眨也不眨的眼睛綠如仲冬海水，臉則像美洲豹一樣寬闊殘忍。這裡的島民將大貓一律統稱為老虎，這一隻更是集古今所有大貓之大成：更大、更惡劣、更危險。

蜘蛛的腳踝依舊緊緊綁著，他幾乎無法走路，手腳就像被千萬支針扎著般刺痛，他左右腳交替著跳來跳去，還試著讓這動作看起來像是他有意為之，像在跳某種具嚇阻力的舞步，而不是一副痛得站不住的樣子。

他很想蹲下來解開腳踝上的繩結，但是他不敢把眼光從那隻野獸身上移開。

木樁粗重歸粗重，可惜長度太短，不適合當長矛，卻又因為太笨重，也不適合當別的武器。蜘蛛握住削尖的細端，然後偏過頭，朝海洋望去，故意不看向野獸，僅僅靠著眼角餘光注意動靜。

她說過什麼？你會哀聲求饒，你會嗚咽，你的恐懼會讓他興奮。

蜘蛛開始嗚咽，然後哀聲求饒，就像隻受傷的山羊；肥嘟嘟的山羊落了單、迷了路。

只見沙色身影忽地一閃，牙齒和爪子快得讓人不及看清，牠朝蜘蛛撲了過去，蜘蛛則把那根木樁當成球棒，用盡全身力氣一揮，他感覺到木樁正中野獸的鼻子，發出令人滿意的一響。

老虎停了下來，不敢相信自己眼睛似地瞪著他。牠從喉嚨深處發出一聲充滿牢騷的咆哮後，就跨出僵硬的腿，沿著來時路朝矮樹叢走去，好似正要趕赴一場牠不怎麼想去的約會。牠轉頭恨恨地回瞪蜘蛛，像隻痛苦的野獸，臉上清清楚楚寫著「給我走著瞧」。

蜘蛛看著牠走掉。

然後他坐下來，解開腳踝上纏成一團的繩索。

他沿著懸崖邊緣走，腳步有點蹣跚，順著坡緩緩下山，不久就見到路上橫過一條小溪，小溪往懸崖邊緣流去，形成閃閃發光的瀑布。蜘蛛雙膝跪下，雙手掬起清涼的溪水，大口暢飲。

然後他開始收集石頭，他撿起一顆顆拳頭大的漂亮石頭，像堆雪球一樣堆起來。

「妳幾乎什麼都沒吃。」蘿西說。

「**妳**吃，妳要保持體力，」她母親說，「我已經吃了一點起司，這樣就夠了。」

肉窖裡又冷又暗，而且並不是那種眼睛可以適應的黑暗，這裡完全沒有光線。蘿西已經沿著肉窖周圍繞過，用手摸過白色油漆、石頭、碎裂的磚塊，想要找些派得上用場的東西，可是一無所獲。

「爸爸還在世的時候，」蘿西說，「妳都會吃東西的。」

「你爸爸啊……」她母親說，「以前也會吃東西，但妳看看他下場怎樣？四十一歲就心臟病發，這是怎樣的世界啊？」

「可是他愛食物。」

「他什麼都愛，」她的母親苦澀地說，「他愛食物，他愛人群，他愛女兒，他愛烹飪，他愛我，可是他卻落得什麼下場？只是提早入棺材罷了。不可以像他那樣什麼都愛，我跟妳說過。」

「沒錯，」蘿西說，「我想妳說過。」

她朝著母親聲音的方向走去，並把手擋在臉前，免得當頭撞上哪條掛在房間中央的金屬鏈條。她摸索到母親枯瘦的肩膀，伸過一隻手摟住她。

「我不怕。」蘿西在黑暗中說。

「那妳就是瘋了。」她母親說。

蘿西放開母親，走回房間中央，那裡忽然傳來一陣吱吱嘎嘎，灰塵和石灰粉從天花板上落了下來。

「蘿西？妳在做什麼？」蘿西的母親問。

「在鏈條上盪鞦韆。」

「小心點，鏈條要是掉下來，妳會立刻摔得頭破血流。」她女兒沒有回應。諾雅太太說：「我跟妳說過，妳瘋了。」

「不是，」蘿西說，「我沒瘋，我只是不怕了。」

她們上方的屋子裡，傳來前門猛力關上的聲音。

「藍鬍子回家了。」蘿西的母親說。

「我知道，我也聽到了。」蘿西說，「我還是不怕。」

大家不斷拍胖查理的背，爭相請他喝杯子上有朵小雨傘的調酒，除此之外，還有五位來島上參加音樂節的樂界人士先後給了他名片。

餐廳裡每個人都在對他微笑，他用一隻手摟著黛西，他感覺到她在顫抖，她把嘴唇貼在他耳邊說：「你實在有夠瘋狂，知道嗎？」

「這很有用，不是嗎？」

她看看他，「你真是充滿驚奇。」

「好啦，」他說，「我們還有事要辦。」

他朝侍者走過去。「不好意思……剛才有位女士，在我歌唱到一半時走了進來，從那邊吧檯旁的壺裡裝滿她的咖啡杯，她去哪了？」

侍者眨眨眼，聳聳肩說：「我不知道……」

「不，妳知道。」胖查理說，他覺得自己很篤定，而且還很聰明，他知道過不了多久他又會變回原樣，但他才剛在觀眾前唱了一首歌，感覺還挺樂的。他那麼做是為了救黛西一命，也是為了救自己一命，而且他都做到了。「我們到外面談談。」這都是那首歌的功勞，他剛剛唱著唱著，只覺一切都變得清澈透明，現在依舊清澈透明，他朝門廳走出去，黛西和侍者也跟著他。

「妳叫什麼名字？」他問那位侍者。

「克萊麗莎。」

「妳好，克萊麗莎，妳姓什麼？」

黛西說：「查理，我們不是該報警嗎？」

「等一下。克萊麗莎，妳姓什麼？」

「希格勒。」

「那妳跟班哲明是什麼關係？也就是那位門房？」

「他是我哥哥。」

「那麼你們倆跟希格勒太太是什麼關係？跟卡麗安．希格勒是什麼關係？」

「他們是我姪子姪女，胖查理。」希格勒太太站在門口說。「現在我想你最好聽你未婚妻的話，快去報警，好嗎？」

蜘蛛坐在懸崖上的小溪旁，背對著懸崖，面前擺了一堆投擲石，這時有名男子從長長的草叢裡大步走出來。那男子全身赤裸，只在腰間圍了條沙色的皮毛腰帶，腰後拖了條尾巴。他戴著牙齒串成的項鍊，那串牙齒既潔白又銳利；他的頭髮又長又黑。他朝蜘蛛走過來，姿態輕鬆得好像他只是清早出來散步健身，與蜘蛛只是驚喜巧遇。

蜘蛛拿起一顆葡萄柚大的石頭，在手上掂了掂。

「嘿，阿南西之子，」陌生人說，「我剛剛從這裡經過時注意到你，不知道你是不是需要點協助？」

他鼻子歪歪的，還瘀了青。

蜘蛛搖搖頭，他想念自己的舌頭。

「看到你在那裡，我就忍不住想到，可憐的阿南西之子，他一定是餓了，」陌生人露出大得離譜的笑容，「我這裡有吃的，可以分給你。」他肩上扛著一只布袋，這時他打開布袋，右手伸進去，拖出一隻剛宰好的黑尾羔羊。他握住那隻羔羊的脖子，羔羊頭垂了下來。「我和你父親一起吃過好多頓大餐，所以你和我吃一頓也無妨吧？你負責生火，我負責清一清這隻羊，弄支烤肉叉來轉轉。你不覺得已經聞到羊肉香味了嗎？」

蜘蛛已經餓得暈頭轉向，要是他舌頭還在，搞不好會**答應**，他有信心能靠著舌燦蓮花逃出生天，不過他現在沒了舌頭。他用左手拿起第二顆石頭。

「就讓我們共享大餐，交個朋友，化解雙方的誤會。」陌生人說。

然後禿鷹和烏鴉就會清理我的骨頭，蜘蛛心想。

陌生人又朝蜘蛛踏出一步，蜘蛛判定這是他該丟出第一顆石頭的時候。他目光銳利、臂力強健，那塊石頭正中目標——陌生人的右臂，讓他鬆開握住羔羊的手。第二顆石頭擊中陌生人腦袋一側，蜘蛛原本是瞄準陌生人寬闊的眉心，不巧對方移動了。

陌生人跑走了，他連跑帶跳，尾巴在身後伸得直直的，跑的時候忽而似人，忽而似獸。

等他不見蹤影後，蜘蛛走到他剛才站的地方，準備拿起那隻黑尾羔羊。蜘蛛伸手一碰，那隻羊動了一下，蜘蛛有那麼一下子以為牠還活著，但接著就看到屍身上爬滿了蛆，那隻羔羊渾身發臭，臭到蜘蛛「暫時」忘卻了自己有多餓。

他手伸得長長的，盡量把羊屍舉得離自己越遠越好，就這樣把它帶到懸崖邊，丟到海裡，然後在小溪裡洗了手。

他不知道自己在那裡待了多久，時間在這裡被延伸又壓縮，太陽正往地平線落下。

日落後，月升前，蜘蛛心想，就是野獸回來時。

親切和藹的聖安德魯斯警局代表，跟黛西和胖查理一同坐在飯店辦公室內，他聽著他們倆告狀，寬寬的臉上掛著不為所動的平靜笑容，不時伸出手指搔搔他的八字鬍。

他們告訴這位警官，有位叫葛拉漢．科茲的逃犯趁他們吃晚餐時找上門，持槍威脅黛西，但他們也不得不承認，這件事除了黛西，沒有任何目擊者；然後胖查理告訴他那天下午黑色朋馳擦撞腳踏車的事故，不過他其實沒真的看到駕駛者是誰，但他知道那輛車是哪裡來的，他還告訴警官懸崖上的那棟屋子。

警官若有所思地摸摸斑駁的八字鬍。「沒錯，你描述的地方確實有棟屋子，不過屋主並不是你說的那個姓科茲的傢伙，差得遠了，你說的那棟房子是貝梭．芬尼根的，芬尼根先生是位德高望重的人士。他這許多年來，一直對法律與秩序的維護十分熱心，他捐錢給學校，最重要的是，他還捐了一大筆錢供我們興建新警局。」

「他用槍抵住我肚子，」黛西說，「他告訴我，除非我跟他走，否則他就開槍。」

「小妹妹，如果妳指的是芬尼根先生，」警官說，「我敢確定這一定有什麼再簡單不過的解釋。」他打開公事包，拿出厚厚一疊文件。「我跟妳說怎麼做吧：妳好好想想整件事，回去睡一覺，如果到了明早妳還堅決相信那不是酒精作祟，只要填好這張表格，把這一式三份的文件拿到警察局就好了。妳可以問別人新警局怎麼走，就在市府廣場後面那裡，大家都知道。」

他跟他們倆握握手後，就離開了。

「你應該告訴他妳也是警察，」胖查理說，「這樣或許他會比較把妳當一回事。」

「我認為說了也沒什麼用，」她說，「要是有人稱呼妳『小妹妹』，就表示他早就認定妳的話不值一聽。」

他們走到飯店櫃檯。

「她上哪兒去了？」胖查理問。

班哲明．希格勒說：「卡麗安嬸嬸嗎？她在會議室等你們。」

「就是這樣，」蘿西說，「我一定辦得到，只要繼續邁下去就行了。」

「他會宰了妳。」

「不管怎樣，他都會宰了我們。」

「這行不通的。」

「媽，妳有更好的主意嗎？」

「他會看到妳的。」

「媽，妳可不可以別再這麼悲觀了？妳要是有什麼幫得上忙的建議，請說出來，不然就不要煩我，好不好？」

一片安靜無聲。

然後，「我可以露屁股給他看。」

「什麼？」

「妳聽到我說了。」

「呃……不需要用到鏈條嗎？」

「當然還是要用鏈條。」

安靜無聲。然後蘿西說：「嗯，試試看也無妨。」

「你好，希格勒太太，」胖查理說，「我想要回那根羽毛。」

「你怎麼會以為你的羽毛在我這兒？」她雙手交抱在她那對巨大的胸部前。

「敦維帝太太跟我說的。」

希格勒太太聽了後，破天荒地面露詫異。「盧薇拉真的跟你說那根羽毛在我這兒？」

「她說那根羽毛在妳手上。」

「我把它收得好好的。」希格勒太太用她的咖啡馬克杯朝黛西指了指。「你不能要我在她面前就這麼講起來，我不認識她。」

「她叫黛西，妳要對我說什麼都不必瞞她。」

「她是你未婚妻，」希格勒太太說，「我都聽到了。」

胖查理感到臉頰開始發燙。「她不是我……我們其實不是……我總得說些什麼，才能把她從那個持槍壞蛋手裡救出來，而那麼說似乎是最簡單的方法。」

希格勒太太看看他，在她厚厚的鏡片後，眼睛開始閃著光芒。「我知道，」她說，「那時你在唱歌嘛，在觀眾前面唱歌。」她搖搖頭，動作就像老人在思考年輕人的蠢事時的樣子。她打開她的黑皮包，拿出一只信封，遞給胖查理。「我答應盧薇拉要好好保管羽毛。」

胖查理從信封裡拿出羽毛，通靈會那晚他緊抓的地方有點折壞了。「好了，」他說，「找到羽毛了，實在太棒了，現在呢……」他對希格勒太太說，「我到底要拿羽毛怎麼辦？」

「你不知道嗎？」

胖查理小時候，媽媽曾告訴他，快發飆時要先從一數到十。他慢慢在心裡默數到十，一等數到十就開始發飆：「我當然不知道要拿羽毛怎麼辦，妳這蠢老太婆！這兩個禮拜來，我蹲了牢房，丟了未婚妻，丟了工作，還眼睜睜看著我那位幾乎幻想出來的弟弟在皮卡地里圓環被一堵鳥牆吃掉。我在大西洋兩岸飛來飛去，像顆發瘋的跨大西洋乒乓球。今天還站在一群觀眾面前**唱歌**，因為我那喪心病狂的前任老闆拿槍抵住跟我共進晚餐的女孩的肚子。而我唯一想做的，就是解決**妳**建議我跟我弟弟說的話對我生命造成的混亂。所以，不，我不知道，我不知道要拿這根爛羽毛怎麼辦，燒了嗎？剁碎吃掉嗎？用它來蓋鳥巢？握在面前跳出窗外嗎？」

希格勒太太看起來像在耍小孩脾氣。「你去問盧薇拉．敦維帝吧。」

「我可不確定行得通，我們上次見面時，她已經病得很重了，而且我們沒時間了。」

黛西說：「太好了，既然你已經拿回羽毛，我們現在可不可以談談葛拉漢．科茲的事了？」

「這不只是一根羽毛，這可是我拿弟弟換的羽毛。」

「那換回來就好啦，繼續談正事吧，我們得想想辦法。」

「事情不像妳想的那麼簡單。」胖查理說，然後他停了下來，想了想他說的話，又想了想她說的話，最後欽佩地看著她。「老天，妳真聰明。」他說。

「我盡力了，」她說，「我說了什麼嗎？」

這裡沒有四位老太太，不過卻有希格勒太太、班哲明、黛西，而且晚餐快結束了，所以侍者克萊麗莎似乎也很樂意湊一腳；他們沒有四色泥土，不過卻有飯店後方海灘的白沙、飯店前方花床的黑土、飯店旁邊的紅泥巴，及禮品部試管裡的彩色星沙；他們向游泳池畔酒吧借來的蠟燭不是高高的黑蠟燭，而是短短的白蠟燭；希格勒太太保證她可以在島上找齊他們確實需要的香草，但是胖查理拜託克萊麗莎從廚房借來一包法式香料束。

「我認為關鍵在於自信，」胖查理解釋道，「枝微末節不要緊，魔法氣氛才重要。」

然而班哲明．希格勒喜歡在桌子旁東張西望，不時爆出咯咯傻笑，黛西又不斷指出這整道程序實在愚蠢透頂。拜此之賜，他們這次的魔法氣氛並沒增加多少。

希格勒太太把那束香料灑入一碗喝剩的白酒裡。

她開始低聲哼嗚，並抬起手來鼓勵大家一起做，於是大家也開始跟著哼嗚，就像喝醉的蜜蜂。胖查理等待事情發生。

什麼事都沒發生。

「胖查理，」希格勒太太說，「你也一起哼。」

胖查理吞吞口水，這沒什麼好怕的，他告訴自己：他在高朋滿坐的餐廳前唱過歌，也在眾目睽睽之下，向一位他根本不熟的女人求婚。所以哼個幾聲輕而易舉。

他找出希格勒太太哼的音高，然後讓聲音在喉嚨裡震動……

他拿著羽毛，他專心致意，他發出哼聲。

班哲明不再咯咯傻笑，他眼睛瞪得斗大，面露驚慌，胖查理原本想止住哼聲，問他到底發生了什麼事，但這時那陣哼聲已發自他內心，而且燭火搖曳不定……

「你們看他！」班哲明說，「他——」

胖查理絕對會納悶自己到底怎樣了，可惜他來不及了。

濃霧散開。

胖查理走在一座橋上，一座橫跨無邊無際灰色河水的長長白色人行橋。在他前面不遠處，也就是橋中央的位置，有個男人坐在一張木椅上釣魚，他眼上蓋著一頂綠色軟呢帽，似乎在打瞌睡，胖查理來了他也沒有驚醒。

胖查理認得那個人，他把手放到那男人肩膀上。

「嗯？」他說，「我就知道你是裝的，我覺得你根本沒死。」

椅子上的男人動也不動，但卻微微一笑。「讓我見識一下你知道多少，」阿南西說，「我已經死透了。」他誇張地伸伸懶腰，從耳後掏出一小根黑色方頭雪茄，用火柴點上火。「沒錯，我已經死了，我想再死上一陣子。有時就是得死一死，否則別人會開始不把你當回事。」

胖查理說：「可是……」

阿南西把手指在脣前一豎，要他安靜。他拿起釣竿，開始捲起釣線，他指了指一張小漁網，胖查理拿起漁網，撐開來讓他父親把一條銀色的魚放進去，那條長長的大魚掙扎不已。阿南西把魚鉤從魚嘴裡拔出來，然後把魚丟到一只白水桶裡。「好，」他說，「今天的晚餐有著落了。」

胖查理這才想到，他跟黛西和希格勒一家圍坐在桌子旁時，天色已經黑了，但不管他這時到底身在何處，太陽卻還低垂天際，猶未落下。

他父親折起椅子，把椅子和水桶交給胖查理拿，他們開始沿著那座橋走。「嗯，」南西先生說，「我一直想，要是你肯來找我談談，我什麼都會教你，不過你光靠自己似乎也做得很好，所以你到底來這裡幹麼？」

「我也不清楚，我想找那鳥女，我想把羽毛還她。」

「你不該跟那種人來往，」他父親開心地說，「絕對沒好事，那女人簡直是一團憤恨的化身，不過她是膽小鬼。」

「是蜘蛛——」胖查理說。

「那是你自己的錯，讓那愛管閒事的老太婆把你的一半趕走。」

「我當時只是個小孩，你怎麼不插手？」

阿南西把帽子推回頭上。「你要是真的不肯，老敦維帝是辦不到的，」他說，「你畢竟是**我**兒子。」

胖查理想了想，然後說：「那你怎麼不**告訴**我？」

「你過得很好嘛，還無師自通呢，你學會了唱歌，不是嗎？」

胖查理覺得自己比以前更笨拙，更胖，更讓父親失望，不過他沒有簡單說「不是」，反而說：「那你怎麼認為呢？」

「我認為你快抓到訣竅了。歌曲的關鍵就是它與故事一樣，一定要有人聽，否則就沒有任何意義。」

他們快走到橋頭了，胖查理不用別人說也知道，這是他們最後的說話機會，有那麼多事他得找出答案，有那麼多事他想知道。他說：「爸爸，我小時候你為什麼要害我出醜？」

老先生眉頭皺了起來，「什麼害你出醜？我可是很愛你呢。」

「你騙我扮成塔夫特總統去上學，那叫愛嗎？」

老先生笑得像拉高音的呼喊，笑完抽了口方頭雪茄，從他嘴唇冒出的煙霧就像虛無飄渺的漫畫對白框。「這得問問你媽，」他說完又說：「我們時間不多，查理，你想用剩下的時間吵架嗎？」

胖查理搖搖頭，「不想吧。」

他們抵達橋頭。「好啦，」他父親說，「等你見到你弟弟，替我交給他一樣東西。」

「什麼東西？」

他父親抬高一隻手，把胖查理的頭壓低，然後輕輕吻了他的額頭。「就是這個。」他說。

胖查理挺直身子。父親這時抬頭看他的表情，要是換在別人臉上，他會以為是自豪。「給我看看那根羽毛。」他父親說。

胖查理把手伸進口袋，羽毛還在，但看起來更皺更破爛了。

他父親「嘖」了一聲，把羽毛拿起來對著光瞧了瞧。「這是根漂亮的羽毛，」他父親說，「別把它搞得這麼邋遢，羽毛爛成這樣，她是不會拿回去的。」南西先生的手在羽毛上一抹，它頓時完美如新。他皺起眉頭，「好啦，可是你等會兒又會把它搞得皺巴巴。」他朝自己的指甲吹了口氣，又在夾克上擦了擦，然後他似乎做了個決定，他脫下軟呢帽，把羽毛插進帽帶。「拿去，反正你也需要一頂瀟灑的帽子。」他把帽子戴在胖查理頭上。「很適合你。」他說。

胖查理嘆口氣。「爸爸，我是不戴帽子的，那看起來很蠢，我看起來會像個十足十的大呆瓜，你為什麼老是想讓我難堪？」

老先生在越來越昏暗的陽光中看著兒子。「我會騙你嗎？兒子，戴帽子只要有那派頭就行了，你已經有了。你以為即使你戴起來不好看，我也會睜眼說瞎話嗎？我說你看起來很時髦，你不信？」

胖查理說：「不怎麼信。」

「你自己瞧瞧。」他父親指指橋邊。下方的河水就跟鏡子一樣平靜滑順，而水中回視他的男人，戴了綠色新帽子後，看起來確實很時髦。

胖查理抬起頭來，想告訴父親或許自己錯了，但是他父親已經不見了。

他步下橋，走入黃昏。

「沒錯，我要知道他到底在哪裡，他上哪兒去了？妳對他幹了什麼好事？」

「我什麼都沒幹，我的老天爺，」希格勒太太說，「上次沒發生這種事。」

「他看起來像是被傳送回母艦去了，」班哲明說，「真酷，真實特效。」

「我要妳把他帶回來，」黛西氣急敗壞地說，「我要他**現在**就回來。」

「我根本不知道他在那裡，」希格勒太太說，「不是我把他送走的，是他自己把自己送走的。」

「總之，」克萊麗莎說，「他搞不好正忙著做什麼呢，我們不管三七二十一逼他回來好嗎？可能會鑄成大錯。」

「沒錯，」班哲明說，「就像登陸小組任務才出到一半，就把他們傳送回來。」

黛西想了一下，心下暗自恚怒，因為她覺得這麼說也有道理——至少，跟最近發生的事差不多有道理。

「如果沒什麼事，」克萊麗莎說，「我該回餐廳去了，我得確定那裡沒出問題。」

希格勒太太啜口咖啡。「什麼事都沒有。」她同意道。

黛西把手用力往桌上一拍。「不好意思，外面有位殺手，現在胖查理還被傳回什麼主艦去了。」

「是母艦。」班哲明說。

希格勒太太眨眨眼。「好吧，」她說，「我們是該做點事，妳有什麼建議嗎？」

「我不知道。」黛西坦承，卻又恨自己竟然說出這種話。「我想我們可以消磨一下時間吧。」她拿起希格勒太太之前在看的那份《威廉斯城信使報》，開始隨意翻閱。

有則失蹤觀光客的報導，報紙第三版有一欄提到兩名婦女沒回遊輪。*在我家的那兩人*，黛西腦袋裡的葛拉漢．科茲說，*你真的以為我會相信她們只是參加遊輪之旅恰好路過這裡？*

黛西終究是警察。

「把電話拿給我。」她說。

「妳要打給誰？」

「我想會先打給觀光局和警察局長，然後再看著辦。」

火紅的太陽在地平線上越縮越小。若非蜘蛛是蜘蛛，他早就絕望了。島上此地，白天黑夜分得一清二楚，蜘蛛看著太陽最後一絲紅光被海水吞沒，他手邊有一堆石頭和兩根木樁。

他希望自己有堆火。

他不知道月亮會什麼時候升起，月升時，他或許有次機會。

太陽落下，最後一抹焰紅沉入黑暗的海水中，黑夜到了。

「阿南西之子，」黑暗中一道聲音說，「不久我就要吃晚餐了，你要等我的氣息噴到你後腦杓後，才會知道我已經到了你身邊。你被綁在木樁上時，我就站在你上方，我那時本來可以折斷你的脖子，但我有了更好的主意，把你在睡夢中殺了，太沒意思，我要感受到你死亡的過程，我要你知道我為什麼奪你性命。」

蜘蛛聽音辨位，扔了顆石頭過去，卻聽見石頭墜入矮樹叢，扔了個空。

「你有手指，」那聲音說，「我卻有比刀還利的爪子；你有兩條腿，我卻有四條永不疲憊的腿，跑得比你快上十倍，而且還能繼續跑下去；你的牙齒能吃肉，可是那小小的猴子齒比較適合吃軟軟的水果和滿地爬的蟲子，只咬得動軟趴趴又沒滋沒味的火烤熟肉，我的牙齒卻能把活生生的肉從骨頭上撕碎扯裂，我能在那肉依然血湧如注時，把它吞下肚。」

然後蜘蛛發出一聲，那聲音並不需要用到舌頭，甚至不需要張開嘴巴，那是帶著頑皮睥睨的一聲「嗯」，似乎在說，老虎，你或許真的行吧，但那又怎樣？古往今來所有的故事都是阿南西的，沒人說老虎的故事。

黑暗中出現一陣低吼，充滿憤怒和挫折。

蜘蛛開始哼出〈虎威〉❶的旋律，那是首老歌，很適合用來逗老虎。歌詞是這樣的：「抓住那隻老虎，老虎跑哪去了？」

當聲音又從黑暗中傳來時，距離更近了。

「阿南西之子，我捉住了你的女人，等我解決你後就會撕開她的血肉，她的肉嘗起來一定比你甜美。」

蜘蛛「哼」了一聲，你知道對方在說謊時就會發出這種聲音。

「她叫蘿西。」

於是蜘蛛不由自主發出聲音。

黑暗中傳來大笑。「至於眼睛呢？」那陣笑聲說，「要是運氣好，你的眼睛能在光天化日下看到最顯而易見的東西，然而我們這種人在跟你說話時，眼睛卻能看到你手臂上豎起的寒毛，看到你臉上的恐懼，就算晚上還是看得到。阿南西之子，恐懼我吧，要是還有什麼最後的祈禱想說，趁現在快說吧。」

蜘蛛沒有祈禱，但是他有石頭，他可以丟石頭。或許他運氣不錯，石頭或許能在黑暗中傷敵，蜘蛛知道如果他辦得到就是奇蹟，但他這輩子都是靠奇蹟過日子。

他伸手又拿起一顆石頭。

有東西拂過他的手背。

❶〈Tiger Rag〉，正宗迪西蘭爵士樂團（Original Dixieland Jass Band）於一九一七年錄製的經典爵士樂曲。

哈囉，那隻小泥土蜘蛛在他心中說。

嗨，蜘蛛心想，聽著，我現在有點忙，我正在想辦法別給人吃掉，所以能不能請你先不要過來礙手礙腳……

但是我帶牠們來了，小蜘蛛心想，這是你要求的。

我要求的？

你叫我去搬救兵，所以我帶牠們來了，牠們都順著我的蜘蛛絲跟過來了。這片世界沒有蜘蛛，所以我溜回另一個世界，從那裡織了張網來這邊，再從這裡織了張網去那邊。我帶戰士來了，我帶勇者來了。

「你在想什麼？」大貓的聲音在黑暗中說，然後又帶著微妙的興致說：「怎麼？舌頭被貓咬走啦？」

蜘蛛是靜悄悄的動物，牠們會醞釀靜寂，即使是那種會發出聲音的蜘蛛，一般也會盡量保持沉著，伺機而動。蜘蛛大半時候都是在伺機而動。

夜晚慢慢充滿了柔柔的窸窣聲。

蜘蛛對這隻用血、口水和泥土做成的七腳小蜘蛛滿懷感激，引以為傲，牠從他手背竄上他肩膀。

蜘蛛看不到牠們，但是他知道牠們都在那裡：大蜘蛛、小蜘蛛、毒蜘蛛、咬人的蜘蛛、毛茸茸的大蜘蛛和優雅的硬殼蜘蛛。牠們的眼睛雖能適應任何外來光線，但卻是用腿腳來看世界，靠著震動來建構周圍世界的實際影像。

牠們是支軍隊。

老虎再度從黑暗中開口。「阿南西之子，等你死了，等你所有血脈都死了，故事就是我的了，人們又會再度說起老虎的故事，他們會聚在一起，讚頌我的狡猾與力量，我的殘忍與歡樂，每則故事都會是我的，每支歌曲都會是我的，世界會恢復原樣，變成一處艱苦、黑暗的地方。」

蜘蛛聽著他軍隊的窸窣聲。

他坐在懸崖邊緣是有原因的，儘管這麼做是自斷退路，但也意味著老虎無法直撲而來，只能緩緩爬行。

蜘蛛開始大笑。

「阿南西之子，你笑什麼？你腦袋壞了嗎？」

聽到這裡，蜘蛛笑得更久、更大聲。

黑暗中傳來嚎叫聲，老虎碰上了蜘蛛的軍隊。

蜘蛛毒有許多種，而且被咬之後往往要過很久才會發現事態有多嚴重。博物學家多年來一直對這種現象百思不得其解：某些蜘蛛的咬傷會引起潰爛、會致死，有時卻要一年多後才會毒發。至於蜘蛛為什麼要這麼做？答案很簡單：蜘蛛覺得這樣很好玩，牠們希望你永遠記住牠們。

黑寡婦咬老虎瘀傷的鼻子，狼蛛咬老虎的耳朵，沒多久老虎的敏感部位全都發熱灼痛，又腫又癢。老虎不知道發生了什麼事，他只感到身體發熱灼痛，只感到突如其來的恐懼。

蜘蛛笑得更久、更大聲，他聽到大型動物直奔矮樹叢，又懼又痛的哀嚎聲。

然後他坐在原地等待，他確定老虎還會回來，事情還沒結束。

蜘蛛從肩膀上取下那隻七腳蜘蛛，摸摸牠，用手指來回輕撫牠寬廣的背。

山坡略低處，有個東西閃爍著綠色的冷光，一閃一閃，就像小城市夜晚忽明忽暗的燈火。那東西朝著他過來。

閃爍的光芒四散成數十萬隻螢火蟲，映在螢火蟲光芒中央的輪廓是黑黑的人形，那人形穩穩地踏著步伐走上坡。

蜘蛛舉起一塊石頭，在心裡默默指示蜘蛛軍團準備好再次出擊，然後他停了下來。螢火蟲中的人形似乎有點熟悉，那人形戴著一頂綠色軟呢帽。

葛拉漢．科茲在廚房找到的半瓶蘭姆酒，已經被他喝得差不多了，他之所以打開這瓶酒，半是因為他不想下樓到酒窖，半是因為他以為蘭姆酒比葡萄酒會讓他更快醉，不幸的是，他沒有更快醉，蘭姆酒似乎沒什麼效果，甚至也無法提供他所需的情感渲洩。他在屋裡走來走去，一手握著酒瓶，一手端著半滿的酒杯，有時他大口暢飲左手的酒，有時痛快灌下右手的酒，他瞥見自己鏡中的影像，既窩囊又大汗淋漓。「開心點，」他大聲說，「世事難料，撥雲見日，不測風雲，人多手雜，有利有弊。」蘭姆酒喝完了。

他回到廚房，打開好幾格餐櫃後，才注意到最裡面放了一瓶雪利酒。葛拉漢拿起那瓶雪利酒，喜孜孜地撫摸瓶子，好似它是一位身材超級迷你的老朋友，才剛結束多年的航海旅程回家。

他旋開瓶蓋。那是料理甜雪利酒，但他還是把它當檸檬水一樣喝了下去。

葛拉漢．科茲在廚房找酒喝時，他還注意到別的東西，例如刀子，其中有幾把很鋒利，有個抽屜裡還放著一把不鏽鋼小鋼鋸。葛拉漢．科茲甚感欣慰，有了那個，地下室的問題就能輕鬆解決。

「人身保護令，」他說，「還是保護事實，就是那種字眼，如果沒有人，就沒有犯罪，因此得證。」❸

他把槍從夾克口袋掏出來，放到廚房桌上，把刀子像輪輻一樣排成一圈。「好啦，」他說，他以前也曾用這種語氣說服無知的男孩團體，說現在跟他簽約正是時候，只要簽了約，即使不能擁抱財富，也能擁抱名聲。「時不我待。」

他把三把廚刀刀身朝下插入腰帶，把小鋼鋸放到夾克口袋，然後持槍走下通往酒窖的階梯。他打開電燈，對旁邊的葡萄酒不停眨眼，每瓶酒都擺在架子上，每瓶酒都覆蓋了薄薄一層塵埃。然後他站到肉窖的鐵門邊。

「好啦，」他大喊，「我不會傷害妳們，聽了高興吧？我現在要把妳們倆放出來，這一切都是誤會一場，儘管如此，還是希望妳們不要懷恨在心，畢竟覆水難收啊。妳們站到最裡面的牆邊，面壁擺好姿勢，不要搞鬼。」

他一邊拉起門閂，一邊心想，有這麼多陳腔濫調可以讓持槍者使用，還真是令人欣慰，這讓葛拉漢．科茲感覺自己像幫派分子，他身旁站著鮑嘉及凱格尼，還有「辦案實錄」❹中相互叫囂的人群。

他打開電燈並拉開了門，蘿西的母親背對著他站在最裡面的牆邊，他一走進去，她便掀開裙子，搖了搖她那副骨感到不行的棕色屁股。

葛拉漢．科茲張大了嘴，蘿西趁那瞬間把一條生鏽的鏈條往他手腕抽下去，他的手槍脫手飛出，掉到肉窖另一邊。

蘿西的母親使出不輸少女的熱血和準頭，往葛拉漢．科茲的鼠蹊部狠狠一踢，趁他彎腰抱住胯下，發出只有小狗和蝙蝠聽得到的高音哀嚎時，母女倆跌跌撞撞地跑出肉窖。

她們把門推上，蘿西用力閂上一根門閂，然後她們相互擁抱。

但沒等她們走出酒窖，所有的燈光忽然都熄滅了。

「保險絲斷了。」蘿西安撫母親。她自己也不太相信這句話，但是也沒有別種解釋。

「妳應該把兩根門閂都閂上的。」她母親才剛說完就「哦」的一喊，原來是腳趾不知踢到了什麼，

---

❸ habeas corpus 意為「人身保護令」；corpus delicti 意為「犯罪事實」；Quod erat demonstrandum 意為「得證」。葛拉漢．科茲把 corpus delicti 說成 habeas delicti，不過其實並沒有這個詞。

❹ 亨佛萊．鮑嘉（Humphrey Bogart）擅長飾演硬漢角色，詹姆斯．凱格尼（James Cagney）則大多扮演歹徒，兩人均為黑色電影的重要演員；「辦案實錄」（COPS）為美國電視影集。

她咒罵了起來。

「往好的方面想，」蘿西說，「**他**在黑暗中也看不到東西。握住我的手吧，我想樓梯就在那邊。」

燈光熄滅了，黑暗中，葛拉漢．科茲整個人趴在肉窖的地板上，有種溫溫的液體從他腿上淌下，有那麼一瞬間，他不舒服地以為自己尿了褲子，但很快就發現其實是其中一把插在腰帶上的刀刺進了大腿根部。

他不再移動，只是躺在地板上，他認為自己剛才喝那麼多酒，是極明智的決定，因為酒其實跟麻醉藥差不多。他決定睡一覺。

他並不是獨自待在酒窖裡，還有人陪著他，那東西用四隻腳走路。

有人咆哮了一聲：「站起來。」

「站不起來，我受傷了，我想睡覺。」

「你真是可悲的小生物，成事不足敗事有餘。馬上給我站起來。」

「我很樂意站起來，」葛拉漢．科茲用醉漢的理智聲音說，「但是辦不到，我要先在地上躺一會兒，反正她也把門閂上了，我有聽到。」

他聽到門對側傳來摩擦聲，好似門閂正被慢慢抽出。

「門打開了，好啦，待著可是死路一條。」然後是一陣不耐煩的沙沙聲，甩尾巴的嗖嗖聲，還有半悶在喉頭的吼聲。「把手伸給我，向我展現你的忠誠，邀請我進入你身體。」

「我不懂——」

「把手伸給我，不然你就流血流到死。」

在肉窖的黑暗中，葛拉漢．科茲伸出手，有人（或說有東西）拉起他的手，信心滿滿地握住。

「現在你願不願意邀我進入你身體？」

葛拉漢‧科茲忽然打了個冷顫，清醒了過來。他都已經落到這地步，不管怎樣事情都不可能更糟了。

「肯然。」葛拉漢‧科茲悄聲說，他一說完就開始改變。他在黑夜中視物如白晝，他隱約看到身旁有個東西，雖然只有一瞬間，但他看見那東西身材比人類還高大，牙齒銳利非常，不過一轉眼就不見了，而葛拉漢‧科茲覺得精神好得不得了，大腿也不再噴血。

他可以在黑暗中清楚視物，他把刀子從腰帶中抽出來丟在地板上，也把鞋子脫掉，地上有把槍，但他沒去動。工具是給人猿、烏鴉和弱者用的，他不是人猿。

他是狩獵者。

他用雙手雙膝撐起身子，然後四肢並用地爬出酒窖。

他看得到那兩個女人，她們找到了爬上屋子的階梯，這時正手牽手，在伸手不見五指的黑暗中，一邊摸索一邊向上走。

一位既老邁又堅韌，另一位既年輕又柔嫩。只有部分屬於葛拉漢‧科茲的嘴巴頓時口水直流。

胖查理離開那座橋，腦袋上戴著他父親的綠色軟呢帽，他走入黃昏中。他走上岩石遍布的水灘，在石頭上失足一滑，踩入水池濺起水花，然後他踩到某種會動的東西，一個踉蹌後，他移開腳步。那東西升到空中，並繼續升高，不管那是什麼，總之是個龐然大物：胖查理剛開始以為那東西跟大象一樣大，但那東西卻繼續長大。

光，胖查理心想，他大聲唱出來，然後四面八方所有的螢火蟲都聚到他身邊，牠們的綠色冷光忽明忽滅，胖查理借著這光線，看到兩顆比晚餐盤子還大的眼睛，從高傲的爬蟲類臉龐向下瞪著他。

他照樣瞪回去。「晚安。」他愉快地說。

那生物的聲音就跟奶油一樣滑順。「你……好，」牠說，「叮咚，你看起來實在有夠像晚餐。」

「我是查理．南西。」查理．南西說，「你是誰？」

「我是龍，」龍說，「戴帽子的小人兒，我要一口把你慢慢吃掉。」

查理眨眨眼。我爸爸會怎麼做？他納悶著，蜘蛛會怎麼做？他完全沒頭緒，快點啊，畢竟蜘蛛多少是我的一部分，他做得出的，我也做得出。

「呃……你已經跟我講話講得很煩，現在你要讓我順利通過。」他對龍使出渾身解數的說服力。

「我的天，勇氣可嘉，但恐怕我還是不讓你過，」龍熱情地說，「其實呢，我要把你吃掉。」

「你大概不怕萊姆，對吧？」查理說完才想到他已經把萊姆給了黛西。

那生物輕蔑地一笑。「沒有東西……」牠說，「嚇得了我。」

「沒有東西？」

「沒有東西。」牠說。

查理說：「是不是沒有東西能把你**嚇破膽**？」

「沒有東西能把我嚇得膽戰心驚。」龍坦承道。

「嗯，」查理說，「剛好沒有東西在我口袋裡，你要不要看一下？」

「不要，」龍不安地說，「我才不想看。」

然後是一陣風帆般的鼓翅聲，只剩下查理獨自留在水灘上。「實在是……」他說，「太簡單了。」

他繼續走路，他還替自己的旅途編了首歌，查理一直想編歌，但他從沒編過，泰半是因為他非常肯定，要是他編了首歌，別人絕對會逼他唱出來，那可不是好事，就像上絞架也不是好事一樣。這時他越來越不在乎，他對著螢火蟲唱歌，牠們跟著他走上山坡，歌詞大意是見鳥女與找弟弟，他希望螢火蟲會喜歡，牠們的光芒似乎隨著歌曲旋律脈動閃爍。

鳥女在山坡頂上等著他。

查理脫下帽子，從帽帶中抽出羽毛。

「拿去，我想這是妳的。」

她沒有收下的打算。

「我們的約定終止了，」查理說，「我帶來妳的羽毛，我要我弟弟回來，妳把他抓走了，我要他回來。阿南西的血脈不是我可以給的。」

「要是你弟弟已經不在我這裡了呢？」

雖然在螢火蟲的微光下很難辨別，但胖查理認為她的嘴脣根本沒動，不過她的話就像歐夜鷹的嘶喊和貓頭鷹的嗚嗚尖鳴，繚繞著他。

「我要我弟弟回來，」他告訴她，「我要他整個人毫髮無傷地回來，我現在就要他回來，否則妳和我爸爸過去這些年來的恩怨，將只是序曲，嗯，就是前奏的意思。」

查理以前從來沒威脅過別人，他不知道要怎麼實踐威脅，但他很清楚自己絕對說到做到。

「他本來在我這裡，」她用鷺鳥縹緲的隆隆聲說，「但是我把缺了舌頭的他丟到老虎的世界裡，我無法傷害你父親的血脈，老虎只要鼓起勇氣就做得到。」

一片緘默無聲，夜蛙夜鳥都無聲無息，她冷冷地看著他，那張臉黑得跟影子一樣，她把一隻手伸進外套口袋。「羽毛還我。」她說。

查理把羽毛放到她手中。

他頓時全身一輕，彷彿她從他身上拿走的不只是根舊羽毛……

然後她把一樣東西放到他手上，那東西冰冷溼潤，摸起來像團肉，查理必須強壓下扔掉的衝動。

「把這東西還他，」她用夜之聲說，「現在我和他兩不相欠了。」

「我要怎麼到老虎的世界？」

「你是怎麼到這裡的?」她語氣幾乎有些莞爾。夜已逝,查理又獨自站在山坡上。

他張開手掌,看看手心上那團肉,它呈脊狀,鬆鬆軟軟,看起來像舌頭。他知道那是誰的舌頭。

他把軟呢帽戴回頭上,心裡想著,戴上我的思考帽,就在他作如是想時,這似乎沒那麼可笑了。綠色軟呢帽雖然不是思考帽,但是戴這種帽子的人,不只會思考,還會做出重大關鍵的結論。

他把世界想像成一張網,那張網在他心裡展開,把他連接到所有他認識的人,他和蜘蛛之間的線不僅強韌明亮,還燃著一道冷光,就像螢火蟲或星星。

蜘蛛曾是他的一部分,他把持著這項認知,讓網子填滿他的心靈,他手裡還拿著他弟弟的舌頭,它不久前還是蜘蛛的一部分,這時也由衷希望再回到他的身體,活物就是會記得。

網子的強光在他周圍燒著,查理只消跟著走就對了……

他跟著光走,螢火蟲也聚在附近,陪著他一起走。

「嗨,」他說,「是我。」

蜘蛛發出一聲小小的可怕聲音。

在螢火蟲的閃爍幽光下,蜘蛛看起來一副慘狀,似乎遇過追殺,受了傷,臉上和胸口還有痂。

「我想這應該是你的。」查理說。

蜘蛛從他哥哥手上接過舌頭,比了個誇張的**謝謝你**手勢,然後把舌頭放進嘴巴,推進口裡含住。查理在旁邊觀看並等待著,不久蜘蛛似乎滿意了,他試著動動嘴巴,把舌頭推到一側,然後再推到另一側,好像正準備刮八字鬍,他還張大嘴巴,把舌頭左搖右晃。他閉上嘴巴,站起身子,最後他用還有點顫抖不穩的聲音說:「帽子真好看。」

蘿西先爬到階梯頂端,她推開酒窖門,跌跌撞撞進入屋子裡。她先等她母親進入後,才猛力關上酒窖門並上閂。這裡雖然也停電，不過月亮高掛天空，幾近滿月，在黑暗中待過後，透過廚房窗戶射進來的皎白月光簡直跟探照燈差不多。

男孩女孩出來玩，蘿西心裡，月光果真像白天般耀眼……❺

「打電話報警。」她母親說。

「電話在哪裡？」

「我怎麼會知道電話在哪裡？他還在下面。」

「沒錯。」蘿西說。她不知道該先找電話報警，還是先逃出屋子再說，不過還沒等她來得及做決定，一切都太遲了。

震耳欲聾的一聲「砰」，酒窖門爆開了。

影子從酒窖裡走出來。

那是真的，她知道那是真的，她正看著牠，但是那是不可能的，那是一隻大貓的影子，體型龐大，全身毛茸茸。奇怪的是，當月光照到牠時，影子似乎變得**更暗**，蘿西看不到牠的眼睛，但她知道牠在看她，而且牠餓了。

牠要宰了她，這就是最後的下場。

她的母親說：「蘿西，牠衝著妳來。」

「我知道。」

蘿西拿起最靠近她的大型物品——之前放刀子的木製刀座，她使盡全力把刀座往影子丟過去，然後她沒有等著看刀座是否碰到影子，就全速往廚房外跑，進入門廊，她知道前門在哪裡……

---

❺出自鵝媽媽童謠〈男孩女孩出來玩〉（Girls and Boys Come Out To Play）。

那四隻腳的黑暗東西跑得更快，躍過她的頭頂，幾近無聲地降落在她面前。

蘿西退到牆邊，她嘴巴乾澀。

那隻野獸擋在她們和前門之間，慢條斯理地朝蘿西走去，好似牠有用不完的時間。

就在那時，她母親從廚房跑出來，從蘿西身邊掠過，踉踉蹌蹌地跑過月光照耀的走廊，雙手不停揮動，朝大影子撲去，她用瘦巴巴的手掌捶了對方的肋骨。全場微微一頓，好似全世界都屏息等待，然後牠轉而攻擊她。一陣混亂的拳打腳踢後，蘿西的母親倒在地上，那影子不停搖她，就像叼著布娃娃的小狗。

門鈴響了起來。

蘿西心中喊救命，但口中卻持續不斷地大聲尖叫。蘿西在浴缸中無意看到一隻蜘蛛時，總會尖叫得像劣質電影女演員第一次遇到橡膠衣變態。這時她正在一間陰暗屋子，裡頭不但有影子般的老虎和連續殺人魔疑犯，其中一種東西（或許兩種）剛剛還攻擊了她的母親。她腦袋想到好幾種行動方式（**手槍**：還在地窖裡，她應該下樓去拿槍；開門：她可以試著越過她母親和影子，打開前門），但她的肺和嘴只會不停尖叫。

有東西猛力撞擊前門。*他們想破門而入，*她心想，*他們是攻不破那道門的，門很堅固。*

她母親躺在月光傾洩的地板上，那影子蹲踞在她身邊，仰天大聲長嘯，那陣低沉的吼聲，充滿恐懼、挑戰和占有欲。

*我一定是在幻想，*蘿西在心裡既慌亂又篤定地思考，*我被關在地窖兩天了，現在我在幻想，根本就沒有老虎。*

同樣，蘿西也很確定，即使自己看到有位膚色蒼白的女人沿著走廊上走過來，但月光下其實根本沒有這個人。那女人一頭金髮，像舞者一樣雙腿修長、臀部窄小。那女人一走到老虎影子旁，就停了下來，她說：「你好，葛拉漢。」

那影子野獸抬起巨大的頭顱，大聲咆哮。

「別以為你躲在愚蠢的動物服裝裡，我就認不出來。」那女人看起來不怎麼高興。

蘿西發現自己可以透過那女人的上半身看到窗戶，於是她「登登登」後退，緊緊靠在牆壁上。

那野獸又咆哮了一聲，這次聲調更加猶豫。

那女人說：「葛拉漢，我不相信鬼神這種事，我這輩子，整整一輩子都不相信。然後我遇到你，你讓莫利斯的事業跌到谷底，你偷我們的錢，你還殺了我，最後還在傷口上灑鹽——逼我相信鬼神。」

大貓狀的影子這時開始嗚咽，往客廳退去。

「別以為這樣就躲得了我，你這一無是處的小男人，你愛扮老虎就扮個過癮吧，但你不是老虎，你是老鼠，喔不，那樣會侮辱了為數眾多的高貴鼠種，你連老鼠都比不上，你是沙鼠，你是**黃鼠狼**。」

蘿西沿著門廊衝出去，掠過影子野獸，掠過她倒地不起的母親，**穿過**那蒼白的女人，感覺就像穿過一陣霧。她抵達前門，開始摸索門把的位置。

不知是在她腦子裡或現實世界中，蘿西聽到爭論聲，有人在說話。

不要理她，你這白痴，她根本摸不到你，她只是阿飄而已，根本就不是真人，快去捉那女孩！阻止那女孩！

另一個則回答：

你說的的確不無道理，但智者千慮必有一失，事關……呃……識時務……呃……為俊傑，聽我的準沒……

我帶頭，你跟上。

可是……

「我想知道的是，」蒼白女人說，「你目前到底是人是鬼，我是說，我摸不到人，我連東西都摸不到，但我**摸得到**鬼魂。」

蒼白的女人朝野獸的臉用力踢過去，影子野獸低鳴了一聲，向後退開一步，險險躲開。

下一踢則踢中了，野獸大聲號叫；又是一腳踢過來，擊中影子野獸的鼻梁，然後野獸發出貓被人抓去洗澡的哀嚎，那是充滿恐懼和憤怒的淒涼嚎啕，充滿恥辱和挫敗的嚎啕。

走廊上洋溢著女鬼的笑聲，那是歡喜得意的笑聲。「黃鼠狼，」蒼白女人又說，「黃鼠狼葛拉漢。」

一陣冷風掃過屋子。

蘿西拉開最後一道門鎖，轉動門把，前門打了開來，外頭淨是刺眼的手電筒光束、人群、汽車。有個女人說：「她就是其中一位失蹤觀光客，」然後她說：「我的天啊。」

蘿西轉過身。

在手電筒的光束下，蘿西看到她母親蜷曲在磁磚地板上，而她旁邊躺著的無疑是個人類，也就是不醒人事且赤腳的葛拉漢．科茲，紅色液體在他們四周濺得到處都是，就像鮮紅的油漆。蘿西有那麼一瞬間，無法分辨那到底是什麼東西。

有個女人在跟她說話，她說：「妳是蘿西．諾雅，我叫黛西，我們先找個地方讓妳坐下，妳想不想坐下？」

一定是有人找到了電箱，因為就在這一刻，全屋子的電燈都亮了起來。

一個穿著警察制服的大塊頭男子彎腰看看地上的身體，然後抬起頭說：「他絕對是芬尼根先生，而且他沒有呼吸了。」

蘿西說：「是的，我非常想坐下。」

在月光下，查理與蜘蛛並肩坐在懸崖邊緣，雙腳懸空掛在崖上。

「嗯，」他說，「當我們還是小孩時，你曾是我的一部分。」

蜘蛛側了側頭。「真的嗎？」

「我想是這樣沒錯。」

「這樣就能解釋一些事了。」他伸出手，一隻七腳泥土蜘蛛停佇在他手指背上，品嘗空氣的味道。

「那現在怎麼辦？你要把我收回去還是怎樣嗎？」

查理皺起眉頭。「我覺得如果你是我的一部分，你的成就絕對不會像現在這麼好，再說你自己一個人也玩得比較愉快。」

蜘蛛說：「蘿西，老虎知道蘿西，我們得想想辦法。」

「當然。」查理說，他心想，那就像記帳一樣，你在一個欄位填上數字，再把這些數字從另一欄扣掉，如果你算得正確無誤，那頁報表底端得到的數字也絕對正確無誤。他握住弟弟的手。

他們站起來，向前跨一步，跳下懸崖，然後世界變得明亮無比……

有道冷風在兩個世界間吹著。

查理說：「知道嗎？你並不是我身體裡魔法的那部分。」

「我不是？」蜘蛛再向前跨一步。許許多多星星成群墜下，在夜空中劃過，某個地方有人用長笛吹奏出高昂甜美的旋律。

他們再跨一步，這時聽到刺耳警報在遠方鳴響。「不，」查理說，「你不是，我想敦維帝太太以為你是，她把我們兩人分開，但她其實不怎麼明白自己在做什麼，我們比較像切成兩半的海星，你長成一個完整的個體，而我呢……」他說，同時也了解自己說的是真的，「我也是。」

他們站在黎明的懸崖邊，一輛燈光閃爍的救護車正開上山坡，後面還跟著另一輛。救護車與一群警車並排停在路邊。

黛西似乎在指揮大家。

「我們現在幫不上什麼忙，」查理說，「走吧。」最後幾隻螢火蟲離開了他，一路閃爍，直到歇燈休息。

他們搭早上第一班迷你公車回威廉斯城。

瑪芙．李文斯頓坐在葛拉漢．科茲家樓上的圖書室裡，周圍都是葛拉漢．科茲收藏的藝術品、書籍、DVD，她俯視著窗外，島上的急救人員正忙著把蘿西母女送上救護車，把葛拉漢．科茲送上另一輛。

她意識到自己愛死了對葛拉漢．科茲變成的那隻野獸拳打腳踢，那是她自從被殺之後做過最痛快淋漓的事，不過若捫心自問，她會承認與南西先生共舞也幾乎不相上下，他身形敏捷，腳步也很靈活。

她累了。

「瑪芙？」

「莫利斯？」她東張西望，但是房間空蕩蕩的。

「親愛的，妳還在忙的話，我就不煩妳了。」

「你真體貼，」她說，「可是我想我已經忙完了。」

圖書室的牆壁開始褪去，顏色和形狀都越來越模糊，牆壁後的世界開始顯露出來，然後在那世界的光芒中，她看到了一個穿著時髦西裝的矮小人形正等著她。

她把手伸給他握住，她說：「莫利斯，我們現在要去哪裡？」

他告訴她。

「喔，好吧，改變一下也不錯，」她說，「我一直想去那個地方。」

於是他們手牽手走了。

第十四章
幾個結局

查理被一陣猛力敲門聲驚醒，他茫茫然四處看了看：他在一間飯店房間裡，腦子裡繞著各式各樣不可思議的事，就像飛蛾繞著光禿禿的燈泡，他一邊試著釐清來龍去脈，一邊站起來走向房門，他對著門背上的火災逃生路線圖眨了眨眼，試著回想昨晚的一切，然後他打開門鎖，拉開門。

黛西抬頭看著他說：「你是不是戴著那頂帽子睡覺？」

查理摸摸頭，上面確實有頂帽子。「沒錯，」他說，「我想一定是吧。」

「我的天，」她說，「唉，至少你脫了鞋子，你知道你昨晚錯過了所有的精采好戲嗎？」

「哦？」

「快去刷牙，」她熱心地說，「順便換件襯衫。是的，你錯過了，就是當你……」她猶豫了一下。「你仔細想想，他在降靈會上消失總不可能是真的吧？天底下哪有這種事？至少現實世界裡不可能。「你不在時，我帶著警察局長去敲葛拉漢．科茲的家門，他抓了那兩個觀光客。」

「觀光客……？」

「他在晚餐時提到的，說什麼我們派了兩個人過去，就是在他家的兩個人。一個是你未婚妻，一個是她母親，他把她們倆關在地下室。」

「她們還好嗎？」

「都在醫院。」

「喔。」

「她媽媽情況比較危險，但我想你未婚妻沒事。」

「妳可不可以別再那樣叫她？她不是我未婚妻，她解除婚約了。」

「對，但是你沒解除，不是嗎？」

「她不愛我，」查理說，「現在我要去刷牙換衣服，而且還需要一點隱私。」

「你也該沖個澡，」她說，「那頂帽子聞起來像雪茄。」

「這是我的傳家寶，」他告訴她，然後他走進浴室，把門從身後鎖上。

從飯店走到醫院只要十分鐘，蜘蛛正坐在等候室裡，手裡拿著一本折過頁的《娛樂週刊》，勉強擺出真的在看雜誌的模樣。

查理拍拍他肩膀，他跳了起來，一臉惶恐地抬起頭，發現是自家老哥後，他放心了些，可惜沒放心多少。「他們說我只能在這裡等，」蜘蛛說，「因為我不是病患親屬什麼的。」

查理愕然。「你怎麼不**告訴**他們你是親屬？不然就說是醫生啊。」

蜘蛛不安地說：「嗯，那種事要你不**在乎**才好辦。如果我進不進去都沒差，要混進去就很容易，但是現在進不進去有差，而且我也怕進去後會礙手礙腳搞砸什麼的，我是說，如果我試了卻碰壁，那……你在笑什麼？」

「其實沒什麼，」查理說，「只是你這話聽起來好耳熟。走吧，我們去找蘿西。」他們一邊若無其事地踏進一條走廊，他一邊對黛西說，「知道嗎？醫院裡有兩種走路方式，一種就是讓別人覺得你屬於這裡——蜘蛛，門後有件白袍，剛好是你的尺寸，穿上去；一種就是讓別人覺得你實在有夠格格不入，這樣也沒人會抱怨你在這裡，他們只會把問題留給別人解決。」他開始哼歌。

「那是什麼歌？」黛西問。

「這首歌叫〈黃鳥〉。」蜘蛛說。

查理把帽子推到後腦杓，然後他們走進蘿西的病房。

蘿西坐在床上讀著雜誌，滿臉擔憂，等見到他們三人進來後，她看起來更擔憂。她眼光從蜘蛛移到查理，再從查理移到蜘蛛。

「你們倆都千里迢迢跑來這裡。」她只這麼說。

「我們不都是嗎？」查理說，「好啦，妳已經見過蜘蛛了。這位是黛西，她是警察。」

「我不確定我還是不是，」黛西說，「我大概麻煩大了。」

「昨晚那個人是妳嗎？帶島上警察找上門的就是妳吧？」蘿西停了下來，又說：「有沒有葛拉漢·科茲的消息？」

「他還在加護病房，跟妳媽一樣。」

「喔，要是她比他早醒，」蘿西說，「八成會去宰了他。」然後她說：「他們都不肯跟我說我媽到底怎麼了，只說情況很嚴重，要等有消息才能告訴我。」她清澈的眼睛看著查理，「她其實不像你想的那麼壞，真的，只是你要花時間認識她，我們被關在黑暗中時，有很多時間好聊，她人還可以。」她擤鼻涕，然後說：「他們覺得她撐不過去，他們雖然沒直說，但是那種避而不答的言外之意大概就是那樣，真好笑，我還一直以為她不管遇到什麼都撐得過去。」

查理說：「我也是啊，我覺得即使發生核子戰爭，世界上也會剩下輻射蟑螂和妳媽媽。」

黛西踩他一腳，說：「他們知不知道是什麼傷害她的？」

「我告訴他們了，」蘿西說，「屋子裡有種野獸，或許根本只是葛拉漢．科茲吧，我是說，那東西有點像他，但也有點像別的什麼，我媽為了保護我，跑去引開牠的注意，牠就朝她撲過去……」她今早已經盡力向島上警察解釋了一切，不過她決定還是別提到那位金髮女鬼的好，有時壓力過大會導致精神崩潰，她認為最好還是別讓人家知道她已經精神崩潰。

蘿西驀地住口，她凝視著蜘蛛，好似她才剛想起他是誰，她說：「嗯，我還是恨你。」蜘蛛什麼都沒說，但臉上卻掠過一絲慘然，他看起來不像醫生了，他這時只像剛從門後借白袍來穿的人，還提心吊膽唯恐遭人發現。她的語調變得有點如夢似幻：「不過，」她說，「當我困在黑暗中時，我一直感覺到是你在幫助我，是你把野獸擋開的。你的臉怎麼了？怎麼都是抓痕。」

「野獸抓的。」蜘蛛說。

「知道嗎？」她說，「我現在看著你們倆站在一起，你們根本完全不像。」

「我比較帥。」查理說，黛西又踩了他一腳。

「……我的天。」黛西悄聲說，然後她稍微放大音量說：「查理？有件事我們得到外面談談，現在就談。」

他們走到醫院走廊，把蜘蛛留在裡面。

「什麼事？」查理說。

「什麼什麼事？」黛西說。

「我們要談什麼事？」

「沒事。」

「那我們為什麼到外面來？你聽到她說的了，她恨他，我們不該讓他們單獨相處，她這時候大概已經把他給宰了。」

黛西抬頭看他，臉上的表情就像耶穌剛聽到有人說他可能對麵包和魚過敏，問祂可不可以給他一份雞肉沙拉。那種表情帶著同情，也帶著近乎無窮無盡的慈悲。

她把一根手指豎在脣前，並把他拉回門邊，往病房裡瞧瞧：蘿西看起來並不像想宰了蜘蛛，情況恰恰相反。「喔。」查理說。

他們正在親吻，這樣說搞不好會讓你以為這只是平凡無奇的一吻：碰碰嘴脣、皮膚，了不起一小段舌頭糾纏罷了。但真正精采的是他微笑的方式，他眼睛發亮的方式，然後在親吻結束後，他站起身的方式，他就像剛剛發現站立之道的人，就像此時此刻才悟到要如何站得比從古到今所有人都優雅。

查理把注意力轉回走廊，他看到黛西在跟幾位醫生及他們昨晚遇到的警官說話。

「嗯，我們早就懷疑他是壞人了，」警官正在跟黛西說，「我是說，坦白講，只有外國人才幹得出這種事，當地人絕對不會的。」

「顯然如此。」黛西說。

「非常感謝妳。」警長邊說邊拍她肩膀，讓她暗暗咬牙切齒，「這位小妹妹救了那女人一命，」他告訴查理，同時也高傲地拍了拍他的肩膀，然後就跟著醫生沿著走廊走了。

「怎麼啦？」查理問。

「嗯，葛拉漢．科茲死了，」她說，「總之快死了，他們對蘿西的母親也不抱什麼希望。」

「這樣啊。」查理說。他想了想，等他思考完後，做了決定，他說：「妳介不介意我跟我弟弟談一會兒？我覺得我們需要聊聊。」

「反正我也要回飯店了，我要去看看我的電子信箱，接下來大概得在電話裡一直道歉，然後看看飯碗究竟保不保得住。」

「但妳是英雄啊，對不對？」

「別人付我薪水可不是為了這個，」她有點洩氣地說，「你忙完後到飯店來找我。」

蜘蛛和查理，走在威廉斯城的大街上，沐浴著早晨的太陽。

「嗯，那頂帽子真的很棒。」蜘蛛說。

「你真的這麼想？」

「真的，借我戴戴好嗎？」

查理把綠色軟呢帽遞給蜘蛛，蜘蛛戴上去，然後看看商店櫥窗上的倒影，他扮扮鬼臉，把帽子還給查理。「嗯……」他失望地說，「至少你戴起來很棒。」

查理把綠色軟呢帽放回頭頂。有些帽子若要戴起來好看，帽主人得有股渾身活力四射的感覺，帽子要戴得有點歪，走路步伐要輕快，彷彿再跨一步就要跳起舞來。這類帽子對帽主人要求很嚴格，這頂帽子也是，但查理配得上它。他說：「蘿西的媽媽快死了。」

「是啊。」

「我真的**真的**從來沒喜歡過她。」

「我不像你那麼了解她，但只要時間夠長，我敢說我也會非常非常討厭她。」

查理說：「我們得想辦法救她一命，不是嗎？」他的語調興趣缺缺，就像在說「該去看牙醫了」一樣。

「那種事我們辦不到吧。」

「老爸為老媽做過，他讓她好了起來……至少是多撐了一段時間。」

「不過那是他啊，我可不知道我們要怎麼做。」

查理說：「在世界盡頭的那個地方，就是一大堆洞穴那裡。」

「那是世界的開端，不是盡頭，那裡怎麼樣？」

「我們能不能直接到那裡去？不用蠟燭啦香料啦那些亂七八糟的東西？」

蜘蛛靜了下來，然後他點點頭，「我想可以。」

他們一起轉了個彎，轉向平常不會出現的方向，離開了威廉斯城的大街。

太陽正冉冉上升，查理和蜘蛛走路穿過一處骷髏遍布的海灘，那並不是人類的骷髏，它們就像黃色鵝卵石般覆滿整片海灘，查理盡量避開，蜘蛛則一路嘎扎嘎扎踩過去。到了海灘盡頭，他們左轉，那裡是天地萬物的左邊，接著世界開端的群山就聳立在他們眼面，懸崖則直直下削。

查理記得他上次來過這裡，那似乎是一千年前的事。「大家都跑到哪裡去了？」他大聲說，他的聲音在岩石上回響，然後又傳回他耳中，他大聲說：「有人嗎？」

然後牠們出現了，紛紛注視著他，大家全部都在。牠們這次看起來更雄偉，更不像人類，更像動物，更**野性**。他恍然大悟，他上次看到他們是人形，是因為他預期會見到人類，但牠們不是人類。列隊站在高處岩石上的是獅子和大象，鱷魚和蟒蛇，兔子和蠍子等等數百隻動物，牠們都注視著他，眼底不帶笑意，那裡有他認得的動物，也有沒任何活人認得的動物，所有古往今來故事裡的動物，所有人類曾夢見、崇拜、安撫的動物。

查理全都看到了。

查理心想，這根本是兩碼子事。在賓客滿盈的餐廳裡一時衝動上臺唱歌，一是為了保命，二是有人拿槍抵住一個女孩的肋骨，那女孩可是你……

那女孩可是你……

喔。

唔，查理心想，我稍後再來思考那個問題。

這時他急迫需要的，是拿牛皮紙袋罩在臉上呼吸❶，或馬上消失。

「牠們一定有好幾百隻。」蜘蛛語帶敬畏。
附近一塊岩石上颳起了一陣旋風，風散後化成鳥女，她雙手交抱，注視著他們。
「不管你想幹什麼。」蜘蛛說，「最好快點，他們可不會等一輩子。」
查理的嘴脣乾澀。「對。」
蜘蛛說：「那麼……呃……我們現在到底要幹什麼？」
「我們得對他們唱歌。」查理簡單說。
「什麼？」
「那就是我們修東西的方式，我已經弄清楚了，我們只要唱出來就行了，就你我兩個。」
「我不懂，唱**什麼**？」
查理說：「**歌**啊，唱歌修東西，」現在他語氣開始絕望，「就是**歌**。」
蜘蛛的眼睛就像雨後的水坑，查理在裡頭看到他以前從沒見過的東西：或許是親情，還有困惑，但大部分是歉意。「我不知道你在說什麼。」
獅子在巨石邊緣瞪著他們，猴子也從樹頂看著他們，而老虎呢……
查理看到了老虎，牠小心翼翼地用四條腿走路，鼻青臉腫，但眼裡卻閃閃發光，好像非常高興有機會扳回一城。
查理張開嘴巴，發出一陣沙啞的小噪音，好似剛吞下一隻特別緊張的青蛙。「行不通，」他對蜘蛛悄聲說，「這是個餿主意，對不對？」
「沒錯。」

❶緊張時若過度呼吸，用紙袋罩住口鼻，讓自己吸入更多二氧化碳，降低腦部含氧量，如此可以緩和緊張感。

「你覺得我們可以就這樣拍拍屁股走人嗎？」查理緊張的目光掃過山坡和洞穴，看到了創世之初以來的數百隻圖騰動物，其中有一位是他上次沒見過的，那是個矮小男子，戴著檸檬黃的手套，留著跟鉛筆一樣細的八字鬍，只差沒有軟呢帽好遮掩他稀疏的頭髮。

那位老先生與查理對上目光時，眼睛眨了眨。

不多，但也夠了。

查理把肺部鼓滿氣，然後開唱。「我是查理，」他唱著，「我是阿南西之子，請你們聽我唱我的歌，聽我訴說我的一生。」

他唱出一個半人半神的男孩，他被一位憤恨不平的老太婆分成兩半，他唱出父親，唱出母親。

他唱出了名字和言語，唱出了現實下的基石，唱出了創造世界的世界，唱出了萬物運行的真理；他唱出了想傷害他的人應得的公正結局，還有他自己的結局。

他唱出了世界。

那是首好歌，那是他的歌，歌曲有時有歌詞，有時完全沒有歌詞。

他一面唱，所有聽他唱歌的生物一面開始拍手，開始跺腳，開始跟著哼。查理覺得自己是個傳唱者，他傳唱出一首包羅牠們全體的偉大歌曲。他唱出了鳥兒，唱出了抬頭看牠們飛翔時體會到的魔法，唱出了早晨陽光照耀在翅膀羽毛上的光澤。

圖騰生物紛紛起舞，跳著自己族類的舞蹈。鳥女跳著鳥類的旋舞，尾羽開屏，鳥喙高仰。

山坡上只有一隻動物沒跳舞。

老虎揮動尾巴，他沒拍手，沒唱歌，也沒跳舞，他鼻青臉腫，全身上下傷痕累累、咬痕處處，他早已一步步沿著石頭下來，走到查理跟前。「這些歌不是你的。」他咆哮道。

查理看看他，唱出老虎之歌，葛拉漢．科茲之歌，塗炭生靈之歌。他轉過身，蜘蛛萬分佩服地抬頭看他。老虎拚命怒吼，而查理則揪住那陣吼聲，把歌曲繚繞其中，然後他自己也像老虎一樣吼了起來，只是呢，查理的吼聲剛開始雖然跟老虎一樣，但接著他卻把它變成十分傻呼呼的吼聲，於是在岩石上看熱鬧的動物都開始大笑，牠們就是忍俊不住，查理又發出傻呼呼的吼聲，效果就跟任何模仿秀一樣，就跟任何諷刺漫畫一樣，讓被嘲笑的對象本身也變得可笑起來。於是從此以後，牠們只要聽到老虎的吼聲，也會在腦裡同時聽到查理的吼聲。「傻呼呼的吼聲。」牠們這麼說。

老虎轉身背對查理，他大步穿越群眾，邊跑邊吼，這反而讓大家笑得更大聲，老虎怒氣沖天地退回自己的洞穴。

蜘蛛瀟灑俐落地揮了揮。

只聽得一陣轟隆隆，老虎洞穴口的石頭崩了下來，蜘蛛看起來相當滿意，查理則繼續唱歌。

他唱出蘿西．諾雅之歌，唱出蘿西母親之歌，他唱出諾雅太太的長壽，唱出她應得的幸福。

他唱出他的生命，唱出了他們所有人的生命。在歌曲中，他看到他們生命的圖案是一張蜘蛛網，有隻蒼蠅沒頭沒腦地撞了上去，於是他用歌曲把蒼蠅纏繞起來，確定牠不會逃跑，然後他用新的蜘蛛絲把網子修補好。

這時歌曲已到了尾聲。

查理毫不驚訝地發現自己喜歡唱歌給人聽，而且就在那當下，他知道自己會用下半生繼續唱歌給人聽。他會唱歌，不過不是唱那種創造世界或重塑萬物的神奇鉅作，而是唱那種會讓人擁有片刻幸福的普通歌曲，讓人感動的歌，讓人暫時忘卻煩惱的歌，他也知道他在表演前永遠都會恐懼，怯場的感覺絕對揮之不去，但他也知道那就像跳入游泳池，不舒服的寒意只會持續幾秒鐘，接著不適會消失，爽快隨之而來……

只是絕不會像**現在**這麼爽快，不會再有這麼爽快的時候了，不過也夠爽快了。

然後查理唱完了，他抬起頭，懸崖頂上的動物讓最後一個音符漸漸消失，不再頓足，不再拍手，不再跳舞，查理把父親的綠色軟呢帽摘下，拿來對著臉扇風。

蜘蛛悄聲地說：「你實在厲害極了。」

「你也做得到。」查理說。

「我可不這麼想，歌曲尾聲時發生了什麼事？我感覺到你做了**什麼**，但我說不清那究竟是什麼。」

「我修了東西，」查理說，「我替我們倆修好了東西，大概吧，我不太確定……」他根本不確定。歌曲結束了，歌曲內容就像晨夢般展了開來。

他指了指被石頭堵住的洞穴口，「那是你幹的？」

「對啊，」蜘蛛說，「我至少能貢獻這點棉薄之力，不過老虎最後還是能挖出一條出路，坦白說，早知道我就做點什麼比這更狠的事。」

「別擔心，」查理說，「我已經做了最狠的事。」

他看著動物紛紛散席，他父親這時也已經不見蹤影，他可一點也不驚訝。「來吧，」他說，「我們該回去了。」

蜘蛛在探病時間回去看蘿西，他帶了一大盒巧克力，那是醫院禮品部賣的最大盒巧克力。

「給妳。」他說。

「謝謝。」

「他們跟我說，」她說，「我媽媽應該是熬過難關了，她張開眼睛，要粥吃，醫生說真是奇蹟。」

「是啊，妳母親居然會要東西吃，在我聽來果真是奇蹟。」

她打了他手臂一下，然後把手留在那兒。

「知道嗎？」她過了一會說，「你會覺得這聽起來蠢，但是當我跟媽媽被困在黑暗中時，我認為你在幫我，我覺得是你把野獸擋在外頭，如果沒有你當時的努力，牠大概早就把我們殺了。」

「嗯，我大概幫了忙吧。」

「真的？」

「我不知道，我只是這麼想，我當時也碰到麻煩，而且我也想到妳。」

「你是不是遇上很大的麻煩？」

「超級大的麻煩，沒錯。」

「你能不能幫我倒杯水？」

他倒了杯水。她說：「蜘蛛，你是**做**什麼的？」

「什麼做什麼？」

「做什麼工作？」

「愛做什麼就做什麼。」

「我覺得……」她說，「我可能會在這裡待一陣子，護士告訴我他們這裡非常需要教師，我想看看能否為他們做點什麼。」

「可能很有趣。」

「如果我留下來，你會怎麼辦？」

「喔，如果妳要待在這裡，我一定找得到事打發時間的。」

他們十指相扣，跟船艦的繩結一樣緊。

「你覺得我們這樣行得通嗎？」她問。

「行得通，」蜘蛛認真地說，「要是我厭倦了妳，就會直接遠走高飛去做別的事，所以妳不用擔心。」

「喔，」蘿西說，「我才不擔心。」而她真的不擔心，她溫柔的聲音中帶著如鋼的堅毅，看得出她母親怎麼會有那副脾氣。

查理在海灘的躺椅上找到黛西，他以為她在太陽下睡著了，但他的影子碰到她時，她說：「你好，查理。」她沒有睜開眼睛。

「妳怎麼知道是我？」

「你的帽子聞起來像雪茄，到底要不要快點扔掉啊？」

「不要，」查理說，「我告訴過妳，這是傳家寶，我打算到死都戴著，還要把它留給我孩子。話說，妳在警察局的飯碗保住了嗎？」

「算是保住了吧，」她說，「我上司判定我是因為工作過度導致精神耗弱，可以請病假，等我覺得康復後再回去上班。」

「啊，那妳什麼時候會康復？」

「不確定，」她說，「能不能把防曬油拿給我？」

他口袋裡有只盒子，他把盒子拿出來，放到躺椅扶手上。「先等一下，呃……」他停頓了一下，「妳知道，」他說，「我們已經在槍口下做了最令人難堪的事，」他打開盒子，「可是這是我要給妳的，唔，其實是蘿西把它還給我了。我們可以拿去換個妳喜歡的，挑個不一樣的，這個大概不適合妳，不過它是妳的，如果妳要……呃……要我。」

她伸手到盒子裡，拿出那只訂婚戒指。

「嗯哼，好吧。」她說，「只要你不是為了拿回萊姆才這麼做就行。」

老虎來回行走，在牠洞穴口來回踱步，尾巴不耐煩地揮來揮去，眼睛燃燒得像陰影中的翠綠火炬。

「整個世界和萬事萬物都曾是我的，」老虎說，「月亮、星星、太陽和故事，我曾全部擁有。」

「我覺得我有責任指出，」洞穴深處的小聲音說，「你已經說過那句話了。」

老虎停下踱步，轉過身，緩緩朝洞穴深處走去，行走時全身肌肉鼓出漣漪般的陣陣波紋，就像放在液壓彈簧上的獸毛地毯。他一路走到一具牛屍旁才停止，然後悄聲說：「**抱歉**，你剛才說什麼？」

牛屍裡有陣亂扒亂抓的聲音，鼻尖從牛肋間伸出來。「事實上，」牠說，「也就是說，我同意你說的話，那就是我的意思。」

白色小手從兩肋間扯下薄薄一片乾肉，露出一隻顏色好像髒雪的小動物，那可能是隻白子貓鼬，也可能是某種相當奸詐的黃鼠狼，牠全身冬季毛皮，有食腐動物的眼睛。

「整個世界和萬事萬物都曾是我的，月亮、星星、太陽和故事，我曾全部擁有，」然後他說，「以後也會再回到我手中。」

老虎低頭注視那隻小野獸，然後一隻大掌突如其來向下一揮，壓碎肋骨架，把牛屍擊成噁心難聞的碎塊，連帶把小動物壓在地上動彈不得。牠身體蠕動扭曲，但就是逃不了。

「你之所以在這裡，」老虎說，他巨大的腦袋跟那隻蒼白動物的小腦袋面對面。「全是我勉為其難大發慈悲，懂嗎？下次再說出惹人嫌的話，我就咬掉你腦袋。」

「嗯哼。」那隻黃鼠狼似的東西說。

「你不希望我咬掉你腦袋，是吧？」

「對。」小動物說，牠的淡藍色眼睛像兩塊碎冰，當牠在巨掌的重量下痛苦掙扎時，那雙眼睛閃爍不停。

「那麼能不能答應我你會守規矩，會保持安靜？」老虎低沉地說，他微微放鬆腳掌，讓小動物說話。

「當然會。」小動物彬彬有禮地說，然後牠做出狡猾的動作，身體一扭，小小的利牙刺進老虎的腳掌，老虎痛苦地嘶吼，用力揮動腳掌，揮得那隻小動物飛上半空，牠先是撞到穴頂的石頭，然後彈到一塊凸岩，又從那裡急衝到洞穴最深處，像條骯髒的白色閃電。洞穴深處的頂端低矮，緊貼地面，而且還有許多地方適合小動物躲藏，大動物根本進不去。

老虎走到牠身高容許的洞穴最深處。「你認為我不能等？」他問，「你終究會出來，我哪裡都不去。」老虎躺下來閉上眼睛，很快就開始發出頗具說服力的鼾聲。

在老虎打了約半小時的鼾後，那隻蒼白動物偷偷從岩石裡爬出來，在一道道陰影間竄來竄去，朝一根大骨頭前進，上頭肉還剩不少，但你得不介意惡臭才行，而牠並不介意。儘管如此，要抵達那根骨頭，牠還是得經過那隻巨獸，於是牠在陰影裡悄然潛行，躡手躡腳往前走。

牠經過熟睡的老虎身旁時，老虎的前腳掌猛地伸出，一隻腳爪猛力壓住牠尾巴，讓牠動彈不得，另一隻腳掌則夾住牠脖子。大貓張開眼睛。「坦白說，」牠說，「我們似乎擺脫不了對方，所以我也只要求你盡點力，我們雙方都盡點力，我覺得我們不可能成為朋友，但也許能學習容忍彼此。」

「我明白你的意思，」那隻雪貂般的小東西說，「大家都說，身在屋簷下，怎敢不低頭。」

「剛剛那就是我要說的，」老虎說，「你只要學習什麼時候該閉嘴就好。」

「嗯，」那隻小動物說，「凡事有利有弊。」

「你現在又惹惱我了，」老虎說，「我一直試著告訴你，不要惹惱我，這樣我就不會咬掉你腦袋。」

「你不斷說『咬掉我腦袋』，所以現在只要你說『咬掉我腦袋』時，我就會認為那其實是種隱喻的表達方式，意謂你會對我大吼大叫，或許還充滿憤恨之意，對吧？」

「咬掉你腦袋，然後壓碎，然後咀嚼，然後吞下肚子，」老虎說，「要等到阿南西之子忘掉我們在這裡，我們才有辦法離開。那雜種似乎動了什麼手腳，即使我早上把你殺了，到了傍晚你又會在這天殺的洞穴中復活。所以你不要惹惱我。」

白色小動物說：「好吧，多做一天——」

「如果你說出『多賺一元』，」老虎說，「就會惹惱我，然後就會發生嚴重後果，不要、說出、任何、惱人、的話，懂不懂？」

這座世界盡頭的洞穴裡暫時安靜了下來，然後那陣靜寂被黃鼠狼似的小聲音打斷：「肯然。」牠又發出「噢！」的一聲，但那聲音忽然迅速消失。

然後除了碾碎骨頭的嘎吱聲，什麼都沒有。

棺材到底有多舒適，你絕不會在文學作品中讀到，畢竟這對買家來說不是什麼重要賣點。

南西先生非常滿意他自己那副棺材，既然所有精采好戲都落幕了，所以嘍，他就回到他的棺材裡，舒舒服服地打盹。有時他會醒過來，想想自己身在何處，然後又翻個身，繼續蒙頭大睡。

我們之前曾提到，墳墓是個好地方，私人墳墓更不用說，非常適合用來度過暫時休工期。地下六呎則是最棒的。他心想，再過二十幾年，他就得起床了。

葬禮開始時，他睜開一隻眼睛。

他聽得到上面的人聲：卡麗安·希格勒、布斯塔蒙小姐和另外一位，瘦的那位，更不用說還有一群孫子、孫女、曾孫子、曾孫女、曾曾孫子、曾曾孫女，他們大夥兒都在為過世的敦維帝太太唉聲嘆氣，嚎啕大哭。

南西先生考慮從草地上伸出一隻手，抓住卡麗安·希格勒的腳踝，他自從三十年前在汽車電影院看過《魔女嘉莉》後，就一直很想來上一次，現在機會來了，他卻發現自己居然能抗拒誘惑。坦白說，他懶得沒事找事。她只會尖聲大叫，然後心臟病發掛掉罷了，然後這該死的安息花園會變得更擁擠。

總之那種事也實在太麻煩了，而且在泥土底下的世界，有好夢等著他去做。他心想，過二十年，或二十五年後，他搞不好連孫子都有了，到時看看孫子長成什麼模樣也挺有趣的。

他聽到卡麗安．希格勒在上面沒完沒了地呼天搶地，好不容易才暫時止住哭泣，並趁這短短的空檔宣布：「儘管如此，她這輩子其實福壽雙全，她離我們而去時，已經一百零三歲了。」

「是一百零四歲！」他旁邊地底下傳來怒罵聲。

南西先生伸出他無實體的手，用力敲敲那具嶄新棺材側邊。「妳這女人，小聲點，不要吵，」他吼道，「還有人想睡覺呢。」

蘿西已經跟蜘蛛挑明，希望他去找份穩定的工作，也就是那種早上得起床到哪裡上班的工作。

於是在蘿西出院的前一天早上，蜘蛛一大早就起床到城裡圖書館，登入圖書館的電腦，在網際網路上閒逛，然後小心翼翼地清理掉葛拉漢．科茲剩下的銀行戶頭，也就是各大洲警方的漏網之魚。他做好安排，賣掉阿根廷的馬場，買了間現成的小公司，投入資金，並申請該公司為慈善機構。他用羅傑．布朗斯坦的名字寄了封電子郵件，聘用律師來掌管該機構的業務，然後建議那位律師尋找蘿西．諾雅小姐，聘用她來**做善事**。她之前在倫敦工作，目前在聖安德魯斯任教。

蘿西受到聘用了，她的第一件任務是尋找辦公室。

接下來整整四天，蜘蛛就在幾乎環島一圈的海灘上散步（連晚上都睡在海灘），沿途品嘗每間餐廳的食物，直到抵達道森魚屋，他嘗了炸飛魚、水煮綠無花果、烤雞、椰子派後，便直奔廚房去找主廚，那位主廚同時也是老闆，蜘蛛付錢成為合夥人，拜老闆為師學做菜。

道森魚屋現在是間餐廳了，道森先生也退休了。蜘蛛有時在外頭，有時在廚房裡，你到那裡找他就會看到。那裡的食物是島上最好吃的，他現在已經比以前胖了，但要是他繼續品嘗自己煮出的每道菜，絕對會越來越胖。

不過蘿西不介意。

她偶爾教書，偶爾助人，大部分時間都是在做善事，如果她想念倫敦，至少她從沒表現出來；蘿西的母親則隨時都在想念倫敦，而且嘴巴還念個不停，不過只要有人建議她回倫敦，她就會認為那人居心叵測，竟然想把她和她還沒出生（其實連受孕都還沒）的孫兒分開。

蘿西的母親到鬼門關前走一遭後，已經脫胎換骨，個性變得開朗快活，說話變得和藹可親，她重新燃起的食欲，可以比擬她對生命和生命萬象的欲望……如果本書作者能向你們這麼保證，作者也會再高興不過。唉，我們還是要尊敬真相，也就是要據實以告，真相就是，當蘿西的母親出院時，她還是一點也沒變，跟以前一樣疑心重重，刻薄寡恩，只不過身體明顯虛弱了，而且睡覺時還要開燈。

她宣布她要賣掉倫敦的公寓，不管蜘蛛和蘿西搬到世上哪個角落，她都要跟過去，這樣才好接近她的孫子孫女，然後隨著日子一天天過去，她開始尖銳批評，抱怨到現在還沒有孫子孫女好抱，批評蜘蛛精蟲的數量和活動力，批評蜘蛛和蘿西性生活的頻率和姿勢，還指出試管授精既便宜又簡單，囉唆到蜘蛛開始認真考慮要不要別再跟蘿西上床，只要能惹惱她母親就好，他有天下午考慮了約十一秒鐘之久，當時蘿西的母親正給他們看一篇她找來的雜誌文章影本，暗示蘿西應該在做愛後倒立半小時。蜘蛛當晚向蘿西提到他的想法，她哈哈大笑，說反正她母親又不能進他們臥房，而且她才不要為了誰，在做愛後倒立。

諾雅太太在威廉斯城有間公寓，離蜘蛛和蘿西的家很近。卡麗安・希格勒有一大群姪女，每週兩次會有一位到她家探望，用吸塵器打掃一下，清理一下玻璃水果（蠟製水果在島嶼的溫度下會融化），並做一點食物放在冰箱。蘿西的母親有時吃，有時不吃。

查理當了歌手，他體型已經不再圓潤了，他現在是個瘦子，頭上依舊戴著那正字標記般的軟呢帽，他有許多不同顏色的軟呢帽，而他最喜歡的那頂是綠色的。

查理有個兒子，叫馬可斯，他已經四歲半了，具有那種只有小朋友和野生猩猩才擺得出的儼然態度。

沒人再叫查理「胖查理」了，坦白說，查理有時還滿懷念的。

某個夏日清晨，天才亮沒多久，隔壁房間已經傳來吵鬧聲，查理讓黛西繼續睡，他自己則靜靜爬下床，拿了件T恤和短褲，到隔壁房間去，只見他兒子赤裸裸地在地板上玩木製火車組。他們一起穿上T恤、短褲和涼鞋，查理還戴上帽子，然後他們走到海灘。

「爸爸？」男孩說，他嘴巴緊抿，好像在思考什麼。

「什麼事，馬可斯？」

「最短的總統是誰？」

「你是說身高嗎？」

「不是，是任期，誰是最短的？」

「哈里森，他就職時感染肺炎，就那麼死了，只當了四十幾天的總統，在職期間幾乎都窩在辦公室裡苟延殘喘。」

「喔，那誰是最久的？」

「小羅斯福總統，他做了整整三任，做第四任時死在辦公室。我們在這裡把鞋子脫了吧。」

他們把鞋子放在岩石上，繼續朝浪花前進，腳趾鑽進溼溼的沙子裡。

「你怎麼知道這麼多總統的事？」
「因為我小時候，我爸爸認為多多認識總統對我大有好處，」
「喔。」
他們踏著海水，朝一顆大岩石走去，那顆岩石只有在退潮時才會露出來。一會兒後，查理抱起兒子，讓他坐在自己肩膀上。
「爸爸？」
「什麼事，馬可斯？」
「胚土泥阿說你很有名。」
「佩托妮亞是誰？」
「我幼稚園同組的朋友，她說你每張ＣＤ她媽媽都有，她說她很喜歡你的歌聲。」
「啊。」
「**你**很有名嗎？」
「其實不會，一點點啦。」他把馬可斯放到那顆大岩石頂端，然後自己也爬了上去。「好啦，準備好要唱歌了嗎？」
「好了。」
「你想唱什麼歌？」
「我最喜歡的歌。」
「我不知道她會不會喜歡那首。」
「她會喜歡的。」馬可斯的信心就像一堵牆、一座山峰一樣堅定。
「好。一、二、三、唱……」

他們一起唱了〈黃鳥〉，那是馬可斯本週最喜歡的歌，然後唱〈殭屍樂翻天〉❷，那是馬可斯第二喜歡的，然後再唱〈她繞山而來〉❸，那是他第三喜歡的。馬可斯的視力比查理還好，在他們快唱完〈她繞山而來〉時，他看到她出現了，於是他開始揮手。

「爸爸，她在那裡。」

「你確定嗎？」

早晨的霧氣讓眼前顯得海天一色，一片白濛濛，查理瞇眼盯著地平線。「我什麼都沒看到。」

「她潛到水下去了，等一下就來了。」

水花忽然濺了起來，她立刻從父子倆下方破水而出，她手一伸、尾一踢、腰一扭，就與他們一起坐到岩石上，她把銀色的尾巴垂在大西洋裡，朝自己身上的鱗片潑了潑水。她有一頭橘紅色的長髮。

他們一起唱歌，父子倆和人魚一起唱。他們唱〈小姐是流氓〉和〈黃色潛水艇〉❹，然後馬可斯還教人魚《石頭族樂園》主題曲的歌詞。

「他讓我想起你小時候的樣子。」她對查理說。

「你那時就認識我了？」

她微微一笑。「你和你爸爸那時都會到海邊散步，」她說，「你爸爸真是個紳士。」她嘆了口氣，美人魚的嘆息比誰都動聽，然後她說：「你們該回去了，海水快漲了。」她把長髮往後一撥，一個鐮刀甩尾，縱身跳入海裡。她把頭抬出海浪，手放到唇邊，送給馬可斯一個飛吻，然後便消失在海面。

查理把兒子放上肩膀，踏著海水回到海灘，兒子半途滑下他肩膀，跳到沙上。他脫下舊軟呢帽，放到兒子的腦袋上，那頂帽子對他來說太大，但還是逗得他笑了出來。

「嘿，」查理說，「你要不要看一樣東西？」

「好啊，可是我要吃早餐，我要吃煎餅，不對，我要吃麥片，不對，我要吃煎餅。」

「你看著。」查理開始打赤腳在沙灘上跳舞，在沙子上拖著腳跳踢踏舞。

「我也會。」馬可斯說。

「真的嗎？」

「爸爸，你看我跳。」

他也會跳。

男人和男孩一起跳舞，從沙灘上一路跳回屋子，同時還一邊唱著他們即興編造、沒有歌詞的歌，一直到他們進屋吃早餐時，歌聲依舊繚繞在空氣中。

---

❷〈Zombie Jamboree〉，Lord Intrude的作品。

❸〈She'll be Coming Round the Mountains〉，美國民間童謠。

❹〈The Lady Is a Tramp〉，美國著名百老匯劇詞曲搭檔Rodgers and Hart的作品；〈Yellow Submarine〉，披頭四經典名曲。

謝辭

首先我要向娜洛・霍普金森（Nalo Hopkinson）獻上一大束花，她幫我檢查加勒比海地區的對話，不只告訴我哪裡需要修改，還建議我如何修改；還要感謝蘭沃斯・亨利（Lenworth Henry），他在我編出劇情時剛好在我身邊，我在寫故事時，他的聲音也出現在我腦海中（所以當我得知他會替我的有聲書錄製旁白時，我很高興）。

跟我在撰寫上一本成人小說《美國眾神》時一樣，我也是在兩間溫馨的屋子裡撰寫這本小說。我剛開始在多莉（Tori）位於愛爾蘭的別墅寫小說，最後也是在這裡完成小說。多莉真是個無比大方的屋主；小說中段我是在強納森（Jonathan）和珍（Jane）位於佛羅里達的別墅裡寫的，期間還遇上颶風。有這種屋子多到身體不夠住，甚至還樂意把屋子借給你的朋友，真是件好事。其餘大多數時間，我都是在地方咖啡店寫作，一邊寫一邊喝下一杯又一杯難喝的茶，結果成了「希望戰勝了經驗」❶的可悲典範。

羅傑・佛斯帝柯（Roger Forsdick）和葛瑞米・貝克（Graeme Baker）撥空回答我對於警察、詐

❶出自王爾德的名言：「結婚是幻想戰勝了理智，再婚是希望戰勝了經驗。」

欺、引渡條款的問題，羅傑還帶我參觀牢房，請我吃晚餐，替我檢查完成的手稿，我非常感激。

雪倫·史泰勒（Sharon Stiteler）替我檢查內容，確保鳥兒通過檢驗，還回答我對捕鳥的問題。潘·諾莉絲（Pam Noles）是第一位讀者，她的回應鼓勵了我繼續寫下去，另外還有一小群人也幫我看了稿子，告訴我他們的想法和意見，這些人包括歐嘉·努涅斯（Olga Nunes）、科林·格陵蘭（Colin Greenland）、喬治亞·格里（Giorgia Grilli）、安妮·波比（Anne Bobby）、彼德·史卓伯（Peter Straub）、約翰·福德（John M. Ford）、安妮·墨菲（Anne Murphy）及保羅·金凱德（Paul Kinkaid）、比爾·史泰勒（Bill Stiteler）、丹（Dan）和麥可·強森（Michael Johnson）。如果事實和想法有錯誤，都是我的問題，與他們無關。

我還要感謝伊莉·懷利（Ellie Wylie）、西亞·吉爾摩（Thea Gilmore）、湖濱婦女會（The Ladies of Lakeside），我要感謝荷莉·蓋曼小姐，因為每當她認定我需要乖女兒陪陪時，就會過來幫忙。我要感謝Hill House出版社的彼特（Petes），感謝麥可·莫里森（Michael Morrison）、麗莎·蓋勒格（Lisa Gallagher）、傑克·沃馬克（Jack Womack）、茱莉亞·巴農（Julia Bannon），還有大衛·麥金（Dave McKean）。

摩洛出版社（Morrow）的編輯珍妮佛·布雷（Jennifer Brehl）說服我，我在那天吃午餐時跟她說的故事真的很值得寫成一本好小說，我當時真的不知道下一本小說要寫什麼。我有天晚上打電話給她，把書的前三分之一念給她聽，她也很有耐心地聽我念完，光憑這些事蹟，她就可稱為聖人了。海德蘭出版社（Headline）的編輯珍·莫培絲（Jane Morpeth），是那種會把青菜吃光的乖乖牌作家都想要的合作對象。Writers House的梅若麗·海非茲（Merrilee Heifetz），助手金格·克拉克（Ginger Clark），及英國的朵莉·席蒙德（Dorie Simmonds），都是我的文學經紀人，我有幸蒙她們支持，而我也明白自己有多幸運。

強・李文（Jon Levin）電影世界繼續為我轉動，我的助理蘿倫（Lorraine）幫助我，讓我得以寫作，她泡的茶非常好喝。

我之所以能寫出胖查理，是因為我有位傑出卻令人難堪的父親，以及可愛卻難堪不已的孩子。家庭萬歲。

最後還要感謝我在撰寫《美國眾神》時還不存在的東西，也就是www.neilgaiman.com日誌的讀者，每當我需要幫助時，他們都在，而且就我所知，他們無所不知。

尼爾・蓋曼

二〇〇五年六月

繆思系列 009

蜘蛛男孩
Anansi Boys

作者　尼爾・蓋曼（Neil Gaiman）
譯者　林嘉倫
副社長　陳瀅如
總編輯　戴偉傑
主編　張立雯（初版）
編輯　林立文（初版）
電腦排版　極翔企業有限公司

出版　木馬文化事業股份有限公司
發行　遠足文化事業股份有限公司（讀書共和國出版集團）
地址 231新北市新店區民權路108之4號8樓
電話 02-2218-1417　傳真 02-8667-1891
email: service@bookrep.com.tw
郵撥帳號 19588272 木馬文化事業股份有限公司
客服專線 0800221029
法律顧問　華洋法律事務所 蘇文生 律師
印刷　成陽印刷股份有限公司
初版　2017年5月
初版4刷　2024年7月
定價　新台幣380元
ISBN　978-986-359-371-3

國家圖書館出版品預行編目(CIP)資料

蜘蛛男孩 / 尼爾・蓋曼（Neil Gaiman）著；林嘉倫譯. -- 初版. -- 新北市：木馬文化出版：遠足文化發行, 2017.05
面；　公分. --（繆思系列；9）
譯自：Anansi boys
ISBN 978-986-359-371-3（平裝）

873.57　　106001117